Cléopâtre
La Fatale

HORTENSE DUFOUR

La femme buissonnière	
La dernière femme de Barbe-Bleue	
La Marie-Marraine	
La guenon qui pleure	
L'écureuil dans la roue	
Le bouchot	
Le tournis	
Jardins-labyrinthes	
Capitaine dragée	
Le diable blanc (le roman de Calamity Jane)	*J'ai lu* 2507/**4**
La garde du cocon	*J'ai lu* 2765/**4**
Le château d'absence	*J'ai lu* 2902/**5**
Comtesse de Ségur, née Sophie Rostopchine	
La fille du saulnier	
La jupière de Meaux	
L'arbre à perruque	
Saint Expedit, le jeune homme de ma vie	
La cinquième saison	
Salve Regina	
Éléonore par-dessus les moulins	
Cléopâtre. La Fatale	*J'ai lu* 5225/**7**

Hortense Dufour

Cléopâtre

La Fatale

Éditions J'ai lu

À Georges,
À ma fille Victoria,
À mes fils

C'est peut-être le soir
qu'on prend pour une aurore

Victor HUGO,
Chants du crépuscule

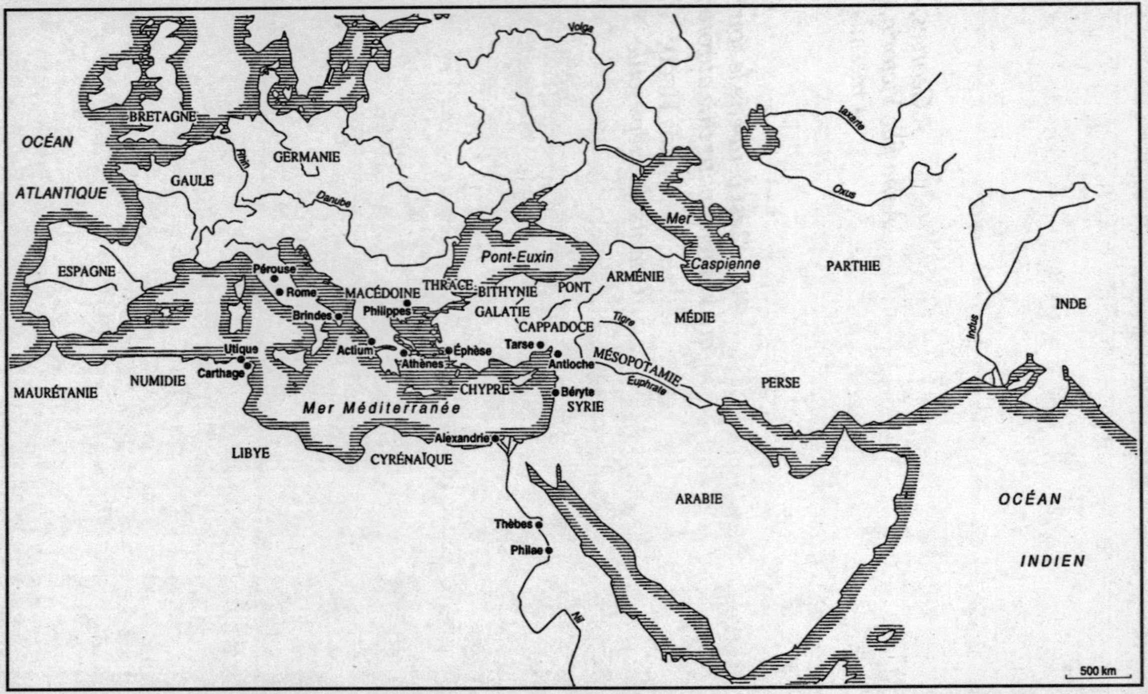
OCÉAN
ATLANTIQUE
BRETAGNE
GAULE
GERMANIE
Rhin
Danube
Volga
ESPAGNE
MAURÉTANIE
NUMIDIE
Utique
Carthage
Pérouse
Rome
Brindes
Actium
MACÉDOINE
Philippes
THRACE
Athènes
Éphèse
BITHYNIE
GALATIE
Pont-Euxin
PONT
CAPPADOCE
Tarse
Antioche
Béryte
SYRIE
CHYPRE
Mer Méditerranée
Alexandrie
LIBYE
CYRÉNAÏQUE
Thèbes
Philae
Nil
ARMÉNIE
Tigre
MÉSOPOTAMIE
Euphrate
MÉDIE
Mer
Caspienne
Iaxarte
Oxus
PARTHIE
PERSE
ARABIE
Indus
INDE
OCÉAN
INDIEN
500 km

PREMIÈRE PARTIE

« Je veux régner seule »

Le régime politique le meilleur vient à exister, le jour où sera venu à exister un homme qui soit, de sa nature, un législateur véritable et qu'il lui sera arrivé de posséder la force en partage avec ceux qui dans l'État ont le plus grand pouvoir.

PLATON, *Les Lois*

Dynastie des Lagides ou ptolémaïque (de 323 av. J.-C. à 30 av. J.-C.)

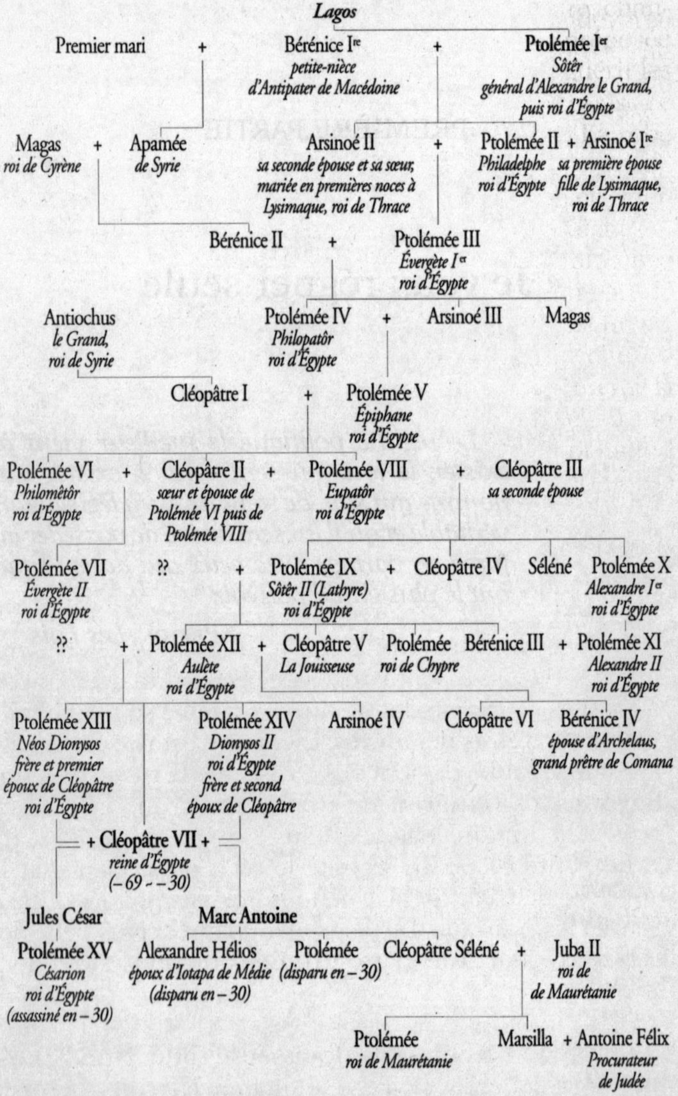

PROLOGUE

Ascendance ou la chambre rouge

Pendant l'insomnie, le cauchemar de son ascendance défile. Rouge ; rouge écarlate sur le plafond de sa chambre où dansaient les signes du Zodiaque.

Une dynastie sanglante : les Ptolémées-Lagides

Réseau de sang souillé, carte d'un ciel bleu obscur, maudit, où les ressemblances deviennent malveillances, où l'excès de pureté des alliances travaille sourdement à l'alchimie d'êtres dénaturés. Cléopâtre est née en janvier 69, quand l'aube devient aussi rose que la mer. Dans une Égypte sous l'emprise de Rome. Dans une famille en proie aux fureurs et aux démons.

La petite Cléopâtre écoute le récit de sa lignée et la nuit, éveillée, voit défiler cette noire ascendance. Elle a peur et le dissimule. De ce brouet jaillira la plus belle des perles d'Orient : Cléopâtre VII. Elle qui, un jour, régnera seule.

La mère, Cléopâtre la Jouisseuse, dite Typhaia, est morte en couches. Le père, Ptolémée XII, dit Aulète, le joueur de flûte, déteste sa progéniture. Dans sa permanente ivresse, il délaisse l'aînée Bérénice et ses bâtards nés du harem (une noble Égyptienne), deux demi-frères, Ptolémée le Treizième, Ptolémée le Quatorzième et Arsinoé à l'œil étincelant...

Le grand prêtre Ouseros prédit à Cléopâtre un grand destin. Ses alliés, depuis l'enfance, ne sont-ils pas les savants du Museum ? Sosigène, le physicien, lui enseigne les figures et les proportions. Elle excelle en musique ; la lyre, la harpe, le chant accompagnent sa danse. Son maître vient d'Éphèse. Philodote, l'astrologue, l'initie aux sphères du ciel et au sens des planètes. Comarios, l'alchimiste, fait fondre devant elle une perle dans du vinaigre et l'aide à écrire un traité sur les onguents. Ouseros l'initie au sens sacré des signes. Nul n'échappe au Zodiaque et à ses secrets. Démétrios, le philosophe, l'historien et le géographe, est fier d'une si brillante élève. Elle comprend si vite ! la composition du Nil, ses crues ; la forme de son pays, le sens des mers, de la rose des vents, de l'hagiométrie, système à calculer les crues du Nil.

Démétrios lui raconte aussi sa terrible ascendance.

– Tu appartiens à la dynastie des Ptolemaios, une dynastie gréco-macédonienne, issue du Soleil Alexandre le Grand, le plus puissant conquérant de l'humanité. Dans ses conquêtes, il créa Alexandrie. C'était alors une bourgade du delta du Nil qui se nommait Rhakotis. Une garnison, une côte brûlée. Alexandre avait remarqué la possibilité d'y installer un grand port, adapté à une flotte puissante. Il avait pressenti cette longue baie à l'ouest du delta lumineux du Nil. Un climat égal, le projet d'un phare qui entrerait dans la légende... Alexandre choisit lui-même les points principaux de la cité où seront bâtis l'agora, les temples. Il dessina avec de la farine les couloirs de l'enceinte de la ville et la nomma Alexandrie. Il donna la cité et l'Égypte à son général Ptolémée le Lagide (le Lièvre) – Ptolémée Ier Sôtêr, fils de Lagos. Ton aïeul ramena la dépouille d'Alexandre placée dans un magnifique cercueil d'or, près de ton palais. Ptolémée Ier

Sôtêr fit bâtir la bibliothèque, agrandie par son fils Ptolémée II qui avait acheté les manuscrits d'Aristote. Ptolémée III s'appropria les textes d'Eschyle, Sophocle et Euripide. Ceux que tu as lus avec tant de passion, Cléopâtre !

Il y eut ensuite les Tueurs, tes aïeux, les Tueurs : Ptolémée le Huitième. Il bannit son frère aîné et le fait étrangler pour régner. Ptolémée le Huitième épouse sa mère, elle-même femme et sœur de son propre père. Elle se nomme Cléopâtre la Deuxième. Le fils qui lui naîtra est aussi son frère.

Ptolémée le Huitième, paranoïaque, ne peut supporter sa propre ombre. Il hait ce fils-frère et le fait non seulement égorger mais démembrer ! ainsi Osiris. Démembrer. Il fait parvenir à Cléopâtre II, la mère-épouse, dans plusieurs cassettes d'ébène et de porphyre, les membres, deux à deux, du fils-frère, issu de sa chair. L'esclave nubien a posé dans la chambre de la mère-reine-épouse les étranges coffrets. Elle ouvre et voit les deux bras, coupés au coude. Les deux mains. Les deux mollets. Les deux cuisses. Les deux pieds. Le pénis et les testicules dans un coffret travaillé de perles et de joyaux. La tête découpée. La langue passée entre les yeux qui pendent, la mâchoire brisée, chaque dent posée, là, parure funeste. Il y eut le cri sauvage de Cléopâtre II. Elle n'a même pas, ainsi Isis, à chercher les membres du fils-frère. Ils sont là. L'époux-fils-père, le maudit, Ptolémée le Huitième entre dans la chambre, l'espace de la mort et de la jouissance, l'espace de la naissance, la chambre où tu es née, l'espace des assassins. La chambre de toutes les Cléopâtres, leur nuit de noces, de stupre. Là, sur le lit bas, aux couvertures de soie, de fourrures et de pierreries, là ; il y eut tous les cris du plaisir et de l'horreur.

Il y eut aussi le fils-frère démembré et Ptolémée le Huitième qui rit, réclame le vin :

« Ton fils-frère se prenait pour Dionysos-Osiris. Démembré ! Je suis roi et je suis dieu. »

Cléopâtre II est déjà vieille. Les membres iront-ils au tombeau ou au fond du fleuve ? Va-t-il la tuer ? Non ; il la répudie au secret des recluses, épouse sa cadette, Cléopâtre la Troisième, la propre fille de la mère répudiée… La propre fille aux hanches lourdes, au nez trop gros, au fiel à la place de l'âme et qui devint promptement veuve. Qui fit étrangler sa mère, la trop vieille, enfermée dans le harem où on coupe la langue des filles rebelles.

– Continue, dit Cléopâtre.

Démétrios sait que la petite reine d'Égypte, menacée, a une âme d'or trempée dans un corps de grâce et de légèreté.

– Cléopâtre la Troisième a fait embaumer dûment sa mère, son meurtre. Elle épouse son oncle : Ptolémée le Neuvième.

Au tombeau si vaste, de sculptures et de raffinements, sous l'œil du dieu-hyène, Anubis, qui veille à l'embaumement, reposent ces morts et ces mortes ; égorgés, étranglés, démembrés. Eux qui furent aussi fils et filles de Râ, Hamon-Râ, Séléné, et Isis… Attendent-ils au-delà des ombres et du fleuve la vengeance éternelle ?

Ptolémée le Neuvième, l'arrière-grand-père de Cléopâtre VII, est surnommé le Bouffi, l'Enflé. Moqué, détesté de son peuple. Obèse et rouge, plus laid à voir sous le pschent qu'une outre à vin crevée. Le peuple le nomme d'ailleurs ainsi : « L'outre à vin. » Des taches violettes sur son visage en forme de courgette. Ptolémée le Neuvième, d'orgies en ripailles, se fait chasser, honte, par son épouse-sœur Cléopâtre la Troisième qui voulait régner seule. Rome, la machiste, le rétablit sur son trône et l'outre à vin pilla tant qu'on l'appela le Voleur.

Ptolémée le Neuvième dit le Voleur, chassé à nouveau par sa sœur-épouse, pire qu'un esclave. Réfugié à Chypre, rétabli une ultime fois par les Romains, révulsés à la simple idée qu'une femme puisse régner. On le trouva mort, la panse éclatée. Les viscères dégoulinant des excès de mets et de vins. Mort sur un tas d'or, entouré d'esclaves mâles et femelles choisis pour son ultime orgie.

Cléopâtre la Troisième – celle qui voulait régner seule – avait laissé faire, sûre que l'outre à vin finirait par crever. Il fallut faire vite pour l'embaumer, les entrailles empestaient. On dut sceller les canopes. Cléopâtre la Troisième chasse son fils-frère-neveu, Ptolémée le Dixième. Elle le chasse car il a osé commettre un sacrilège : s'emparer du cercueil d'or d'Alexandre le Grand, le vendre et le faire remplacer par un vulgaire cercueil d'albâtre. Elle le chasse vers les grands marais. Elle le chasse au désert effrayant. On a beau faire appel au dieu Pan, qui protège de la panique, au désert on devient fou.

Cléopâtre la Troisième installe sur le trône son cadet, énergique et cruel, Ptolémée le Onzième. Elle lui donne pour épouse la seconde fille de Ptolémée le Dixième et de sa sœur Cléopâtre : Bérénice, sa nièce.

Cléopâtre la Troisième déteste ce souverain-fils trop autoritaire, ordonne de le jeter dans les marais, là où la vase se referme sans recours. C'était sans compter avec ce fils-pharaon cruel. Il la fit étrangler sur le lit de sa chambre, la chambre des noces, des naissances, du stupre, de la mort.

Ptolémée le Dixième avait des alliés. Il n'était pas resté longtemps aux marais qui engloutissent. Il avait demandé protection aux Romains qui le rétablirent sur le trône d'Égypte. Le soir même, son frère était mort, bleui d'un étrange poison.

Mort dans la chambre. La chambre du roi-pharaon. Fils de Râ, d'Amon et d'Osiris. La chambre rouge.

Le peuple d'Alexandrie en avait-il assez de tant de meurtres, d'impôts et de terreur ? Assez de ce palais de la Lochias, lieu d'orgies et d'asservissements ? Où était la grandeur de l'Égypte ? Qui donnerait à ce pays l'ampleur de jadis ? Basse et Haute-Égypte, Dieu Nil, Lune et Soleil… Ces meurtres sont un signe de mort. L'émeute dura des mois, le Nil connut trois crues entraînant la disette.

Ptolémée le Dixième envoie ses fonctionnaires tuer et torturer les fellahs (paysans) qui ne veulent plus payer d'impôts. Mais le clergé de Thèbes soutient ce peuple révolté. Ptolémée le Dixième fait exterminer par son gendre tous les prêtres, massacrer les fellahs, brûler et saccager Thèbes, la haute cité sacrée de briques rouges.

Ptolémée le Dixième s'est débarrassé de son peuple et se livre tout son soûl à sa passion : s'empiffrer. Dans le palais, là, non loin de la chambre. Dans la grande salle, on lui sert à lui, lui seul, la truie farcie d'oiseaux vivants, le sanglier sauvage, les outardes et les oiseaux du Nil, flanqués des plus frais légumes : pois chiches, fèves. S'empiffrer ! De cuissots de gazelle et de tétines de truie, tandis que le peuple baigne dans son sang, meurt de la faim dévorante. Rome accapare le blé et les céréales.

Il boit, le Dixième ; davantage que son ancêtre le Bouffi, au point de se faire appeler « la Courgette », « le Pois chiche ». Il se traîne un jour dans la chambre, hurlant de douleur ; ses membres sont pourris ; la gangrène gagne tout son corps. Son pied se détache, putride et noir. Ses reins le vrillent d'une douleur particulière : la pierre. Il meurt, lentement, tronqué, les viscères éclatés.

Son neveu, le fils de son frère, Ptolémée le Onzième reçut le royaume. Il épousa aussitôt sa mère, Bérénice III, qui était aussi sa tante. Ainsi décida Rome.

Brouet, brouet des sangs mêlés, brouet des viscères éclatés, gavés, putrides.

Le peuple d'Alexandrie ne supporta pas cette face rouge qui rappelait l'autre, le Bouffi, le pueur d'entrailles. Il massacra Ptolémée le Onzième et Bérénice III pour installer à leur place Ptolémée le Douzième, le Aulète ; le joueur de flûte. Le père de Cléopâtre VII.

Ton père, Cléopâtre.

Le Aulète ; le joueur de flûte ou de hautbois.

Ce fut encore pire.

Où allaient-ils, ces cadavres-là ? Ces pharaons-là ? Ces bandits pharaons ? Ces assassins assassinés, ces dieux débiles à tête de chien ? Ils avaient droit aux honneurs des hautes funérailles.

Dans la nécropole de l'île de Pharos, ce phare, septième merveille du monde. Cette île que l'on joint difficilement par grand vent, grâce à la passe, l'Heptastadion, un pont, où le convoi mortuaire, ses pleureuses et la foule d'Alexandrie composent un tableau étrange, audessus de la mer. La nécropole au nord-ouest ; les tombes les plus anciennes à l'ouest. On escorte le Bienheureux, accompagné de son mobilier, déposé près du cercueil triplement scellé.

Il y a, à chaque funéraille, tandis que les serviteurs tirent les statues d'or placées sur des traîneaux, le prêtre au crâne rasé. Ses fumigations devant chaque statue tandis que les chanteuses, jouant de la lyre à sept cordes, psalmodient en l'honneur de ce mort. Ces morts, ces mortes, scellés telles des chrysalides noirâtres, sont vidés de leurs entrailles. Embaumés selon les rites. On a posé leur cadavre encore bouffi sur la table en albâtre noir aux rigoles multiples. L'embaumeur et ses aides ont tiré par le nez le cerveau et les humeurs. On a incisé le ventre aux exhalaisons effroyables. Sont ôtés les viscères, le foie et ce cœur qu'Osiris, impitoyable, fera peser dans la balance de l'au-delà.

On a scellé les entrailles dans les vases nommés canopes remplis d'herbes odorantes, comme on a bourré d'herbes et de silicates et autres mixtures les dépouilles. Le dieu pharaon mort, le cadavre que nulle putréfaction ne doit offenser. On l'entoure ensuite, dûment recousu, de bandelettes et de linceuls. On l'ensache de divers cercueils dont l'ultime d'or et de bois peint reconstitue l'homme-dieu défunt aux yeux peints. Aux yeux maquillés de vert, aux yeux de scarabées. On dit, on sait, on croit, on croit voir lors de la cérémonie, Anubis, le dieu à tête de chien, responsable du bon déroulement de l'embaumement. Anubis embauma Osiris démembré, remembré, Anubis protecteur du corps des Ptolémées – du Aulète dont l'estomac pue le vin de Chypre mal digéré. Anubis, gardien attitré de la nécropole.

Cléopâtre a suivi le cortège, flanquée du frère honni et de la sœur haïe et de cette cour qui veut sa perte. Il y a la populace, il y a les Grecs et les Égyptiens, il y a le ciel inimitable et il y a, non pas la pyramide géante de Ramsès, mais des mastabas, ces monuments carrés de briques rouges. On dépose les biens du mort dans la première pièce sous le toit, à laquelle on accède au moyen d'une rampe. On présente une dernière offrande devant la statue, celle du Aulète. Avant qu'elle ne disparaisse pour toujours dans la chambre qui lui est réservée. Les funérailles s'accompagnent du brassage de la bière et de la cuisson des galettes.

Y eut-il beaucoup de gémissements ? Cléopâtre, flanquée de ses frères et sœur, ne pousse pas les cris de la lamentation. Elle attend le moment où s'ouvre la porte du puits. On y descend à jamais le corps au plus profond de la terre. Il faut encore, pour clore le rituel, l'immolation d'un bœuf, dont on a lié les deux pattes de derrière, un bœuf vigoureux qui ne veut pas mourir et dont le sang gicle jusqu'aux voiles des pleureuses.

Un bœuf, offrande que donne le roi mort pour apaiser la faim de ceux qui étaient là, pour contenter Horus et surtout pour nourrir l'intendant du grenier, le « préposé aux cornes et aux sabots ».

Le tombeau est fermé. Le mort – le Aulète, l'assassin, le père de Cléopâtre, fille d'Isis-Aphrodite – est abandonné à sa destinée. Tout commence pour Cléopâtre qui veut régner seule.

I

La chambre du matin ou le palais de Cléopâtre

Le miroir d'Hathor

Tout commence dans la chambre du matin, devant le miroir à oreilles de vache.

Les salles du palais de la Lochias sont nombreuses, chacune a une fonction, un rite. La jeune reine de dix-huit ans en connaît chaque secret. Entre le port des Rois et le temple d'Isis, il y a cette demeure où est née la petite fille au cours de l'hiver 69. C'était dans le splendide appartement de la concubine du pharaon Ptolémée XII. Les chuchotements, les mensonges allaient bon train. Elle est née là, cette enfant qui reçoit le nom grec de Cléopâtre VII Philopatôr, « Gloire de son père ».

Elle aime habiter ce quartier nord-est, ce Bruchion, baigné de la double lumière de la mer et du ciel. Elle aime ce palais aéré par les jardins délicieux, qui s'avance jusqu'à la pointe de la presqu'île de Lochias. Des marches descendent dans la mer. N'est-elle pas reine, cette femme-enfant de dix-huit ans, en 51 ? Son père, Ptolémée XII, le Aulète, est mort. Son testament désigne comme successeurs ses deux enfants aînés : Cléopâtre et Ptolémée XIII, son jeune frère de onze ans, qu'elle s'est vue contrainte d'épouser selon la loi des pharaons d'Égypte. Un mariage blanc ? Elle est reine, maîtresse des deux terres, la Haute et la Basse-Égypte, le front ceint de l'uræus ou cobra d'or qui repousse de ses cercles les mystères funestes.

Cléopâtre VII est entourée de périls. Elle aime, vêtue de pourpre et de lin blanc, parcourir chaque espace du palais dont elle sait qu'un jour elle sera l'unique souveraine.

Mais il ne faut pas avoir peur en ces lieux où la terreur se fait subtile. En ces lieux où elle est en danger. En ces lieux où l'ombre voile l'éclat de la lumière, où les appartements de Ptolémée XIII, son frère, sont singulièrement silencieux. Silencieux aussi ceux où complote Arsinoé, sa sœur. Les murs de ce palais sont bâtis, comme l'Égypte entière, de brique non cuite et rouge, aux revêtements précieux d'or, de porphyre et d'ébène. Sans oublier l'argent, le silex noir, le lapis-lazuli, la turquoise, le jaspe rouge, le grenat et ses moires, le feldspath vert, la galène ambrée et la cornaline de feu, le jade étincelant. Les murs sont tendus de tissus venus des Indes, de tapis aux soies d'Asie.

Le nez de Cléopâtre semble long aux Égyptiens, peuple dont le nez annamite aux larges narines est plat. Mais il a la perfection busquée des statues grecques de Vénus et d'Alexandre le Grand. La Macédoine triomphe de ces sangs mêlés au hasard. Un sang qui ne se détourne pas de sa première histoire : la première Cléopâtre était une Séleucide au sang perse et nubien. Le tumulte de tant d'alliances, hasard des concupiscences multiples des Ptolémées, a doté cette peau d'ambre sombre de gènes égyptien, nubien, africain, nabatéen.

Son visage et son corps sont celui d'Isis-Aphrodite qui règne et régnera pour des siècles et des siècles même si on l'étrangle dans son sommeil, là-bas, dans la chambre du matin. Elle ne craint pas le miroir de sa chambre. Elle a besoin pour se conforter de rencontrer son image. Un miroir que l'on peut reconstituer d'après celui de la princesse Sat-Hathor.

Se contempler, chaque matin, à différentes heures du jour devient un rituel de force. Éprouver sa beauté, éprouver le talent divin d'être la reine-pharaon. S'éprouver au miroir précieux dont la poignée est une tige de papyrus surmontée d'une tête de la déesse Hathor aux oreilles de vache. Une colonne végétale supporte le miroir, disque argenté d'argent, quartz, cristal de roche et lapis-lazuli. Cléopâtre la Septième se contemple dans la mouvance de cette eau précieuse, qui déforme et reforme chaque trait du visage. Le nez macédonien. Le nez du Lagide. Le nez du conquérant.

Se regarder, oser se regarder. Un rite qui n'est pas seulement celui de contrôler sa beauté mais correspond au besoin de s'identifier à Hathor, participer à la vie du ciel et à celle du soleil évoqué par le disque poli. Le miroir tient captive Cléopâtre et lui dit : Tu es la plus belle. Tu es la plus belle même si les poètes t'ont parfois refusé la perfection. Tu demeures la plus belle, celle dont Plutarque s'écriait : « Sa beauté n'était pas remarquable ni propre à émerveiller ceux qui la voyaient mais son commerce familier avait un aspect irrésistible, et l'aspect de sa personne, joint à sa conversation séduisante et à la grâce naturelle répandue dans ses paroles, portait en soi une sorte d'aiguillon. Quand elle parlait, le son même de sa voix donnait du plaisir. Sa langue était comme un instrument à cordes dont elle jouait aisément. »

Tu es la plus belle, dit le miroir qui anticipe le témoignage de Dion Cassius : « La plus belle des femmes. »

Tu es la plus belle, Cléopâtre la Septième, seule à savoir déchiffrer, supputer, déduire, ce qui t'amènera à régner seule. Non seulement sur la Basse et la Haute-Égypte mais aussi sur l'Orient et l'Occident, Rome l'orgueilleuse, dont toi et ton pays êtes la proie.

Régner. Interroger le quartz et le sel d'or du miroir. Encore et encore : tu es la plus belle. Après la fraternité mystique, la rassurer et la faire déesse. Le miroir lui restitue cet ovale pur d'un visage racé. Le nez d'Alexandre, le teint brun. Le nez aquilin et sans disgrâce ôte toute mièvrerie à la bouche bien ourlée. La lèvre inférieure lourde, plissée en une moue désenchantée. Mais le nez sauve tout, ajoute quelque chose d'indiciblement impérieux à cet excès sensuel. Le front est vaste, pur de toute ride, capable de supporter le pschent, le diadème à l'uræus.

Une physionomie très mobile, une nuque délicate, charnue, belle chair d'ambre. Une opulente chevelure bouclée, d'or roux, car les déesses doivent être d'or. Le brun d'Égypte est soigneusement passé à la terre parfumée, l'onguent qui décolore et soigne en même temps.

Un cou souple, où s'enroulent les boucles refaites chaque matin par l'habile Charmion. La mode exige que la femme soit mince, aux membres fins, aux hanches qui promettent la volupté et de porter l'enfant. Les seins, nus, entre les bretelles de lin ornées de gemmes, ont la suavité des figues. La peau, le velouté d'un pétale de lotus.

La taille est fine ; le torse gracile, la poitrine généreuse ; des seins de femme, ces seins de reine. Reine volontaire et dont le miroir répète : « Tu es la plus belle, Cléopâtre VII Philopatôr… »

La jambe est musclée, tout en délicatesse. Bonne cavalière, nageuse d'élite, sachant résister à la faim, la soif, la peur, Cléopâtre VII ne pèse pas plus lourd qu'un faucon nouveau-né, voué aux grandes fêtes d'Horus ou Amon-Râ.

Une reine-Faucon, au nez, bec de faucon, à la main en fines griffes qui sait tenir le sceptre et le fouet, les rets de tant de royaumes. Donner des caresses aux hommes qui ploient, ploieront et finiront, les lâches, par l'abandonner au royaume des ombres. Seule. Seule, devant le miroir. Tu es la plus belle, mais pour combien de temps ?

Le miroir éclaire la petite reine, des boucles dorées aux pieds délicieux, chaussés de sandales jaspées, cloutées de rubis. Les ongles des mains et des pieds ont été peints du même rouge par sa parfumeuse Iras. Charmion et Iras ont l'âge de leur souveraine et se vouent à sa beauté.

La toilette ou la reine fardée

Iras va longuement farder la jeune reine si fière des cosmétiques que Sosigène l'a aidée à composer.

Quel soin porté aux onguents et aux fards ! Quels que soient les peurs, les meurtres et la guerre, il n'y eut aucun matin de sa vie, même à l'heure de choisir les Ténèbres, où Cléopâtre ne se parât pour la vie, le pouvoir, l'amour, l'accouchement, la mort. On la oint de sept espèces d'huile les plus fines. L'Égypte se plaisait à farder même les yeux de ses statues. Cléopâtre veille à la composition de deux fards. Le vert pur colore la paupière inférieure et le noir enduit délicatement les sourcils et les paupières en les prolongeant au maximum sur les tempes. Cléopâtre aime ses yeux, sombres, piqués d'or. Le fard rend plus brillant le regard. Cléopâtre a travaillé longuement le fard vert dans divers petits pots en terre. Elle a mêlé un certain dosage de malachite, de terre fine et d'huile parfumée. Le fard noir – le *mesdmet* – est composé à partir de galène.

Avant d'opérer les savants mélanges, la reine a broyé le fard au moyen de cailloux plats, sur des palettes de schiste en forme de chat. Certaines palettes sont décorées, en leur bord supérieur, de têtes d'oiseaux. Le fard est conservé dans des boîtes ravissantes, cylindriques, de roseaux assemblés. Chaque boîte porte une figurine. Un singe debout, un hérisson, une fleur…

Cléopâtre soigne particulièrement le khôl ; cette poudre, qui vient d'Arabie, a pour vertu de protéger la vue en un pays où la lumière est trop vive. Les crèmes sont faites d'huiles. On oint longuement le visage, le cou, les épaules avant de passer au maquillage. Apprêter les yeux demande autant de temps que la coiffure. Les parfums qui raffinent cette huile d'olive viennent – ainsi que les onguents – de Libye, de Palestine, des côtes méridionales de la mer Rouge.

On oint ses bras et ses mains de pommade ; pendant le temps consacré au maquillage, la chevelure est enfermée dans un bonnet conique. Les lèvres sont rougies d'un mélange de roses, de laque spéciale, presque noire. Le fond de teint est à base de silicate et d'essence d'églantier. La chevelure exige un soin particulier. Charmion la gaine d'un bloc de pommade parfumée destinée à conserver la souplesse et le brillant. Au moyen d'un peigne en corne, la chevelure est ointe et démêlée. Une pâte odorante dans un cône chauffe lentement et dégage de délicieux parfums. Huiles et onguents sont scellés dans des vases délicats, en faïence, albâtre, sculptés de fleurs et de fruits.

Hors le miroir Hathor aux oreilles de vache, la chambre de Cléopâtre est dotée de toutes sortes de miroirs afin de contrôler l'agencement de chaque boucle, l'harmonie de la perruque destinée aux cérémonies, du pschent à plumes et disque solaire, du diadème. La surface métallique reflète le profil, la nuque. Les manches des miroirs subalternes sont en ivoire travaillé, un second miroir, derrière la reine, est, lui, composé d'une tige de papyrus gravé de différents hiéroglyphes, orné de la tête du génie égyptien Bès, et de deux faucons perchés sur deux branches d'or. Cléopâtre possède un miroir destiné à Charmion qui, en argent et perles, représente une gracieuse fillette nue qui lui ressemble, tenant à la main un petit chat. Elle soutient le disque du miroir de ses mains gracieusement ouvertes.

Quand le miroir a cessé de servir – excepté celui aux oreilles de vache –, on le dépose sous la chaise de la Belle, dans une gaine de cuir qui l'enveloppe, à l'exception du manche. Charmion porte le miroir à la fillette, attaché à un ruban, afin de surveiller sans répit le bel agencement des boucles de Cléopâtre.

Seuls les pauvres mirent leur visage au reflet mouvant de l'eau.

Le bain exige une délicatesse parfaite puisque la coiffure est déjà montée. Cléopâtre descend nue dans une vasque d'eau pure où flottent des pétales de lotus et de rose. On a versé dans l'eau, afin de dissiper toute odeur, du kypshi, mélange de myrrhe, de genêt, d'encens et de trigonelle. Ce mélange, dans un brûle-parfum, répand dans la chambre et sur les vêtements sa fragrance. On sèche Cléopâtre de plusieurs linges fins, tandis qu'elle le mastique mêlé à du miel pour obtenir une haleine exquise.

Cléopâtre revient au miroir Hathor aux oreilles de vache. Le grand souci – même chez les hommes – reste les cheveux. Pour les empêcher de blanchir, on n'hésite pas à les baigner du sang d'un veau cuit dans l'huile et de poudre de corne d'un taureau noir. Plus subtil est le mélange d'huiles et de graisse d'un serpent noir. La repousse des cheveux s'obtient en malaxant six espèces de graisses. Graisse de lion, d'hippopotame, de crocodile, de serpent, de bouquetin. Une dent d'âne pilée dans du miel fait ses preuves ainsi que le crottin de gazelle.

Cléopâtre connaît l'onguent de la vengeance. Pour faire perdre ses cheveux à un ennemi, on cuit le ver de la fleur de lotus dans de l'huile surie et on l'applique sur la tête de l'adversaire. L'antidote d'une telle attaque consiste en une carapace de tortue cuite, pilée et mélangée à la graisse du sabot d'un hippopotame. Elle a appris ces secrets de la vie intime dans le gynécée de son père le Aulète où elle a passé sa première enfance.

Mais Cléopâtre la Septième méprise les vengeances femelles qui consistent à rendre chauve une rivale. Elle a banni, aussitôt sur le trône, le harem de son père. Cléopâtre la Septième ne combattra qu'en souverain pharaon. Les poisons restent les alliés de l'obscur. Quand elle régnera, seule, elle saura manier les armes, et les ruses des grands guerriers.

Ainsi maquillée, elle éblouit Dion Cassius : « Elle était splendide à voir et à entendre, capable de conquérir les cœurs les plus réfractaires à l'amour et jusqu'à ceux que l'âge avait réfrigérés. »

Cléopâtre, en robe de pourpre, à la coiffure compliquée, au parfum de lotus et de safran, au cou, aux oreilles et poignets cliquetants de bracelets, broches, pendants, colliers de perles…

Son sous-vêtement ? Sa peau l'habille d'un grain serré, fin. Quand coule le sang du mois, on ajuste astucieusement quelques linges en pagne triangulaire, changés souvent. Ce sang est celui d'une déesse. La préposée au linge touche le sang d'une déesse et ce sang guérit les maux. La robe est souple et belle. Un fourreau épouse ce corps délicieux. On glisse une chemise très fine. La robe fourreau descend aux chevilles.

Au printemps, en automne, quand vient l'hiver égyptien, rigoureux à Alexandrie – les nuits sont fraîches –, Cléopâtre revêt la tunique grecque de laine, rattachée d'une agrafe en perles roses ; la cape et le manteau de laine. Nouer les bretelles de la robe ou du châle est un art qui la rend attentive. Nouer le pagne discret, la ceinture travaillée, tout a un sens, car le mot « nœud » – même si la langue égyptienne n'appartient qu'au peuple – a fini par s'insinuer dans la culture grecque. Le mot nœud – *tchés* – signifie « parole magique ». L'harmonie de « nouer » les énergies entre elles.

Cléopâtre, fille d'Isis Osiris, Aphrodite, ne va jamais parée de nœuds mal faits. Quant à la chaussure, même si la plupart des autochtones vont nu-pieds, elle adopte la sandale à semelles de papyrus, ornée de cuir teinté et de joyaux.

Elle aime le moment où l'on agrafe ses parures. Les bracelets aux poignets et aux chevilles, le collier si large qu'il effleure les seins, les boucles d'oreilles et les pendentifs. L'améthyste et les perles assurent la protection de vie.

Car elle est en danger. Mal mariée, livrée à une populace qui gronde telle la hyène assoiffée. Si elle ne domine pas la situation de son pays et cette horrible fratrie, elle sera égorgée.

Le palais, la peur, les noces

Ne pas avoir peur dans ces espaces où la lumière par moments se voile, se noie. Ne pas avoir peur du silence turbulent des complots. Ceux qui se fomentent derrière les colonnes et les portières, dans les appartements du frère-époux, l'enfant qui trame sa mort.

Plus loin, la chambre d'Arsinoé, au teint jaune, la sœur de quatorze ans qui, elle, veut sa place de reine. À quand, goutte à goutte, le sang maudit de l'aînée coulera-t-il ?

Elle sait tout cela, Cléopâtre la Septième, qui ne frémit pas, sûre qu'Amon-Râ, Isis, Hathor la protègent. Une reine-pharaon de dix-huit ans qui se souvient du sang répandu de sa sœur aînée, Bérénice, tuée des propres mains du père, le Aulète, dans cette salle, sur ces marches. Cléopâtre doit traverser sans frémir la salle pour mieux s'emparer de cet espace qui sera, à jamais, un jour, son palais. Elle déchiffre aux murs de brique rouge non cuite revêtus de soieries et de jaspe les cris et les éclats étouffés de ceux qui sont morts. Matériaux dérobés aux prunelles mêmes des dieux. Ceux ramenés par Alexandre, dieux grecs, nés grecs, dieux de la mer, de la terre, de l'art. Ces dieux, au fil du temps, mêlés au syncrétisme audacieux des dieux d'Égypte. Le palais reflète les couleurs et les revêtements liés au sacré. Statues à tête de bête, cornes d'or et d'argent, tapis aux dessins cabalistiques. Du sol au plafond, le jaspe rouge, le grenat et ses moires rutilent. Le feldspath vert, la galène et l'ambre, dure et inimitable cornaline, font chatoyer la lumière dans les épaisseurs des parois, des sièges, des guéridons, des lits multiples.

La Beauté. Mais aussi le danger. La menace. Cléopâtre VII, la toute belle, a l'âme plus ferme que le glaive. Comme elle dissimule bien sa peur, en foulant les tapis, écartant ces portières brodées derrière lesquelles, à chaque instant, la Mort peut surgir.

Ne pas avoir peur d'habiter sa chambre au plafond de turquoise, où est peinte une représentation céleste, avec planètes, constellations, décans et signes du Zodiaque ; et une frise de prêtresses à genoux, aux cheveux bleus, le corps à peine voilé de lin blanc. Une géométrie parfaite ; deux femmes, un homme debout, torse nu, à la longue culotte blanche... On compte huit femmes dans cette peinture, accroupies en un mouvement de corps de ballet. Les mâles sont debout. Cléopâtre déchiffre les douze signes : le Taureau omniprésent, Apis, le Lion inquiet, le Bélier agressif, et des figurines plus mystérieuses, en groupe, isolées. Nout, la déesse du Ciel, celle qui avala le soleil au soir et donna naissance au matin, celle qui copula avec son frère Geb et engendra cinq enfants : Osiris, Horus l'Ancien, Seth, Isis et Néphtys. Les enfants du désordre engendreront à leur tour des perturbations dans la création par leurs querelles incessantes.

Construire l'équilibre, c'est savoir lire les perturbations essentielles. Cléopâtre, avant que le sommeil ne ferme ses yeux, contemple le plafond des douze signes et des dieux les plus véhéments. N'est-elle pas issue des enfants du désordre, sœur de ceux qui complotent sa mort nuit et jour dans ce même palais ? N'est-elle pas Isis-Nout-Vénus-Aphrodite ? N'est-elle pas née du Sagittaire et du Capricorne ?

Ce plafond repose sur des colonnes décorées d'oiseaux. Entre ces colonnes il y a le lit de repos – où jamais elle ne se repose vraiment. Un lit que sa sensualité et ses goûts, son culte de la beauté, ont orchestré ainsi : un amoncellement de coussins, une peau de panthère, la même qui sert de queue à l'habillement du frère-roi-pharaon. Le lit, si vaste, où l'enfant-époux ne l'a pas encore rejointe. Le lit où tant de femmes de cette lignée dormirent, engendrèrent, périrent. Le lit où Cléopâtre Typhaia-la-Jouisseuse poussait les cris perçants du rut. Le lit qu'Arsinoé convoite et que l'austère Bérénice connut un bref moment sous le plafond aux signes implacables.

Selon l'insomnie violette, où elle entend le son de la flûte du Aulète, le plafond change ; la lueur des torches a basculé dans l'ombre, obscurcissant les signes du Zodiaque. Fait-il vraiment nuit noire en Égypte ? Nuit améthyste. Le plafond se modifie et elle le fixe, cette jeune fille aux projets immenses.

La chambre du soir et du matin est à l'extrême droite du palais, bien celée aux regards. Pour le repos et la conscience des autres mondes. Pour le devoir de consommer les noces, d'engendrer et de se parer. Du grand portail à la chambre, il faut franchir un dédale où, de gardes en eunuques, en foules de serviteurs muets, l'espace est invincible.

Le portail principal possède deux entrées secondaires. Il y a la garde de Cléopâtre, des Nubiens armés, aux yeux maquillés, à la peau noire, la légion de César, à la poursuite de Pompée. Premier espace, première cour où des serviteurs en pagne balaient et arrosent le sol tout le jour. Rome traite l'Égypte en province conquise.

Deux portes ciselées de fleurs, de figures géométriques, de poissons, donnent accès à la première grande salle. Celle où le Aulète jouait si fort et si faux, quand l'envie d'un giton ou de l'or l'agitait. Une salle soutenue par un avant-corps sur des colonnes, qui s'achève en un balcon. Un balcon où le Aulète crie sa vengeance. La foule se presse, elle est là, toujours là. L'instinct de la foule. La foule qui le hait. La foule qui aime Cléopâtre et espère en elle.

Cléopâtre, petite reine sans pouvoir, traverse cette salle où elle n'a donné encore aucune audience. Les complots montent en une crue plus noire que le Nil quand il devient fécond, crue dévorante, aveugle, larguant le précieux limon, noyant l'imprudent.

La gorge lui serre dans la salle au balcon. Là, il y a huit ans, son père, le Aulète, fit égorger sa fille Bérénice. Elle se souvient. Il y avait un capitaine de César, un athlète fringant et beau, de puissance et de fougue, du nom de Marc Antoine. Il refusa d'enfoncer le glaive dans le cœur de Bérénice, livide, qui ne tremblait pas. Mais le Aulète fit un geste et la salle aux colonnes fut inondée de sang.

Cléopâtre se souvient. Elle avait dix ans et Bérénice était la reine depuis la fuite lamentable du Aulète. Pompée ayant rétabli le flûteux – son père –, l'Égypte est sous la botte d'une armée rassemblée à Antioche, commandée par le proconsul Gabinius que le Aulète a soudoyé de dix millions de talents. L'Égypte est ruinée. Le Aulète osait venir à la suite des enseignes romaines, ces légions qui avaient dévasté la Phénicie, traversé la mer des Roseaux, Péluse, défendue par les Égyptiens et les Juifs… Le Aulète sait que rien ne l'empêchera d'entrer dans la salle des colonnes où il se vengera.

Bérénice

En 59, sa fille, la reine-pharaon Bérénice, avait osé prendre le pouvoir contre lui avec son époux, le grand prêtre Archélaos. Cléopâtre revoit tout ; Bérénice, austère et pâle, le serpent uræus sur son front, la peur et l'orgueil mêlés, statue de sueur glacée aux mains qui ne tremblent pas, déjà vidées de leur sang.

Sait-elle que son époux bien-aimé, Archélaos, vient d'être égorgé ? Le Aulète, en riant, a tranché lui-même sa tête qu'un licteur jette aux pieds de Bérénice. Près du trône, simple et sec siège où Bérénice se couvre d'une pâleur de cendre, il y a Cléopâtre et Arsinoé, âgée de six ans. Gabinius bouscule sans égard Bérénice, la reine-pharaon qui va mourir et trébuche sur les dalles. Le

Aulète rit, lourd, rouge, ivre. La flûte et le glaive brandis, il bave son vin et sa folie. Deux esclaves le traînent et l'asseyent de force au pied du Romain qui jubile.

Mais un cavalier est entré : Marc Antoine. Un taureau fait homme, membré en lion, un athlète d'arène, les cheveux bouclés noirs, les yeux d'un fauve, la bouche rouge, le verbe haut. Il a vingt-quatre ans.

– Tue-la ! balbutie le Aulète, désignant Bérénice. Je te l'ordonne !

Marc Antoine, chef de la cavalerie, hausse les épaules.

– J'ai accompagné la dépouille d'Archélaos à qui j'ai demandé qu'on rende les honneurs.

Le Aulète rit aux éclats, réclame un glaive, du vin. Gabinius se délecte.

– Que vas-tu faire de la reine Bérénice ?

– Qu'on la tue ! Qu'on la tue ! elle m'a désobéi et volé mon trône ! hurle le Aulète, en éructant.

– Qu'on la tue, reprend en écho – et sur le ton d'un ordre Gabinius.

Il montre du menton le maître de cavalerie, Marc Antoine.

– Tue-la.

– Non, dit-il, je ne perce pas d'un glaive une femme désarmée !

Gabinius fait un signe et un Gaulois, un de ses soldats, s'avance. Marc Antoine répète « non ».

Bérénice, la reine-pharaon, le modèle, le sacrifice et la dignité, se lève et sans un mot marche vers le trône où rotait le Aulète, lequel répète : « Qu'on la tue ! »

– Qu'on la tue !

On la tue. Il la tue. Dans la salle des colonnes, le Aulète enfonce le glaive ; elle tombe à genoux et tremble un long moment.

Le Aulète prend alors sa flûte et joue l'air des filles-en-rut ; l'air qu'il jouait aux bordels de la ville. Sur sa fille transpercée. Il dit entre deux sons de flûte « oui, oui » à Gabinius qui réclame son or. L'or de l'Égypte, affamée, assassinée.

C'est ce cauchemar-là, la salle des colonnes. Cléopâtre s'y attarde. Un souverain ne craint pas, ne craint plus : elle regarde les marches où Bérénice saigna longtemps.

À côté, la salle de réception du roi, la grande salle à manger où le Aulète banqueta aussitôt son meurtre. Il banqueta avec Gabinius et les autres de vulves de truie farcies. Il banqueta surtout de vin, ne sachant plus si le sang était le vin. Dans cette salle du banquet supportée par seize colonnes.

Il joua l'air guilleret de la grenouille Sta.

Elle regarde la grande salle à manger. La conviviale et la triviale. Là où le vin fait perdre les têtes, emporte les langues. Cette reine si jeune, vierge, avertie avant même le sang de l'hyménée, a vu couler tant de sang ! Elle sait à quel point, elle, la Grecque d'Égypte, Égyptienne par la force du temps, Grecque par l'ascendance et l'esprit, elle sait, là, dans la salle du banquet que le vin et les ripailles perdent les langues en propos sans mesure.

La salle à manger donne accès aux chambres à provisions. Elles sont dix. On y trouve les céréales, le blé, les fèves, les figues sèches, les dattes, la farine, l'huile… Un grenier dont s'empare Rome. Comme l'Égypte.

Est-ce pour cela qu'il y eut, qu'il y a, qu'il y aura tant de meurtres ?

Elle n'aime pas ce couloir.

La chambre du roi. Ses alliés

Au bout des couloirs : la chambre du roi. Ptolémée le Treizième. Celui qui l'a épousée.

Les noces furent d'un luxe inouï, avec deux trônes d'or, des pschents et des prêtres… Ni elle ni lui ne se regardaient et Arsinoé fixait sa sœur. Ptolémée XIII la hait car les noces doivent se consommer mais elle s'y refuse. Il a la voix grelette de l'enfance, des propos d'homme et de roi, une faiblesse et des tremblements. Il attend l'heure de la chasser vers le désert de Péluse, les marais d'où nul ne revient. Que de sombres rêves, dans sa chambre d'enfant-homme ! Un vaste lit garni de coussins et de couvertures où il fut l'enfant veillé des eunuques. Le sol, enduit de plâtre, a été peint. Un lac d'oiseaux, de poissons, de fleurs de lotus, de papillons. Il est entouré d'un foisonnement d'arbrisseaux et de plantes dans des pots cloutés de sardoine. Des colonnes s'élèvent, supportant des vases en porphyre débordant de fleurs fraîches, lys, lotus, églantier, nénuphar rose. Le couloir qui mène à la chambre est peint de fresques à la gloire du roi : des Syriens et des Nubiens, séparés les uns des autres par trois arcs, sont couchés, les mains liées derrière le dos, une inscription à leurs pieds : « Tous les jours sous les pieds de Sa Majesté ! »

Mais qui est la Majesté ? Ce grelet de douze ans, sournois et criminel, à l'œil d'oiseau fixe comme celui d'Arsinoé ? Son jeune frère de cinq ans qui aime tant jouer avec les singes ? Le roi ? Ou elle, Cléopâtre VII ? Seule.

Elle entend des chuchotements derrière la portière emperlée. Elle entend le bruissement de la menace qui rôde. Elle déteste, dans sa chambre, les trois petits lits destinés à la progéniture qu'il est de son devoir de donner au roi-époux, ce frère malingre, cet enfant à peine pubère, entouré de gardes eunuques. L'enfant n'est pas seul dans sa chambre. Il parle à ses ministres. Théodote le rhéteur, impudent, rengorgé, Grec de Chios chargé de l'instruction du frère-roi. Il aime confondre, dominer, troubler l'enfant (et qui veut l'entendre) par ses discours contradictoires. Il aime le pouvoir, il concocte des brouets mariant la pensée d'Aristote, de Philon et de Socrate ; il se perd en paradoxes, flanqué de son âme damnée, Photin, l'Égyptien à la voix de fausset. Photin, oreilles percées de boucles, voix et manières d'une fille, le ministre sûr d'avoir un pouvoir absolu (régnera-t-il lui-même ?) sur ce garçonnet impressionnable. Les bras, le cou chargés de breloques, les colliers de verroterie, il s'inonde d'un lourd parfum des femmes de l'ancien gynécée. Un mélange d'essence de lotus et de romarin, de miel, d'hysope et de jasmin. Il y a aussi, court sur jambes, mais au torse puissant, la chevelure nubienne, crêpelée, le nez grec, la peau safran, Achillas, général métis, non sans pouvoir sur Photin qui aime faire la fille... Achillas, à l'orgueil fou, décidé à écarter l'envahisseur romain, à affirmer Ptolémée XIII comme roi, et à lui donner pour épouse Arsinoé la cadette. Après tout, Cléopâtre n'est que la demi-sœur du jeune roi-pharaon ! Seul un mariage avec Arsinoé appartient au vrai rituel. Ptolémée XIII, Arsinoé, Photin le ministre, Théodote le rhéteur et son affreux giton, Potheinos, un Égyptien aux parfums de fille, Achillas le général – métis –, Ptolémée le très jeune qui aime jouer avec les singes. Voici les ennemis mortels de Cléopâtre. Si seule.

Le couloir bleu améthyste, derrière la chambre du roi, mène au gynécée des Ptolémées. Il faut quitter le palais pour pénétrer dans deux bâtiments plus petits, qu'une cour, toujours gardée, sépare du palais. Le premier des bâtiments est une série de magasins à provisions. L'autre, divisé en deux parties et dont les entrées sont toujours gardées, est occupé par les femmes du harem royal. Égyptiennes ou étrangères, elles font de la musique, dansent, mangent ensemble et se coiffent mutuellement. Ptolémée le Treizième entend bien en profiter. Achillas et Théodote aussi. Photin goûte chez elles les leçons de beauté et d'onguents. Femmes noires, blanches Galates, filles rouges de peau et de cheveux, aux pâles yeux, venues d'une contrée étrange, nordique, qu'on ne nommait pas encore l'Écosse ; des esclaves belles et lourdes, aux grasses chairs africaines, ou de sèches Berbères, dont certains muscles secrets retiennent le pénis de l'homme jusqu'à en faire une lente bête gémissante dont le plaisir n'a plus de fin...

C'est donc là, au gynécée du Aulète, que Cléopâtre est née le rose hiver 69, où Typhaia la Jouisseuse n'était qu'une concubine aux puissants muscles secrets, à la peau blanche, à la rousse chevelure. Les reins d'une levrette, le rut permanent. La Jouisseuse, et lui, le Aulète.

Les amis et maîtres d'études de Cléopâtre

Ses alliés, eux, sont au Museum. Cléopâtre aime l'esprit, l'intelligence, la musique, la géométrie, les mathématiques. Elle se nourrit de quelques galettes de céréales, boit la bière si fraîche et rejoint ses amis. Le Aulète, sur une fantaisie fructueuse, avait confié l'éducation de la petite fille à quatre savants : Sosigène, Philodote, Comarios et Démétrios. Ils furent ravis de rencontrer en une enfant si jeune le terreau fécond d'un esprit curieux, vif, ouvert.

Comme elle aime traverser sa ville ! Elle ne craint pas cette foule qui l'adore. Elle parle aisément leur dialecte. Elle répond aux marchands, à chacun, d'où sa popularité. Elle sait parler l'arabe, l'araméen, le syrien, le crétois, le nabatéen, le mède et l'arménien, le grec à la perfection, le latin et le dialecte des marchands de l'Indus, qui viennent au palais, inclinés jusqu'au sol, proposer leurs soieries et leurs tapis. Apollodore, le bel esclave sicilien, l'accompagne dans ses randonnées à pied jusqu'au Museum où la peur s'évanouit quand elle écoute les conférences des philosophes grecs. Rares moments de paix, où la sombre menace qui pèse en permanence sur elle n'est plus qu'un songe sans nom.

II

La chambre de nuit ou les noces inachevées

Noces. Des hommes, des dieux et des rites

La foule, toujours elle, imposante dans le quartier de Canope. Ses collines, le temple du dieu Pan – celui qui éloigne les paniques –, attirent une foule exaltée. Le meurtre de Bérénice, les audiences du Aulète, les haines de cette fratrie qu'il a engendrée créent la panique. Arsinoé, la livide, a le visage chafouin, comme son frère Ptolémée XIII. Cléopâtre est si belle et saine qu'elle les agite d'un émoi compliqué. La tuer ou l'idolâtrer ?

Dans la foule d'Alexandrie, des Macédoniens, des navigateurs de Chypre, des Germains et des Celtes que les guerres ont menés jusque-là, avec leur chevelure de lin, leur poilerie rousse, et leur odeur de bête. Les Germains et les Celtes des légions de Gabinius, les Arabes du désert et ceux de Syrie, les Juifs aux sombres histoires. La foule, toujours prête au spectacle.

Le Aulète disparut après une ultime débauche. Cléopâtre, révulsée, l'a vu boire et vomir et blasphémer les dieux et ses amis du Museum, le philosophe Démétrios, son précepteur personnel. Le Aulète est trouvé mort sur sa couche. Violet. La peau en cloques et les intestins vidés. C'est l'été 51. La foule est avide des noces.

Cléopâtre est reine. Elle a dix-huit ans. On célèbre aussitôt son mariage avec son demi-frère Ptolémée le Treizième. Pour devenir reine d'Égypte, elle sait qu'il est indispensable de sceller cette union répugnante. Avant le mariage, Cléopâtre ordonne au prêtre Ouseros, voué à Sérapis, d'officier le culte à ce dieu introduit en Égypte par Ptolémée Ier Sôtêr, alchimie complexe d'Osiris-Apis.

On déclare en public cet inceste sacré, voué à sceller pour le peuple la divinité de ses rois. La reine ose participer en personne à un autre rite sacré : l'installation du nouveau taureau Bouchis, incarnation du dieu Râ. La cérémonie a lieu à Erman près de Thèbes, à la rage d'Arsinoé et de Ptolémée le Treizième. Achillas, Potheinos, Théodote le rhéteur et Photin l'eunuque excitent le jeune roi. Cléopâtre agit seule, en souveraine-pharaon, avant même d'avoir sacrifié au rite de l'inceste.

C'est le 19 Phametath (22 mars) 51, Cléopâtre agit au nom de ce peuple d'Égypte ; au nom des mânes d'Alexandre sacrifiant à Apis ; un rite populaire, méprisé des Grecs. Elle se fait Égyptienne totale ce jour-là ; les boucles ornées du pschent et des plumes de faucon. La fille des Lagides n'adore pas le taureau aux cornes peintes d'or, mais la passion politique l'emporte sur ses passions mêmes. La Grecque étouffe en elle la raison d'Aristote parce qu'elle veut captiver le clergé égyptien et la foule d'Égypte. Se faire adorer, elle, la souveraine-qui-sera-unique. L'urgence est de se rendre populaire auprès de ce peuple.

Elle prend, comme si elle régnait seule, des mesures énergiques. Elle dévalue la monnaie d'un tiers de sa valeur pour faciliter les exportations bloquées, qui paralysent l'économie. CléopâtreVII lance un impôt forcé qui touche même l'aristocratie. Le rite d'intronisation du taureau Bouchis n'empêche pas le pays d'être conscient de sa fragilité. Au bord du désastre, de la famine, Cléopâtre déploie son énergie à convaincre le Haut Conseil, une assemblée qui regroupe les hauts membres du clergé et les puissants. Sa nouvelle politique religieuse calme les esprits ; mais elle se préoccupe de politique internationale, veut éviter le conflit avec Rome dont les troupes ont envahi le Moyen-Orient. Les deux fils du proconsul romain de Syrie, Bibulus, sont assassinés. Cléopâtre livre les meurtriers qui sont exécutés.

Elle agit seule, comme si le frère-époux n'existait pas.

Pompée apparaît dans le testament du Aulète, donnant la tutelle de l'Égypte à sa descendance.

Soit, elle accorda, à la rage de Ptolémée XIII, d'Arsinoé et de leurs alliés, une aide militaire au fils aîné de Pompée le Superbe, le beau Gnaius venu en délégation. Elle donna l'or et encore de l'or. « Ton père, Pompée, s'est montré loyal envers mon père tandis que César voulait nous réduire », dit-elle.

Qu'il la trouvait belle, ce jeune Gnaius, qu'il la trouvait belle, la fille des Lagides ! Elle-même le trouvait beau.

Au temple du Serapeum, la cérémonie des noces avait été encore plus éprouvante pour son frère, ce garçon de douze ans, tremblant de faiblesse nerveuse sous le poids d'une pompe religieuse qui durait des heures. Le poids de la double couronne, la rouge, la bleue, la Haute et la Basse-Égypte. Le poids plus lourd était encore cette couronne cobra d'or, serpent primordial qui assure l'ensemble des énergies vitales – les Ka – de la création.

Le cobra d'or brûlant ce front ; le soleil chauffant ; tant d'or et tant de fatigue. Le peuple regarde surtout Cléopâtre, parée du fourreau transparent. Droite, sur le siège dur incrusté de pierreries. Âme et nerfs d'acier dans un corps de déesse délicate qui la fait se confondre avec Isis, épouse de Sérapis-Osiris.

Doit-elle au grand prêtre Ouseros d'avoir imposé le soir même le recul de deux années de la consommation du mariage ? Ouseros négocia avec les alliés de l'enfant malingre sur lequel ils appuient leurs ambitions futures. Achillas le général aux courtes jambes et à l'orgueil de nain, commandant de la garde royale. Photin l'eunuque dont les bijoux cliquettent au rythme de la voix de fausset qui préside aux travaux du Conseil du royaume contre lequel Cléopâtre reine ne peut (encore) rien. Sans oublier Potheinos, le trouble comparse de Photin. Théodote le rhéteur perfide. Ganymède et son plan : rétablir Arsinoé reine et la marier à l'enfant-roi, détruire à jamais Cléopâtre. Mais ses espions lui rapportent que Photin le Grec et Achillas ont convaincu la jeune Arsinoé, déjà débauchée, initiée à la couche de Ganymède d'Éphèse, perdu de vices et dévoré d'ambitions, qu'elle régnera. Il fera d'elle la reine-pharaon, régnera à sa place, l'engrossera à la place de cet enfant malingre, à peine circoncis, aux testicules plus vides que des pois chiches.

La nuit de la reine

L'année 49. La peur est cette goutte tiède qui coule le long du dos. Le Conseil du royaume, sous la voix aigrelette de Photin, annonce à Cléopâtre qu'il est temps qu'elle consomme ses noces conclues au temple de Sérapis. C'est l'épreuve décisive. L'épreuve qui réduit ou élève. Celle qu'attend la populace. Les murs, les sols, les toits, les nuits ont des oreilles.

Cléopâtre n'a pas répondu tout de suite, glacée dans la salle de conseil. Elle a revêtu le pschent, le cobra d'or. Arsinoé grimace, le teint jaune. Le front et les joues de Ptolémée le Treizième sont couvertes de plaques rouges. Le cadet joue au sol, avec un ouistiti.

« Fille d'Amon et d'Isis, il est temps que tu consommes ton mariage. »

Qui voyait la peur, cette rivière glacée au sang si chaud, de la fille des Lagides ? Elle ne répond pas et concentre ses émotions. Ce grand prêtre Ouseros à l'œil maquillé, vaste et vide comme la prunelle des gazelles, a parlé. Ganymède, à la lippe concupiscente, attend. Arsinoé, plus jaune et maigre que le sec arbousier, répète : « L'élue de Ptah doit consommer ses noces ! L'inceste est sacré puisqu'il unit Osiris et Isis. »

Isis, sœur et épouse d'Osiris. Osiris, jalousé par son frère Seth, assassiné et démembré par lui. Isis, veuve éplorée, a mené la longue quête pour retrouver chaque membre d'Osiris, dieu des morts. Ce qui permettra la procréation posthume de leur fils Horus. Isis, sœur tendre du tendre Osiris. Amants et époux. Frère-Sœur célestes. Comment Cléopâtre, fille de tant de rois, et ce misérable roi-enfant, fils de tant de reines, peuvent-ils déroger à l'inceste divin qui les fera divins aux yeux des dieux et du peuple ?

Achillas bombe un torse guerrier, griffé de cicatrices, sur des jambes d'enfant obèse. Il ose fixer la reine et ses hanches délicates. Il répète : « Consommer les noces de Ptolémée XIII et de Cléopâtre ! »

Arsinoé relève aussi le défi : « Ma sœur, si tu refuses, c'est à moi de célébrer l'inceste royal. »

Théodote le rhéteur, le Grec, le traître, le précepteur de Ptolémée qui porte le titre de Tithenos et tire les ficelles du roi-pantin, acquiesce. Démétrios fait alors à Cléopâtre l'imperceptible signe de l'assentiment. L'inceste seul légitimerait sa royauté absolue de reine-pharaon.

Elle se lève, droite dans la peur qui est devenue une brûlance, et dit en grec :

– Menez cette nuit à ma couche Ptolémée mon époux-roi.

L'enfant eut un chuintement de bête épouvantée.

Élue de Ptah, ce dieu créateur entre tous, patron des artisans, adoré à Memphis, représenté sous forme humaine dans un maillot collant d'où ne sortent que les deux mains, Cléopâtre joue le jeu du dieu. Ptah l'aidera à faire ce qui va suivre. À poser les mains sur le corps malingre de son frère. À attirer par les cheveux ce corps d'enfant contre sa peau nue, contre son pubis nu.

Sur la couche d'apparat, à la lueur des flambeaux, elle fixe Ptolémée XIII, plus effrayé qu'elle. Il crie de peur, d'horreur, de haine, pendant que les mains de Ptah, les mains seules agissantes, le guident. Elle a d'abord fait boire à l'enfant terrifié, avant de le dévêtir elle-même, une coupe de vin coupé de pavot et d'un cœur de crapaud pilé. Elle ordonne à ce sexe mou de toucher sa chair et de durcir. Elle arrache son râle, voit jaillir sa faible semence entre ses genoux écartés contre sa fente divine ; de Vierge divine.

L'Inceste ? Seul Ptah – et les eunuques qui recueillirent le précieux linge – saura que la semence s'est égarée au ventre de Cléopâtre. Le sexe de l'enfant à peine pubère n'a osé rien d'autre que ce frôlement honteux et épouvanté.

Ptah, les servantes dévouées et les eunuques ont veillé. Le conseil chuchoté de Philodote est plus habile que celui d'une matrone avertie. Le sang d'un poulet égorgé dûment celé dans un vase en porphyre sera renversé sur la couche. Il créera l'illusion de l'inceste sacré.

L'enfant épouvanté dont la semence jaillit pour la première fois contre la chair de cette longue femme-sœur haïe a égaré son esprit le temps d'un cri de honte et de jouissance. Ainsi vont les nuits des dieux. Une grande crainte et le sang d'un poulet.

Il n'y aura plus jamais pour elle de sommeil innocent. Depuis le meurtre de Bérénice et les noces consommées au sang de poulet. Ô Théodote, combien plus précieux sont aux puissants les mensonges !

Le jour a paru. Les bouches ont été cette rumeur plus rapide que le vent du désert qui embrase Alexandrie. Toute l'Égypte du delta, au Fayoum, à Thèbes et la dernière cataracte, répétait : Cléopâtre et Ptolémée XIII ont consommé leurs noces.

III

Alexandrie

Promenade d'une reine

Va-t-elle sortir sur le port ? Se rendre au Museum ? Qui oserait la toucher, ce matin-là ? Pas même ceux qui la haïssent. N'est-elle pas protégée de Ptah, Apis et Anubis ? Qui chercherait à la tuer aurait son âme dévorée par les hyènes. Le grand prêtre Ouseros a célébré le rite des noces consommées. Incantations et prières. Elle peut sortir de la cage du palais. Arsinoé a disparu dans ses appartements avec Ganymède. L'enfant-vierge à la semence égarée, pris de honteuse torpeur, est consolé par Photin. Il lui fredonne le vieux chant des nourrices, d'une voix de pleureuse : « Ma belle, mon oiseleur, que n'ai-je le doux sein tendre, par Horus, pour alléger ta peine, laisse-moi t'oindre de lait et d'huile… »

La voix de l'enfant a mué. Il se dit, il se sent homme. Il entrevoit la chair nacrée entre les cuisses de neige.

– Tais-toi ou je te fais égorger, crie-t-il à Photin.

L'eunuque pousse un cri outré de porcelet.

Alexandrie, l'air du port. L'aube et le soleil naissant ou le dieu Khépri. Cléopâtre a agrafé un scarabée à sa tunique. Ce matin lui semble rose et frais.

Alexandrie, sa ville où les rues fourmillent déjà. Trois cent mille âmes habitent la cité même ; sans compter ceux hors l'enceinte, soit sept cent mille habitants. Une population cosmopolite. Des Grecs dans le centre riche de la ville, la communauté juive (qui a son propre conseil) dans le quartier est, l'Éleusis. Les Égyptiens, les plus anciens et les plus méprisés, forment le plus grand nombre. Une populace vite échauffée, logée dans la vieille cité, si pauvre, à l'ouest, qui porte encore le nom de Rhakotis. Les artisans et les fonctionnaires se côtoient. Alexandrie, où Cléopâtre se sent liée à tous et unique en tout. À jamais.

Elle aime sa ville, cette ville. On dirait une fille de joie aux jambes roses, celles que l'on rencontre dans les maisons de la bière. Une ville femelle, une ville reine, qui grouille de la nuit au matin dans une frénésie continue. Une ville où à chaque carrefour se croisent les légions de Gabinius. Celles de César, vainqueur à Pharsale, n'entrent plus. Tout autour du palais, il y a ces enceintes fortifiées ; ces casernes, ces mâles d'acier, de cuir, ces jambes nues, ces rudes Pectosages, ces Allobroges, ces cavaliers de Germanie.

Suis-je reine ? se demande-t-elle. Suis-je pharaon qui a frôlé l'inceste sacré ou cette prisonnière, parée dans la ville et mon pays, proie de Rome ?

On parle tant de langues et elle les comprend toutes, y compris les dialectes de l'est. Cléopâtre longe le quartier juif, déjà acquis à César. Les Juifs détestent Pompée qui avait mis à sac Jérusalem. Rumeurs. Moiteurs. Apollodore veille sur elle. Elle a ici moins à craindre qu'en son palais.

César a lancé le bruit qu'il débarquait en Égypte pour rattraper Pompée, mais aussi pour réconcilier ce frère et cette sœur. Départager équitablement l'unité du royaume ainsi que le Aulète l'avait spécifié dans son testament quand il avait demandé de l'aide à Pompée. À Rome, moyennant l'or de son pays dévasté.

Cléopâtre aime arpenter librement sa cité d'or, sa très brillante Alexandrie dont elle connaît chaque quartier, chaque ruelle, chaque temple. Elle est fière de sa ville, la plus belle, la plus grande du monde antique : Rome et Athènes, auprès d'Alexandrie, ont l'air de bourgades. Il y a loin entre cette agglomération qui la conforte à lutter et le petit village de Rê-Kedet – Rhakotis en grec –, découvert et choisi par Alexandre. Un village de pêcheurs, de devins et de moustiques au milieu des bancs ensablés... Plutarque consignera comment la prémonition de faire de ce misérable bourg la plus grande cité du monde était venue à Alexandre le Grand. Il avait eu un songe, où lui était apparu « un personnage ayant les cheveux tout blancs de vieillesse avec une face et une présence vénérables ». N'était-ce pas le signe à écouter ? L'âme nécessaire à l'histoire, la sienne, sa grandeur et l'avenir de sa grandeur ?

Alexandrie. Protégée au nord par l'île de Pharos où poussent les lotus et les mauves fleurs de rocailles. Une cité rafraîchie au sud par le fécond lac Mareotis, à l'est par cette déesse à part entière, le Nil, fleuve-femme qui fertilise par ses crues un pays tout entier. Alexandrie, ville élue par Ptolémée Ier Sôtêr. Thèbes avait longtemps été la capitale, mais éloignée de la mer, suffocante sous les canicules, privée des grands prêtres égyptiens, elle n'était pas ce joyau fécond, respiratoire, prestigieux. Cléopâtre savoure à pied, avec un bonheur renouvelé, ce port de nacre et de rose, cette aube de fraîcheur délicate, cette forêt de monuments en marbre. Cette cité avec là-haut, sur les collines, le temple de Sérapis, celui de Poséidon, devant la mer ; à l'ouest du Bruchion.

Elle a longé le port. La promenade est longue mais si belle ! Elle a longé le temple Emporion, l'espace Arsinœion jusqu'à la grande passe de l'Heptastade, large chaussée longue de sept stades (mille deux cents mètres) qui relie l'île de Pharos au continent. Les deux ports, le Grand, à l'est, face au Bruchion, et celui du Bon Retour, à l'ouest. Le Phare, de marbre blanc, surmonté de la statue de Zeus Sauveur, est une des sept merveilles du monde comme les pyramides d'Égypte, les jardins suspendus de Babylone, le mausolée d'Halicarnasse, le temple d'Artémis à Éphèse et la statue de Zeus à Olympie.

À l'extrême est, en pleine mer, le phare rutile, le jour et la nuit. Trois étages, cent trente mètres de haut, il rallie les navires égarés du monde entier. Le Phare, perle de la Méditerranée, édifié par l'architecte Sostrate sous Ptolémée II, ajoute un fleuron de plus à une ville digne des dieux, signe de la déesse Isis-Aphrodite-Cléopâtre. Un phare dont les brûlots allumés sont veillés par des hommes-vierges aussi sacrés que les vestales. Il éclaire au-delà de cinquante kilomètres, d'un faisceau pourpré qui fait de la mer, la nuit, un tapis de pierres précieuses, de jaspe, de grenat.

Cléopâtre puise l'énergie des conquérants au cœur fougueux de sa ville… « Je régnerai seule… » Sa ville est le plus beau des coffres débordant de joyaux. Elle sauvera Alexandrie de Rome, de ces légions qui envahissent le pays et se comportent en maîtres. Elle saura l'approcher, ce Julius Caesar, le convaincre de conserver sa perle rose inimitable : Alexandrie où elle est née, où elle souhaite être inhumée.

Alexandrie borde la Méditerranée sur six kilomètres de long et un kilomètre cinq cents de large. Cléopâtre ne craint pas de marcher longtemps. Chacun de ses pas inscrit la mémoire de sa ville, la ville d'Alexandre dont le tombeau est dans la nécropole près du temple d'Isis, à la Lochias. Elle aime ces larges voies dessinées par l'architecte Dinocratès de Rhodes dont les plans sont conservés au Museum.

À l'ouest – Cléopâtre demande un cheval à Apollodore – se trouve le canal qui sépare le Stade de l'hypogée. La lumière brûle les yeux. On est loin des jardins si frais du palais. La mer disparaît au-delà des espaces rougeâtres. La fraîcheur revient au sud, au lac Mareotis, entouré de lauriers-roses et de marguerites. La vie, ici, est délicieuse grâce à un système habile de canaux et de filtres qui purifient l'eau que l'on boit et celle qui baigne le corps des riches. Quand la chaleur est trop dense – juillet, premier jour de l'an –, la canicule excelle. Les jardins ne suffisent plus. Il y a, outre le bord de la mer, les gracieuses rives du lac Mareotis, un quartier de villas somptueuses, entourées de vignes donnant ce vin qui chauffe les sens. Les vergers où poussent la fève, la datte, l'arbousier, l'aveline, l'alise, la figue aux flancs de femme gravide, à la chair incarnate qui pleure du miel.

À Mareotis, les vignes et le lac sont à la croisée des plus grandes routes cavalières qui relient l'Afrique à l'Asie. Les marchés innombrables regorgent d'épices, de fruits exotiques, du lourd vin de Chypre, du vinaigre doux, d'objets d'art. Cléopâtre confie son cheval à Apollodore, regarde les denrées, soupèse ces joyaux, fait monter au palais les ravissants miroirs du marchand d'ivoire.

– Merci, crie la foule se prosternant. Isis-Aphrodite, protège tes enfants !

Une enceinte entoure la ville de la nécropole au port du Bon Retour. Derrière l'hypogée, elle tourne du sud à l'est, derrière la tombe d'Alexandre. À l'est, l'Hippodrome, au nord, contre la mer, l'hypogée des Mercenaires et une nécropole. Au sud, l'Éleusis est un quartier populaire, âpre, rafraîchi par le canal qui rejoint la mer, à travers le Bruchion et la baie de Poseidonion.

Cléopâtre traverse l'agora. On l'adule à nouveau : Reine ! Isis ! Mère ! Le quartier de Néapolis jouxte les tribunaux et le théâtre. Le gymnase est au sud.

Rome sait qu'Alexandrie est le premier grenier de céréales de la Méditerranée. Une fortune que convoitent Gabinius, Pompée et Julius Caesar. Le blé est entreposé dans les silos. Sur les papyrus, le blé ne se nomme-t-il pas, en grec, *Thesavroi* comme trésor ?

– Je dois régner seule sur la cité aux trésors. Un jour, ma descendance en recueillera tous les ors.

– Reine, il faut rentrer, chuchote Apollodore. La rumeur dit que l'on complote à Péluse ta mort. Il faut te sauver. Vite !

Au matin de l'inceste reconnu, la fille des Lagides doit fuir. Péluse ? Le désert ?

Un sursaut d'orgueil la retient encore. En Égypte, les femmes ont du pouvoir. Ses sanglantes aïeules n'ont-elles pas régné ? Les six Cléopâtre avant elle, les Arsinoé toujours ivres de haine, les Bérénice vouées au glaive ! Elles comptent, ces femmes, comme avait compté sa bisaïeule, la très terrible fille du roi de Syrie, la Séleucide au sang perse. Un sang qui moire sa chevelure d'éclats fauves et assombrit l'ambre doré de sa peau qui n'est plus celle des blanches filles de Grèce. Les femmes de cette famille ont toutes pris une part active au pouvoir. La coutume d'Égypte les y aide. Non seulement les épouses, mais les concubines, les mères, les sœurs, conduisent les intrigues de cour…

La loi pharaonique astucieusement conservée lui a permis de monter sur le trône, ce trône prestigieux vers lequel les regards du monde, de Rome, se tournent – et qu'elle veut occuper seule. Une nuit l'a faite reine. Quand elle passe devant le temple de Poséidon, c'est au dieu grec qu'elle rend hommage, dieu de l'air, qui défèque pour fertiliser les terres. On dit que l'urine d'Isis produit la pluie et calme les douleurs de la soif. Isis protectrice, au phare, des marins égarés dans la tempête. Isis-Cléopâtre.

– Je régnerai seule et ma descendance recevra sur ses genoux telle la conque remplie d'or de Poséidon les trésors que je saurai engranger pour elle.

IV

La chambre d'études
Le Mouseion (ou Museum)

Savoir, dit-elle

Le Mouseion, un bel endroit consacré aux Muses et à toutes les activités intellectuelles. Un centre de recherches scientifiques où Cléopâtre dès l'enfance a passé plus d'heures, elle, la coquette, qu'à sa toilette. Elle adore cette grande salle entourée d'arcades, ces promenoirs et cette salle à manger qui faisait ricaner les Anciens. Que lui importe. Elle aime tout ce qui se passe ici : l'érudition, les classements, les inventaires, les conférences et les développements des plus hautes sciences pour lesquelles elle s'est passionnée : la rhétorique, la philosophie, la médecine, l'astronomie. Les poètes ont un œil jaloux sur cet endroit : ceux de Rome, Catulle, Properce, Ovide. Les murs, outre les statuettes et les colonnes, sont sculptés de visages étranges. Cléopâtre prend au Museum des leçons de chant, de musique et de danse. La promenade de la reine-pharaon s'achève comme toujours au Museum, son ravissement, son apaisement.

Elle a hérité de Ptolémée Ier cet esprit de culture. Cet ancêtre fut un des rares à laisser derrière lui un royaume propre, instruit, qu'elle entend reprendre en main et raffiner encore. C'est lui qui fonda ce « Musée ». Il y concentra la vie culturelle de sa brillante cité en jouxtant un autre édifice à ce quartier royal : la bibliothèque. Il aimait, ce souverain raffiné, collecter les documents, donner à sa ville « l'école Alexandrine » où triomphèrent grâce à ses soins le mathématicien Euclide, les poètes Théocrite et Callimaque, et le sculpteur Apelle. Il avait eu l'idée de ramener le corps d'Alexandre à Alexandrie, faisant ainsi de la cité l'incomparable capitale du monde antique. Il veilla lui-même aux ciselures du sarcophage sacré, tout entier d'or, si bassement violé plus tard...

Cléopâtre aime s'asseoir à ce siège des rois. Elle fut la rare souveraine – femme – à s'instruire autant qu'un homme. Elle s'appuie à la simplicité de ces gradins, cette courbe où rien ne distrait de la science. Le maître prend place, comme au théâtre, au centre. Son instrument est la parole. Tous les cours ont lieu en grec. Les conversations savantes sont coupées d'un repas afin de reposer les esprits et les délier davantage. Un repas, à la demande de Cléopâtre, composé de poisson séché, de fruits frais, de bière et d'eau fraîche, coupée d'épices, de gingembre dans la cruche aux flancs renflés. Jaloux, les prêtres romains parlent du « poulailler des muses ».

Cléopâtre a un faible pour la somptueuse annexe, la bibliothèque. Comme il a dû trembler, Démétrios de Phalère, quand il s'était jeté aux pieds de Ptolémée Ier avec le puissant projet de créer le Museum et la bibliothèque ! Démétrios de Phalère, le grec passionné de science. Sans l'or des rois, il ne pouvait rien. Démétrios de Phalère avait fui les persécutions jusqu'en Égypte et rencontré une oreille attentive, un souverain moins barbare que les autres. Il réunit patiemment les ouvrages les plus subtils du monde entier. Les Muses avaient été au rendez-vous pour qu'une telle protection doublée d'un tel génie composent cette œuvre à laquelle la petite reine menacée tient aussi passionnément qu'à son pays.

Les Muses : Cléopâtre a veillé à faire entretenir leurs statues dans chaque alvéole séparant les rouleaux de papyrus. Les Muses ou filles de Zeus et de Mnémosyne (en grec, la déesse « Mémoire »). Au Musée, à la bibliothèque, Cléopâtre se vit grecque. Les Muses, celle-là gracieuse et penchée est la déesse de la danse, enlaçant sa sœur la musique. Les sept autres sont la Science, les Mathématiques, la Philosophie, la Médecine, l'Occultisme et toutes les activités de l'esprit. Ptolémée Ier – Cléopâtre ensuite – a veillé à conserver les œuvres que le poète grec Hésiode leur avait données en premier. Neuf Muses ; neuf richesses intellectuelles. Cléopâtre voue un culte particulier aux neuf filles de l'Intelligence. Chaque jour, elle fait garnir de fleurs fraîches les vases qui leur sont destinés. Les trois plus gracieuses – Danse, Musique, Chant – lui sont aimables et comblent ses peurs grâce à leur influence. Cléopâtre a étudié avec dévotion ses gestes, sa voix et divers instruments. N'est-elle pas poétesse, musicienne, ne chante-t-elle pas à ravir ? Ne lui ont-elles pas donné cette voix qui à elle seule est aussi délicate que sa beauté ? Une voix qui a touché tous ceux qui l'ont approchée ? Cette voix de Muse qu'Arsinoé voudrait lui arracher de la gorge, Arsinoé qui nasille et clabaude telle une oie. Dion Cassius ne peut s'empêcher de l'évoquer : « Le charme de sa voix [sa parole] était tel qu'elle gagnait tous ceux qui l'écoutaient… Elle était splendide à entendre… » Splendide à entendre. Les plus anciens serviteurs et ministres du palais se taisent quand elle s'accompagne de la lyre. Les Muses l'ont aimée bien avant sa propre mère, bien avant l'amour.

Philodote le philosophe accueille la reine. Les nouvelles vont vite, Théodote le rhéteur de Ptolémée XIII a parlé trop vite. Philodote sait que le complot va bon train. Ptolémée est décidé à faire tuer sa sœur-épouse, avec la complicité d'Arsinoé.

– Reine, quitte la ville ! dit-il. C'est la seule leçon que je sois digne de te donner ce jour !

Si elle reste, ce cou gracieux sera tranché
jettera au marais Cléopâtre VII qui jamais ne r

– Les Muses m'ont donné la mémoire et la f
me battre. N'aie nulle crainte.

Cacher sa peur, première éducation de reine. Elle laisse Philodote faire les honneurs de la bibliothèque. Il soumet à la souveraine la liste des savants invités à donner leurs conférences. La plupart sont des Grecs de Rhodes. « Tu as la sagesse de Zénodote, le premier éditeur d'Homère, dit Cléopâtre, ta liste est parfaite. » Son front s'assombrit. Où sera-t-elle quand viendront parler les savants de Rhodes ? Il lui faut fuir, vite ! Va-t-elle s'exiler tel le héros de Homère dont elle avait appris en grec le si beau chant, celui de la poignante *Odyssée* ? Les vers lui viennent aux lèvres, elle les chantait autrefois pour elle seule en s'accompagnant de la cithare. Ulysse ou elle, un seul et même chant : « Si quelque dieu veut m'engloutir dans l'abîme vineux, j'affronterai cela encore. Mon âme est formée au malheur. J'ai déjà tant souffert ; j'ai déjà si longtemps peiné à la guerre et sur l'écume que je suis prêt à ce surcroît ! »

Un chant qu'elle avait murmuré, épouvantée, quand on avait assassiné devant elle sa sœur Bérénice IV.

– Un chant d'exil ! dit le perspicace Théodote qui connaît si bien sa jeune et auguste élève.

Théodote est aussi à l'aise dans l'ordre des papyrus que Callimaque qui, le premier, avait établi le catalogue des ouvrages, aidé par le géographe Ératosthène. Sept cent mille *volumina* ou rouleaux de papyrus collés, enroulés sur des bâtons répertoriés. Cléopâtre a patiemment appris à trouver les textes – y compris de savoureux traités de pâtisserie arabes. Cléopâtre avait écrit peu à peu son traité sur les cosmétiques que Théodote a rangé entre le traité des pâtisseries et celui de l'alchimie.

Elle tient à ajouter une formule que sa nuit étrange a levée dans son esprit. Une formule pour davantage blanchir et assouplir la peau en proie aux intempéries : un lait sacré, sucré. Cela ressemble à un lait, mais de fait, à

. p. rts égales, il s'agit de malaxer de la cire d'abeille, dix lotus en floraison et trois huiles différentes. On obtient alors une pâte délicate qu'il faut laisser reposer pendant neuf heures. On reprend ce mélange dans lequel on pile des grains de pavot, de la myrrhe finement broyée et les excréments de neuf hirondelles nourries aux grains de pavot. Cet onguent brunit légèrement, il lui faut une dernière phase de repos et une injection de la chair, lentement extraite, de six papyrus du marais, cueillis à l'aube. Cela donne une pâte fine et douce. Quand sourd la peur et son noir cortège, Cléopâtre enduit sa peau du lait d'Isis. Au soir des noces initiatiques, Iras l'avait entièrement ointe du secret onguent. Un petit pot de cet onguent a été dûment déposé au temple d'Isis. Théodote a roulé scrupuleusement le papyrus du livre des cosmétiques.

Que de jours a-t-elle passés ici dès son enfance si humiliée où elle frémissait de honte de voir son père brader leur pays aux Romains, à n'importe qui, pour de l'or. Les années de la honte, elle a lu, dans cette bibliothèque, les textes qui confortaient son âme. Philodote guidait le choix de la petite princesse à la peau de safran, aux beaux cheveux fauves que n'avaient pas encore touchés les onguents qui les traversent désormais d'or roux. Elle apprenait son cher Homère, tel le plus beau des contes. Elle rêvait de gouverner les plus hauts royaumes, non de s'égarer, tel Ulysse, au chant des sirènes. L'*Iliade* gravée sur sept cents papyrus. Encore un, Philodote cherche ! Elle lisait quand la populace grondait, au temps de la honte. Elle lisait Démosthène, Euripide et Hésiode, que lui expliquait Philodote. Elle lisait pour oublier l'avanie sans nom du Aulète, son père, qui soudoyait l'armée pour mater ses propres sujets. Certains gisaient ensanglantés devant ce lieu même. Elle avait huit ans et savait. Elle lisait Sophocle ; elle écoutait les exposés sur le puissant Aristote, le sceptique, le contraire de Platon. Elle lisait encore quand les Romains devinrent des envahisseurs. Quand des soldats, rude voix du pouvoir, avaient envahi son pays, elle avait dix ans et se faisait expliquer le *De anima*, l'âme : « Il n'est pas exact de soutenir que l'âme ait une grandeur. » Les arguments, ajustés parfaitement, aussi beaux que le plus beau des temples, la séduisaient. Elle lisait et se faisait approfondir les théories d'Aristote pour mieux supporter la violence de la superstition : ce soldat romain mis en pièces par les Égyptiens pour avoir tué un chat. César, cette année-là – 59 –, est consul. Il décerne à Ptolémée le Aulète, vergogne de plus, le titre d'« Allié et ami du peuple romain ». Elle avait frémi, l'enfant qui comprenait tout, trop, pour son âge. Elle demanda, par dérision, qu'on lui fasse connaître les comédies latines, pour mieux percer l'état d'esprit de l'ennemi : Rome. Les comédies de Ménandre, de Pollius, celles de Plaute et de Térence... on les jouait au théâtre de la ville. Elle détesta cette forme d'abaissement dans le rire. C'était se moquer de son pays menacé.

Savoir, dit-elle, encore. L'Égypte est ce « protectorat » saigné à blanc. Un royaume mis à l'engrais pour être dévoré par Rome. Pendant que les membres de sa famille se dévorent entre eux.

– Je régnerai seule et reconstruirai un grand empire qui comprendra aussi l'Occident, Rome.

Elle supporte mal l'annexion de Chypre partagée entre Pompée et César telle une galette de miel.

Elle lit, l'enfant ; elle lit. César, Pompée, Crassus... Maudit Triumvirat !

La vergogne est cette coupe amère, ce poison qui ne tue pas et rougit la face. Philodote le philosophe lui en parlera longuement. Cléopâtre l'enfant si mûre tient ce raisonnement : il est mieux de se suicider que de vivre la honte. La vision de ce père ventripotent qui a osé, le misérable, demander la protection à Pompée « son patron » la révulse. Le Aulète est allé jusqu'à promettre à Pompée l'or sacré des temples de son pays. Les insurgés donnèrent alors le trône à sa fille Bérénice IV, tandis que le fuyard, chez Pompée, jouait de la flûte et bâfrait.

Cléopâtre lit encore et encore. Elle déchiffre sept langues. Par bonheur, on oublie cette fillette. Le sang éclate de son ventre quand Sosigène lui donne la haute leçon sur les nilomètres, cette invention ingénieuse, sorte de baromètre qui contrôle les crues du Nil. Il s'agit de puits profonds, gravés selon les crues. Elle avait treize ans et demandé à voir de près cet appareil. Elle avait quitté, sous petite escorte, avec ses chères servantes, Alexandrie qui gronde. Jamais la crue n'avait été si basse et la famine si pénible. Elle regarda attentivement le fonctionnement du nilomètre, ce puits par lequel on descend jusqu'à la rivière, dont les repères sur le mur gluant indiquent en coudées et fractions le niveau de l'eau.

Elle veut connaître le fonctionnement de la crue. De la crue dépend le limon qui féconde cette terre, flanquée de déserts désolants.

– La crue est basse, Majesté.

C'est l'année où la population d'Alexandrie entière ose entrer en révolte et chasse son père.

Le pouvoir est un baptême du sang.

« Parle-moi du Nil », dit-elle

La conférence sur le Nil et ses crues est donnée par le savant Sosigène. « Sosigène, parle-moi du Nil. » Il y a du monde. Ceux qui se sont levés et précipités front au sol à l'entrée de la reine. Ceux qui, espions de Ganymède et d'Arsinoé, se sont aussi inclinés. Il y a ses alliés et ceux qui la haïssent. Le cœur humain, elle le sait, se tourne souvent vers le plus offrant. Ptolémée XIII, Photin et Potheinos promettent la fortune à ceux qui écarteront à jamais « la fille de Typhaia la Jouisseuse ».

Cléopâtre écoute. Oui, elle va fuir, mais elle est attentive. Au savant Sosigène, ce Grec aux yeux ardents, au corps squelettique, qui connaît tout de la division des provinces et des mystères du Nil. Fuir chez les Nomades dont elle parle le dialecte. Quelle aisance, chez cette fille de tant de rois, à passer du guttural langage des Séleucides à celui des peuples du Pont, au mystérieux perse, au sombre arménien, aux rudes verbes de la vallée de Jéricho et des Nomades qui achèteront sa fuite !

– Parle-moi du Nil !

On a passé en sept gestes de respect à la reine un papyrus où le scribe a dessiné le Nil. Même les plus pauvres savent le dessiner sur l'*ostraca,* morceau de terre brisée.

Il a toujours froid, le savant de Rhodes, ce Sosigène couvert de lainages rouges, verts, bleus. À mesure qu'il déverse sa science, une chaleur l'irradie.

– Majesté, tu sais tout du Nil.

– Il est notre vie, notre survie, notre danger. Notre force. Notre déesse.

Le Nil adoré. Divinité primordiale. Sans son eau, il n'y a que sécheresse et gémissements. Cléopâtre récite la prière au Nil : « L'eau est venue. Salut aux flots lorsque monte la crue d'Isis ! Gouverne les flots, Nil… Répands ton humus fécond. Monte, ô Nil. Monte jusqu'aux joyeuses seize coudées. Niveau optimum du nilomètre. Isis associe cet or noir et sa bénédiction. »

La crue annuelle est ce rite où la reine doit boire une coupe de l'eau noire et chaude, l'or d'Isis, son urine sacrée… L'eau est scellée ensuite dans le vase déposé pieusement au temple d'Isis. « Par ton pouvoir tous les bras du Nil sont remplis. C'est toi, Isis, qui fais venir ce Nil aux flots noirs et rutilants. »

Cléopâtre s'est levée. La reine affermit sa voix, dissimule son anxiété. Le silence est total.

– Peut-être ne serais-je pas là au jour solennel du début de la crue en ce mois de Payni (juin). Il me faudra disparaître un moment et je n'irai pas à la Fête essentielle. Je ne saurai rien des cultes célébrés dans l'intimité de chaque foyer. Je ne verrai pas les petits autels dans les maisons au milieu des champs.

Payni, mois si beau. Elle doit fuir au désert tandis que l'eau drainera sa fougue noire jusqu'au mois de Tybi (janvier).

– Raconte-moi encore le Nil, Sosigène !

– Il est sacré. Sans ses eaux vivifiantes, le sol d'Égypte serait plus aride qu'une pierre. Au 9 de ce mois de Payni il va surgir tel le dieu le plus généreux de notre histoire.

Sosigène parla longtemps, déploya des papyrus, dessina à la plume de roseau. Cléopâtre entrait dans un grand bonheur.

La Terre d'Égypte, depuis la Libye de l'ouest jusqu'à la mer Rouge, n'est que déserts.

« Je fuirai au désert féroce, j'ai déjà acheté l'aide et le silence de ses tribus », songe Cléopâtre.

– Un désert féroce interrompu par la vallée du Nil et son chapelet d'oasis, sa verdure d'émeraude. Cette mer aussi précieuse que l'autre, une vallée opulente telle une nourrice gravide. On lui doit trois régions cultivables, suffisantes au bonheur. Mais il faut compter avec la jalousie des sombres démiurges. La vallée est large de vingt kilomètres. Le delta si fertile a sept bras qui déversent les eaux dans la Méditerranée, le riche triangle de deux cents kilomètres de côté où rayonne la flamboyante Alexandrie. Le Nil répand sur sa route son eau précieuse. À cause de tant de guerres civiles, le Nil n'a pas été plus fort. La détresse économique vint du fisc implacable. Les paysans épouvantés avaient fui, devenus des bandes de voleurs, rattrapés et torturés dans les villages déserts sous les ordres des hauts fonctionnaires du Aulète. Tu le sais, Reine, hélas, à quel point 58 fut une année sinistrée.

– Je formerai mon peuple, Sosigène, à s'occuper de l'irrigation des courants. Qu'il soit la précieuse main-d'œuvre sans laquelle le Nil n'est qu'une force qui ravage et qui tue.

– Dans quelques jours, même le Nil aura surgi de son lit, inondant tout, transformant le pays en un vaste lac. C'est la sueur d'Osiris. Ce Nil dont nous ne savons rien des sources. Tu as longuement lu le papyrus du savant Hérodote qui rapporte que « personne ne peut parler des sources du Nil, puisque l'Afrique à travers laquelle il coule est inhabitée et désertique ». Que de théories pour expliquer la crue ! Il y eut celle d'Anaxagore, obscure, abstraite. Il y eut ces fragments d'une tragédie d'Euripide sur l'étrangeté de la crue. À force d'observer, lire, supputer, déduire, toi seule Cléopâtre frôles une exactitude. À chaque printemps les fontes des neiges des monts d'Éthiopie déversent des coudées énormes d'eau aux sources de ce Dieu fleuve. Une masse liquide déboule du grand nord africain pendant le mois de Payni. Une inondation sans frein, qui tarit la grande voix mystérieuse des dieux. L'océan primordial. Tout est Eau. Serons-nous alors envahis par les légions de Julius Caesar à la poursuite de Pompée ? Les terres arables seront imprégnées, une lente infiltration remplira jusqu'aux marais imprenables.

« Seras-tu, alors, ô Reine, morte ou resplendissante de pouvoir ?

« Epiph (juillet). Il y aura dans le ciel la levée de l'étoile Sirus, l'étoile principale du Chien et tout sera alors changé. Le Nil, dans sa fureur enfin assouvie, arrachera le fond de son lit et charriera cette boue qui sourd de son eau si verte, ce flux marron, noir, rouge. Au-delà du 20 du mois d'Epiph, quand la chaleur tremble des sols engorgés, le Nil déborde et se répand dans la plaine. Il monte et monte encore ; chaque fois, on croit que l'on va périr et à chaque fois on sait que l'authentique or du sable et des terres désolées est là, offert par Isis-Osiris.

« Il y aura encore soixante jours où tout est un lac. Alexandrie flotte sur ce lac. On se déplace en barque. La tienne est de pourpre, et ses mâts de guirlandes de roses. On flotte ainsi jusqu'à la fin de Thoth (septembre). Tout est sous le signe de l'eau. Les femmes gravides mettent bas, davantage qu'aux autres époques de l'année.

– Continue, dit la reine.

– Du mois de Mesoré (août), douze jours après le début de la crue, à l'île Éléphantine, et dans le nome d'Arsinoé, les eaux lentement se retirent. Le Nil ! Tu as lu chez Hérodote, Reine, que sans ses eaux vivifiantes nous ne serions rien. « *Nilus, nil.* » Le Nil ou le Bon Génie ou Rien. La crue est libérée par les sandales du dieu-bélier Khnoum.

« Tu avais treize ans à peine, Cléopâtre, quand exaltée tu descendis les marches du nilomètre de l'île Éléphantine. Tu as fermement veillé à la tradition. Chaque temple se doit d'être pourvu d'un nilomètre auquel est affecté un prêtre. Ô Souveraine à l'esprit pratique, le prêtre a aussi le rôle de relever les chiffres qui déterminent les impôts sur le revenu agricole dans chaque nome. Bienheureuse montée des seize coudées ! Peu d'eau ne suffit pas et trop d'eau met un temps si long à se retirer que les semailles, retardées, ne donnent presque rien…

– Douze coudées, intervient Cléopâtre, c'est la famine, treize, on a encore faim, quatorze apportent le bonheur, quinze délivrent du souci, seize c'est la Joie. Le dieu-bélier Khnoum aura-t-il la sandale généreuse pendant mon absence ? Mon frère qui se veut le maître songera-t-il à faire recueillir les chiffres à Oxyrhynchos loti de deux nilomètres, le grand et le petit ?

« Nil, dieu d'Érection, fouillant la terre femelle, exsudant de la terre, de ton eau féconde, la provende qui nourrira les hommes. Nil au rauque souffle humain, dans la montée, est capricieux telle une courtisane.

« Nil, aux effluves troubles. Voilà le moment d'ensemencer le champ, lâcher les porcs pour mieux piétiner les graines. Il n'y a plus qu'à attendre la récolte dorée. Ne sommes-nous pas le grenier à céréales de Rome-la-Voleuse !

« Nil, qui trace la frontière entre Rome et Athènes. Où l'homme peine sur la terre et l'ensemence de force, Nil béni du ciel et du fond des terres. Cette terre-là. Notre Terre. Ma Terre.

« Nil, quand je vois l'olivaie et le potager féconds, le paysan diriger les eaux, déverser l'effort qu'il y faut, je courbe un front heureux et me reconnais d'Égypte. Fille d'Égypte, née à tes sources, soumise à tes lois et tes remous.

« Je dois régner, Nil, pour honorer et servir tes dieux. »

Il y eut une grande rumeur alors qu'elle achevait de parler.

– Je te hais, Cléopâtre !

La voix aiguë de l'époux-frère l'insultait. Il rageait, il écumait, écartant la foule d'un coup de pied. Ptolémée XIII le faible.

– Tu n'es plus reine. Arsinoé t'a remplacée. Elle trône là-bas, et occupe ta propre chambre. Va-t'en, fille de Typhaia la chienne en rut !

Il criait encore mais il avait disparu. Elle, la reine-pharaon, Isis, Aphrodite, protégée de Ptah, a dissimulé un gémissement.

La nuit même, elle avait disparu au désert avec Apollodore, ses ors et ses alliés.

V

Le désert
La force d'une reine

Le désert

C'est le début de la crue, la fin de la moisson des céréales et la poursuite du battage.

Vert, bronze, rouge, roux, tel est le désert.

Sous la tente royale, elle regarde la nuit. N'est-elle pas reine de ces tribus du désert ? Elle a galopé pendant des heures, se nourrissant de quelques dattes, fuyant les troupes de son frère. Elle ne s'est jamais senti l'âme aussi forte que dans cette épreuve, cet exil dont elle n'est pas sûre de revenir. Arsinoé grimaçait son triomphe, assise à sa place. Le peuple versatile disait : « Cléopâtre est la fille de Typhaia. Arsinoé va épouser son vrai frère. C'est elle la souveraine. » Arsinoé à la peau jaunâtre, au cœur rabougri, la chevelure crêpelée, en nattes sophistiquées, le menton déjà gras tel celui du Aulète, les hanches plates, les seins trop lourds. Son triomphe avait été de dérober le pschent de Cléopâtre. Arsinoé, le serpent du marais dont elle a la peau écailleuse, le regard glauque et les manières rampantes.

Il avait fallu à Cléopâtre ses authentiques alliés : sa raison, son courage, sa volonté. Se retrancher en toute hâte, flanquée de cinquante cavaliers seulement – le fidèle Apollodore veillant sur ses coffres d'or celés dans de vulgaires sacs de céréales – pour se retrancher sans s'arrêter au-delà du mont Kasion, à l'est de Péluse.

« Tu vas mourir, Cléopâtre », ricanait Ptolémée XIII.

La jeune femme avait conservé le fouet du pharaon et son diadème en or. Elle criait « en avant » à cette troupe qui pouvait d'une seconde à l'autre l'abandonner. Elle fouetta son cheval blanc, enveloppée de la cape en lin rouge, et galopa encore. Elle avait su captiver et subjuguer les siens. Sosigène était de l'expédition, Démétrios, Iras et Charmion. Les embûches cependant étaient de taille. Arsinoé avait convaincu Ptolémée de la devancer au port de Péluse, seule route qui s'ouvrait vers l'Égypte. Le reste était le désert. Ptolémée XIII et sa cour grouillante étaient sur place. L'eunuque Photin détestait la chaleur et les moustiques mais se délectait d'assister à la mort de « la fille de la Jouisseuse ». En dépit d'un voyage pénible en litière sous sa moustiquaire, ses améthystes aux oreilles, il lançait des clins d'œil à Achillas. Le rhéteur Théodote se réjouissait aussi. Le frère-roi avait à Péluse une armée puissante de mercenaires et d'Égyptiens. Que pouvait la sœur haïe, lotie d'une vingtaine d'hommes et des hasardeuses tribus du vent ?

C'était sans compter avec l'indomptable fille des Lagides. Sosigène lui lisait chaque signe du ciel. La belle leçon du Museum continuait. Exténuée, sans gémir ni se plaindre, elle avait galopé, évitant Péluse du côté de l'Occident. Le mont Kasion était cette masse noire et rose qui démarquait le moment incertain de quitter les verdures (l'eau) pour le désert.

Le désert, où elle avait organisé, dès Alexandrie, les alliances et la résistance afin de reconquérir son royaume.

Apollodore avançait en éclaireur vers les premières tribus de Bédouins. Ils galopaient, sombres, masqués de tissus jusqu'aux yeux. Ils s'arrêtèrent d'un seul bloc devant elle et son cheval blanc.

– Je suis votre reine, soyez mes alliés.

Ils l'emmenèrent à la tente de leur roi. Les palabres furent longs. Les guerriers masqués courbaient un front séduit au son de la voix mélodieuse. Ils regardaient la main ravissante qui recevait la boisson aux herbes étranges. Elle offrait l'or, les pierres de sardoine, les rubis sombres, les opales et les perles. Apollodore les avait cachés sur les chevaux destinés à cela. Il y avait les précieux tissus, les tapis et les herbes odorantes. Il y avait des armes. La reine monnayait son armée.

La voix mélodieuse vibrait dans la nuit. Le voile habilement noué sous les yeux, de lin si fin que les farouches guerriers qui interdisaient aux femmes la nudité du visage devinaient la bouche rose, le nez aux fières arêtes. Ils voyaient, eux à qui il était interdit de regarder, le visage de la reine exilée qui implorait d'une fierté exquise leur secours, leur offrant ses trésors de la caresse troublante de sa voix. Ils voyaient le front si pur, la joue encore ronde d'un reste d'enfance, le cerne nacré sous l'œil admirable, maquillé en dépit des jeûnes et des efforts. Ils voyaient l'éclat des dents semblables à ces perles qu'un esclave pesait dans la balance du chef. Ils devinaient sous le voile le bras aussi suave que celui des danseuses. Une femme aux heures secrètes de l'amour. Ils s'enivraient des yeux de la jeune reine, des fins genoux, des longs muscles de cavalière, de la cheville où scintillait une chaîne d'or, des ongles en coquille rose. Quel voile eût dérobé l'épaisseur de ces boucles d'or rouge, parure d'une déesse ? La voix enchanteresse chantait ses ordres et ils tremblaient presque devant cette poitrine qu'une fine cotte de mailles sculptait davantage. Ils se taisaient, farouches, quand le regard osait cerner les hanches en amphore, le ventre voilé, un corps qui parlait de volupté. Ils la désiraient.

Leur souveraine chassée, en danger.

Prête autant à périr qu'à triompher. Elle les gagna patiemment à sa cause et réussit à rassembler une armée de Bédouins habiles à la course et au coutelas – mais d'un nombre trop faible par rapport à l'armée de son frère qui l'attendait à Péluse.

Ptolémée XIII était entré dans le jeu cruel de la poursuite. La voir courir et supplier, à même le sable. Arsinoé savourait l'instant où on trancherait ce cou, où on abandonnerait ce corps aux mouvances du sable aussi inexorable que les marais. Photin avait des rires stridents car il pensait au supplice des rois bédouins infligés aux amants de femmes infidèles. La nudité de ces corps pudiques et si mâles, oui, oui, on leur trancherait les couilles, il le ferait lui-même ! Quant à elle, la fille de la Jouisseuse, attachée à un cheval, elle serait traînée au galop jusqu'à n'être qu'une plaie vive.

Achillas méprisait l'eunuque et parlait stratégie. Ne fallait-il pas attendre encore puisque la guerre civile égyptienne interférait avec celle de Rome ? On annonçait la venue de Pompée qui, après la victoire de César à Pharsale, demandait l'aide à son « royaume client » : l'Égypte.

Théodote, le Grec de Chios, suggérait la ruse. Attirer le Romain pour mieux réduire cet Occident dominateur. Qu'était-ce, une fille de vingt ans courant le désert et sa mort certaine, cernée de Barbares ? N'étaient-ils pas la vraie cour régnante d'Égypte ?

Sosigène grava dans le sable :

« Tu seras sauvée grâce à un Romain. »

Les Bédouins savaient que Ptolémée avait lancé ses troupes contre elle. Elle paya encore, des opales et des améthystes, demandant du temps au Temps.

On avait installé pour elle une tente dont l'intérieur était raffiné : sa couche, de coussins et de soie. On lui faisait parvenir l'eau si précieuse et les dattes. Charmion lui tendait sa lyre. Iras apprêtait sa beauté. La petite reine, qui cachait sa peur, chanta délicieusement.

Aux nuits si froides, si différentes de la brûlance du jour, elle apprenait que le gel est une saveur rude, une morsure. Elle apprit, si fragile et ravissante, à affronter le froid et à déchiffrer avec Sosigène les étranges chariots du ciel, le sens des enfants de Nout qui dessinaient le nom du Romain. Elle comprenait, dans l'effroi de cet exil, qu'il lui faudrait développer davantage son imagination pour abolir à jamais les clauses abjectes du testament de Ptolémée IX Sôtêr, autorisant Rome à annexer l'Égypte et Chypre quand bon lui semblerait… Elle trouverait la force d'être une grande Lagide. La seule. Depuis Alexandre.

– Rome, disait Sosigène.

Il voyait le pschent de la reine, le fouet et le sceptre dans le ballet des étoiles.

Comarios l'alchimiste se joignait à eux, sous le ciel éclatant. Il parlait du Temps. Seule couronne du vrai Dieu souverain. Elle était Isis Aphrodite et le nom se gravait dans le ciel, lié à celui du « Fils de Vénus ». Tout est attente, se déjoue, se détruit, se reconstruit. La matière, les hommes. Le Pouvoir.

– J'attendrai, dit-elle.

Il fallait, au cœur de l'attente, redevenir la souveraine de ces Bédouins qui pouvaient hésiter, basculer d'un coup vers la rumeur de sa disgrâce, détruire cette errante et les siens.

Mais elle les avait fanatisés. Ils la reconnaissaient pour reine-vierge-mère de tous les cieux.

L'été culminait, l'été 48, c'était déjà la fin du mois d'Epiph (juillet). Le début de l'inondation. Ô Nil, la fin du battage des céréales et le triomphe de Julius Caesar à Pharsale. Julius Caesar, fils de Vénus.

DEUXIÈME PARTIE

Caius Julius Caesar
Fils de Vénus

Un tyran n'a aucune peine à prendre et n'a pas besoin de beaucoup de temps pour changer, quand il en a pris la résolution, les façons d'être d'un État.

PLATON, *Les Lois*, IV

Caius Julius Caesar

À Rome, c'est la guerre civile.

Quand Julius Caesar arrive aux portes d'Alexandrie, en 48, c'est un homme de cinquante-deux ans. Un homme pour qui la guerre et la conquête n'ont plus de secrets. Un homme grand, svelte, élégant, aux membres fins et secs. Un beau visage hermétique, le front vaste, la bouche aux lèvres minces, les pommettes bien structurées, les cheveux argent. Un homme qui plaît aux hommes qu'il subjugue parfois d'un seul geste, d'un seul mot, d'une clémence inattendue. Un homme qui séduit les femmes, sait s'en faire aimer.

Cossutia, sa première épouse, est fille de Cinna. César n'a que seize ans. C'est un mariage – chose rare – d'amour. César, fils de la *gens Julia,* issue de Vénus, famille romaine Julia, race descendant de Iule, issue des dieux immortels, du Troyen Énée, fils de Vénus... Julius Caesar, dont la filiation glorieuse, du côté de son grand-père paternel, est Ancus Marcus, roi légendaire, dont les descendants portent le surnom de *Rex.*

La haine de Cicéron et du Sénat contre tout ce qui veut se dire roi, c'est-à-dire ennemi de la *Res publica,* est féroce. Julius Caesar le sait.

César, Julius Caesar, fils de roi, de sang royal et divin hissé par ses conquêtes au-delà même des plus hauts souverains.

Caius Julius Caesar est né le 13 juillet, à la saison chaude. Un croisement étincelant du Cancer et du Lion en cet été plein de touffeur, de l'an 100. Les Italiens, au sud du Pô, se battaient pour le droit de cité et Sulla prenait le pouvoir contre Marius proscrit.

César est né au quartier du Subure, si loin de la mer. En Orient les Ptolémées s'entre-tuent. César habite un quartier populaire mais la maison est belle. Caius Julius se nommera « Caesar » ou « César » selon la coutume à Rome qui ajoutait un *cognomen* (un surnom). César, car son ancêtre avait tué dans une des guerres puniques un éléphant redoutable portant ce nom. Caius Julius dans ses gloires fit frapper des pièces portant une tête de Vénus et un éléphant avec l'inscription « Caesar ».

Julius Caesar. La force de l'éléphant. Fils unique, avec deux sœurs, d'une mère énergique, Aurelia. Elle soigne son éducation et le pousse vers la politique. Aurelia, aussi vaillante que la mère des Gracques. Elle lui enseigne la modération, la clémence, la noblesse d'attitude, et le fait instruire dans tous les domaines. Elle le confie au grammairien Marcus Antonius Gupho. César a la passion des lettres et de la grammaire. Il vénère Homère, acquiert une vaste culture, apprend les auteurs grecs et romains et achève à Rhodes sa culture philosophique. Il écrit un *Éloge d'Hercule,* des vers, des maximes. Adolescent, il est de complexion frêle, mais d'une résistance exceptionnelle. Il sait affronter le grand froid, traverser le Tibre à la nage, combattre, monter à cheval. Il épouse par amour Cossutia, délicate et si douce. Il l'aime au point de refuser de la répudier lors de la dictature de Sulla. Il s'enfuit, confiant Cossutia qui vient d'accoucher d'une fille, Julia, à sa mère et à sa tante Julie. Les femmes protègent ce guerrier, attiré par ces deux consuls, Pompée et Crassus. À lui de rejoindre le « duumvir » et d'imposer le triumvirat le plus puissant du monde.

Crassus le milliardaire, Pompée qui se vante d'avoir exterminé les pirates de la Méditerranée. Crassus clabaude sa gloire d'avoir fait écraser la révolte de l'esclave

Spartacus en 71, six mille esclaves crucifiés sur la voie de Rome à Capoue... L'année de cet hiver si froid où naît dans les appartements de Cléopâtre Typhaia, en 69, la petite fille que le Aulète nomme CléopâtreVII, Cossutia, la tant aimée de César, meurt.

On a dit que, fou de désespoir, il a fait l'amour à ce corps aimé, raidi, refusant la mort, baisant la morte. Sa tante Julie s'éteint le même mois. Il prononce, auprès de leurs bûchers, leurs oraisons funèbres.

Aurelia, d'une énergie de même nature que son fils, le presse à un nouveau mariage. 67 : il a trente-trois ans. La jeune femme se nomme Pompeia, d'où l'alliance avec Crassus le milliardaire, au grand dépit de Cicéron.

César, en 62, devenu préteur, n'hésite pas, après la conspiration de Catilina, à répudier Pompeia. Ses ambitions, désormais, le mènent au triumvirat : César, Pompée, Crassus. Les mariages deviennent de puissantes alliances politiques.

Le vieux Pompée épouse la petite Julia, fille et passion de César. César épouse l'élégante Calpurnia, fille de Pison. Mais il reste fidèle de longues années à une maîtresse aimée, Servilia, fille de Caton l'Ancien. Elle est mère d'un enfant, Brutus, qu'il aime tel un fils.

On a dit que César avait la semence claire et n'avait jamais engrossé ses autres femmes, excepté sa première petite épouse, la tant aimée. À part la jeune Julia devenue l'épouse du vieux Pompée qui en est fou amoureux, César est devenu stérile : Servilia était mère de Brutus avant leur liaison. César eut une maîtresse frénétique, la belle Marcia, première femme de Pompée – sans parler des filles du Subure. Sa stérilité (n'avoir qu'une fille ne compte guère) était-elle due à son étrange maladie dont ses lieutenants et ses soldats, sa mère et ses femmes, furent les témoins ? Le fameux Haut Mal ?

Une maladie dont on dit qu'elle est une marque des dieux. Les dieux en souffrent, la transmettent à leur descendance. Vénus, Énée marquèrent-ils ainsi le sang vaillant de César ? Il tremble de tous ses membres, ses yeux se révulsent, la bave suinte aux commissures des lèvres. Il faut l'allonger, glisser une baguette de coudrier entre ses dents pour l'empêcher de se couper la langue. Il faut attendre la fin de son *Epilepsia*.

César est proconsul en Gaule quand Bérénice est sauvagement assassinée. César mène alors de grandes conquêtes. Ses campagnes de guerre font de lui l'homme du triumvirat, le vainqueur des Helvètes, des Ariovistes, des Belges. Le vainqueur, homme-dieu, cachant son effroi devant les forêts d'Armorique où grouillent les guerriers les plus féroces et leurs divinités que ce Romain comprend mal, que ses légions craignent. Ses légions ! Quel pouvoir lui faut-il pour les stimuler, remonter ces forces qui défaillent, couper ces mutineries toujours possibles. Devenir cet *imperator* unique. Qui peut arrêter le conquérant ?

Arioviste, son ennemi mortel, lui a crié dans la plaine rhénane, sous le casque ailé : « En te faisant périr, César, je comblerai le vœu de beaucoup de sénateurs romains ! » Rome et l'armée sont truffées d'espions qui veulent la perte d'un conquérant. Il risque de les écraser pour devenir ce roi, idée qu'abomine Cicéron.

La guerre des Gaules dépasse l'entendement romain. César dépasse l'entendement d'un homme ordinaire. Quatre cent mille Barbares anéantis en une seule journée ! Comment un tel guerrier, s'inquiète le Sénat, « les pères de la patrie », n'aspirerait-il pas au pouvoir personnel ?

Laconique, César écrit ses *Commentaires de la guerre des Gaules*. Il a submergé Rome de trophées d'or, d'un triomphe à nul autre pareil. Vercingétorix, tel un dieu de la forêt aux tresses blondes, a fait sa soumission, attaché au char du vainqueur.

52-51. Cléopâtre a sacrifié à l'usage du mariage avec le frère honni. Elle se bat seule dans l'effervescence d'une ville qui l'aime et d'une force politique qui la hait.

En 51, César fait proclamer solennellement que « la Gaule est désormais une province romaine depuis les Pyrénées jusqu'au Rhin et à l'Océan ». Le Sénat, humilié, vote à son encontre des grâces exceptionnelles. Cicéron, intrépide, récite ses *Catilinaires*. Il sent monter le nouveau tyran dont il admire la culture et craint le despotisme. Un roi ? Un Catilina ? Rome à nouveau dans l'horreur des prescriptions ? Cicéron récite à son ami Atticus : *Usque tandem abutere Catilina patientia nostra ?* (« Jusqu'à quand Catilina abuseras-tu de notre patience ? ») Cicéron a bien envie de remplacer ce « Catilina » par César. Cicéron, l'avocat, l'homme de loi, traverse la ville, le Sénat, se sent chez lui aux Rostres, déplore à haute voix et par écrit la montée de ce mouvement qui va à l'encontre de son idéal : la République. Cicéron, à la verrue sur le nez – *Cicero* signifie « pois chiche » –, gros, laid, au magnifique regard et au verbe puissant, fou de douleur d'avoir enterré sa fille unique et bien-aimée Tullia. À peine revenu de son exil, il se voit banni pour ses textes, ses idées, en deuil de Tullia, divorcé d'une épouse acariâtre, Tertullia. Seul, craignant pour sa chère République. César l'émeut quand il perd la même année Julia sa fille bien-aimé et Aurelia, sa mère, géniale matrone.

Pompée est fou de douleur. Va-t-il perdre la raison pour une enfant de vingt ans à peine, morte en couches et dont le bébé, un fils, ne survivra pas ?

La terreur règne à Rome en 50.

La terreur de Cléopâtre est dissimulée par son énergie de fer, ses onguents, ses parures, ses leçons au Museum et l'organisation par ses alliés des troupes du désert. Fuir, fuir pour régner seule.

« Je veux régner seule », a toujours pensé la fille des Lagides.

« Je règne seul », affirme chaque acte de César.

Bâtisseur d'empires, César, comme tous les généraux romains, est aussi l'administrateur de ces empires.

César refuse que Rome tremble devant un roi numide comme autrefois Jugurtha, ou un esclave, tel ce misérable Spartacus. Cela prouve une décomposition de la société et des forces. Il sera la composition et la force. C'est ainsi que l'on devient César, Julius Caesar.

Quand la République n'est plus qu'un mot, Rome, affaiblie, a besoin d'un prédateur : Julius César. Quelqu'un capable de surmonter la contradiction entre *regnum* et *libertas*.

Julius Caesar se reconnaît seul maître au fond de l'âme. À son âge, Alexandre le Grand avait déjà tant conquis !

Cléopâtre saura convaincre César qu'on ne règne qu'en étant Jupiter-Roi, fils des dieux, et dieu soi-même.

Le dessein de César était de combiner la royauté romaine – charge symbolique ravivée de l'image du roi fondateur, Romulus – et l'efficacité moderne des modèles monarchiques hellénistiques.

Remplacer la République exsangue par un grand souffle (le sien) qui ferait de Rome la souveraine du monde entier. Terres et mers et cieux ? La loi romaine souderait à jamais à Rome les vieilles terres monarchiques de l'Orient autant que les conquêtes occidentales.

Julius Caesar maître des mondes. Maître de Rome.

La terreur à Rome bat son plein tandis que César continue ses conquêtes. Clodius et Milon déchaînent leurs ambitions, leurs crimes. Clodius assassiné par Milon, défendu par Cicéron, fait de Pompée le seul consul.

Pompée !

César n'a cessé de le combler de prévenances, mais le vainqueur d'Alésia soulève en lui une jalousie féroce. Julia morte, aucun lien ne survit entre les deux hommes. S'allier Crassus et Pompée était pour César obtenir le pouvoir. Qui eût soupçonné un tel esprit de conquête en lui, sinon le perspicace et sceptique Cicéron ?

Pompée se remarie avec Cornelia, de la riche gens Pompeia. Pompée le vainqueur de Sertorius et de Mithridate supportera-t-il un vainqueur aussi prestigieux que César ? Lui pardonnera-t-il d'avoir couché avec Mucia sa première femme ?

Pompée le Grand contre César le Grand.

Agitant magistrats et hauts fonctionnaires, Cicéron s'agite. Ce « triumvir » apporterait-il enfin la paix à Rome, l'*Urbs*, le nombril du monde ? Dès 56, Pompée s'était fait attribuer tous les pouvoirs – l'*imperium* en Espagne, Crassus, les légions et la Syrie, César, le commandement en Gaule.

Le triumvir devient duumvir quand Crassus part guerroyer en Orient, sûr de lui, ivre de ces ors nouveaux qui s'ajouteront à ses ors. Il tombe percé de flèches en 53, sous les murs de Carrhae. Les Parthes le décapitent et leur roi, se piquant de comédie, fait donner une représentation, *Les Bacchantes* du tragédien grec Euripide : Dionysos traversant le monde pour se faire connaître comme dieu à Thèbes où sa divinité a été niée par Agavé, fille de Sémélé, mère de Penthée, roi de Thèbes, Dionysos qui a rendu folles les femmes de Thèbes, les obligeant à célébrer son rite sur le mont Ciméron. Penthée est tué, décapité. Agavé porte triomphalement sa tête à Thèbes. Elle reprend ses sens et découvre qu'elle a tué son propre fils.

À Carrhae, on présente triomphalement la tête de Crassus et les guerriers hurlent en chœur. Agavé ! Il ne reste plus rien du triumvirat, excepté deux ennemis désormais mortels, César et Pompée. Le Sénat voit en Pompée celui qui peut abattre César l'*imperator.*

Pompée le Grand

Après l'assassinat de Clodius, César est vainqueur des Germains, des Gaulois, des Ibères, des Grecs, des Numides et des Africains. Il est paradoxalement isolé à la tête d'une masse confuse, hostile, loin de Rome qui déchaîne les controverses pour le destituer lui, et son élection au consulat. Les regards se tournent vers Pompée. Chacun songe à piller, à s'enrichir, à dicter sa volonté à une République défaillante. Le Sénat n'est qu'une cacophonie sans cohérence. La République voit-elle dans Pompée l'homme qui l'aidera à détruire César qui se comporte en roi ? Pour les sénateurs et les grandes familles patriciennes, l'Assemblée ne doit en aucun cas se dessaisir de sa souveraineté. Rome est au bord d'une crise grave. Pompée, pulsionnel, orgueilleux, est incapable de régler froidement ces antagonismes, incapable d'ériger un État adapté à ces étendues énormes issues de conquêtes énormes.

Ne faut-il pas, pour régenter un territoire illimité, un chef au pouvoir illimité ? Julius Caesar, que haïssent les sénateurs ? Pompée sera-t-il en mesure de modifier les frontières et de soumettre les administrations ? Chasser César ! Chasser César ! devient presque un cri de panique en cette année 50.

Il faut l'énergie exceptionnelle de Curion, tribun de la plèbe, pour oser empêcher la condamnation de César.

Le Sénat enrage : tout accorder à Pompée, rien à César. Pompée, flatté par le Sénat, commet ses premières erreurs. Dion Cassius écrit : « Pompée, fier de cet honneur nouveau et tout à fait insolite, ne proposa plus aucune mesure en vue de rallier la multitude et s'employa scrupuleusement à faire tout ce qui pouvait plaire au Sénat. »

Le Sénat a-t-il décelé le velléitaire en Pompée, le velléitaire à la bouche grasse et molle, empâté, le regard enflammé sous la paupière gonflée ? Bon stratège au combat, il est nul en politique. D'une vanité folle, ivre de flatteries, il se rengorge du pouvoir. Il est à l'opposé du sobre et sec César qui aime le pouvoir non pour la grossière satisfaction de la flagornerie mais pour ce qu'il permet de faire de son pays.

César aime construire, y compris avec son or. N'achète-t-il pas un terrain pour y faire édifier un forum tandis que Pompée fait massacrer en un jour six cents lions et vingt éléphants afin d'obtenir une ovation de la plèbe ?

Les pères de la Patrie lui donnent le titre de Pompée le Grand. Bouffi d'orgueil de monter au Capitole, Pompée flatte les grands, « les *optimates* », et méprise, plein de morgue, les humbles. Avare de surcroît, il fait la sourde oreille quand il s'agit de payer ses soldats. Caesar, adoré de ses légions, veille à leur confort.

Pompée, ex-gendre de César, ose, en 62, licencier ses vétérans. C'était à Brindes, au retour de sa campagne d'Orient. Les sénateurs approuvent cette audace qui leur sert à régenter. Ils le nomment consul, pour la deuxième fois. Pourquoi se fatiguerait-il à rejoindre l'Espagne où il est proconsul et à en gérer les ennuyeuses affaires ? Il est si bien à Rome où il viole la légalité. Le Sénat déteste César. Pompée en joue et se fait élire consul une troisième fois en 52. Seul. Sans adjoint. Le Roi-Pompée.

Il est seul à exercer la magistrature suprême. Les lois syllariennes sont bafouées. Pompée, dictateur, proconsul, se fait nommer *imperator*. Pompée, gavé de vin et de nourritures, dispose des finances publiques. Le Sénat lui accorde tout. Pompée est maître de Rome. Sa jubilation est de chasser César, ce beau-père qu'il déteste depuis la mort de Julia, à qui il refuse d'épouser Octavie, sa petite-nièce. César doit disparaître à jamais de sa vie. Disparaître ! Lui, le roi Pompée, dont on a érigé la statue dressée aux Rostres, veut « régner seul ».

Pompée épouse Cornelia, la veuve de Crassus, fille de Scipion. Octavie est liée à la gens Julia ; vivier du pouvoir sénatorial.

Le Sénat encense Pompée. Louanges, nouvelles statues, nouvelles légions, autorisation de prélever mille talents par an sur le trésor public, prolongation de quatre années de ses mandats sur les provinces octroyées. Pompée, le riche.

César, le conquérant des Gaules, a compris que Rome l'a rejeté et que Pompée le Grand, le roi – l'*imperator* – règne, bâfre, pille, jouit de sa disgrâce.

Les humiliations de César – Pompée comblé d'honneurs

César se tait. Ce n'est ni par l'emportement ni par les insultes qu'il reprendra le pouvoir, mais un coup d'action. Lui, l'homme d'action, impassible, que rien n'affole. Peut-être la mort de Julia et de sa tendre épouse furent-elles ses secrètes blessures ? Jamais, même en prononçant l'éloge funèbre au bûcher de sa mère et de sa tante, jamais on ne décela sur son visage les ravages de l'émotion.

Le Sénat continue ses avanies, ses maladresses. Depuis la mort de Crassus, la défaite de Carrhae, la situation en Syrie se décompose. Le Sénat envoie deux légions. Le décret oblige Pompée et César à en fournir chacun une. César, en proie à la révolte gauloise, a demandé à Pompée de lui en prêter une. La XVe. Pompée jubile, la réclame pour la Syrie. César, impassible, obéit. Pompée et les sénateurs sont convaincus qu'il ne résistera guère, amputé d'une si vaillante troupe. Mais César fait venir en Cisalpine son unité d'élite : la XIIIe légion, enrichie d'escadrons gaulois.

Pompée va-t-il se battre en Syrie, rétablir l'honneur et les biens, venger Crassus ? Rien de tout cela. Il convoque la XVe légion à Capoue.

Les honneurs les plus fous sont octroyés à Pompée alors qu'on refuse tout au vainqueur d'Alésia, y compris d'avancer d'une année son second consulat au dernier jour de décembre 49. Cette nouvelle humiliation est accentuée par le consul, Claudius Metellus, qui estime qu'il « conviendrait de nommer dès à présent un successeur à César qui entrerait en fonction le 1er mars 50 ».

César installé à Ravenne ne perd pas son sang-froid. Les sénateurs sont grisés par les mouvements des troupes du grand Pompée. Un autre consul déteste César : Marcellus, partisan de lui nommer séance tenante un successeur. Mais César a deux alliés : le fougueux Marc Antoine, son maître de cavalerie, et Curion, le tribun de la plèbe.

Le tribun de la plèbe ? Les conservateurs, hostiles à César, la définissent ainsi : « Une magistrature subversive, née de la subversion et servant la subversion. » César avait su maintenir un pion précieux dans son échiquier politique en faisant élire pour l'année 49 Antoine comme « augure ». Curion l'avait également soutenu. « Augure » : à Rome, les prêtres ne forment pas comme en Égypte une caste. Ils sont aussi des magistrats élus pour un an alors que les magistrats religieux sont élus à vie. L'interaction du politique et du sacré est indissociable. César n'est-il pas « pontife » (prêtre) dès son premier mariage ?

On n'aime guère que participent à la sphère du sacré les tribuns de la plèbe. Curion, que les « conservateurs » méprisent, les nomme « êtres tabous, détenteurs d'une charge négative ». Ils détiennent en fait un pouvoir dont César connaît et protège l'ampleur : défendre les intérêts de la plèbe. César, jalousé, exclu par les puissants, a besoin de cet appui.

Curion saura haranguer, en sa faveur, le Sénat si conservateur. « Ne conviendrait-il pas plutôt de déposer en même temps Pompée et César ? » Marcellus menace : « Vous aurez César pour roi, le roi César ! Il marche déjà contre vous avec ses dix légions. »

Cicéron écrit à son ami Atticus qu'un conflit armé entre Pompée et César est inéluctable.

La victoire de Curion ! Curion, gracieux éphèbe, qui autrefois avait brièvement fait l'amour avec le beau Marc Antoine. Cicéron s'agite ; Curion, gracieux giton, devenu cet éloquent, aimé de la plèbe et qui a su, ô Rhétorique, art de la parole, convaincre le Sénat versatile et lâche.

Marcellus agit aussitôt contre Curion, favorable à César. Il donne à Pompée l'*imperium* pour défendre la patrie. Il lui laisse les deux légions de Capoue prêtes à partir en Orient. Pompée accepte. La violation du droit est flagrante. Cicéron écrit aussitôt à Atticus, prêt à reprendre ses anciennes *Catilinaires*. César a perdu. On craint Pompée. Cicéron frémit pour la République. Curion, dans un discours, rappelle au Sénat sa honte ; la tête de Crassus brandie par dérision à la place de celle de Penthée par l'acteur qui jouait devant le roi des Parthes. Pour se moquer de la cupidité romaine, la tête de Crassus avait été remplie d'or fondu. Rome avait perdu alors sept aigles et dix mille personnes. Veulent-ils endurer la vergogne d'avoir chassé le vainqueur d'Alésia ?

Cicéron s'encolère. Il rappelle l'aventure homosexuelle d'Antoine avec Curion. Il avait seize ans et cela se passa au milieu d'une orgie de filles, d'éphèbes et de vin. Une amitié se noua entre Antoine et Curion, tous deux dévoués à César. Curion avait réussi à faire entrer Antoine au collège des augures. Cicéron traita Antoine de « fille publique ». Mais cette aventure homosexuelle fut la seule de ce jeune homme de culture grecque, au snobisme hellénisant, que Cicéron nomme « le vice grec ». Rome clabaude aussi sur l'homosexualité du vainqueur d'Alésia et son aventure avec le roi de Bithynie.

César avait alors seize ans. Hanté par Alexandre, il s'était rendu à Gadès honorer la statue de son modèle. Le roi Nicomède de Bithynie lui avait offert une réception digne d'un dieu. Ce roi à la voix de velours, couvert de tissus chatoyants, de bijoux, de parfum, s'était introduit dans la chambre du jeune homme et l'avait pris ainsi, tel un petit garçon. César aimait les filles et cette souillure le hanta longtemps. Une angoisse sans nom mêlée à un plaisir compliqué l'avait paralysé tandis que l'homme à la peau noire, au sexe gonflé, pénétrait son corps tel celui d'une femelle vaincue, d'une levrette jetée au sol. César avait haï Nicomède de Bithynie. Ses ennemis en firent longtemps des gorges chaudes et d'affreux pamphlets. On lui lançait en plein Sénat que les « victoires ne sont pas faciles pour une femme ». César, ayant déjà appris à se dominer, ripostait aux impudents : « Que Sémiramis avait déjà régné en Syrie et que les Amazones avaient dominé jadis une grande partie de l'Asie. »

La curie finissait par se taire mais les Romains, friands d'aventures croustillantes, ressortaient l'affaire de Bithynie et les amours de Curion et d'Antoine. Au lendemain de ce viol, pris aux rets de ce corps puissant et vicieux tel le jeune cerf au piège, percé du pieu, il éprouva son tremblement terrible, cette angoisse sans nom : *Epilepsia* ou le Haut Mal.

On évoque contre César jeune homme un autre scandale croustillant. Chaque année, les Romains de qualité fêtaient le mystère de la déesse *Bona Dea,* culte de la fécondité féminine. On vénérait les serpents sacrés. Un festin de femmes était servi où l'homme était interdit d'accès. Vestales, femmes frénétiques, même les effigies viriles étaient voilées. Cette année-là, la fête avait lieu dans la maison de Pompeia, la seconde épouse de César. César, déguisé en femme, s'était glissé parmi ces dames échauffées. Découvert par une servante d'Aurelia, sa mère, César, chassé, provoqua une terrible indignation. D'autant qu'il avait laissé s'introduire Publius Clodius Pulcher habillé en folle. César en profita pour répudier Pompeia qu'il n'aimait pas sur le fallacieux argument : « J'estime que ma femme ne doit pas être soupçonnée, ni éclaboussée par ce scandale. »

Cicéron et les pères de la Patrie soulignent ces scandales : César est capable de bafouer le « sacré ». Il faut le destituer.

Cicéron parlait déjà de « monarchie tricéphale » au temps du triumvirat. Il jouit d'un grand prestige dans la classe politique romaine tant par sa culture oratoire que philosophique. Il redoute de voir César revenir à Rome comme un roi. Ces rois qu'il abomine. Il sent à quel point Pompée, lâche, avide et vaniteux, est moins dangereux que cet *imperator* qui jette bas sa République bien-aimée. La désunion est grande au Sénat. Le Droit ? Un fantôme qui pourrait se nommer encore la Garde civile. Cicéron et Caton le probe rejoignent, la mort dans l'âme, le parti de Pompée qui joue la corde républicaine.

Qui vaincra ? Pompée ou César ?

César est-il toujours à Ravenne ou marche-t-il sur Rome ? Pompée se sent plus puissant qu'Hercule et Zeus. Curion, Metellus, les rumeurs et la terreur de nouvelles prescriptions bouleversent Rome.

Et si César était aux portes de la ville ?

Metellus fonce à cheval à Capoue où Pompée vit mollement, fier de ses légions, sûr de lui. Pompée boit son vin en compagnie de son « collègue » – « celui qui partage la même Loi ». *Co-Lego* – Servius Sulpicius Rufus. Il n'aime pas le ton de cet envoyé du Sénat. « Nous t'ordonnons de marcher contre César pour défendre la Patrie ! Si tu le fais on te confère la haute autorité sur les forces arrivées à Capoue, mais aussi sur toutes celles de la péninsule Italique. » Pompée hésite, fortement ennuyé. Il voudrait être couvert par un vote du Sénat.

César, invisible, muet, ne bronche pas. Il n'avait rien dit quand Nicomède de Bithynie, à sa façon immonde, le mettait à mal. Sa vengeance vint plus tard. Julius Caesar ordonne à ses légions, la VIIIe et la XIIIe, aux vingt-deux cohortes recrutées en Narbonnaise de le rejoindre à Ravenne. La XIIIe légion le proclame *imperator.* C'est désormais la guerre contre Pompée, qui, fou d'orgueil, refuse tout contact avec César.

Rome est dans une agitation extrême. Caelius écrit à Cicéron : « Plus nous approchons de la lutte inévitable, plus on est frappé par la grandeur du péril. »

Antoine excite la foule du Forum pour l'exhorter à enlever à Pompée le droit de recrutement en Italie, l'obliger à filer en Orient. Le peuple, fasciné par ce colosse au si beau parler, applaudit.

Pompée commence à sortir de sa mollesse. On réunit le Sénat et c'est la session déplorable du 7 janvier 49. Curion arrive à bride abattue de Ravenne et rapporte la communication de César : outre le rappel de ses services rendus à la patrie, César s'engage à se démettre de son commandement à condition que Pompée soit de son côté démis de ses pouvoirs. Le Sénat dédaigne cette proposition. Antoine et Cassius font usage du veto que leur confère leur qualité de tribuns du peuple. Le Sénat confirme son vote du 1er janvier : César sera destitué, remplacé par son pire ennemi, le républicain Domitius Ahenobarbus. La séance devenant frénétique, on menace de lyncher Antoine. Il a du mal avec ses amis, Curion et Cassius, à rejoindre César. Jamais Julius Caesar n'a été aussi calme alors qu'on lui rapporte l'humiliant verdict de la légalité. Il donne l'ordre à ses troupes de marcher sur Ariminum, première étape vers Rome.

Il fait un froid sec qui meurtrit les os. On est en janvier.

Tybi. Janvier. Le Nil rentre dans son lit. La fin de la crue. On surveille étroitement le moindre geste de Cléopâtre et de son frère. Tybi. Janvier : la végétation des vignes, des oliviers recommence. Le ciel est d'un bleu de cristal.

Le passage du Rubicon ou le haut risque

Cicéron écrit ses craintes à son ami Atticus.

Cicéron avait eu un long entretien avec Pompée, dans sa villa d'Albe. Pompée soulignait les illégalités de César commises pendant son consulat. Cicéron garde un ultime espoir : si la guerre éclate, le Sénat ne se tiendra pas à Rome. Une telle perspective provoquera l'*Inuidia,* c'est-à-dire l'impopularité de ceux qui combattent César. Cicéron se pose une question sans fin. Pompée ira-t-il jusque-là ? Cicéron est encore débiteur de César devenu l'ennemi public de l'État. César attend en dehors de la ville. Comment éviter la guerre ?

Autour de César, une poignée d'amis, Antoine, Curion, Cassius et quelques légions. Point d'avenir et bien des menaces. Antoine et Curion chassés, le Sénat, en dépit de la sacro-sainteté tribunicienne, déclare César hors-la-loi. Tout lui est désormais permis : n'est-il pas le descendant de Vénus ? Ce sang divin autorise le bris d'un tabou : franchir le Rubicon.

Le Rubicon est une mince rivière, sans grâce, sans intérêt, peu profonde, presque à sec en été. Le Rubicon serpente, davantage ruisseau que rivière, entre Ravenne et Ariminum (Rimini). Une rivière dont les flots ont grossi par la neige des Apennins. Le Rubicon, modeste rivière italienne aux eaux rougeâtres, d'où son nom, se jette dans l'Adriatique et marque à Rome la frontière entre l'Italie et la province de la Gaule Cisalpine. César, hors-la-loi, ourdit le crime suprême. Le Rubicon, si rouge, est sa frontière intime entre le pouvoir sans limites ou la mort. Franchir le Rubicon, sa vie, c'est oser braver Rome, ses dieux, Pompée et toutes les puissances. C'est se faire Immortel.

Ce 11 janvier est une terne et glaciale journée où la nuit tombe tôt. Les peurs se lèvent aisément dans les âmes inquiètes. Julius Caesar est d'un calme total. Son audace procède du silence et du laconisme. La veille, il a donné ordre à un détachement de centurions et de soldats qui se feraient tuer pour lui de franchir clandestinement la frontière. Qu'ils l'attendent à Ariminum. Durant la journée du 11 janvier, il se montre naturel et simple. Il assiste à un combat de gladiateurs et déroute par son calme les habitants de cette campagne avec lesquels il partage leur repas du soir. Il feint la fatigue afin de les quitter tôt. Seuls dix fidèles dont Antoine, Curion et Cassius, sont du complot et doivent le rejoindre au lieu indiqué du rendez-vous.

César monte dans une simple carriole de boulanger. C'est la nuit. Le village peu à peu éteint ses lampes à huile. Il connaît mal cette campagne obscure, ces chemins sinueux, et s'égare, tourne en rond, s'obstine jusqu'à l'aube. Le froid de l'aube rejoint le gel de son sang. Un paysan est sur le chemin. César l'aborde : « Veux-tu me servir de guide ? » Il a dissimulé son visage de sa cape remontée. Le paysan accepte. Au loin apparaît ce serpent d'eau : le Rubicon. César saute à bas de la carriole et continue à pied, se blessant aux âpretés du chemin. Mais rien n'effraie le conquérant des forêts ténébreuses qui épouvantaient ses hommes. « César ! César ! nous ne connaissons pas les dieux hostiles de ces forêts du Nord ! » Il les toisait et les subjuguait. Il s'écorche au sentier et à des broussailles mais son sûr instinct le mène à ces ombres – ses amis et ses cohortes – qui le reconnaissent et l'attendaient. Plutarque, Suétone, frémissent en relatant l'événement. Le Rubicon appartient au Sacré. Le franchir, c'est braver Rome et les dieux. Le juriste historien Appianus (Appien) rapporte une phrase de César saisi d'un bref effroi aussitôt dominé : « Si je ne passe pas ce fleuve, dit-il à ses amis, cette retenue sera la source de mes malheurs, mais si je le passe, malheur au genre humain ! »

Malheur au genre humain !

Il donne l'ordre de lâcher les chevaux en offrande aux divinités. Plutarque raconte que « plus il approchait du fait, plus il variait dans ses pensées, quand il considérait la grande hardiesse de son entreprise ».

… Il marche, le long de la rivière glacée. Il ne sent plus rien. Ni le froid, ni l'angoisse, ni la peur. Il communique à ses amis une étrange émulation. « Nous pouvons encore revenir en arrière », dit-il à Pollion, qu'il sent hésiter. Hésiter ? Ce serait leur perte, pire ! une honte. Une fois ce gué franchi, cet interdit transcendé, ils seront les divinités de l'Avenir. Le geste retentira jusqu'à la fin des mondes. La Fortune est là dans ce matin de glace et de brume. Il y eut alors le Signe : « La Fortune, écrira Suétone, leur apparut sous la forme d'un homme d'une taille et d'une beauté extraordinaires tout près de là jouant du chalumeau. Une flûte champêtre. Des bergers étaient accourus pour l'entendre ainsi qu'une foule de soldats, parmi lesquels se trouvait un groupe de trompettes. Demandant à l'un d'eux son instrument, l'homme l'empoigne à pleines mains et, sonnant la charge avec une puissance formidable, il passe l'autre rive. » L'autre rive où il y a Rome, sa ville, Rome où il sera le maître, le Roi, le Dieu. Il en a oublié Calpurnia, sa dernière épouse.

Les signes du mont Kasion

Sosigène lit dans le ciel des signes et des symboles. Cléopâtre est devenue Isis. Il voit les fleuves rouges et la fluorescence des comètes. Il entend sonner les buccins. Le ciel du désert, les signes de guerre dans le ciel du désert.

– Je suis prête à me battre, dit la jeune fille.

– Tu régneras seule, répondent les signes.

Sosigène trace des cercles dans le sable. Deux cercles, une traverse, le mont Kasion. Une comète plus rouge que les autres disperse les filles de Nout.

– Le combat n'aura pas lieu et tu régneras, ô Cléopâtre. Mais que de sang versé ! Je vois le sang de ton frère, si puissant, et celui de ses alliés. Le sang d'un Romain qui bouleverse le Jeu du Destin et recoupe ton Destin. Le sang de Rome, le sang de l'Égypte. Ton sang.

« Tu régneras seule, fille des Lagides. »

« *Alea jacta est* »

Au bord du Rubicon, soudain plus rouge que la comète d'Égypte, dont César ignore tout, il y a eu ces apparitions. Cet homme trop beau pour être humain. Ce dieu qui indiquait à Julius Caesar ce qu'il devait faire.

Alors César s'élança, transfiguré, et cria :

– Allons où nous appellent les signes, les dieux, et l'injustice de nos ennemis. Le sort en est jeté. *Alea jacta est !*

Julius Caesar, du sang d'Énée et de Vénus, a osé la manœuvre la plus audacieuse, ce 12 janvier 49. Pompée et le Sénat, au courant, font la sourde oreille. Mais elles avancent, les troupes de César ! Elles avancent au pas ; d'Arretium (Arezzo) à l'intérieur des terres à Ancona (Ancône) sur la côte. Il n'a pas fallu quinze jours aux troupes de César pour envahir le fief de Pompée qui continue à se rengorger, si sûr de lui !

Février, plus dur qu'un caillou de halage, février aux pluies mêlées de givre. Les populations se taisent, ne prennent pas parti : Pompée ou César ? Chaque option fait monter dans la gorge le flot amer de la crainte.

En Égypte, le peuple se met à craindre : Cléopâtre ou Ptolémée ? On ne prosternera son front dans la poussière que devant le plus fort. Gare au vaincu ! Les quolibets, les crachats et la gorge tranchée seront son sort. On attend.

Le génie militaire de César

Ce qui sauvera César, outre son audace, est sa parfaite organisation militaire. Pompée ne s'occupe pas de ses armées. César n'a qu'une seule légion, mais quelle préparation d'élite, que de soins, de sévérité, d'affection pour elle ! César, père de ses soldats, adoré de ses troupes.

Les hommes de Pompée glissent dans l'ennui, le jeu. Pompée est tellement convaincu d'être l'Invincible qu'il en oublie ses légions. Les troupes de la République sentent cet amollissement et passent dans le camp de César. Le voici soudain à la tête de dix-neuf cohortes. Qui atteignent Corfinium dans les Abruzzes, à l'est de Rome, et se heurtent au seul général énergique, avec douze cohortes, l'ennemi de César et l'ami de la République : Domitius Ahenobarbus. Mais César croit à son destin et au dieu éclatant des trompettes au bord du Rubicon : rien ne l'étonne, cette chance incroyable, l'adjonction, ce 4 février, de la XIVe légion et de la VIIe et les vingt-deux cohortes cisalpines. *Alea jacta est !*

À Rome, c'est la panique. Le peuple sait qu'il a dépassé l'infranchissable Rubicon. La panique, d'heure en heure, devient poignante. On dit que les villages flambent au passage de César. Des signes célestes apparaissent : une pluie de sang sur le fleuve. On a vu suer le marbre des statues du Capitole. On dit, on dit, on dit. La foudre est tombée sur un arbre qui a fini sous la forme d'un porc noir. Des comètes méconnues balaient le ciel, annoncent la malédiction. Une femme enceinte a accouché d'un être mi-homme mi-bête.

On dit, on dit, on dit…

Et on le croit. Et on l'a vu. Et on croit l'avoir vu.

Qu'importe à César la défection d'un de ses hommes dévoués : Titus Labienus, passé brusquement à Pompée ! Qu'importe à César qui jamais, même au cœur des passions, ne commet d'actes irréfléchis ! Pompée le hâbleur se met à hurler qu'il a « plus de dix légions prêtes à intervenir » et qu'il n'a « qu'à frapper du pied le sol italien » pour faire lever des fantassins, des cavaliers ! Tout est à lui, à ses pieds, à ses ordres ! Le Sénat l'oblige à avouer qu'il n'a plus que trente mille hommes. Ses légions si fameuses sont en Espagne. Le Sénat si dédaigneux de César quelques jours auparavant... Pompée, sur lequel ils ont tant misé, annonce qu'il abandonne Rome et l'Italie.

La reddition de Pompée provoque l'indignation du Sénat. Une partie l'accuse de trahison et réclame sa réconciliation avec César. Cicéron, le 23 février, écrit une lettre atterrée à son ami Atticus : « Oh, la honte et la misère qui s'ensuit ! Pompée avait nourri César ; il s'est avisé tout à coup de le craindre. Il n'avait approuvé aucune des conditions de paix. Il n'avait rien préparé pour la guerre, il avait abandonné Rome, perdu, il s'était fourré en Apulie ; il s'en allait en Grèce sans nous donner aucune part dans une décision si énorme et si étrange... »

Caton renchérit plus que jamais sa détestation de César. Il réclame le commandement suprême pour Pompée. Mais qui croit encore à lui ?

Il est une catastrophe politique. Une catastrophe de l'Honneur de Rome : le 17 janvier, le Sénat décide d'évacuer non seulement Rome, ô honte, mais toute la péninsule. Honte ! le secours ne peut venir que des lointaines légions en Grèce, en Asie Mineure ou en Égypte.

Abandonner Rome ?

Cela ne s'était jamais vu, quels que fussent les envahisseurs. Dion Cassius décrit cette panique ! « L'instinct de la foule pousse chacun au hasard et chasse devant soi le peuple en déroute... Les longues files, des groupes compacts, se lancent en avant. On croirait que des torches enflammées ont pris possession des toits ou que, secouées par une force qui les anime, les maisons vacillent et penchent déjà, toute la foule éperdue précipite ses pas à travers la ville et comme s'il ne lui restait aucun espoir que de sortir au plus vite des murs de la patrie. » Cicéron ironise et se lamente : le Sénat et Pompée sont partis, ont fui. Rome, ville déserte.

Et ce sont, les unes après les autres, les conquêtes de César.

Tandis que fuit Pompée, qu'il appareille ses vaisseaux pour traverser l'Adriatique vers la Grèce, César a fait capituler Corfinium. Cicéron, pessimiste, écrit à Atticus que César fera probablement massacrer ses adversaires. Il n'en sera rien. La célèbre « clémence » du général jouera encore. Il aura l'élégance de prendre sous sa protection la noblesse et la chevalerie – dont Domitius Ahenobarbus, Lentulus Spinther et Caecilius Rufus. Il leur rendra la liberté.

La clémence de César ou la haute stratégie

La clémence, pour César, est une stratégie suprême. Une maîtrise de soi, une conquête au-delà de la conquête. Il l'écrit à ses hommes de confiance, Oppius et Balbus, restés à Rome, en vie par miracle ; il décrit sa hantise de ne jamais être comparé à Sulla, monstre sanguinaire. « J'étais moi-même décidé à me montrer aussi clément que possible et à m'efforcer de parvenir à une réconciliation avec Pompée. Essayons donc de regagner par ce moyen la sympathie générale et de rendre la victoire durable. Car les autres ne purent, en raison de leur cruauté, échapper à la haine et assurer leur succès, à l'exception du seul Sulla que je ne veux pas imiter. Ce sera une nouvelle façon de vaincre, par la miséricorde et la générosité. »

Tous, y compris Marcellus et Lentulus, ont fui. Pompée refuse les ultimes négociations. Il est en mer, vers la Grèce, l'Orient, là-bas, l'Égypte.

César vit une victoire vide, si l'on peut dire. Il endosse, malgré lui, au Sénat désert, le rôle d'usurpateur. « La clémence de Corfinium » tournée en dérision ? César devine qu'il a perdu ce qui le trouble au plus profond de lui-même : la confiance des Optimates et la réconciliation (la soumission) de Pompée.

Le vent a encore tourné et les eaux du Rubicon s'engorgent de boue rougeâtre. Plus d'apparitions ni de sons de trompettes. César est seul dans une ville atterrée. Vide. De ce turbulent silence, il fera l'appeau de sa grande victoire.

Étendre au plus vite sa zone d'influence dans les provinces du Sud et de l'Ouest si menacées. Il confie à Curius la mission d'aller en Sicile et en Afrique du Nord avec trois légions pour assurer la livraison des céréales. Ces terres sont tellement menacées de famine ! Il rejoindra ensuite l'Espagne. À lui de convaincre les troupes laissées par Pompée. Il plaisanta ainsi avec Antoine, Curion et ses familiers. « Il allait combattre une armée sans général et se tournerait ensuite contre un général sans armées. »

Pas une seconde, l'Égypte et sa jeune reine en difficulté ne traversent sa pensée. L'Égypte, cette vassale, est le dernier de ses soucis.

Rome, il cache son vrai bonheur de retrouver sa ville. Ses souvenirs, ses peines, ses voluptés, ses amours, ses doutes et maintenant son règne.

Visite à Cicéron

Avant de pénétrer dans Rome pétrifiée, il rencontre Cicéron dans sa villa à Formies, sur le Latium. Cicéron était un des rares à pressentir la force de César. Non seulement il avait franchi le Rhin, la Manche en pleine tempête, mais il avait aussi bravé le mythe du Rubicon. Cicéron n'avait pas fui Rome. Peut-être attendait-il la visite du général qui levait en lui tant de contradictions ? Le rejet ? L'admiration ? Le monde rural louait César, outré de la fuite de Pompée. Cicéron remercia César d'avoir libéré son ami Lentulus Spinther. César répondit : « Tu as raison de penser – car tu me connais bien – que rien n'est plus éloigné de moi que la cruauté… Ton approbation m'emplit d'une joie, plus grande encore… Quant à toi, je désire que tu te tiennes aux portes de la ville afin que je puisse comme d'habitude faire appel à tes conseils et à ton aide. »

Cicéron avait reçu l'*imperator* dans sa villa. Il déploya un grand courage politique en refusant d'envisager la paix sous la direction morale de César. Déplorant le destin de Pompée, il irrite son auguste visiteur. Cicéron s'obstine : « Ou je dois dire des choses que je ne peux taire, ou je dois me tenir éloigné. » Pour Cicéron, point de Rubicon estimable si sa chère République – ou *Res Publica* – le droit libre à la parole – est menacée. César prit poliment congé, son visage d'aigle impassible, et entra dans Rome.

Hors-les-lois : le soldat

Rome, silencieuse et méfiante. L'*imperator* Caesar ne trouve parmi les sénateurs enfuis que deux anciens consuls. Rome a la terreur de nouvelles proscriptions. Pompée avait menacé ceux qui resteraient, ils seraient les alliés de César, le hors-la-loi. César se justifia devant une morne assemblée : « Qui a tenu compte de mes efforts en vue de la paix ? » s'exclame-t-il face au groupe atrophié et peureux. Si les sénateurs ici présent ne prennent pas en main la République afin de la gouverner avec lui, il gouvernera l'État par ses propres moyens.

César se heurte alors au veto du tribun de la plèbe Lucius Metellus. Qu'il se réconcilie avec Pompée, c'est son affaire. Nul ne s'aventurera en Grèce au nom du Sénat. Du bout des lèvres, on accorde à César quelques céréales pour son armée et soixante-quinze deniers par légionnaire.

« Où est l'argent ? » demande César. Le trésor des consuls est dûment déposé dans le temple de Saturne. César franchit alors son nouveau « Rubicon ». En dépit de Lucius Metellus qui barre de son corps la porte du temple, il fait forcer l'ouverture par ses hommes et s'empare de quinze mille barres d'or, trente mille d'argent et trente millions de sesterces. César, fils de Vénus, capable de braver l'or des dieux... L'*imperator* a de quoi nourrir ses troupes et poursuivre Pompée.

– Il a touché au trésor du temple ! hurle Metellus, menacé d'être égorgé par les hommes de César.

– On ne combat pas les caisses vides. C'est la loi de la guerre ! répond sèchement César.

Quoi, après neuf ans d'absence, le conquérant de la Gaule a bafoué le mythe du Rubicon et pillé le trésor du temple ? Il est pire qu'un hors-la-loi. Rome n'est que haine. César défie Saturne en personne et ose écraser la ville en peu d'heures. Il désigne un maître d'élite pour la tenir en main : Marc Antoine. Il le nomme général de toutes les armées en Italie. Vite, il confie à Marcus Licinius Crassus – fils du tribun tué par les Parthes dont la tête avait été moquée lors de la comédie *Les Bacchantes* – le gouvernement de la province cisalpine. Vite, il envoie deux légions en Illyrie. Vite, il fait construire une flotte de guerre pour s'assurer de l'Adriatique. Est-il devenu Éole, le dieu du vent et des tempêtes ?

La nuit, on le couche sous la couverture ; il tombe, il tremble, il bave ; *Epilepsia,* signe du sang turbulent des dieux et des démons. Le Haut Mal. À chaque haut risque.

Il est désormais détesté du peuple et du Sénat. Cicéron est indigné. César, il s'en doutait, a le comportement des rois romains. La République est en danger. Ne veut-il pas contraindre par la force le Sénat à reconnaître comme son bon droit ces faits de dictateur ? Quand le Sénat le somme de se justifier, il répond que « seul le destin de Rome lui importe ».

À la guerre, comme à l'amour, César est à son affaire. Seul. La guerre est un art au goût de bronze. Se battre ; de légion en légion ; César mène sa gloire grâce à son sens aigu de l'art militaire. Il connaît chaque rang de ses légions.

Comment oser mener tant de conquêtes ? Bivouaquant la nuit, repartant à l'aube, les soldats de César voyagent à pied dans un ordre strict. À l'avant, les auxiliaires. Au milieu, les troupes d'élite. À l'arrière, les cavaliers. Chacun porte son armure, ses armes, son matériel. Une scie, une pioche, un crochet, le panier pour les travaux de déblai, une bouilloire, une gamelle, une lame en guise de rasoir, un peigne. Vingt-cinq kilomètres par jour. C'est le camp volant ou l'arrêt pour la nuit près d'un point d'eau. L'officier délimite le tracé du camp. Il plante un drapeau blanc où sera dressée la tente de César. Les drapeaux rouges indiquent officiers et fantassins. Soixante hommes de la centurie assurent la garde de nuit. Gare au sommeil ! Une sentinelle endormie est un condamné à mort. Tout est chiffré, algébrique. De dix en dix. Dix hommes ? Un *contabenium.* Cent hommes ? Une centurie. Deux centuries ? Un manipule. César et le dieu Mithra. De la cohorte (trois manipules) aux six mille soldats de la légion, ce sont les forces de César qui vont poursuivre Pompée. Les pieds sont durement menés, chaussés de la sandale, massés à l'huile celée dans la corne. Le silence est de rigueur ; de l'officier de cavalerie auxiliaire au porte-enseigne en chef, le crâne dissimulé sous la peau d'un animal, mi-oiseau, mi-fauve. La cadence du pas se nomme « le pas de l'oie ».

Les légions de César, ces hommes de Gaule, du Rhin et de l'Italie traversent beaucoup de contrées vides avant d'aboutir à cette panacée, la bataille ! Que rencontrait l'armée romaine pendant des jours et des nuits à la poursuite de Pompée ? Quelques villages aux ethnies épouvantées. La Terre est carrée. Là-bas il y a le vide. Avant, il y a l'Espagne. Une légion vêtue des couleurs au sens précis. Le bleu, celui du ciel et de la mer ; l'orange, que l'on voit aux vêtements des noces, le pourpre à l'épaule de l'*imperator*.

Les éclats d'argent et d'or pour la gloire : tuer. Glaives, piques, javelots, poignards, crocs... César et la gloire affûtée, perceuse des cœurs et des entrailles.

Vers l'Espagne. Vers Pompée.

Hercule et Vénus

César a confié l'Italie à Marc Antoine. Un lien indissoluble va lier le destin de ces deux hommes. Mêmes guerres, et surtout un même amour : Cléopâtre. Elle tentera de les manœuvrer chacun, vers son grand rêve : unir l'Orient et l'Occident. Marc Antoine... Quand César est saisi de ses crises du Haut Mal, le bras qui le secourt, l'homme qui l'étend sur sa couche jusqu'à ce que s'apaisent les spasmes, est presque toujours Marc Antoine. Il glisse dans la bouche convulsive la branche de coudrier. Le cœur de César est compliqué, indéchiffrable. Marc Antoine est gardien de l'Italie de mars à novembre 49. Le temps, pour César, de réduire Marseille et de gagner l'Espagne. Il abandonne Rome où il reviendra – régnera – à ce jeune homme piaffant, impulsif, dévoué et dénué du moindre sens politique. Est-ce voulu ?

Il sait tout de Marc Antoine : jeune homme bien né, appartenant à la gens Antonia, descendant d'Anton, compagnon d'Hercule. Après tout, les Julii descendent bien de Vénus. César est loin d'ignorer les problèmes de son fougueux allié. La mode hellénisante est pour quelque chose dans cette ascendance, nourrie des récits d'Homère. Hercule-Héraclès, Dionysos... Antoine est fou de la Grèce, parle couramment la langue. Hercule-Héraclès, dieu grec, assimilé à Rome depuis si longtemps.

Julius Caesar sait bien que la gens Antonia est d'origine plébéienne. Mais lui-même, César, est né dans le quartier du Subure. Quartier plébéien s'il en est ! S'il appartient à la noblesse patricienne, la gens Julia du côté paternel, il s'agit d'une petite noblesse qui ne jouait qu'un rôle subalterne dans la vie politique romaine. Pas un seul consul parmi ses ancêtres. Son père Caius Julius avait bien été nommé préteur (président de tribunal), mais cela n'avait rien d'extraordinaire. L'accès au cercle des sénateurs lui était interdit. L'ascendance mythique, Vénus, ne comptait guère devant le pouvoir. César reconnaît en Antoine une similitude en dépit de leurs différences éclatantes. Tous deux ont conquis la gloire, non par la naissance, mais par une forme de génie très personnel.

Semblables et différents : César, né sous le signe du Cancer dans la torpeur et la moiteur d'un été torride. César, adolescent mince et frêle, devenu un homme sec, tout en muscles longs et durs, enveloppé d'une chair légère, le visage déjà marqué. La longue bouche, la peau si pâle, les yeux noirs, vifs et perçants comme ceux du faucon. Maître de son corps – en dépit de la trahison des nerfs (*Epilepsia*). Entraîné dès le plus jeune âge aux disciplines les plus dures, sous la férule de la maîtresse femme, sa mère, Aurelia, dont l'orgueil égale le sien : Aurelia la Sage, la matrone, l'incarnation de la vertu, l'abstinence et l'endurance. Si vite veuve et responsable de ce fils à qui elle dissimulait qu'il semblait bien chétif pour vivre. Elle l'aima à sa manière : par une éducation sans défaillance. Elle transformera la pâle chrysalide en un maître de lui-même et des autres.

Antoine est un enfant de l'hiver, né un 14 janvier de l'an 86, au signe si complexe du Capricorne. Il a quatorze années de moins que César et comptera quatorze années de plus que Cléopâtre. Son père se nomme Hybrida Marcus Antonius, falot tel le père de César. La mère, là encore, sera la maîtresse femme éducatrice, Julia ; lointaine parenté de la gens Julia.

César et Antoine sont d'arrière-cousins que les mères ont, chacune, domptés, éduqués, dirigés. Aurelia et Julia, un fils d'été, un fils d'hiver. Une union d'hommes, épris de manière virile. Incompatibles et complémentaires. Tous deux amants de Cléopâtre.

La mère d'Antoine mena à la baguette le mari insipide. Le fils semblait reproduire Hercule. Là furent son amour, son intérêt et sa passion d'avenir, elle qui a honte de son époux à la pitoyable conduite. En l'an 74, chargé de sortir de sa préture pour guerroyer contre les pirates, cette plaie de la Méditerranée, le père d'Antoine pilla autant qu'eux la Sicile et fut battu en Crète. Surnommé Cretinus, il s'éteignit là-bas, honteusement, loin des siens et de Rome. Il ne laissait que des dettes, trois fils dont Marc Antoine, l'aîné. Le favori de l'énergique Julia n'a alors que dix ans. Julia, qui calcule toujours (tout comme la mère de César), se remarie avec Publius Cornelius Lentulus et s'apparente ainsi à la glorieuse et riche famille des Cornelii.

Lentulus est un voyou de grande envergure, sans scrupules et superstitieux. Il croit à la prophétie de la sibylle de Cumes. Il sera maître de Rome. Le jeune Antoine reprend à son compte la prophétie. Il fut un moment, en effet, maître de Rome. Lentulus est d'un caractère féroce, énergique et fougueux. Antoine l'admire quand il devient chef de la conjuration après Cinna et Sylla ; au point d'oser armer des esclaves afin de dominer Rome ! Il est égorgé avec ses compagnons de la conjuration, en l'an 63. Ce même jour naît un être laid, chétif et couvert de pustules : Octave, futur empereur sous le nom d'Auguste. Leurs chemins se croiseront.

Antoine a vingt ans et jure une haine éternelle à Cicéron. Il songe à la prophétie de la sibylle de Cumes. César exploite cette histoire. La rancune, chez ce colosse – ce fils d'Hercule –, est vite noyée dans le vin. Julia est toute-puissante sur l'âme de ce fils, ce géant. Octave vient de naître et César sait qu'Antoine manque de la cruauté des puissants.

Marc Antoine, élevé par une femme, est déchiré par les clans de la guerre civile. Il appartient à la jeunesse dorée, ces aristocrates à qui tout est permis, même la Mort. Son corps et son visage sont sa force, comme Hercule, son ancêtre.

César sait que son collègue est de ce sang. Il n'est pas insensible à la beauté d'un homme dont il se sert, qui le sert et qu'il aime. Ces jambes et ce buste puissants, dont les muscles roulent sous la cuirasse. Cette tête bouclée serrée aux beaux cheveux noirs. Cette bouche si charnelle dont raffolent les femmes et les éphèbes. Ce cou, non encore empâté, puissant tel celui du taureau. Ses bras d'athlète, ses poings qui assomment un bélier et caressent les filles. Ce rire de gorge, déployé, riche, communicatif, enfantin… Ce rire qui balaie les plus hauts drames dont il est si souvent responsable. Cette faconde, cette capacité inouïe à dévorer les viandes, avaler le vin, baiser des nuits entières…

Le géant Marc Antoine ! Bien sûr, il a eu une aventure homosexuelle. Qui à Rome ne s'est pas roulé dans tous les stupres ? Cela conforte César, qui conserve un souvenir d'angoisse de son histoire avec Nicomède de Bithynie. L'homosexualité fut légère à Marc Antoine, une fois de plus subjugué par le plaisir, encore et toujours le plaisir. Sous toutes ses formes. Boire, bâfrer, faire la guerre, haranguer les hommes. Jouir d'un homme (Curion) et tous deux de tant de femmes ! Le plaisir et encore le plaisir. La guerre est le plaisir. Est-ce lui le véritable descendant de Vénus ? César s'interroge et fait parler Marc Antoine qui, volontiers, adore étaler ses exploits de guerre ou de sexe. Oui, il a aimé coucher avec Curion. Oui, il a aimé en faire sa bête et en devenir la bête. Cicéron en fera des gorges chaudes en traitant Antoine de fille publique !

Marc Antoine avait seize ans et Caius Scribinius Curion, jouisseur de la vie, aimait son corps d'athlète qui jetait au sol du champ de Mars tant de gladiateurs redoutables. Curion entraîna le jeune Antoine dans une série d'orgies, le caressa telle une fille, l'aima tel un petit garçon et Marc Antoine y prit une folle volupté, assouvie ensuite au ventre des filles présentes. Le père de Curion, rigide conservateur aristocrate, fit cesser l'aventure et paya les dettes des « deux amants » qui festoyaient chaque nuit, chez les filles publiques ou celles de la haute société. Les femmes, elles, sont toutes folles d'Antoine-Hercule. César sait tout cela, mieux encore : l'amitié perdura entre Antoine et Curion, engagés aux côtés de César. Curion donna à Antoine sa charge de tribun de la plèbe quand César fut déclaré ennemi public par le Sénat.

Antoine et Curion, aventure banale chez les jeunes gens snobs de l'époque. Le snobisme hellénisant, la curiosité des orgasmes divers rendaient naturelle une aventure que les conservateurs méprisaient et traitaient de « vice grec ». Antoine se moque complètement de l'opinion publique. Sa sensualité lui donne les yeux plus gros que le ventre. Jamais rassasié ni abreuvé, il ne vit, ne vibre que dans les excès. La guerre, le sang enivrent autant que le vin. Marc Antoine vit sans entraves, ni retenue, ni limite. Rien ne l'arrête ; rien, la sodomie lui arracha un tel cri de jouissance que cet acte, dit honteux, fut hissé en lui au niveau d'un dynamisme exquis.

César sait tout cela... Est-il fasciné de cette exultation dont il ne retint que les ténèbres et l'humiliation ? Marc Antoine est surtout un homme à femmes. Il épouse par convention sa cousine Antonia, la fille de Caius Antonius, dont il a une fille. Peu de traces sur ce mariage destiné à éviter la banqueroute financière et à empêcher de s'asseoir au banc des infamies pour dettes.

Marc Antoine voyage. La Grèce l'enchante. Il parfait son éducation, plus subtile que ne le laisserait présager ce colosse sexuel et alcoolique. Il manifeste autant d'appétit à la table, au lit, au combat, qu'à écouter les philosophes de Rhodes.

César sait et se tait.

Marc Antoine a été autrefois brièvement fasciné par l'Égypte, qu'avait ouverte le pouvoir du grand Pompée. L'Orient, ses ors, ses filles, l'éblouissante Alexandrie : le Aulète vivait encore alors et Bérénice tremblait. Cléopâtre avait dix ans quand Pompée le Grand se fit nommer *imperator* et Cosmocrator. Pompée statufié en Alexandre déchaînait l'enthousiasme de cet Hercule incapable de discerner froidement.

César sait qu'il a assisté en 61 au triomphe de Pompée revêtu de la chlamyde d'Alexandre. Il fréquenta, à cette époque, tout feu, tout flamme, Clodius « le Beau », agitateur, pervers, coqueluche des femmes. Clodius, à la sœur si belle, Claudia, avec qui il couchait. Claudia qui faisait pleurer d'amour Virgile. Clodius avait obtenu de César, en 58, de « passer à la plèbe » ; se faire élire tribun.

C'est dans la maison de Clodius que Marc Antoine tombe amoureux de la propre femme de son hôte : la froide et superbe Fulvie, aux longs cheveux noirs, au teint de rose, au corps de feu, aux yeux pervenche. Fulvie : folle de son corps, calculatrice, deux fois veuve, mère d'une fille. Elle avait autrefois brièvement épousé Curion.

César connaît ces femmes et ces hommes, que les manœuvres dispersent, réunissent, détruisent. César construit patiemment sa gloire. Il lui faut l'alliance du fougueux Hercule-Antoine qui parle plusieurs langues, qui connaît Alexandrie et sa bibliothèque, qui méprise ces avortons de Ptolémée… Quoi, cette maigrichonne enfant nommée Cléopâtre sera peut-être reine, mariée à ce chafouin de frère ? À Athènes et à Rhodes, Marc Antoine excelle dans l'art oratoire – non pas l'éloquence durement acquise par Cicéron se forçant quotidiennement à répéter ses discours, un caillou dans la bouche pour mieux travailler l'élocution. Au contraire du laconisme lapidaire de César – dont peu de mots suffisent à foudroyer une armée – il est heureux d'exercer les complexités de la rhétorique.

Marc Antoine est un Romain philhellène, comme Scipion. De Marseille à Pergame, on ne compte plus les cités grecques. César sait. Il sait comment le géant a rencontré l'Orient. Gabinius était un bon militaire et un bon gouverneur. Marc Antoine avait vu Bérénice tuée à coups de glaive. Le Aulète était répugnant et Antoine détesta le meurtre du père sur la fille. Mais le vin et la splendeur du tombeau d'Alexandre effacèrent ce moment de sang. Le cœur de chair de l'Hercule romain, Antoine, battit fort quand Gabinius l'emmena contempler la momie prestigieuse.

Le gardien de l'Italie

Mars à novembre 49.

Marc Antoine se comporte en roi, ce qui révulse Cicéron qui écrit à Atticus. « Voilà un tribun de la plèbe (son seul titre légal) qui voyageait en char gaulois précédé de licteurs portant les faisceaux ornés de lauriers avec au milieu d'eux une vedette de Rime portée en litière découverte… Suivait un chariot de macs, une escorte de voyous. Et fermait la marche sa mère qui suivait la maîtresse de ce fils débauché comme si c'était sa bru. »

Non encore divorcé d'Antonia, amant de Fulvie, il s'affiche dans toute l'Italie avec sa maîtresse, la voluptueuse actrice Volumnia, Cythéris de son nom de théâtre. Une fille fatale, cette affranchie, une masse de chair rosée, aux boucles rousses, qui rit si fort que l'on voit le fond de sa gorge… Elle tournera bien des têtes après Antoine : le poète élégiaque Gallus, futur premier préfet d'Égypte sous Auguste. Volumnia prétend faire l'amour mieux qu'un giton grec mêlé d'une folle fille de l'Ouest. Virgile chantera dans sa Xe Bucolique les amours malheureuses de son ami avec Volumnia qui prit pour amant un officier d'Agrippa. Volumnia l'insatiable, qui arrache nuit et jour le cri du rut à Hercule-gardien de l'Italie – son amant. Même l'austère Cicéron ne put s'empêcher d'éprouver, à un dîner, en 46, une bouffée libidineuse, allongé sur le triclinium près de Volumnia. Elle riait, offerte, ouverte, les seins visibles et débordant sur les voiles et les colliers.

Marc Antoine et son char de débauchés traversent ainsi l'Italie. Populaires auprès de la soldatesque avec qui, volontiers, il partage de grasses plaisanteries et, quelquefois, Volumnia avec ses officiers. Marc Antoine est adoré des soldats et des filles, abominé de Cicéron, des pères de la Patrie et des bourgeois austères des cités italiennes.

Quand César revient, en décembre 49, il constate qu'Antoine a su mener à bien la dure mission de maintenir le moral de ses troupes. Que lui importe ses frasques ! Grand amateur de femmes, César n'avait pas dédaigné le ventre rose de Volumnia et autres fariboles. Il sait vivre l'âpre et nécessaire abstinence des génies au pouvoir. La poursuite de Pompée est un grave enjeu. César a besoin de Marc Antoine, il retrouvera son pays en maître s'il est vainqueur à Pharsale.

VI

Pharsale

Le vainqueur trouve à peine place pour dégainer ; la victime pour choir. Elle hésite, tournoie ; mais l'immense jonchée l'étouffe. Les morts sous leurs débris écrasent les vivants...

LUCAIN, *La Pharsale*

César, vainqueur de Massalia et de Cordoue

Avant Pharsale, le siège de Massalia (Marseille) avait été rude. Ahenobarbus campe avec ses navires. Le temps presse. César remet le commandement à ses légats et se hâte vers l'Espagne. La résistance des Massaliotes est acharnée. Les troupes de Pompée, puissantes, sont menées par deux grands chefs, Lucius Afranius et Marcus Petreius. La fonte des neiges des Pyrénées s'en mêle. Tout semble affaiblir à nouveau César et inciter les sénateurs à choisir à nouveau Pompée. Deux cents se réunissent autour de lui à Salonique, dont Cicéron.

César renverse la situation : il fait construire des barques à fond plat, en bois et roseaux, recouvertes de cuir. Il peut ainsi, discrètement, continuer le ravitaillement de ses troupes. César met d'un seul coup en danger les légions de Pompée qui, épuisées, manquent d'eau et de vivres. On se demande des nouvelles de parents, de connaissances d'un camp à l'autre. La modération de César aurait-elle fusionné ces deux camps en un seul ? Après tout, l'ennemi est romain.

La suite fut sanglante : dès qu'ils eurent vent de cette accalmie, les deux chefs, Pompeius Afranius et Petreius – Petreius qui avait tué Catilina treize ans plus tôt –, firent massacrer les Césariens par les Espagnols. Les troupes jurent à nouveau fidélité à Pompée. César réagit avec sa clémence déroutante. Non seulement il renvoie indemnes les vainqueurs, mais il incorpore à sa troupe ceux qui se jettent à ses pieds et implorent son pardon.

Encerclés par les légions de César, coupés de ravitaillement en eau, Afranius et Petreius doivent capituler. C'est le 2 août 49. L'élite des troupes pompéiennes est vaincue après une lutte de quarante jours.

César continue à pratiquer la clémence pour vaincre en profondeur. Les deux légats doivent « quitter l'Espagne et démobiliser leurs troupes ». César lègue ses pouvoirs à Cassius Longinius qui connaît bien le pays dont il a été questeur. Longinius, sanguinaire, ne peut qu'effrayer les sénateurs et Cicéron.

« Que va devenir la République avec de tels dictateurs ? »

César récompense la ville de Cordoue pour lui avoir ouvert ses portes. Il promet la citoyenneté romaine à Cadix.

Octobre : Massalia a capitulé. Ahenobarbus a dû s'enfuir, la mort dans l'âme, à bord d'un voilier dérisoire. César, toujours magnanime, accorde l'indépendance à l'orgueilleuse Massalia. Il s'empare cependant de sa flotte, de ses armes et de son trésor de guerre.

La chance est une déesse ailée. Le préteur Marcus Aemilius Lepidus a obtenu que le peuple nomme César dictateur. La dictature, d'après la loi, est limitée dans le temps. Qu'importe ! Elle sert à mettre fin à l'état d'urgence et permet à César d'organiser à sa guise les élections consulaires.

César subjugue la XIe légion

César, vainqueur militaire en Espagne, élu dictateur par le peuple… Pompée est sur le point de tout perdre, même si la fortune se retourne telle la queue du scorpion. La flotte commandée par Cornelius Dolabella, gendre de Cicéron, a perdu quarante bâtiments en Afrique du Nord. Les Césariens sont incapables de résister aux forces orgueilleuses des Pompéiens. C'est dans ce massacre que Curion trouve la mort. Débarqué en Tunisie, il se heurte au roi numide Juba, ami de Pompée. Sa troupe exterminée, il meurt le dernier, bravement, la gorge tranchée. Marc Antoine perd l'ami fidèle, le voluptueux et gai compagnon de jeunesse, le soldat mûr et vaillant.

Marc Antoine détestera Publius Cornelius Dolabella, responsable de la perte de son ami.

Curion égorgé, le dernier grenier à blé africain est aux mains de Pompée.

La mort de Curion soulève une étrange réaction dans la XIe légion de César. Une sorte de mutinerie. Les soldats reprochent à César de retarder leur solde. « Ta clémence, César, disent-ils, nous a privés du beau butin des villes espagnoles ! Ne vois-tu pas que nous sommes épuisés par la longue marche depuis Brundusium ? »

Ils tapent sur leurs boucliers et cela fait un bruit d'orage. César reprend en main sa cohorte par des ordres qui la déconcertent. « Vous contestez ma clémence ? Soit, selon les lois de la guerre, que cette légion qui me déçoit soit décimée et que les survivants rejoignent le camp de Pompée ! » Les boucliers se taisent, les hommes supplient : « Pardonne-nous, César ! »

Les officiers proposent que, sur cent vingt meneurs, douze seulement, tirés au sort, soient roués à coups de bâton jusqu'à ce que mort s'ensuive. Les corps, par représailles, seront abandonnés sans sépulture aux corbeaux tournoyants et noirs.

César se tait longuement ; il les regarde jusqu'à ce qu'ils baissent la tête et d'une voix forte les absout. Nul ne sera décimé. La terrible XIe légion est sa « fille » préférée.

Les coups sur les boucliers reprennent avec des cris de joie. Une pluie de bronze, d'orgueil et d'amour où l'on entend, scandé à l'infini : César ! César !

César, dictateur à Rome pendant onze jours (1er-10 décembre 49)

En moins de trois mois, César a regagné la confiance de Rome au point, lui le proscrit, de reprendre les rênes du gouvernement. Dictateur pendant onze jours. Onze jours sans massacre ni vengeance, onze jours d'un constant labeur politique.

Onze jours – du 1er au 10 décembre 49 – pour nommer ses hommes à des postes de confiance. Lepidus devient proconsul de la province espagnole, Decimus Brutus se voit offrir le gouvernement de la Gaule. Au premier de ces onze jours, on distribue des céréales à ceux qui manquent de tout.

César est nommé *Pontifex Maximus* à vie. Il réorganise le collège des prêtres avec des alliés. Onze jours pour faire revenir à Rome ses amis proscrits par Sulla. Onze jours afin qu'ils retrouvent leurs biens et des postes officiels. César rétablit le domaine économique, si délabré. La guerre civile a ruiné les plus pauvres. Pompée a interrompu les importations de céréales, détresse qui a profité aux usuriers. Que de biens abandonnés à des sommes dérisoires ! César s'occupe de refaire circuler les capitaux et d'empêcher la thésaurisation. Il devient très populaire en onze jours.

Le « dictateur » César est nommé, par les comices, consul pour l'année 48, avec comme « collègue » Publius Servilus Isaurius. Il prend la direction des affaires à Rome et en Italie, et, dès le 15 décembre, renonce à la dictature pour reprendre sa poursuite implacable contre Pompée : la bataille décisive aura lieu à Pharsale.

Pharsale ou manger des racines pour gagner

Rome exige un signe des dieux avant le départ de César. Il a lieu au Forum. Les prêtres lâchent dans le ciel un milan portant en son bec une couronne de lauriers qui doit tomber sur la tête de César. Elle atterrit sur un des hommes de son escorte. Les augures n'en déclarent pas moins le présage favorable. La fuite épouvantée du taureau destiné au sacrifice est comparée à celle, future, de Pompée. On accompagne le consul aux portes de la ville : Entend-il le peuple lui crier l'essentiel : « César ! Fais la paix avec Pompée ! »

« Il n'y avait, écrit Dion Cassius, que les enfants pour croire à une vraie guerre. Les enfants, du Capitole au Subure, dans les ruelles les plus sales, se battaient pour rire entre Pompéiens et Césariens. Les enfants hurlèrent la nuit entière que les Césariens étaient les vainqueurs. »

Les campagnes et les longues marches, depuis des mois, ont épuisé ces hommes. Fièvre, dysenterie, la maladie ravage. Il y a une autre crainte : celle de la mer. Les Romains n'ont jamais aimé la mer. Peuple terrien avant tout, la mer ne leur est pas, comme aux Grecs ou aux Alexandrins, source de conquêtes. Les armées de César ont peur de Neptune et des flots démontés en cette saison. La mer, c'est aussi la supériorité des troupes de Pompée. À César, comme toujours, d'éviter la panique. Atteindre la Grèce, c'est l'assurance de trouver à profusion ce qui manque à ces hommes. Que leur importe cette crainte de la mer, n'est-ce pas mieux de se battre au lieu de mourir en attendant le printemps ?

La Grèce, les dieux, Éole, Neptune et ses filles seront confondus d'une telle audace ! Le débarquement inattendu pétrifie Pompée et ses troupes. La guerre. La mer. Le milan, le taureau et les enfants de Rome en ont été les signes.

Le 14 janvier 48, César donne l'ordre d'appareiller. Vingt mille hommes sont entassés pour la rude traversée de l'Adriatique vers l'Albanie. César, une fois de plus, mate l'ennemi par l'effet de la surprise. De la Gaule au Rubicon, cela a toujours été sa méthode. Nul ne s'attendait à ce débarquement. Ni Pompée, à la tête de sa troupe sur la côte, ni Bibulus, son amiral, coincé par la flotte du consul. Les orgueilleux navires pompéiens sont équipés pour une courte opération. Ils souffrent cruellement du gel. Le soir même, Bibulus, statufié, délirant, meurt de l'étrange coma du froid. César joue avec le destin. Il fait parvenir – ô ruse, ô dieux, qui inspirent les génies – un message de paix à Pompée. Dion Cassius témoigne que « les deux généraux » doivent déposer les armes et ne pas tenter plus longtemps la Fortune. Le messager est Vibullius Rufus, préfet de Pompée, prisonnier de César en Espagne, libéré afin de porter le message. Un message qui séduira les troupes lasses des hostilités prolongées. Pompée, dont la faiblesse est l'orgueil, refuse, ce qui conduit une grande partie de ses hommes à rejoindre César.

Accepter la paix, dit Pompée, équivaut à la mort politique. Il a confiance en son armée de Grèce, si riche d'avantages : le repos, les vivres, un nombre considérable, la santé. Trop de soldats césariens sont morts les intestins vidés de diarrhées infâmes et délirent de fièvre. Pompée, sûr de lui, coupe la parole à l'intermédiaire de César. Il ne veut rien devoir à la générosité de son adversaire. La clémence de César ? Quelle humiliation ! Il veut la guerre et la gloire – César aussi.

La première offensive a lieu le long du fleuve Apsus. D'un bord à l'autre, les adversaires peuvent se parler. Titus Labienus prend la parole. La discussion est violente avec Rufus, victime d'une nuée de projectiles. Labienus hurle : « Il n'y aura pas de paix possible tant qu'on ne nous aura pas apporté la tête de César ! »

Les légions de César se découragent à nouveau. Que font les renforts, les cohortes promises par Marc Antoine ? Les nouvelles ont du mal à franchir l'Épire et à parvenir jusqu'à Rome. César va agir, seul, de nuit. Afin d'échapper aux navires ennemis, il traverse sur une embarcation légère, flanqué d'une maigre escorte, ce fleuve jusqu'à l'embouchure. Les vents sont très forts, la tempête menace, tout va chavirer. Le capitaine ordonne de rebrousser chemin. César, bravant alors son incognito, se dresse devant l'homme : « Va, mon brave, enhardis-toi, et ne crains rien, tu portes à ton bord César et la fortune de César. » La tempête, seule, obligea le Romain à rebrousser chemin.

Marc Antoine, le joyeux gardien de l'Italie, pendant ce temps-là, continue ses folies voluptueuses et avides, occupé par tous les sens de Volumnia, cette inventive à la bouche habile et aux muscles secrets capables de retenir longtemps l'érection du colosse. Mais une mise en demeure de César lui est parvenue. Trois mois plus tard, il touche enfin terre au nord de Dyrrachium. Il était temps. Sa flotte est brisée par le vent. César dispose au gué de l'Apsus de trente-quatre mille fantassins et de mille quatre cents cavaliers. Face aux cinq légions de Pompée commandées par Lentulus Scipion, Domitius Ahenobarbus, Pompée et Labienus, César a disposé ces quatre groupes sous les ordres de Marc Antoine. Ses officiers sont Demetrius Calvinus, Sulla et lui-même, César. L'armée de Pompée est composée de Crétois, Bithyniens fraudeurs des Baléares. Celle de César, plus drue, compte des Gaulois, des Belges et des Germains, redoutables à la guerre, sans autre crainte que les divinités inconnues. Endurant le froid, la faim, ces brutes aux cheveux de lin, aux pâles yeux, ont une unique passion : la guerre.

César coupe Pompée de Dyrrachium, sa base de ravitaillement, et échappe à de dangereux encerclements. Il emmure l'armée pompéienne en faisant construire un tertre colossal sur une étendue de cinquante-cinq kilomètres carrés. César guide ensuite ses troupes. Pompée comprend qu'il est en train de perdre la stratégie des positions. Le blé n'est pas encore mûr. Les assiégeants ont faim. Ils mangent des écorces d'arbres plutôt que de laisser Pompée s'échapper. « Je suis fier de vous », dit sobrement César. Pompée, hors-la-loi ? Il ricane que seules les bêtes sauvages mangent des racines.

César a alors recours à la manœuvre éprouvée de faire couper et détourner le cours des ruisseaux descendant des montagnes. Assoiffer les ennemis qui se sont moqués de les affamer. Pompée doit faire quelque chose, vite. Quelle est cette passivité inexplicable ? Le 17 juillet 48, César vient d'avoir cinquante-deux ans. Pompée lance l'attaque. C'est court, d'une grande violence.

Panique, déroute, César saisit de ses propres mains les enseignes des fuyards. Plutarque témoigne que les uns abandonnent leurs chevaux pour fuir, les autres leurs enseignes. L'un des fuyards manque de tuer César avec la hampe d'une enseigne. Un garde du corps le transperce d'un coup de glaive.

César a-t-il subi la pire de ses défaites ? La veille, un vol de corbeaux s'était envolé à la gauche de son regard. Les augures parlaient d'orage et de peste. Le jour de ses cinquante-deux ans, le ciel se couvre d'un nuage crachant une nouvelle nuée de corbeaux. Ses hommes perdent confiance. César, le plus puissant, est le plus menacé entre tous. Qui peut abattre ainsi le vainqueur de la Gaule et le héros du Rubicon ? « Il faut changer complètement mes plans de campagne », dit-il. César et sa force de persuasion. Remonter le moral de cette troupe qui ne puise sa force ou sa détresse que dans les volontés de ce chef unique.

Pompée commet toujours la même faute. Au lieu de foncer, il laisse César rassembler ses troupes abattues. Lequel, telle la foudre, prend d'assaut Gamphi, laisse ses hommes piller les villes tout leur soûl, au point que « toutes les cités de la Thessalie, sauf Larissa, qu'occupaient les nombreuses troupes de Scipion obéirent à César et lui furent soumises ».

9 août 48 : La bataille de Pharsale

Pompée, toujours sûr de lui, accepte la bataille de Pharsale. Le nombre de ses troupes le rassure : cinquante-quatre mille hommes, soit six fois le contingent de César.

César sacrifie à Mars et à Vénus. Il choisit pour mot d'ordre : « Vénus » et fait sonner la charge, à la tête d'une masse chaotique et titubante de vingt-cinq mille hommes, la plupart complètement ivres. César a vu juste : le vin a été salutaire au moral défaillant de ses soldats. Plutarque assure que « cette ivresse chassa la maladie qui provenait d'une cause contraire et changea complètement la disposition de leurs corps ». César galvanise la troupe étiolée et même les éclopés reprennent espoir.

Pompée fuit Dyrrachium, cet arsenal de l'Orient, et rencontre son ennemi à Larissa, sur les bords de l'Enipeus. La bataille de Pharsale commence le 9 août 48, dans la matinée.

La première vague d'assaut commandée par Labienus, qui déteste César, est celle de la cavalerie pompéienne. Elle tente d'encercler la horde de César, tombe sur une bordée de javelots meurtriers qui mettent sept mille cavaliers en fuite. La rage de Titus Labienus est à son comble. César attaque l'adversaire de flanc. Réussite sanglante. César et ses hommes, à travers des monceaux de cadavres, pénètrent dans le camp de Pompée et se livrent à un pillage forcené. Pompée fuit, lamentable : à cheval, par une porte dérobée, suivi de ses généraux – excepté Domitius Ahenobarbus, blessé à la tête. Ses alliés orientaux sont circonspects. Il y a, à Pharsale, des cris et des gémissements. Ce Romain percé de part en part, cet autre, éventré, hurlant sous le ciel et encore cet autre à demi décapité, vivant encore, écrasé sous un cheval épouvanté, aux entrailles répandues. L'historien Lucain a montré l'horreur du combat. « La lutte est si dense que les vainqueurs trouvent à peine place pour dégainer. La victime pour choir. Elle hésite et tournoie ; mais l'immense jonchée l'étouffe. Les morts, sous leurs débris, écrasent les vivants. »

Corbeaux, vautours, hyènes, canicule et odeur épouvantable : quinze mille hommes ont été tués. Pharsale est un charnier.

Une victoire déjà enténébrée d'une « sombre curée ». Des milliers de citoyens, tués, dépecés, une guerre fratricide. Les morts de Rome. Certains étaient parents, amis ou frères…

« *Hoc voluerunt* »

César ne célèbre pas cette victoire en un triomphe comme il le fait d'habitude. Ces morts sont livrés aux flammes des bûchers dressés à la hâte pour empêcher les rapaces de les mutiler. La fumée, noire, monte dans la plaine. Amère victoire ! La plus amère de sa vie. Il se tourne, dit Suétone, vers son compagnon Asinius Pollio : « *Hoc voluerunt* » (« Ils l'ont voulu »).

La tente de Pompée est vide. Quel luxe dans les tapis, les tissus, les coffres d'ébène remplis de vaisselle d'argent ornée de la couronne de myrte, les aiguières sculptées encore remplies du vin des fêtes… Pompée était si sûr de sa victoire ! Dans sa hâte, il a oublié sa correspondance.

Dion Cassius affirme que César a l'élégance de faire brûler ces documents sans les lire.

De la montagne environnante, sous le ciel torride, parmi les cadavres dont les membres craquent sur les bûchers, dont les cuirasses fondent dans les flammes, se précipitent les fuyards. Ils se jettent aux pieds de César, les mains étendues vers le vainqueur. Dion Cassius assure que : « [César] les rassura, les fit se relever… leur laissa la vie à tous. »

Une fois de plus la *clementia Caesaris* a joué. César fut à l'occasion cruel, lui qui n'hésitait pas à faire trancher la main droite de toute une armée rebelle au temps de ses guerres en Gaule, à faire massacrer des peuples barbares, des Usipètes et des Tenctères, jusqu'au dernier. Sa clémence joua surtout dans les guerres civiles. Cicéron, sceptique, parle même de *insidiosa clementia* (la clémence insidieuse de César). Après sa mort, seulement, Cicéron évoquera une « admirable clémence » et qualifiera César d'un *clementissimus dux.*

César use du pardon pour se distinguer à jamais des sanguinaires Marius, Catilina, Sulla et Cinna. Sa clémence traverse la Grèce, atteint les oreilles des Alexandrins dont la jeune reine est refoulée dans le désert car condamnée à mort par son frère-époux. Elle a affronté la tempête, le vent si terrible, si lourd de sable qu'il y eut, dit-on, des guerriers qui l'attaquaient au sabre, tel un ennemi. Elle souffre de l'attente, celle de l'inexorable combat où, seule à cheval, à la tête de Bédouins, elle se prépare à tuer ou être tuée – ou à régner seule.

César sauve Brutus

La clémence de César déroute l'ennemi et l'allié. Elle est ce que Rome nommait sans jamais l'atteindre : la Vertu. Mais les ennemis du consul la vomissent. Caton s'écrie : « Je ne peux pas avoir à remercier le tyran d'une illégalité car il violerait la loi en sauvant comme étant le maître ceux à qui il n'avait aucun droit de commander. » Caton s'est farouchement battu aux côtés de Pompée et rassemble le reste des républicains en Afrique du Nord.

Caton d'Utique, stoïcien d'une haute intégrité, de même sang que son aïeul Caton l'Ancien, républicain jusqu'au fond de l'âme. Quand toute l'Afrique finit par se rendre à César (en 46), Caton passe sa dernière nuit à lire le *Phédon* de Platon. Ensuite, il s'ouvre les veines, la gorge, et ordonne qu'on l'achève. La noblesse de sa mort rejaillit sur le parti républicain vaincu et fait de lui un des héros de la République. Il inspire à Virgile, dans *L'Énéide,* le chant VIII : Caton d'Utique est un juge des Champs Élysées, qui refuse « la bassesse » de la clémence de César.

Un autre personnage ressent sombrement le pardon, mais ne se tue pas (pas encore). C'est Marcus Junius Brutus, âgé de trente-sept ans, élevé par César, fils de Servilia, qu'il a autrefois passionnément aimée. Brutus, passé au camp de Pompée, fait partie de son état-major. Brutus, nourri de philosophie grecque, est un intellectuel tourmenté, passionné. Pompée avait pourtant fait exécuter son père en 77. Servilia lui confia ce taciturne fils unique. Il dépassa, par idéologie, l'horreur légitime que pouvait lui inspirer Pompée. Le souci de légalité l'inclina à choisir le camp abhorré. César était alors déclaré hors-la-loi et son comportement choquait le pur et ténébreux Brutus. Dès la victoire de Pharsale, César donna l'ordre de l'épargner à tout prix. Le bruit courait que c'était son vrai fils. Un incompréhensible amour. Brutus ne l'a jamais aimé. Il se rend bravement, réfugié à Larissa, prêt à mourir. César, non seulement le gracie, mais le saisit dans ses bras, l'embrasse tel un enfant très cher. Junius Brutus, le futur fils assassin, insensible au baiser du père, détourne la tête et le regard.

Pompée sur la route de l'Égypte

César reprend, farouche, la poursuite de Pompée. Il a gagné Chypre, la Syrie, mis les voiles pour rejoindre l'Égypte en raison « de ses rapports étroits avec la maison régnante ». Il convoite les trésors de ce pays. César n'hésite pas : il ira lui aussi là-bas.

César confie à nouveau la garde de l'Italie au joyeux Antoine, « maître de cavalerie » jusqu'en août 47. Mais ce ne sont plus les délirants excès d'autrefois. L'amère victoire de Pharsale, un régime de moins en moins républicain, les difficultés agricoles, tout explose dans une série de mutineries tandis que César atteint les portes d'Alexandrie. Le préteur Caelius Rufus s'allie à l'agitateur exilé, Milon, l'assassin de Clodius. Antoine déteste les complications, feint d'ignorer les vrais problèmes. Son goût du jeu, des fêtes, du vin et des femmes l'emporte. Acteur-né, mégalomane, exhibitionniste plein d'ardeur, il se montre en public vêtu d'une cuirasse et d'un manteau de pourpre, le glaive au côté, au grand scandale de Cicéron qui s'exclame : « C'est un comportement monarchique ! » Rome n'est plus qu'un écroulement général des institutions républicaines et personne n'a plus la force de s'en indigner. César, à son retour, reproche sévèrement à Antoine d'avoir eu le comportement *caricatural* du pouvoir : la morgue, le lucre, le goût du luxe et de la luxure... Les débauches d'Antoine seront permanentes jusqu'à sa mort. En cette période convulsive, il cède davantage à ses démons intimes, renoue avec Cythéris-Volumnia dont la croupe plus large que celle d'une jument est toujours dévoilée, visible, rose, offerte au maître et à ses vassaux. Il boit jusqu'à se faire vomir en pleine cérémonie officielle, dévore les viandes multiples dans de la vaisselle d'or. En cette Italie affamée, flanqué d'acteurs, de putains et de sa « bande », il se déchaîne en public, dans les maisons bourgeoises réquisitionnées pour ses fêtes. On le voit beaucoup chez les filles publiques.

Il s'habille, selon son habitude, en Dionysos. Couronne de pampres et de grappes, flanqué de bacchantes, il traverse ainsi Rome, dans un char attelé de lions, les reins ceints d'une simple ceinture d'or, lotie d'une queue de loup, son sexe battant en un rythme joyeux. Volumnia, sur une litière à sa hauteur, étale ses chairs. « Bande, Pompée, bande ! » hurle-t-elle.

Quand la mort de Pompée devient officielle, ses immenses biens sont mis aux enchères. Tapis, argenterie, une fort belle cave, les fameux jardins et la magnifique demeure dans la partie occidentale du champ de Mars, entre le Tibre et les futurs édifices de Domitien : Antoine s'empare de tout. Il n'offre rien à la dette énorme du trésor. Incapable de résister aux plaisirs, sans scrupules, sans rancune, féroce, généreux, voleur, d'une indifférence suffocante au qu'en-dira-t-on, Marc Antoine montre déjà les défauts qui entraîneront la catastrophe d'Actium.

La catastrophe de Cléopâtre et de son pays.

Scène de chasse en Égypte

Tandis que fument les bûchers à Pharsale, Cléopâtre, dans son désert, agit. Sans l'action, point d'issue.

« Je régnerai seule. » Elle convainc les chefs des tribus de se rassembler et de composer l'armée nécessaire pour reconquérir son trône. Elle les persuade qu'en elle parle aussi la déesse Isis. Elle, Cléopâtre-Isis. Elle, dont les privations, le vent brûlant, ont à peine altéré la beauté, ni détruit les boucles d'or roux. Elle, qui a emmené dans ses bagages la tunique pourpre et la perruque bleue d'Isis. Ainsi vêtue, elle s'adresse à ces hommes voilés qui se prosternent et l'écoutent.

– Je suis la Déesse-Reine-Pharaon qui doit retrouver sa ville et son trône !

Voilà combien de jours qu'elle attend, à la frontière orientale, près de la Syrie ?

À cheval, elle marche en tête de son armée de mercenaires. Elle avance vers Alexandrie, à peine nourrie d'une poignée de fruits secs et de lait de chamelle. Elle avance au rythme lent de sa caravane de guerre, sait lire la Rose des vents. Elle est la Reine-Pharaon-Isis.

Quelle est cette masse qui arrête sa route ? Un mirage ? Une fureur des dieux ? Le vent fou qui rugit et saute aux yeux, à la gorge ?

– Non, dit Sosigène. C'est le mont Kasion, devant Péluse.

Quelle est cette troupe, si nombreuse, immobile, sur de courts chevaux blancs ?

– L'armée de ton frère-époux, venu te tuer, accompagné de ses trois corégents. Arsinoé est cette furie sous le voile jaune près de ton frère !

Cléopâtre sent la colère ravager ses entrailles, un feu, une flamme.

– Nous allons nous battre, vaincre, ou périr.

Se battre au sabre, aux flèches, aux javelots. Elle a fait lacer sa cotte de mailles.

– Qui est cet homme qui galope d'une troupe à l'autre, un long chiffon blanc au bout d'une lance ?

– Un messager, dit Sosigène.

Le messager annonce que les troupes de César viennent d'écraser à Pharsale, en Grèce, celles de Pompée. Pompée demande asile et refuge aux Ptolémées.

C'est le 28 septembre 48.

Septembre, Thoth. L'inondation bat son plein. Thoth, le début de la décrue, la fin des vendanges aux grappes rouges. La cueillette des dattes à la chair de miel.

Les deux armées, celles du frère et de la sœur, se replient. Cet événement sauve la vie de Cléopâtre. Il n'est pas sûr qu'Isis eût vaincu cette troupe trop nombreuse, armée jusqu'aux reins et ce frère plein de haine. Arsinoé a un mauvais sourire, sous le voile qui fait paraître encore plus jaune son teint fâcheusement hérité du Aulète. Ganymède ricane :

– Elle mourra d'une mort lente, la fille de Typhaia la Jouisseuse ! Son corps sera livré aux vermines inconnues et privé de tombeau. Jamais elle ne descendra au royaume d'Hadès !

– Non ! criaille Ptolémée XIII, le Pharaon c'est moi. Je décide qu'elle mourra de l'ignominieux châtiment des filles publiques, adultères et voleuses, traînée à mon triomphe, lapidée par la plèbe. Elle, la parjure, la maudite, qui n'a pas consommé les noces pour m'humilier !

Il hurle sa honte – la honte de Cléopâtre VII, non consacrée puisque les noces n'ont pas été consommées. Il hurle, au grand délire de Photin, qu'il a souillé son ventre de pute, meurtri sa chair, mais qu'elle a osé se dérober à son sexe de dieu-pharaon. Ses caresses habiles peu à peu avaient durci, exprès, son organe. Il hurle qu'elle a osé faire souiller la couche des noces sacrées par le sang d'une volaille.

– Je te hais, Cléopâtre ! Moi pharaon qui vais épouser Arsinoé, ma vraie sœur. Ta mort sera de venin, de souillures et de tortures ! Cléopâtre la maudite !

Mais le souffle brûlant du désert enveloppe les mercenaires et la reine d'une aura plus mauve que le mont Kasion.

Les comètes de Vénus

Pompée, éperdu de rage et de douleur, galope depuis des jours en direction d'Amphipolis. La poursuite de César recommence. On ne répétera jamais assez l'obsession du général romain. En avant ! contre son ex-gendre, pour lui faire rendre gorge, le ramener à son triomphe. L'humilier davantage par sa terrible « *clementia* ». L'obliger à l'honorer et à se prosterner. Pompée a rejoint la côte et s'est embarqué vers l'inconnu. Ses légions d'Espagne exterminées, son armée d'Illyrie anéantie, un seul espoir lui reste : il détient la maîtrise de la mer.

La mer, univers que déteste César au point de suivre Pompée par la côte. Dix-sept jours de marche avant l'Hellespont. Traverser le détroit, réquisitionner les barques disponibles dans le port. En avant. Y faire monter ses hommes et cingler vers la côte d'Asie. À l'horizon se profile la flotte de Pompée, commandée par L. Cassius.

Elle se dirige vers la mer Noire où Pompée conserve un puissant allié, Pharnace, roi du Bosphore cinnarien. En avant ! César voit le danger : la flotte pompéienne et celle du roi du Bosphore sont de puissantes trirèmes, faites pour l'endurance et le combat. César n'a que quelques barques de pêcheurs. Le choc est imminent. César ne bronche pas. Vénus et Mars lui sont contraires, il va périr avec les siens, tous broyés, disloqués, noyés…

Mais un miracle se produit. L. Cassius fait le signe de soumission. Il se fait conduire à la barque de César et lui offre son aide.

Les comètes, la nuit d'Orient assombrissent la route de Pompée. Les entrailles d'un taureau blanc, sacrifié avant l'ultime poursuite, présentent la forme d'une parfaite circularité. Les dieux aiment César qui, d'une simple barque, se voit à la tête d'un puissant ralliement maritime qui lui permettra de rattraper Pompée, et d'arriver avant lui en Orient.

En Égypte.

Le bouche à oreille, les espions, le vent du désert, de la mer, les signes du ciel, les eaux de la crue : tout revient aux oreilles de la petite reine abandonnée aux hostilités de sa criminelle fratrie. Qui va gagner ? Avant de les affronter, Cléopâtre a demandé à Charmion et Iras de laver ses cheveux desséchés, d'oindre sa peau au lait de chamelle, de maquiller ses yeux. Elle se livre au silence et à la réflexion.

Autrefois, elle avait aidé Pompée et son fils, le beau Cnaeus Pompée, qui arracha un baiser à sa bouche incarnadine. Ils l'aideront ; s'ils périssent, elle négociera avec le Romain : Julius Caesar.

– Tu as raison de croire en la Fortune, Isis-Cléopâtre. Ton frère sera bientôt le Démembré, mort, et toi tu régneras, prédit Sosigène.

– Seule ? Parle, Sosigène !

– Seule. Mais tu aimeras. Fille vierge des Lagides. Âme délicate et inflexible, fine telle la gazelle, plus dure que les cailloux du désert. Toi, à la voix plus mélodieuse que le flux des eaux qui ont enrichi de limon ton pays d'Égypte. Toi, dont le sexe intact est ce trésor de lait et de nacre.

Une ombre a respectueusement soulevé la portière emperlée de la tente. C'est Apollodore, le Sicilien.

– Entre ! dit la reine.

Il porte un panier fermé qu'il semble craindre.

– Qu'est-ce donc là ? s'écrie la petite reine aux boucles annelées.

– Un cobra du désert. Son venin est foudroyant. Il y en avait un près de la tente. J'ai dû siffler les airs qui l'ont endormi et le saisir au cou.

Cléopâtre, curieuse, regarde ce serpent replié, la plate tête, la langue bifide, l'œil d'or sous l'écaille émeraude. Son cou est soudain gonflé par la peur.

– Tout doux, petit enfant du sommeil mortel, de l'éternel sommeil, tout doux…

Charmé par la voix, le cobra oscille, hypnotisé. Mais un des princes bédouins le décapite d'un coup de sabre courbé.

– Non ! dit Cléopâtre. Quel malheur nous as-tu fabriqué là ? Il se soumettait à ma voix et tu l'as tué.

Pompée a encore disparu. Après avoir fait escale à Chios, Éphèse, et reçu la soumission des populations d'Ionie, César se rend à Rhodes. Il sait que Pompée a atteint les côtes d'Égypte. César reprend aussitôt la mer avec vingt-cinq trirèmes, quarante mille hommes et dix galères rhodiennes.

Suivre, de jour, de nuit, cette lueur au loin, si près de l'Égypte : la flotte de Pompée.

Un mort ne mord pas

Pompée profite de ce que les vents retiennent César pour gagner Mytilène. Cornelia, sa femme, et Sextus, son fils, sont venus le rejoindre ainsi que le conseiller Théophane. Pompée a perdu de sa superbe. Son habit d'*imperator* est froissé. Il a maigri, un tic agite la lourde paupière de son œil droit, harassée d'avoir fixé l'horizon et le chancelant avenir.

Son épuisement accentue la veulerie de la lèvre inférieure. Il se sent las, vieux, traqué. Il est dépouillé de ses insignes. De gros copeaux blancs courent dans sa chevelure encore épaisse. Il a été malade. Pendant le trajet, il a vomi une bile noire que son médecin nommait l'angoisse de l'âme. Une âme inquiète, errant sur ces flots souvent déchaînés. Il est soutenu par un ultime espoir : les enfants de Ptolémée le Aulète lui doivent l'hospitalité. N'a-t-il pas reçu, autrefois, leur père en exil, dans sa villa ? La générosité contre de l'or, mais le Aulète avait profité de ses légions. Celle de Gabinius. Ce voyage est un peu conforté par la présence de Cornelia et de son fils. Le 28 septembre 48, il aperçoit la côte sablonneuse du Delta.

– Allez en Égypte, avait suggéré son conseiller Théophane. Ptolémée XIII n'est-il pas, selon le testament de votre père, sous votre tutelle ?

Il y a treize ans de cela. Qu'en est-il aujourd'hui ? Cléopâtre, la sœur-épouse du jeune pharaon, avait bien mis l'année d'avant cinquante vaisseaux gorgés de vivres à la disposition de son fils Cnaeus. Cléopâtre avait séduit de sa voix exquise le fougueux Cnaeus Pompée, depuis amoureux de la petite reine d'Égypte. Cnaeus, aux muscles couleur bronze, l'œil ferrugineux, se prend pour Neptune. Il asservit la mer telle une femme.

Cléopâtre a été chassée par son frère. Il faut négocier avec celui-ci, suggère Théophane.

Une longue ligne de dunes, le Nil largement retiré. Les augures sont étranges. Cornelia a eu un songe. Elle a vu un corbeau s'élever au-dessus des trirèmes d'Alexandrie, portant en son bec l'anneau sanglant de son époux. Cornelia, plus jeune que Pompée, moins que ne l'était Julia, la fille de César, qu'au fond de leur cœur, les deux rivaux, le père, l'époux, pleurent encore... Cornelia aux nattes mêlées de boucles teintes en blond vénitien, le cou puissant, la chair blanche et pleine, les formes charnelles, les yeux sombres aux cils passés au mascara, supplie Pompée de ne pas aborder Alexandrie. Ne voit-il pas que les vents sont contraires et le ramènent à Péluse où attendent les enfants du Lagide et leur sanglant conflit ? Ne sent-il pas leur fureur et leur inquiétant comportement ? Comment les amis de Ptolémée XIII peuvent-ils devenir les leurs ?

D'un geste impérieux, l'*imperator* ordonne à l'épouse de se taire et aux hommes de jeter l'ancre devant Péluse.

Qu'on dépêche un parlementaire au jeune pharaon pour lui demander l'hospitalité au nom de l'amitié passée qui lia leur père, quand il se réfugiait à Rome ! Le messager est un Romain, à la courte cape rouge, au casque étincelant.

Le messager aperçoit les trois corégents de ce roi-enfant. Il voit, jaunâtre, l'œil plus rond que celui de la pie voleuse, Arsinoé, aux côtés de son frère, coiffé du pschent. Le messager avance à cheval. On le laisse passer, jouer son rôle.

Est-ce cela la puissante Égypte ? Trois corégents, des eunuques, un métis, trois enfants malingres au regard cruel et blême ? L'eunuque Potheinos, Photin et ses bijoux de lapis-lazuli, Achillas le nain ? Le maître de philosophie Théodote de Chios est peut-être le plus dangereux. Il murmure quelques mots à l'oreille du roi-enfant qui éclate d'un rire affreux. Achillas, le stratège, le Nubien, aux jambes trop courtes, au poitrail velu hoche un menton vexé. On dit à Rome, de ces conseillers lamentables, « qu'ils sont autant de valets qui avaient pris goût au métier de ministre ». Ont-ils déjà tué la reine Cléopâtre, évanouie au désert, et ces volutes mauves ?

Ptolémée reçoit avec dédain la requête du Romain : héberger Pompée. Pompée s'engage à repousser César qui ne saurait tarder à arriver en Égypte.

– Le vaincu de Pharsale ! caquette Photin.

En plein air, sur le port de Péluse, tandis que des négrillons agitent des plumes d'autruche afin de rafraîchir l'air et d'en chasser les mouches. Ptolémée et ses alliés tiennent conseil.

Achillas penche un moment du côté de Pompée. Lui faire payer une somme fabuleuse si on l'héberge. Ptolémée est plus réservé. Si Pompée débarque en Égypte, la guerre contre César va reprendre. L'Égypte n'a pas besoin d'un conflit romain alors qu'elle n'a pas encore résolu ses problèmes internes. L'urgent est de tuer Cléopâtre et de raffermir le trône. Qu'ont-ils besoin de ces Romains qui se croient les maîtres du monde et les traitent en province colonisée ?

Théodote le rhéteur a un rire fin. Il susurre la sentence : Pompée, le vainqueur de Mithridate, n'est désormais qu'une source d'ennuis. Bien reçu, il attirera sur l'Égypte la vindicte de ce furieux de César. L'écarter, c'est entrer en conflit avec lui.

– Alors ? s'impatiente le roi-enfant, sous le pschent trop grand malgré la perruque en laine noire sous laquelle il transpire.

– Tuer Pompée empêchera César de s'immiscer dans nos affaires. Lui envoyer la tête de ce porc en gage d'amitié est le moyen le plus sûr pour que César reparte en Italie, n'ayant plus rien à faire ici. Souviens-toi, Roi, qu'un mort ne mord pas !

Ptolémée XIII admire Théodote son rhéteur, qui lui a aussi promis la tête de Cléopâtre.

– Soit, dit-il. La mission et ses honneurs t'incombent ! Va !

La tête de Pompée

Octobre. Phaophi. Le Nil rejoint son lit. Chaque jardin, chaque potager connaît la semaille. Le porc pousse du nez les grains qu'il piétine. La femme sarcle. L'homme ramasse les olives et dresse son plat et lisse son visage vers un ciel émeraude. Il fait chaud et les hommes boivent à la cruche la précieuse eau du fleuve, filtrée, honorée telle une ondée des dieux. Les enfants et les femmes achèvent de ramasser les dattes éclatées au soleil, fondant dans la bouche. On cuit le pain des fêtes avec les graines de lotus séchées. Octobre, Phaophi, le 16. Pompée va mourir.

La traîtrise a eu la voix de Théodote le rhéteur ; pour accord le jeune roi cruel ; pour bras, Achillas le métis. Les deux eunuques applaudissent avec des cris hululés. Achillas se fait accompagner par deux officiers de Gabinius, Septimus et Salvus. Il faut inspirer confiance au vaincu de Pharsale qui attend, plein d'espoir. La traîtrise a glissé sur la langue des mots de miel. Achillas et les deux Romains à sa solde, dans un bateau de pêche, approchent de la trirème de Pompée. Achillus lui parle en grec.

– Grand Pompée, veuillez excuser la modestie de l'équipage, mais les bancs de sable rendent toute navigation impossible à des vaisseaux puissants. Daignez monter à bord. Mon roi vous attend, empressé et heureux de vous recevoir.

Cornelia sent un lent tremblement intérieur et invoque Minerve la sage. Quel est cet effroi qui déchire sa gorge ?

Pompée a sauté dans la barque, accompagné de son affranchi, Philippis.

Achillas a le regard impassible. Il donne l'ordre de s'éloigner. Assis à l'avant, l'ex-gendre de César relit en grec le texte de bienvenue qu'il veut adresser au souverain d'Égypte. La barque a presque atteint la rive déserte. Pompée se lève, s'appuie sur le bras de Philippis.

Achillas fait un signe convenu. Septimus enfonce son glaive dans le dos de Pompée qui chancelle. Un second coup le fait tomber au fond de la barque. Salvus maîtrise Philippis, Pompée a compris le piège. L'heure de sa mort a sonné. Tel un enfant épouvanté – résigné –, il recouvre son visage de sa toge et laisse ses agresseurs le percer de soixante-dix coups. Il meurt. Tout défile en des éclats sombres sous ses paupières. Quoi, ceci est mon sang ? Il meurt. C'est l'été 57. Le Aulète lui joue de la flûte, hébergé à Rome. Il meurt. Gabinius le Romain ramène le Aulète à Alexandrie, qui lui promet tout l'or de l'Égypte. Il meurt. Quel est ce coup au ventre, au cœur, dans le dos ? Dionysos Aulète. Le Aulète, Ptolémée XII, avait osé nommer gouverneur l'infâme Gabinius à qui il ne peut livrer les dix mille talents promis. Pompée rejette un flot de sang. Gabinius l'a fait assassiner.

Cornelia se tord les mains, témoin impuissant. Le pire va arriver. Elle pousse des cris épouvantables du bord de la trirème. Son fils et elle sont horrifiés. Les assassins ont traîné Pompée mort sur un des bancs des rameurs. Des poings, des glaives ont encore jailli et tranché la tête de l'homme qu'elle a aimé. Une barque remplie d'un bouillonnement plus rouge que la toge entortillée sur le corps, transpercé, tronqué. Malgré les cris, les appels au secours de Cornelia, la flottille romaine, effrayée, s'est repliée.

– Lâches ! crie Cornelia. Misérables hommes lâches !

Les assassins ont traîné le corps sur la grève sans oublier la tête. Achillas a tranché le doigt de façon à récupérer l'anneau.

Ils ont disparu, abandonnant le cadavre au pied d'une dune et Phillipis qui aimait sincèrement son maître. Ah ! que ne l'ont-ils tué. Malédiction de la Fortune ! Phillipis, fou de chagrin, court le long de la plage pour trouver du secours.

Il fait déjà nuit quand ses cris attirent un ancien soldat de Pompée, passé à Gabinius. Cet homme s'était battu dans sa légion autrefois, contre Mithridate. Philippis le supplie et le mène vers les restes de leur malheureux maître. Quelle dérision, ce tronc percé telle une outre, à demi nu ! Le sang est un magma noir à la place du cou tranché. Il y a les mouches, les mouches, les mouches et le cri des rapaces invisibles. Les deux hommes ont amené tout ce qu'ils ont pu rassembler de l'épave délaissée. À la nuit profonde, ils ont allumé un médiocre bûcher où se consume mal le grand corps que, par décence, Philippis a recouvert de sa pauvre toge d'ancien esclave.

Un mauvais bûcher. Le cri des bêtes humant la charogne ; des restes calcinés. Les deux fidèles pleurent. L'amitié devient une folle générosité. De leurs mains nues, Philippis et le soldat creusent dans le sable une fosse pour enfouir ce reste inidentifiable, le dérober aux chiens dévorants et aux cisailles des oiseaux du malheur qui avaient traversé le songe de Cornelia.

Un trou, deux hommes en pleurs parmi les plus humbles. La solitude. Ni honneurs, ni foule, ni sanctuaire. Ainsi finit celui qui, un moment, avait eu une statue aussi haute que celle du Jupiter Capitolin. Sur une grève d'Égypte, si loin du pays natal, une grève laide et dangereuse où le vent n'est qu'un grand cri, une force qui efface les dernières traces… Un peu de cendres, beaucoup de sang, un brouet d'os mal brûlés.

C'est le 16 octobre 48. Le Nil, cette année-là, n'a pas assez débordé. Une nouvelle disette se prépare. Cléopâtre dessine sur le sable les signes et les alliances, un nom que le vent efface et qu'elle reconstitue : Julius Caius Caesar.

Il est dans sa ville, elle le sait. Alexandrie. Elle dit à Sosigène :

– À la différence de mes ancêtres qui ne voulaient être que « rois d'Alexandrie », je serai « reine d'Égypte ». Dès la première année de mon règne, n'ai-je pas intronisé le taureau sacré Bouchis ?

Pour devenir reine d'Égypte, elle saura convaincre le général romain, Julius Caius Caesar. Il lui redonnera son trône. Elle, elle que son frère-époux croit enlisée quelque part, au désert d'où on ne revient jamais.

TROISIÈME PARTIE

Une reine dans un tapis

Je suis fier de découvrir des sources vierges et d'y puiser ; je suis fier de cueillir des fleurs inconnues et d'en tresser pour ma tête une couronne merveilleuse, dont jamais encore les Muses n'ont ombragé le front d'un mortel.

LUCRÈCE, *De la nature,* I, V, 922

VII

Les larmes de César

Pompée est mort

César aborde Alexandrie le 19 octobre. Il est persuadé d'annexer l'Égypte une fois son conflit réglé avec son rival. Le conquérant des Gaules est émerveillé devant ce port somptueux où les marches des palais descendent dans la mer. Le Phare est un joyau d'élégance, presque irréel. C'est l'éblouissement ; pour lui, l'homme blasé, habitué à ses dures campagnes et à la sobriété des villas de Rome. La poursuite de Pompée, depuis le maigre ruisseau du Rubicon, aboutit à cette crique d'Orient où l'on ne sait démêler la lumière du Phare, les éclats nacrés de la mer, la chair dorée des femmes. Est-ce l'âme de Vénus retrouvée ?

Le port grouille de monde. Une délégation officielle se détache. Les Égyptiens montent à bord, flanqués des légionnaires de Gabinius. On interpelle César du quai :

– César, Pompée a été assassiné à Péluse.

C'est Théodote le rhéteur, cachant mal une joie mauvaise. César a pâli ; il n'a peut-être jamais voulu la mort de Pompée. Il a le ton cassant du général quand rôde un danger.

– Apportez-moi une preuve de ce que vous dites.

Ils se parlent en grec. Théodote fait un signe. On lui passe un gros panier enveloppé d'une toile grossière. Théodote le rhéteur monte à bord de la galère :

– Notre présent, César ! Découvre-le toi-même !

César déplie le linge rougi. Cet homme aguerri à tous les spectacles de guerre a un recul d'horreur. C'est la tête de Pompée, un œil ouvert, fixant une image indicible. L'autre œil est fermé, la bouche effondrée en un pli amer. Une tête aussi lourde qu'un corps. L'assassinat de son rival fait voler en éclats ses stratégies. Qui, désormais, enjoindra aux légions de Pompée de déposer leurs armes ? César était persuadé de convaincre l'adversaire, de l'amener à un autre type d'alliance : s'en servir.

Le voilà sous forme d'une tête hideuse, cet adversaire, comme il y eut, jadis, la tête de Crassus, moquée sur un théâtre tandis que le chœur des bacchantes hurlait : « Agavé ! Agavé ! » Les Parthes riaient, riaient ! César se sent seul. Écrasé par la tâche énorme de vaincre les lieutenants et les légions de ce mort pitoyable qui fut le Grand Pompée. Une armée disséminée en Afrique, en Asie, en Espagne, en Grèce, quand le vent mauvais se joue des hommes. César est bouleversé. Ses liens avec son ex-gendre sont plus profonds que lui-même ne le pensait. Dion Cassius narre les pleurs du général devant ce panier désolant : « Il versa des larmes et poussa des gémissements donnant à Pompée le nom de gendre et de concitoyen et rappelant tous les services qu'ils s'étaient mutuellement rendus dans le passé. »

Théodote joue à l'étonné. Photin et Potheinos font la moue. Achillas se fâche. César est frustré d'une victoire supérieure. Amener Pompée à lui reconnaître l'investiture suprême : tel était son but. Sa colère est immense. Il donne l'ordre de mettre aux fers Théodote qui pousse des cris perçants.

– Je te méprise trop pour te faire tuer ! dit le général.

César passe outre l'épuisement d'une telle équipée pour en entreprendre une autre. Galoper encore et toujours, par tous les temps, coucher à la belle étoile, faire face au désordre menaçant. Est-ce son destin ?

César, maître du conflit entre Cléopâtre et Ptolémée XIII

En quelques secondes César, a changé ses plans. Il est là, parmi des traîtres, avec un roitelet fantoche de treize ans, manœuvré par des ambitieux au regard de serpent.

L'Égypte lui offre la tête de Pompée. Il va s'offrir l'Égypte et lui faire sentir le poids de son protectorat. Il est César, Rome tout entière avec ses lois et ses dieux, qui n'ont rien à voir avec ces divinités à têtes d'animaux, peau de crocodile et plumes d'oiseaux.

Il a jeté sur ses épaules la cape rouge d'*imperator*. Flanqué de ses troupes, cent hommes, huit cents cavaliers, il se dirige d'un pas de maître au palais de la Lochias. Chez lui. Que le peuple comprenne la domination romaine toute-puissante. On ne touche pas impunément à la tête d'un Romain.

Appien écrit que César fit inhumer la tête de Pompée dans un petit temple voué à Némésis, déesse de la vengeance, à la porte sud d'Alexandrie. Il ordonna qu'on recherchât sa dépouille. Le soldat gabinien lui conta comment ils l'avaient inhumée, à demi calcinée, sur la grève. César envoya un manipule pour Péluse. On déterra les restes que César regarda longtemps. Il ordonna qu'on les enfouisse dans un coffre en cèdre et qu'ils soient déposés au temple de Némésis, parmi les bosquets de palmiers, d'hysope sauvage, de myrte odorants. Il écrivit une longue missive à Cornelia et lui fit remettre l'anneau de son époux.

La foule est en effervescence. Cinq cent mille Égyptiens, Grecs, Éthiopiens se pressent derrière le vainqueur. Les centurions de César aux casques et boucliers rutilants le précèdent. L'*imperator*, pâle, aux yeux de faucon, la cape écarlate, la bouche dédaigneuse, le nez aquilin, la souple démarche de la Fortune ailée s'avance vers le palais.

La foule gronde. Elle sent venir une fois de plus la domination, l'arrogance romaine. Une rixe éclate, tuant quelques soldats qui accompagnent César.

César reste calme et se tourne vers la marée humaine. Lors de son premier consulat, il avait aidé Ptolémée XII à devenir souverain et allié de Rome. La maison régnante ne lui doit-elle pas encore dix-sept millions de deniers ?

– Je réduis gracieusement cette dette à dix millions. Le testament du Aulète me laisse le rôle de « protecteur » puisque Pompée est mort. Vous le savez. Je préfère la clémence à d'inutiles cruautés.

Il veut régler le conflit entre Cléopâtre et son frère. Que le jeune souverain et sa maison régnante viennent le voir au palais de la Lochias. Que Cléopâtre disparue, vivante peut-être, sache qu'il est bienveillant à son égard et souhaite la rencontrer !

Photin, dont les boucles d'oreilles cliquettent à chaque mouvement, ramène au plus vite Ptolémée et sa suite, dans leur propre palais. Ptolémée, conseillé par Photin, se garde bien de dissoudre l'armée de Péluse, toujours commandée par le ténébreux Achillas.

Péluse. Deux cent mille hommes pour décourager à jamais Cléopâtre d'oser quitter le désert de Syrie. Potheinos veut à tout prix empêcher la réconciliation entre le frère et la sœur exigée par César. Elle risquerait de tourner en faveur de la catin maudite ! Potheinos, content de la rixe, attise de sa façon sournoise la ville contre César.

César n'a que quatre mille hommes. De grands guerriers, certes, cavaliers germains, ceux de la Gaule chevelue, Barbares de Nervie, effrayants Pectosages et Allobroges, mais en face, il y a l'armée d'Achillas. La mort de Pompée fait secrètement frémir César. Il ne s'attendait pas à la fourberie égyptienne. César envoie à son légat en Asie l'ordre de lui faire parvenir au plus vite deux légions. Les messagers passent difficilement les barrages de Péluse. Cléopâtre reçoit les nouvelles. Son âme s'agite. Dans quel état d'esprit César est-il à son égard ?

Comment traverser le rang serré de l'armée d'Achillas, décidée à la tuer ?

Comment rencontrer César, sa seule chance ?

La maison du Cancer et celle du Capricorne

Une ruse : elle va chercher, elle va trouver. Elle demande à Sosigène de lui lire le sens de la maison du Cancer, la maison astrologique de Julius Caesar. Cléopâtre est enveloppée du long burnous en laine rayée, les cheveux relevés en un chignon de tresses et de boucles à la manière grecque. Elle porte de l'ambre et des perles, un court poignard dans la ceinture du pantalon en gaze. Les seins nus, sous le voile de lin.

Elle a bu le lait de chamelle et partagé avec les chefs de la tribu à la peau sombre les gâteaux de farine et de miel, les fruits secs. Elle est sûre de ses mercenaires depuis qu'elle a donné un coffre rempli de vaisselle en vermeil aux plus âgés des chefs bédouins.

Julius Caius Caesar vit et dort dans son palais. Dans sa chambre, la chambre au miroir à oreilles de vache.

– Fais-moi entrer dans le mystère de la maison du Cancer. Comment aborder une telle alliance ? Qui est César ?

Le vent coupant du mont Kasion n'a pas altéré sa peau si fraîche, brune et blanche, rosée aux lèvres et aux joues. Iras enduit le visage, le cou, les bras de sa maîtresse du cosmétique à base de graisse de truie, de pétales de roses et de lotus. Une poudre de gingembre et de myrte pilé protège des brûlures. Le vent coupant du mont Kasion n'a pas détruit la peau de soie de la reine

Cléopâtre la Septième dont le trône est un morceau de dune, le dais, le ciel clouté d'étoiles. Sosigène a parlé.

– Le Cancer est le quatrième signe du Zodiaque situé aussitôt après le solstice d'été, quand les jours commencent à diminuer.

Sosigène dessina sur le sable deux spirales, deux mouvements, ascendant et descendant. Les vagues de la vie. Leur fureur.

– La Lune traverse la maison du Cancer où celui qui y est né fait preuve de la plus haute ténacité, du retrait sur soi. On nommerait timidité ce qui est un sens de tous les calculs. Julius Caius Caesar calcule sans cesse, nulle passion ne le détourne de ses buts. Il est imprévisible. Il est Cancer.

Sosigène parla longtemps tandis que la reine fixait sa bouche, y lisait les mots essentiels.

– L'écrevisse et le crabe qui représentent le Cancer ajoutent à son charme – qu'il soit mâle ou femelle – la maison des Eaux Mères. Ta mère morte dès ta naissance, Cléopâtre ! Va vers la maison mère du Cancer ! Va vers César ! Tête reine, ses sources de sperme fécondant. Enferme-le dans ta matrice au Triomphe fécond.

« César, maison mère que tu feras père, César, ta mère fécondante. Toi seule atteindras à ses eaux que l'on croit taries, la stérilité, ô Cléopâtre, fille des Lagides, Reine Vierge au ventre à peine offensé.

« Destinée à Julius Caius Caesar, Mère-Fils de Lune, que tu féconderas. Il est des femmes qui fécondent les mâles. Le rôle du Cancer est aussi la méditation. Le milieu. Allier l'informel au formel. Capable des renaissances futures. Julius Caesar.

« Il sera ta mère membrée, Cléopâtre… »

Sosigène prend encore du sable, le laisse couler entre ses doigts parcheminés.

– Tu appartiens à la dure maison du Capricorne. Née au premier décan du solstice d'hiver, tu es la porte des dieux, le ventre des dieux. Tel l'uræus, tu es dans la Raison, la Patience, la Prudence. Placée sous Saturne, tu es l'Industrie, la Réalisation, le Pouvoir. Tu irradies. Tes générosités et tes venins. Entrée dans la maison du Cancer, couche-toi sur ta Mère membrée devenue féconde et qui te fera féconde !

« Saturne t'aide à traverser le dépouillement. Le désert, l'endurance, la rétraction de l'hiver dans sa sévère grandeur. Heure zéro du Nil prêt à déborder. Graine prête à germer, royaume prêt à devenir un empire. Jeune fille prête à devenir la Femme. La Reine. Qui ne partage rien. La Déesse. Mère-du-Père. Cléopâtre la Fatale.

« Dans la profondeur pénible de la terre hivernale, tu prépares les surgeons de l'éclatante maison de ta Gloire.

« Cette lente montée des forces profondes, cet empire sur toi, tu le dois au Capricorne : Corps de femme-Bouc-Mâle à la queue de poisson. Tu as les vertus froides et le corps brûlant. La maison du Cancer sera la tienne.

– Soit, dit Cléopâtre ; César a su franchir le Rubicon. Je vais faire mieux encore.

Le tapis d'Apollodore

Il y eut sous la tente royale des chuchotements et de l'or versé au roi des mercenaires dont les songes étaient envahis de la beauté de la fille des Lagides. Il y eut les ordres. Les mercenaires resteraient son armée. Les espions, chèrement payés par elle, lui ramenaient les nouvelles d'Alexandrie. Elle apprit la mort de Pompée et les attentes de César. Son armée du désert, excellents cavaliers, devait couvrir sa retraite au-delà du mont Kasion, l'aider à franchir Péluse, anonyme et seule, accompagnée du seul affranchi, le Sicilien Apollodore. Péluse où se tenaient les forces de son frère. Comme Achillas aimerait faire rouler aux pieds de son maître la tête de Cléopâtre ! Ce n'est rien de couper un cou gracile que deux doigts d'homme enserrent aisément. Arsinoé ricanerait de ses dents jaunes, déjà installée, ont dit les espions, dans le palais. Sa propre chambre. Non, non, ce n'est pas César qui occupe la chambre au miroir à oreilles de vache, mais Arsinoé. Ptolémée XIII l'épousera. Ils régneront, engendreront une affreuse descendance. Les bouffis, les ventripotents, les voleurs, les assassins, les égarés du stupre. Le pire du pire, de l'hérédité de ces Lagides dont elle est issue…

Elle a longtemps négocié sa stratégie – sans tout révéler. La reine d'Égypte n'a de comptes à rendre qu'à Isis et Amon-Râ. Elle confie son départ au roi des Bédouins, l'homme dont les yeux deviennent des brasiers quand il ose regarder ces seins légers sous le voile.

Elle, la déesse du Désert, Isis-Cléopâtre-Aphrodite.

Il l'a vue, si brave, devant les vingt mille hommes de son frère prêts à l'exterminer, si menue et si droite. Elle, la Fille si gracieuse : le chef. Leur chef. Leur reine immortelle et menacée.

Le roi des Bédouins, aux tatouages bleutés, cabalistiques, où jamais n'apparaît de forme humaine, mais la feuille, la fleur, l'œil, l'oiseau, est charmé par la mélodie de sa voix. Quel honneur de l'entendre parler leur langue ! Aucun roi d'Alexandrie n'avait daigné s'approcher et parler ce langage du désert qui ressemble aux dunes, aux nuages, au tendre oasis, au ciel glacial, soudain si bleu. Un langage austère où jaillit la fleur d'une syntaxe d'eux seuls connue et qu'ils manient telle la corde difficile d'une harpe subtile…

Il fera tout ce qu'elle voudra, on protégera son départ ; ses amis, les philosophes et ses délicieuses servantes. Ils rejoindront Alexandrie quand elle aura convaincu Julius Caius Caesar, l'homme du solstice d'été, de la maison du Cancer.

La maison où elle doit pénétrer.

Vite. De nuit. Une femme enveloppée de pied en cap d'une toge bourrue à capuche est suivie d'un homme, un mendiant. Ils vont sur une modeste embarcation traverser la passe du Phare. La femme donne de l'or au passeur.

– Apollodore, fais ce que tu dois faire.

Avec douceur, le Sicilien entoure la petite reine d'un faisceau de hardes, un tapis roulant le tout. Elle étouffe à moitié mais son médecin lui a appris l'économie de la respiration. Sous les hardes, elle porte la tunique transparente d'Isis, la blanche qui laisse ses seins nus. Ses pieds sont nus, ses chevilles emperlées. Sa chevelure libre, cascade d'or roux, des bracelets à chaque poignet, près de l'épaule, un serpent d'or.

Elle joue son va-tout. La toute belle suffoque dans un tapis à odeur de chèvre et de jasmin. La sueur colle à sa peau les grains de sable. Le Sicilien la jette sur l'épaule comme un vulgaire paquet.

César est seul, dans le palais de la Lochias. Il ne dort pas, ou si peu ! En militaire endurci, il a demandé qu'on lui dresse un lit tout simple, une couche de cuir et de bois dans la grande salle. Il est allé de pièce en pièce, dominant son éblouissement devant tant de luxe. La chambre des noces, la chambre de Cléopâtre est ce joyau de soierie, aux murs, au plafond, sur le sol. Le lit aux coussins de soie des Indes et de Chine est une lourde merveille, nef d'ébène et d'or. Des coupes en porphyre débordent de fruits de chaque côté du lit, surmonté d'une mystérieuse tête de pharaon en ébène. À Rome, la chambre de son épouse Calpurnia est bien plus sobre. Un luxe délicat mais austère. Ici les lampes ont trois becs, les brûle-parfums distillent le lotus enivrant. Autour de la couche, quatre statues-déesses veillent, porteuses de flambeaux. Il y a le miroir aux oreilles de vache. César s'approche.

Est-il vieux, est-il laid ? Hier encore, il a sombré sur le lit de camp. *Epilepsia.* Le mal faisait trembler sa bouche et la bave coulait. Ses dents ont failli rompre la baguette d'ivoire. Cinquante-deux années. Un grand front, à peine marqué par la griffe des ans. La bouche, longue, aux lèvres minces sourit rarement et parle peu. Les mâchoires révèlent une singulière puissance. Le menton est autoritaire. Peu de cheveux, presque blancs, lissés en arrière. Le corps, souple, mince, a de quoi satisfaire les femmes. Un corps endurci, aux muscles parfaits, au souffle long. Les femmes, il en a eu des femmes, ce séducteur qui aime aussi les hommes. Il a eu quatre épouses. Cossutia, la petite héritière, fille de Cinna, aimée avec passion. Il était si jeune. Il l'aimait tant, au point de lui faire l'amour, morte. Il y eut ensuite Cornelia, à peine nubile, répudiée pour Pompeia. Calpurnia, la fille du vieux satyre, Pison. Calpurnia la femme la plus élégante de Rome, Calpurnia épousée pour l'argent, qui n'arrive pas à lui donner ce fils qu'il attend ! Il y a eu les maîtresses ; Servilia, l'adorée, mère de Brutus, ô un fils, son fils ! et Mucia au corps brûlant. Des femmes, celles ravies dans les cités vaincues par lui. La belle reine de Carthage, aux lèvres aussi pulpeuses que le sexe. Des femmes, en Gaule. Ces esclaves aux cheveux de lin. Les filles des Germains, celles de York à la peau étrange, rousse et mouchetée telles des panthères. Des femmes. Les vierges qu'il se fait amener quand il veut déflorer une fille. Des jeunes, des vieilles, des belles et même des laides. Le miroir aux oreilles de vache se brouille. Il a séduit à Rome tant d'épouses de sénateurs, de consuls ! Mais un fils ne vient pas, et Julia, sa fille unique, est morte. Ô sa douleur et celle de Pompée, fou de sa petite épouse de quarante ans plus jeune ! Le miroir aux oreilles de vache ressuscite le souvenir mauvais du roi de Bithynie. Nicomède l'avait embrassé, englué telle une araignée de ses baisers. D'un saut de taureau sur la taure, il l'avait empalé en un long cri. Le cri de César. Un César de seize ans, son cri tenant autant de la douleur que de la honte. Rome, les sénateurs, les hypocrites prisent la sodomie, ils en firent des gorges chaudes. César se taisait. La nuit de feu, d'enfer, de volupté troublée avec le roi de Bithynie l'avait éclairé sur la soumission amoureuse de la femelle. L'hermaphrodisme inné et les troubles liés aux plus sombres voluptés dont ne se privait pas Rome : l'inceste, la sodomie, la nécrophilie. Appartiennent-ils à un seul et même dieu, aux reins de feu, au front d'airain, à la langue de soufre, le bâtard d'Apollon et de Vénus ? Un dieu qui gîte en chaque être et se déchaîne sans prévenir.

Lui. Femelle et Mâle, Vieux et Jeune, fragile et *imperator*. Partout chez lui. Partout, l'exilé.

Combien de temps va-t-il demeurer en ce palais et en ce pays qu'il connaît mal ? Il déteste la présence de Ptolémée XIII, sa sœur Arsinoé ; le jeune Ptolémée, le cadet, qui joue avec des singes. Il déteste les eunuques qui complotent avec eux : Photin et Potheinos. Il déteste qu'Achillas ose mener une armée à Péluse. Il déteste cette cour débile, qui a réclamé à grands cris Théodote, qu'il consent à leur rendre sous condition de liberté étroite.

Qui est chez qui ? Les appartements de Ptolémée XIII sont à l'opposé de ceux de Cléopâtre, peut-être morte. Va-t-il assister au mariage de Ptolémée XIII et de cette Arsinoé à tête de fouine, bilieuse, flanquée de son père nourricier, le pervers Ganymède ? Les vertus froides doivent l'emporter sur les passions.

Quels sont ses alliés ? Les Juifs lui rendent hommage. Pompée avait autrefois mis à sac Jérusalem, leur ville. César avait blâmé cet acte. La délégation juive est montée en premier au palais et demanda à être reçue. Elle remit à César un somptueux cadeau d'or et fit serment de fidélité. Devant le palais, il y a les enseignes de Rome, mais il va falloir s'accommoder de cette famille royale, de ce roitelet et de ses eunuques. César a observé les habitants d'Alexandrie, les Grecs subtils et bavards, les Égyptiens, gais, aux astuces imprévisibles. N'ont-ils pas tué Pompée ?

Une grande rumeur le tire de sa rêverie active. Le ton monte entre ses gardes, mêlé à la voix d'un homme au fort accent sicilien. César traverse le vestibule à colonnes et aperçoit un homme puissant, vêtu d'une courte toge, en lin bleu ; une épaule nue, des breloques au cou, aux poignets. Les sandales sont nouées jusqu'aux genoux. Il porte sur l'épaule un long tapis ficelé de haut en bas.

– Qui es-tu ? dit César.

– Je suis le régisseur de la reine Cléopâtre, Apollodore le Sicilien. Elle m'a chargé de t'offrir ce présent et de te communiquer son message.

César repousse le garde. Qu'on laisse entrer Apollodore dans la grande salle ! Le Sicilien glisse son fardeau au sol, avec plus de délicatesse que ne le veut un tapis. Il taille les liens ; il déroule une à une les couvertures, et sous les torches rougeoyantes César voit surgir des tissus épais une délicieuse jeune femme, plus légère que l'alouette. Elle éclate d'un rire cristallin, un rire, une source de cette bouche rosée, à la lèvre inférieure plus charnue. Un rire qui met en valeur l'ovale des traits bien dessinés, le nez aquilin, si grec, les yeux profonds et noirs, un rire d'enfant, le rire de Julia. Les petites mains volent vers la chevelure en boucles éparses, d'un roux traversé d'or, les seins exquis remuent sous la respiration retrouvée. Le cou est charmant, la bouche aux dents de perle dit en parfait latin :

– Tu voulais me voir ? Me voici. Cléopâtre Antipathor la Septième, reine d'Égypte. Me voici, ô descendant d'Aphrodite, me voici, devant toi, Cléopâtre-Aphrodite-Isis incarnée.

Qu'elle est jeune ! Qu'elle est jeune ! Son intelligence, son audace et sa grâce émerveillent le général.

Le mot « grâce » lui vient, plus que « beauté ». Sensuelle, séductrice. Il lui sourit. Il se souvient du miroir aux oreilles de vache. Oui, il a encore bien des forces vives. Il peut galoper, les mains croisées dans le dos, vaincre n'importe quel gladiateur au combat, tirer du corps des femmes les soupirs de la lyre ou le beuglement de la truie… Mais le trouvera-t-elle jeune ? Il a besoin de se rappeler qu'il descend des amours d'Anchise et de Vénus.

– Tu arrives en curieux équipage, pour une reine ! dit-il.

Elle rit ; elle le captive avec ce rire inimitable ; cette source qui rafraîchit l'aridité d'un cœur si seul.

Seul ? Julius Caius Caesar soudain ne se sent plus seul.

Il la regarde.

Elle le regarde.

César, couleur de bronze, du cuir des sandales au justaucorps. Un peu d'or ; encore et toujours. L'or ou le sang des dieux. Le mollet parfait et la cuisse en muscles durs. Le regard de faucon, le glaive. Le genou visible ; la jupette sertie de lamelles d'acier.

De lui resurgira la grande Égypte où elle régnera. Seule. L'imagination de Cléopâtre la Septième vole, se déploie, devient ce ciel d'étoiles où elle entrevoit l'avenir de son rêve. Faire de son pays la plus grande puissance d'Orient. Qu'elle captive et capture cette force d'Occident, qu'Amon-Râ et Isis-Vénus lui ont envoyée ! Il est là, le dieu conquérant, qui va l'aider à conquérir ! Il est là, le Romain, qui fera oublier que le Aulète et les misérables Lagides se sont mis à genoux devant le Sénat de Rome ! Il est là. Rome est là tout entière dans son palais, à elle. Les dieux lui donnent enfin le moyen d'oser son œuvre. L'œuvre de Cléopâtre, ourdie au fond du désert.

Elle croit en sa force, elle, la menue qui a tenu tête à une armée de vingt mille hommes. L'Égypte ne peut plus se suffire à elle-même. Elle doit dépasser le leurre entretenu par Platon et les savants grecs du Museion. Leur admiration sans frein pour une civilisation menacée de ruine, une chrysalide de civilisation ; ainsi ces momies desséchées et noires sous les triples couvercles dorés. À elle de détruire la clause du testament de Ptolémée Sôtêr II, autorisant le peuple romain à utiliser l'Égypte telle une catin à ressources. À elle de détruire le champ d'intrigues de la fratrie meurtrière. À elle de captiver le Romain, de l'amener à décider que l'Égypte est une alliée, non une sujette. Elle, la reine, sauvera son pays avec l'appui de l'Occident. Alexandrie épouse de la maison de Rome. L'Orient uni à l'Occident. Cléopâtre et César. César dont les yeux de faucon, posés sur elle, sont ceux de la tourterelle.

Il la regarde.

Les perles ont capturé l'ambre rosé de sa peau. Le rire soulève un sein délicieusement sculpté pour la main de l'homme. Il la regarde. Quelle force elle sait tirer de sa précarité, elle l'Égypte, elle la Grecque. Elle, si jeune, ô Julia. Elle a l'âge de Julia, qui se mourait. Qui est morte. Coucher avec Julia. Coucher avec sa fille bien-aimée. Coucher avec ce rire, cette cascade de fraîcheur en cette nuit torride. Quels dieux interdisent de toucher à la fille bien-aimée ? À sa fille Cléopâtre, à sa fille sujette, l'Égypte ? N'a-t-elle pas épousé son frère ? A-t-elle consommé l'inceste ? Clodius n'avait pas résisté à la beauté de sa sœur Claudia. Le père, la fille. Elle a trente années de moins que lui ; elle lui arrive à peine à l'épaule ; le rire cambre ses seins charmants sous l'étoffe légère. Le rire fait d'elle une fille-enfant offerte. Non, elle ne connaît rien de l'homme pour rire ainsi et sans trembler devant le faucon dressé, dressé pour elle.

Il est la tourterelle dans la main de la petite qui rit et qu'il nomme dès cette première nuit *Puella ludens* – la petite enfant qui joue.

Il y a dans le miroir aux oreilles de vache l'ombre formidable d'Amon-Râ besognant Isis la Vierge Mère Terre.

L'eau du Nil n'a pas été la plus forte, cette année. Le paysan tremble, la disette va-t-elle les affamer telle l'année où le Aulète est mort ? Il faut l'aider, cette eau de vie, afin qu'elle afflue dans les canaux par la vis d'Archimède dit la *colchius* ou l'escargot, cette spirale astucieuse. Les esclaves de Ganymède tournent des vis et des norias, le brêlon, le balancier – poteau fixé sur une fourche – bascule d'avant en arrière le récipient qui recueille l'eau. L'eau des semailles, l'eau qui nourrira les céréales.

Dans les campagnes et aux portes de la ville, le troché – ou engrenage – à l'entrée d'un puits, le bœuf ou l'âne, attelé, tourne en rond, entraînant une roue en bois horizontale tandis qu'une chaîne de récipients plonge, remonte, se vide, irriguant le sillon aride.

Le corps du Romain, sa bouche, ses mains, chacun de ses muscles, tout en lui laboure la tendre terre d'Égypte, la fille d'Égypte et de sa vie.

Elle tremble, l'Égypte, devant si peu d'eau et le spectre de la famine. Qui la sauvera ? Son roi et sa reine se déchirent et le Romain habite le palais.

Elle tremble, l'Égypte, son peuple rural soumis aux vicissitudes des fonctionnaires des impôts. Les impôts atteindront-ils quatorze artabes par aroure ? (l'aroure est une haie). Elle a tant besoin de son blé et de son orge pour son pain plat et chaud, cuit au feu rouge issu de deux briques ! Elle craint pour son olyra – son froment – qui nourrit ses bêtes.

Aura-t-on besoin cette année de tailleurs de vigne aux corps burinés, aux reins nus, aux bras noirs tels des sarments, la bouche muette ? Les régisseurs et les contremaîtres vont-ils punir et ravir le peu qui restera ? Exigeront-ils un loyer plus fort que les deux tiers de la récolte ? Où est leur jeune reine si proche d'eux, qui, déjà, avait défendu qu'on torturât les paysans en retard de redevances ? Presque aucun paysan ne possède de terre, tout est loué, y compris son corps. Où est leur reine ?

Elle gémit d'un plaisir plus grave que la déchirure en soie, là, dans son ventre.

Le bail est conclu avec le fermier avant les semailles. Le terrain, bien ensemencé, doit ensuite être restitué, libre de joncs, de roseaux, de chiendents et de tout rebut.

Elle aime son corps libéré du chiendent que fut l'assaut de l'enfant impur et malingre. Elle aime le corps du Romain. Ce visage que la lampe aux trois becs lui restitue en divers profils aux ombres améthystes. Cette bouche couleur de lune. Elle aime ce regard de faucon-tourterelle qui semble torturé d'un plaisir et d'une émotion que Julius Caius Caesar, l'amant de Cléopâtre, n'a pas dissimulés. Il y eut cette nuit-là des météores et des étoiles.

Le paysan affronte la dure difficulté d'emprunter les grains pour semer le champ des maîtres. Seuls les fermiers de l'État peuvent se procurer la semence auprès des greniers d'État. Que la paysannerie est lourde et lente !

Quel souverain, quelle souveraine peut alléger une administration si oppressante ? Les inspecteurs, stratèges des nomes, vérifient que les grains n'ont pas été volés et les terres bien labourées. De l'aube à la nuit le paysan s'épuise au hersage.

Ton corps a le goût et la couleur du safran. Tu es la Terre, la Femme, la Fille et l'Égypte, la blessure et le poignard. La sujette et la reine, la reine d'Égypte. Semer en ton ventre le grain et l'amour.

… Les mois vont passer. Le Nil et sa crue si basse ! Le grain atteindra-t-il l'instant béni de la récolte ?

Les Romains, les Grecs ont toujours cru que cette fertilité tenait du légendaire. Voyaient-ils la peine de ces êtres rivés à ce sol étrange ? César voit-il au-delà de la chair délicieuse, de l'intelligence si vive, la peur et les affres bien cachés d'une enfant de vingt ans qui veut régner seule ? Unir sa Terre, en égale, à l'Occident tout-puissant ?

Fertile Égypte. Que d'heures pour lier les gerbes, emportées à dos d'âne et de chameau en vue du battage sur l'aire du village ou du grand domaine. On paie trois drachmes par jour les javeleurs nécessaires à la tâche, et deux drachmes par âne, portant chacun huit gerbes ficelées…

Après avoir déposé le grain qu'il doit au grenier public, le paysan doit aider à ce qu'il soit transporté au port fluvial, où les bateaux l'emporteront en Alexandrie. La balle séparée du grain servira de combustible pour chauffer les bains publics et ceux des camps militaires romains qui ont tout envahi.

La moisson, elle, commence sur cette couche de soie et de peau de bête ; là, quand ils ne sont qu'un même souffle gémi vers la même source implorée.

Il y aura la vigne éclatée de brume miellée. La crue, si mauvaise, épargnera-t-elle ce don d'Osiris, la vigne, le vin ?

La reine Cléopâtre est fine goûteuse de vin. Elle a fait fructifier des plants ramenés de Chios qui donnent un breuvage noir qui mène aux rêves les plus voluptueux.

Les vignobles, précieux, aimés, sont clos d'un mur pour les protéger de la bête ou de la maraude. Le palmier sert d'ombre à la précieuse provende.

César, mon amant, mon amour, tu protégeras ma vie et mon règne, telle la vigne précieuse entre toutes. Tu sauras hisser les citadelles entre les maraudeurs et moi.

Le vin. Dionysos. On taille les vieux ceps le mois où elle est née. Janvier. On retourne le sol pour planter et disposer les surgeons.

La vigne, le vin l'aimeront. La passion du Romain sera encore plus puissante quand, à la canicule, en août (Mésoré), on ramassera la grappe opalescente, déversée du panier en roseau, dans les longues auges en pierre. Les pieds des hommes fouleront ce précieux suc accompagné du son bleu d'une flûte en roseau. L'épais liquide est recueilli dans des jarres en argile, à l'intérieur enduit de poix. Les jarres sont exposées de longs mois au soleil jusqu'à ce que le jus devienne le dieu Vin.

Un amour de feu. Donne-moi ta foudre. Dans le miroir aux oreilles de vache, le conquérant est cette fine fille au profil aquilin qui scrute l'homme enfin endormi, paisible comme la mort.

C'est l'aube. La chambre du matin est devenue celle des noces, quand l'étamine et le pétale ne font qu'un. César s'est tourné vers Cléopâtre bien éveillée et la regarde. Il veut savoir. Savoir jusqu'où il peut admirer cette intelligence. Elle comprend immédiatement et d'un geste revêt la tunique en lin. Il attend encore. Elle a appelé ses servantes. Qu'on la baigne, qu'on la pare !

On démêle les boucles d'or rouge, on ceint son front du diadème à l'uræus. Elle se tient droite, lumineuse. César a repris son regard de faucon. Il ouvre lui-même la porte en cèdre du Liban et donne des ordres.

– Qu'on aille chercher le roi Ptolémée XIII !

Il n'avait guère dormi, le roitelet, à en juger à son teint blafard. Il a conservé sa tenue de la veille, sa tenue de roi, maculée de sueur. Il porte un diadème identique à celui de la reine.

À la vue de Cléopâtre auprès du Romain, le lit foulé où il n'est pas besoin d'y égorger un poulet pour y déchiffrer les traces des noces, il est pris de rage.

Dion Cassius affirme que, « rempli de colère, il s'élança au milieu du peuple en s'écriant qu'il était trahi, arracha son diadème de son front et le jeta à ses pieds ».

La jalousie. Comme il le hait de ce sourire flottant, ce corps heureux, souple et soumis. Il la hait et il est jaloux, lui à qui Photin et Potheinos ont amené les esclaves les plus belles. Lui, désormais initié, qui connaît le vertige de la chair exaltante. La nuit si chaude du ventre des femmes ; il la hait parce qu'elle est la première dont il a osé meurtrir sans succès le ventre. Leurs noces devaient être consommées pour qu'il soit véritablement pharaon. Il la hait de l'avoir bafoué par le sang d'un poulet. Ô les dieux le vengeront, et démembreront tel Osiris ses forces à elle. Il la hait d'avoir couché avec le Romain. Rome a défloré le mystère de l'Égypte et cette conquête-là est plus grave que les autres. Il la hait d'avoir dérogé. César devina une sombre et rouge nuit à venir.

César agit avec la plus grande froideur. Il a beaucoup de mal, des marches du palais, à calmer la foule des Alexandrins et éviter l'émeute. Calmer ses légionnaires. Son charisme joue sur la foule de plus en plus dense :

– J'agirai en tout selon vos désirs.

Il leur promet de réconcilier Cléopâtre et son frère.

Ptolémée XIII est au comble de la haine. Quoi ! Se soumettre au conquérant romain ?

Il y eut cette nuit-là un long complot dans les appartements d'Arsinoé. Plus jaune que ses voiles, elle grignotait des dattes dont elle jetait les noyaux aux singes de son jeune frère. Un sec ricanement déformait sa lèvre, révélant ses dents aiguës.

Il y a Photin, Potheinos et Ganymède.

– Il est bon, Majesté, que le Romain t'impose aux foules comme époux-roi de cette putain, dit Ganymède.

– Nous saurons alors agir, éclate Arsinoé. Elle ne vivra pas, nous y veillerons. Achillas attise l'armée en notre faveur. Potheinos a longuement répandu dans le peuple de la ville notre juste colère.

Ptolémée le cadet au corps débile s'est endormi sur un coussin de soie, deux singes sur le ventre.

– Il y a encore ce Ptolémée-là à marier ! ricane Potheinos.

– Nous régnerons, Arsinoé et moi, tranche Ptolémée XIII, les joues en feu, le corps en sueur.

– Le Romain, nasille Photin, est victime du Haut Mal. Ce mal s'aggravera au stupre de la fille de la Jouisseuse !

– Pompée est mort, César mourra, affirme Ptolémée le treizième. J'empêcherai Rome la fourbe de mener son détestable arbitrage. Avant que le Nil ne rentre dans son lit, Cléopâtre et César seront plus détruits que les cendres de Pompée.

César, cette nuit-là, n'approcha pas Cléopâtre. Dès le lendemain, il réglerait le différend domestique. Le frère et la sœur devaient se présenter devant le peuple auquel, lui, l'*imperator*, lirait le testament du roi, leur père, décédé depuis trois ans. Il entre dans la chambre de leurs noces.

– Tout sera fait dans les règles, dit-il à Cléopâtre.

Rome, peuple de juristes. César a repris son regard de faucon. La fille des Lagides est digne d'un génie politique. Il lui sourit quand, de sa voix de cristal, elle consent à la soumission apparente de la cérémonie officielle.

– À toi César, de te porter garant de la sécurité des deux héritiers légaux de ce royaume. Mon frère-époux Ptolémée le Treizième et moi-même, Cléopâtre la Septième, sommes en indivis. À toi César de lire les volontés de mon père. Tu représentes Rome la toute-puissante.

Dans un tourbillon enfantin de rires, de battements de mains, de cheveux en flammes dorées, elle danse plus qu'elle ne court vers le miroir aux oreilles de vache. Elle lance à son amant des baisers du bout des doigts. César dissimule son enchantement. *Puella ludens !* La petite a toutes les ruses et les exquises caresses d'une femme. César est seul dans ce palais qui n'est pas le sien, seul avec la passion. Il s'en tiendra à son plan et ne rejoindra pas, bien qu'il lui en coûte, la couche au goût de safran et de miel. La peau de miel, celle qui déjà s'empare de ses pensées, lui fait entrevoir que, peut-être, en effet, donner le trône à Cléopâtre, c'est préparer l'alliance rêvée, jamais réalisée de l'Orient et de l'Occident… Elle est capable, cette enfant qui rit et dont les yeux se sont évanouis dans les siens la nuit d'avant, de réaliser l'accord impensable à la mentalité machiste des Romains. De surcroît, les Romains détestent les rois.

Elle a su bouleverser en une nuit un homme qui se pensait blasé, amer, tenu en sa curiosité par les ultimes conquêtes du monde. Un homme si froid, à demi mort. Détaché. Depuis Cléopâtre, depuis quelques heures, il n'est qu'élans et bouillonnements intérieurs.

Il a ordonné que sa chambre soit gardée. Il craint la fratrie agitée qu'il fait également surveiller. Cette nuit, il ne dort pas, hanté d'une vacuité inconnue, suave, insupportable : le manque de Cléopâtre.

Le banquet de la réconciliation

Cléopâtre est particulièrement parée pour la cérémonie du *statu quo*. Devant l'assemblée du peuple, elle va accepter de régner à nouveau avec son frère-époux, Ptolémée XIII. César consent à donner à Arsinoé l'île de Chypre, où elle régnera en indivis avec Ptolémée XIV, le cadet.

César a son visage le plus fermé devant la grâce de Cléopâtre. Tout se passe autour du « banquet de réconciliation » où, d'après Lucain, si hostile à Cléopâtre, « sur les lits ont pris place le roi et la reine, et plus grande puissance qu'eux, César : Cléopâtre a fardé sans mesure sa beauté malfaisante, peu contente du sceptre qu'elle a et du frère qui est son époux ; couverte des dépouilles de la mer Rouge, sur son cou, dans ses cheveux, elle porte des trésors ; le poids de sa parure l'accable ; la blancheur de sa poitrine éclate à travers le voile de Sidon… ».

Les parures de la mer Rouge : les perles dont elle sait que César raffole, des perles de toutes tailles à son cou, aux bras délicieux, aux oreilles en coquillage qu'il a aimé mordiller. Des perles aux chevilles… Son corps, dans le simple fourreau blanc du lin le plus fin, semble nu sur le triclinium. Ses mouvements rappellent à l'*imperator* que la gracieuse enfant couverte de perles, fardée de rose, parfumée au santal et au lotus, tournoyait au rythme de son plaisir. Les seins nus, si beaux, le pschent bleu, le disque solaire, le sceptre et le fouet, la grâce et le sourire d'une bouche passée à l'eau carminée… Elle sourit même à l'ennemi, le frère-époux, agité, vêtu de rouge et de bleu, d'or et d'une peau de panthère. Le même pschent que celui de sa sœur et le diadème sur son front, quoique légèrement déformé.

Le banquet comporte des poissons fins, les bécasses du marais ornées de leurs plumes. Il y a les jongleurs et les danseuses au tambourin, une simple lanière d'or à la taille, le sexe visible, la chevelure parfumée. Il y a le son des flûtes, des harpes, de la cithare, des sistres.

Le général est légèrement grisé, mais sur le qui-vive. Cléopâtre joue à la petite reine soumise et rieuse. Quand elle tend la coupe d'argent cloutée de pierres de sardoine à son frère, remplie du vin de Chios, une pépite rouge danse dans son œil de gazelle savamment agrandi à la poudre de malachite.

À l'extrémité du banquet, le teint toujours bilieux, le diadème d'argent, les voiles verts et bleus, les cheveux crêpelés, remontés en un casque huileux, le cou orné de rubis et d'améthystes, Arsinoé aux clavicules sèches, à la poitrine plate, ne boit ni ne mange. Elle se tient raide près de son frère cadet Ptolémée, un singe sur les genoux. Arsinoé fixe la sœur honnie. Ganymède, en robe chatoyante, dissimule ses inquiétudes. Photin caquette à l'encontre des danseuses qu'il compare à des bêtes charmantes. Il pousse de petits cris quand les jongleurs, en simple pagne, laissent apparaître leurs testicules.

Potheinos semble mal à l'aise. Vêtu en grec, il occupe le triclinium face à César. Potheinos s'est longuement entretenu avec Achillas, sous sa tente, à Péluse, avant le banquet.

Ils ont comploté de tuer César.

Ils ont agencé le crime sous forme de poisons versés dans le vin de Chios destiné à la fin du banquet. L'échanson à peau d'ébène versera ce vin au geste discret de Potheinos. Potheinos ignore que le barbier de César – un de ses espions – lui a tout raconté. L'échanson, vêtu d'une ceinture en soie brodée, s'apprête à verser le breuvage aux six poisons : un venin des Indes, une poudre de mygale, un venin de cobra du désert, une pastille de soude des marais, une glande salivaire de crocodile mort et deux glandes d'aspic que l'on trouve au champ des figuiers. Le barbier se met à hurler :

– N'y touche pas, César, c'est un poison violent !

– Bois ! ordonne-t-il à l'échanson qui tremble.

Les glaives des deux centurions en ont raison ; il boit et s'écroule en une série de convulsions. Bleu, mort.

Arsinoé est verdâtre tandis que Potheinos bondit vers la porte en cèdre, entre les flambeaux tenus par des esclaves nubiens.

– Photin a tout manigancé ! hurle Potheinos.

César fait un geste. On ramène Potheinos devant lui.

– Est-ce vrai, Potheinos ? Après Pompée, César ?

– Je te hais, César ! dit Potheinos.

César s'est tourné vers les gardes romains. Ils enfoncent leur glaive dans le ventre du traître dont le sang éclabousse les ripailles. Cléopâtre acquiesce d'un geste de reine, sans même jeter un regard au frère-époux aussi vert que sa sœur.

Photin tremble tel le roseau du marais. Il émet un gloussement. Il fixe dans la mare de sang le long collier d'améthystes, de jaspe grenat et autres pierres.

– Prends-le, dit César, plein de mépris. Je te le donne.

Photin hésite, Arsinoé blêmit davantage. Ptolémée le cadet bat des mains. Photin a pris le collier rouge de sang. Photin chevrote :

– Merci de ta clémence, César.

Photin l'eunuque oscille entre tous les troubles : la haine, l'excitation étrange du sang de l'allié mort, le désir bien caché du corps de César, la haine de Cléopâtre, la terreur et la fascination d'être percé d'un glaive par de mâles soldats… Ptolémée XIII se lève brusquement, le traite de sale eunuque pour avoir accepté le joyau que l'imposteur a déjà agrafé à son cou de poule fripée.

Cette nuit-là, César fait l'amour avec Cléopâtre, pour la seconde fois. Ensuite, ce sera toutes les nuits.

Il parle ; il lui confie le plus grand trouble de sa vie. À l'âge de quinze ans, il avait eu un songe. Il faisait l'amour avec sa mère Aurelia, s'était réveillé en sueur, pris pour la première fois de la crise du Haut Mal. Il avait eu une grande terreur. Ce songe bravait le plus lourd des interdits. Il parle, à celle qui pendant le banquet sanglant recomposait les forces d'Amon. Lui qui ne confia rien aux femmes, il lui raconte l'épouvante de son âme suite à ce rêve. Il était alors à Gadès (Cadix), avait rendu hommage à la statue d'Alexandre et la nuit même, en rêve, baisait sa mère. Le grand prêtre avait apaisé ses craintes. Ce rêve signifiait la puissance. Baiser la Terre-Mère. Devenir le maître du monde. Il était l'enfant de Vénus. Vénus est l'épouse du Taureau. Le Taureau est l'époux de la Mère. Elle reçoit sa semence et féconde la Terre entière. César, signe du Cancer, demeure de la Mère.

Son ventre le brûle d'un désir ineffable. Il baise, baise et baise la beauté Mère, Mère d'Égypte. Il la fera reine unique d'Égypte, elle, la fille de Vénus et du Taureau. Le don des dieux, la chair-Mère. Il parle encore. Dix ans auparavant, il s'était opposé au Sénat et avait interdit que l'on détruisisse le sanctuaire d'Isis. Il lui dit sa frayeur secrète quand il a ouvert le panier contenant la tête de Pompée. La frayeur était la prémonition d'atteindre malgré lui à la Royauté universelle. Jamais la ville – Rome – n'avait toléré qu'un Romain affirmât ainsi son pouvoir. Il était César, au-dessus de la ville, malgré elle et malgré lui.

– Tu es le nouvel Alexandre. Fils d'un dieu, Dieu toi-même.

Est-ce l'Étoile qui a guidé ses pas vers la Vénus victorieuse ?

Elle l'enserre de ses cuisses si douces, à la force insoupçonnable. Elle tire de son corps l'harmonie qu'elle sait exsuder de la harpe. Autant de vibrations extatiques. L'amour, jamais il n'a aussi totalement fait l'amour de tous ses sens, son âme, lui le sceptique. Il a fait l'amour avec son âme.

Lui qui avait cru aimer follement Cossutia, Servilia, si mûre, la mère de Brutus, Calpurnia belle et froide, et tant et tant de femmes. Tout est oublié.

Alexandrie, la ville des amants

Sont-ils prisonniers du palais et de la ville ? Les Égyptiens grondent, furieux du meurtre de Potheinos. Photin l'eunuque se charge de leur conter les choses à sa manière. Les Alexandrins sont outrés de la présence orgueilleuse du Romain, qui couche avec leur reine. Serait-elle pire que sa mère qui faisait mener dans sa chambre n'importe quel matelot nubien, cypriote ou crétois ?

Les Alexandrins détestent cet *imperator*, flanqué des insignes de sa charge. Les faisceaux offensent la dignité de leur maison royale : les Ptolémées. Il y a de violentes altercations où de nombreux légionnaires sont tués. Potheinos avait excité la ville entière. Sa mort met la colère à son comble. Le Romain les exterminera-t-il si bon lui semble ? Cléopâtre est-elle une traîtresse ? Traître à son frère-époux, traître à son pays et à ses lois, l'assujettissant davantage à Rome détestée. La colère gronde. C'est la guerre civile.

À Rome aussi, les langues s'agitent. César couche avec l'Égyptienne ! Les auteurs de l'Antiquité se déchaînent sur ce moment particulier de l'histoire d'une passion. Aux yeux de Rome, la passion de César est déshonorante. Calpurnia, froide et digne, se tait. Plutarque traitera Cléopâtre de « putain couronnée » et Properce de « femme usée par la débauche ». On la nomme l'Égyptienne. Le poète Horace affirmera qu'elle était « *non humilis mulier* » – une femme sans humilité.

César est amoureux de sa beauté, mais davantage de sa prodigieuse intelligence politique. C'est la guerre ; prisonniers du palais de la Lochias ; leurs étreintes les enivrent. Des amants de même race : César et Cléopâtre sont deux stratèges perspicaces.

Cléopâtre a tôt fait comprendre à César que sa restauration lui offrirait une occasion unique de profiter du pays du Nil, indispensable à Rome. Leur liaison devient, dit-elle, la rencontre symbolique avec Alexandre. La fille des Lagides est la dernière héritière d'Alexandre, souveraine du dernier royaume indépendant. César a dépassé Pompée par son union avec Cléopâtre : l'Orient et l'Occident ont fait l'amour. Seuls quatre cents hommes sont là pour défendre César contre les vingt mille guerriers d'Achillas. Alexandrie est hostile, Rome s'irrite. Que n'est-il revenu chez lui, traînant à son triomphe la tête de Pompée confite dans un bain d'herbes !

Les vingt mille hommes d'Achillas sont un ramassis bigarré : des pirates, des légionnaires, des esclaves en fuite, des criminels et des proscrits. Alexandrie compte sur eux pour la débarrasser de César et de Cléopâtre.

César fait surveiller Ptolémée XIII et le convoque chaque soir à dîner avec sa sœur-épouse. Un étrange trio, mais César connaît la force des coutumes. Ptolémée le cadet est également prisonnier dans ses appartements avec Arsinoé.

Le soir, on boit le vin de Chypre. On ne déchiffre rien sur le visage de l'*imperator*. On joue aux dés ; Cléopâtre prend sa cithare et chante la romance du rossignol qui aimait la fleur de lotus. Le conflit va éclater. Quand ? César profite de ce répit pour visiter la prestigieuse Alexandrie. Cléopâtre, ravie, lui sert de guide. Au Museum, César écoute attentivement une conférence sur le chiffre zéro.

Veillent sur eux quelques légionnaires ; un cavalier ouvre la foule qui les enserre, hésitant entre l'adoration et l'hostilité. César et Cléopâtre marchent d'un pas égal. Il s'émerveille de la beauté de la ville. La vaste voie Canope à colonnades, traversant Alexandrie de l'orient au ponant. La porte de la Lune sur le port, la porte du Soleil sur le lac intérieur où accostent les navires du Nil.

Ils vont partout, en amants, en rois, en dieux. Du quartier Rhakotis aux Apicols, en litière, à cheval, à pied. Le quartier égyptien regorge des senteurs de térébinthe et d'âcres mélanges d'herbes. Il y a le vacarme des voix, des marteaux qui travaillent les métaux, les potiers pétrissant l'argile. Il y a ici, comme à Rome, les souffleurs de verre, les marchands de soieries venus par caravanes du pays des Indiens, soies travaillées tels des bijoux sans prix, soies que Cléopâtre porte pour lui ; et qu'il défait pour l'autre bonheur de la soie ambrée de sa peau frémissante et douce.

Ils marchent, heureux, et la foule, peu à peu, oublie qu'il faut les détester. Elle les trouve beaux et aime les belles histoires d'amour. Les marchands et les matelots les interpellent. La petite reine leur répond en leur langue. Les matelots et les marchands grecs, phéniciens, vêtus de tissus bariolés sont là. Il y a les Judéens rutilants, les Arabes en blanc, et leur noria de chameaux croulant sous les ballots de trésors divers : le safran, la coriandre, l'anis et d'autres épices mystérieuses.

Pour César, tout avait été, au départ, comme toujours, une banale histoire militaire. Poursuivre Pompée et le vaincre. Or le monde, telle la pastèque savoureuse, s'ouvre d'un délice enivrant : Cléopâtre. Lui, César, pontife sceptique dans sa jeunesse, soumis froidement aux dieux, ne croyait pas à l'âme. Il sentait, ici, près d'Isis-Aphrodite-Cléopâtre, vibrer son âme.

Les Romains avaient dérobé leurs dieux aux Grecs pour les dresser au Capitole. Jupiter si important dans la vie politico-religieuse de l'*Urbs,* Pluton au nord du champ de Mars, Apollon, au sud, Cérès au pied de l'Aventin et Hercule contre le Tibre... Les Romains ne connaissaient rien des dieux d'ici ; harmonieusement intégrés à ceux de l'Égypte. Les dieux devenaient-ils des rivaux, une menace à la façon furieuse des hommes ?

– Non, disait Cléopâtre. Ils réalisent en nous l'unité dont les agitations détournent.

Au Museum, César, homme cultivé, se réjouissait l'esprit. Il écouta Sosigène lire l'alphabet des planètes.

– Qui t'a enseigné la science des planètes ? demanda César.

– J'ai étudié Méton, le grec. Sa corrélation entre l'année solaire et l'année lunaire sur un cycle de dix-neuf ans. J'ai étudié Anaxagore et le principe des éclipses, Eudoxe qui a identifié les cinq planètes, Vénus, Mercure, Mars, Jupiter, Saturne.

Sosigène dit brusquement :

– Méfie-toi des ides de mars.

César et Cléopâtre retournaient déjeuner au palais. César n'aimait pas s'éloigner longtemps. Il savait que les trahisons se préparaient. Ptolémée XIII avait grincé à sa sœur que les hommes de César ne pourraient rien contre les vaisseaux d'Achillas. On les apercevait, au loin, dans le Grand Port. Achillas avait fait armer sa flotte de guerre. Elle avançait sur Alexandrie. Qui l'avait donc à nouveau trahi ?

Le collier de Ptolémée

Octobre s'achève et le feu du jour brûle les âmes. César redevient le général : il donne brièvement une série d'ordres à ses officiers. Il interroge ses espions. Ptolémée XIII a mené avec Arsinoé et Photin une telle campagne d'intrigues que la guerre éclate. Les rumeurs et les calomnies ont traversé comme la foudre Alexandrie versatile. Oui, le Romain est l'ennemi et Cléopâtre sa complice !

Photin a réussi à passer un message à Achillas : « Qu'il marche sur Alexandrie. » Achillas est à la tête de ses vingt mille fantassins, deux mille cavaliers, sans compter sa flotte.

César et Cléopâtre sont enfermés au palais. Avec leur prisonnier, Ptolémée XIII. Arsinoé et Ganymède ont réussi à s'enfuir, abandonnant Photin, que tout désigne comme un traître. Il a conservé un double de la lettre dans laquelle il jure « d'empoisonner César ». Arsinoé, qui veut se débarrasser de ses alliés encombrants, l'a volontairement remise à un officier de César.

César est dans la grande salle, près de Cléopâtre, et donne un ordre sec. Photin est traîné par deux légionnaires qui le jettent aux pieds de César. Ses pendentifs d'améthystes tirent le lobe de ses oreilles violacées. Il est maquillé comme une femme et sa bouche grasse tremble. Il est vêtu de soies rutilantes. Entre ses quadruples colliers est glissé celui de Potheinos dont la pierre centrale est un reflet rouge... Le collier de Potheinos vaut deux millions de sesterces. Il voit le papyrus qui le dénonce.

– Voici, lui dit César, la liste des noms de ceux qui devaient me tuer.

– Je ne suis qu'un eunuque ! piaule Photin, horrifié. Enfant on m'a plongé dans un bain d'étranges mélanges. Ma mère me tenait tandis qu'un esclave nu taillait mes testicules. Ô César, un eunuque perd une partie de son âme. Suis-je seulement digne du glaive de tes hommes ?

César lui montra par la baie ouverte, une ligne rougeoyante.

– Vois cet incendie, eunuque ! Ne te sens-tu pas responsable ? Il y a là-bas soixante-douze navires de guerre égyptiens destinés à me tuer et je n'ai que cinquante trirèmes romaines, ô lâche ! Pour éviter que tes alliés ne s'en emparent, j'ai donné l'ordre qu'on les brûle ! Vois ce feu. Comment oses-tu croire, toi qui as participé à tant de fureur, que je vais te gracier ? La clémence se donne à qui en est digne !

Photin se jette aux pieds de Cléopâtre. Il fallut plusieurs coups de glaive pour que ses cris se tussent enfin.

Cléopâtre, la gorge sèche, revoit sa sœur Bérénice ici même, sur ces marches... Le sang éclabousse ses sandales.

Le feu, la guerre, l'amour

Le feu ! Est-ce César qui a donné l'ordre fatal ? Le feu est un maître.

Pendant des mois, ce fut la guerre, ce fut le feu. Les amants ne cessaient de faire l'amour.

Le feu ronfle, tonne, dévore la mer. Cléopâtre et César l'observent de la grande terrasse. Les vaisseaux se fendent, la mer est une braise, une houle rouge. L'incendie gagne les quais. La ville n'est qu'un cri. On se bat dans les rues. Les Alexandrins contre les soldats de César. Le feu avale les greniers à blé et les bâtiments du quai. Le feu galope, telle une horde barbare. Cléopâtre porte le poing à sa bouche pour ne pas hurler son désespoir. Le feu a embrasé la bibliothèque. En cendres, les manuscrits d'Aristote. En cendres, ceux des plus hauts savants.

Elle regarde César, blême. Va-t-elle le détester pour cela ? Barbare, sanglote-t-elle, barbare. Barbares, ceux qui brûlent les écrits ! Une nausée la secoue si violemment qu'elle chancelle.

Une nausée ; celle des filles enceintes.

La guerre civile fait rage ; on abat des maisons pour dresser des barricades. On s'entre-tue de rue en rue.

César oublie Cléopâtre. La guerre déboule dans son sang aussi forte qu'une lampée d'alcool. Elle est sa maîtresse depuis si longtemps !

Les Alexandrins se sont révoltés, menés par Arsinoé, Ptolémée XIII et Ganymède.

La guerre. L'incendie a éclaté en novembre – Hathyr. Dans les champs on poursuit les semailles. La guerre traverse décembre (Choiak), le ramassage des olives. En janvier (Tybi) la végétation des vignes et des oliviers repart. Le Nil a rejoint son lit.

Arsinoé, échappée du palais avec Ganymède, a rejoint le camp des Égyptiens, l'armée d'Achillas qui à nouveau se replie vers Péluse, projetant de reconstituer une flotte.

Arsinoé sera Arsinoé la Seconde, reine d'Égypte. Elle chuchote son plan à Ganymède. Qui régnera près d'elle. Arsinoé pénètre sous la tente d'Achillas.

– La bibliothèque a brûlé. L'incendie dévore des greniers et des temples. Achillas, n'as-tu pas été trop orgueilleux d'agir ainsi ?

Achillas regarde la bouche mince et pâle, et le teint verdâtre d'Arsinoé. Elle a dix-sept ans et dans ses prunelles enfoncées, rondes comme on en voit aux volatiles sans pitié, danse un brandon incandescent. Achillas sent glisser une goutte froide derrière son masque cruel. Un brutal silence. Pourquoi tout à coup l'absence de rumeur ? où sont ses hommes ? Le feu, la victoire ? Arsinoé a un sourire trop doux.

– Tu as été très précieux, Achillas, mais bien maladroit de faire tuer Pompée. Tu es responsable de la mainmise de César sur l'Égypte et sur mon trône. Tu n'ignores pas qu'il couche avec cette catin qui veut tout le pouvoir ?

Arsinoé est de plus en plus suave.

– Achillas, tes erreurs sont trop graves. Par ta faute, Potheinos, Photin sont morts.

Ganymède fait un geste. Achillas le guerrier, le meneur de vingt mille hommes, est tombé dans un piège comme l'alouette dans le filet. Lui le fort, aux jambes courtes et puissantes qui maîtrisent à cru les chevaux et les femmes, lui dont chaque muscle a la force d'une cuirasse, est devenu une feuille tremblant sous le vent.

Trahi. Peut-être éprouve-t-il un soulagement quand le poignard de Ganymède tranche sa gorge désarmée ?

– Désormais c'est toi, Ganymède, le chef de l'armée, dit Arsinoé.

L'armée égyptienne n'est pas intervenue. Arsinoé sort de la tente, présente Ganymède aux mains rougies :

– Voici votre général comme je suis votre vraie reine ! Mon frère Ptolémée est prisonnier du Romain et ma sœur immonde a fait tuer Photin et Potheinos ! Elle a détourné l'incendie sur la bibliothèque ! Libérons mon frère et chassons les envahisseurs !

L'enthousiasme ranime les troupes ; le peuple est échauffé. Il réclame Ptolémée à grands cris, sous les fenêtres du palais. César apparaît, exposé, la toge rouge sur l'épaule, pâle, l'œil étincelant.

– Je vous rends votre roi ! dit-il. Je vous le rends volontiers !

Le voilà, Ptolémée XIII qui a maintenant quatorze années, le voilà aux portes du palais, acclamé, porté vers le port calmé, et le camp de sa sœur. Ptolémée le cadet est resté dans l'appartement de la Lochias, jouant avec ses singes minuscules. Il réclame sa nourrice – un eunuque –, de la nourriture pour ses bêtes et rit sans savoir pourquoi.

– Guerre et mort à César ! Cléopâtre, vile chienne ! hurle une dernière fois Ptolémée XIII avant de se fondre aux ombres des marais et de la guerre.

« *Tu vas avoir un fils, César* »

César hausse les épaules et regarde Cléopâtre. Elle est vêtue de blanc et de bleu, des perles sont tressées dans ses cheveux. Sa tendre poitrine jaillit sous le voile. Les sandales d'or, la cape nouée à la grecque, elle lui dit qu'elle est enceinte. Son médecin a écouté son ventre, tâté délicatement ses seins gonflés d'un début de sève. Depuis sa fille Julia, aucune femme n'a jamais donné d'enfant à César. Exaspéré, il avait été cruel avec la dernière, Calpurnia. Lors des fêtes de la Fécondité, les Lupercales, où les femmes courent dans les rues, poursuivies de boucs et d'hommes, vêtus en satyre, il l'avait tancée en public : « Femme stérile ! » Pâle de honte, elle ne bougeait pas et l'enfant ne vint jamais.

Mais voilà que la femme-fille-déesse-enfant est enceinte ! La prédiction de l'astrologue s'accomplit-elle ? Le Capricorne entré dans la maison du Cancer : Fécondité.

– Tu auras un fils, César.

La guerre, l'amour, l'enfant. Dans ce palais où ils sont si menacés, l'Incroyable est arrivé. Isis-Aphrodite a vaincu la stérilité de César Amon-Râ. Il caresse son visage, il la console – elle a tant pleuré la destruction de sa chère bibliothèque ! Il touche son ventre à peine rond, ses seins lourds, sa bouche enfiévrée. Cléopâtre, qui porte un fils de lui. Un fils. Jamais elle ne se trompe.

– Viens, dit-il, allons voir le tombeau d'Alexandre.

C'est la nuit et c'est la guerre. La mer est assombrie des restes des vaisseaux brisés, éclairés du fanal du phare. C'est la nuit et leurs légionnaires ont peur. Ils vont, enveloppés d'une cape, mal défendus. César et Cléopâtre n'ont ni crainte ni doute. Le moment est venu pour César de descendre au tombeau de son idole, Alexandre.

La coutume exige que Cléopâtre, reine d'Égypte, se vête de lin blanc et porte le pschent pour se rendre aux mannes d'Alexandre. Elle se contente de la cape en laine offerte par le roi des Bédouins. La garde autour du tombeau est composée de huit Gaulois. Le tombeau d'Alexandre est près du temple d'Isis ; dans une crypte sombre. La lueur des flambeaux chancelle devant le sarcophage en albâtre. César fait signe aux porteurs de flambeaux de soulever le couvercle. Et il se penche sur la dépouille embaumée du conquérant de l'univers… Il avait été jeune et beau, foudroyant du regard les villes, les terres, les femmes. Il gisait là, poussière entretenue en sa forme, réduit sous les bandelettes serrées, le visage maquillé devenu parchemin. Réduit à une longue chrysalide dorée et noire.

La fille des Lagides, forte de porter l'enfant de César, lève un front d'orgueil et de courage. Alexandre ou César, son rêve se réalisera ; elle, elle seule et son fruit régneront de l'Orient à l'Occident. L'enfant qu'elle porte est du sang des Lagides et d'Aphrodite. Du sang de Vénus.

L'émotion blanchit les joues de César. Le spectre de César face au spectre d'Alexandre.

– Alexandre III de Macédoine, dit Cléopâtre. Ô César, n'as-tu pas fait une dernière escale avant l'Égypte d'Alexandre, sur les rives du Xanthe pour honorer les mânes d'Hector ? Honore Alexandre III de Macédoine.

... Alexandre III de Macédoine, fils de Philippe II et d'une prostituée sacrée, Olympias d'Épire. Alexandre le Grand qui eut pour tuteur Aristote... Alexandre, le dieu mort suite à une beuverie, dans la fièvre et la désolation.

– Achève cette guerre, César. Sois le nouveau maître des mondes, disait dans l'ombre la voix mélodieuse.

Il tremble ; le Haut Mal secoue à nouveau son corps telle une tempête aux symboles particuliers. Elle caresse son front brûlant et répète :

– Tu es César, Maître du Monde.

Alors, il la laisse telle une femme ordinaire à la Lochias et achève la guerre.

César vainqueur de l'Égypte

Les Égyptiens, menés par Ganymède et Arsinoé, se sont emparés de l'île de Pharos.

Ganymède, l'astucieux, fait pomper l'eau de la mer afin d'assoiffer les gens du palais. Plus d'eau potable ; les servantes s'affolent, les légionnaires s'inquiètent. César se jette dans la bataille avec ses hommes. Un combat difficile, où le peu de troupes se heurte à une foule déchaînée. Mais César est à son affaire.

Plus d'eau ? La panique s'empare des légionnaires de César épuisés par des semaines d'inaction. La plupart sont des Gaulois et des Germains, épris de la fraîcheur de leurs forêts. Que signifie le silence de César ? Est-il pris aux rets des philtres de l'Égyptienne ? Les légionnaires se rassemblent dans la cour du palais : « César, nous voulons te parler ! Nous voulons repartir ! Sans eau, nous allons périr ! »

César connaît bien ses hommes.

– Faites immédiatement creuser des puits pour trouver l'eau potable. Vous n'êtes pas des terrassiers mais des guerriers. Reprenons la guerre. Une pluie de flèches et de pierres nous attend.

Il leur annonce aussi une bonne nouvelle : du secours vient d'arriver. La XXXVIIe légion amenée par Domitius Calvinus. César organise à l'avant une sortie guerrière pour s'emparer de l'île de Pharos et complaire à ses hommes. Dans l'île a lieu une bataille serrée dont le Romain se rend maître. Il a ordonné à ses hommes d'échafauder des digues pour relier le Pharos au continent. Les Romains savent agir en toutes circonstances, mais la bataille est si brutale, le nombre des Égyptiens tel que les légionnaires de César se dispersent. César voit tout, impuissant, menacé de tous côtés. Il ne lui reste aucune issue, excepté se jeter dans une barque aussitôt renversée par les assiégeants.

Ganymède a reconstitué ses forces navales, dispose de vingt-deux galères à quatre rangs, en plus de ses embarcations, et a fait dégager le port pour mieux vaincre César.

César empoigne la liasse de documents dont il ne se sépare jamais, se jette à l'eau, tente de sauver sa vie en nageant vers les navires romains. Mais son grand manteau de pourpre le désigne à tous les regards et entrave ses élans. Belle cible pour les archers alexandrins qui s'en donnent à cœur joie !

Le consul dégrafe alors le manteau d'*imperator* pour que ses ennemis s'acharnent sur ce morceau d'étoffe flottant. Il nage plus rapide que la murène, les documents – les *Commentaires* – tenus d'un seul bras sur sa tête, se hisse sur le navire le plus proche et n'a que le temps de voir couler sa galère personnelle et son manteau de pourpre. Le raid contre Heptastadion est manqué, César a perdu près de quatre cents légionnaires et autant de rameurs.

Mais le plus humiliant reste la vengeance de Ganymède et d'Arsinoé : par dérision, ils ont fait hisser le manteau de l'*imperator*, criblé de toute part, en haut d'une rampe, exposé à tous les regards.

Le succès de Ganymède entraîne l'assurance des Égyptiens qui réclament leur roi Ptolémée XIII.

« Notre roi ! Notre roi ! » est le cri qui monte jour et nuit devant le palais. Vont-ils enfoncer la porte, égorger les imposteurs et porter en triomphe l'adolescent en tenue de pharaon ?

– Soit, leur jette César de la grande baie ouverte, le voici, votre roi !

Il a donné des ordres ; les portes s'ouvrent et, à l'ovation générale, Ptolémée XIII, en armure et insignes royaux, sort du palais, flanqué de ses fidèles. C'est le délire. Il rejoint le camp de Ganymède et d'Arsinoé sur un dernier cri :

– Je t'exècre, sœur indigne, déchue des cieux, catin de la soldatesque ennemie !

La grossesse d'Aphrodite

Des semaines de siège, et un ventre rond. Une tunique ornée de turquoise, brodée d'or. La sage-femme examine la petite reine allongée dans la chambre du matin, de la peur, des noces et de la Fécondité. On a tendu un linge fin sur la couche ; comme on tapissera les murs de roseaux au moment de l'accouchement. La chambre deviendra celle de la naissance.

– Ton enfant naîtra, reine, vers le mois de Payni (juin). Le Nil sera au début de sa crue. La Terre gorgée de céréales attendra le battage.

– J'aimerais connaître le sexe de l'enfant.

– Tu placeras de l'orge (dont le mot signifie « père ») et du blé dans deux sacs de toile. Tu les arroseras de ton urine sacrée chaque jour. Tu feras pareillement de deux autres sacs. Ils contiendront des dattes et du sable. Si l'orge et le blé germent tous deux, tes couches seront belles et bonnes. Tu enfanteras un fils si l'orge germe en premier ; une fille si c'est le blé. S'ils ne germent ni l'un ni l'autre, tu n'enfanteras pas.

Cléopâtre portera des amulettes en jade pour conjurer le mauvais sort. La sage-femme soigne ce corps sacré qu'elle oint d'huiles fines et diverses. Les huiles sont placées dans des flacons en cristal, représentant le corps de la reine, clos d'un tampon de papyrus qui interdit aux puissances destructrices l'accès au ventre divin, à l'utérus sacré de Cléopâtre la Septième fécondé du fils de Vénus, Julius Caius Caesar-Amon-Râ.

Cléopâtre, quand ils faisaient si ardemment l'amour, prononçait cette formule à l'intention du dieu potier Khnoum, créateur des êtres : « Dieu du tour qui crées l'œuf sur son tour, puisses-tu fixer son activité créatrice à l'intérieur des organes féminins et pourvoir cette matrice de ton image. »

Les murs du palais ont des oreilles et des bouches. La grossesse de la reine remplit de rage Ptolémée XIII. Cléopâtre porte maintenant les signes de son état. Elle a fait nouer sur son front le bandeau des femmes enceintes. On a posé sur elle trois peaux d'animaux, signe qui signifie « naître ».

Mort de Ptolémée XIII

Ptolémée a pris la tête de ses troupes, Arsinoé à ses côtés. Arsinoé, qui enfantera de lui ; lui, l'unique descendant des Lagides.

C'est la fin du mois de février 47. Les alliés de César arrivent enfin : Mithridate de Pergame, à la barbe rouge, aux yeux de loup, aux muscles de Nubien, à la peau de cuivre, au sexe de sanglier. Mithridate, aux mille deux cents femmes dans son harem de mosaïques bleues. Mithridate, aux troupes vêtues d'argent et de nudités féroces. À peine franchi le fleuve, il se trouve empêtré dans un barrage égyptien. Les flèches pleuvent, les jambes de ses cavaliers sont entravées par des lacets. Ptolémée XIII en armure d'or travaillée sent sa fureur décuplée car Mithridate, l'allié de Rome, a grossi ses troupes de trois mille guerriers juifs. Ils ont pour chef l'Iduméen Antipater, ministre du grand prêtre Hyrcan. Vifs comme l'éclair, ils s'emparent de Péluse aussitôt mise à feu et à sang. L'intervention des troupes juives permet à leurs tribus de se joindre à César et à Cléopâtre.

Rage du jeune pharaon, gêné par le casque et l'armure si lourds. Rage et honte ; la nouvelle est arrivée du palais de la Lochias. Cléopâtre la maudite doit se réjouir ! Ptolémée sent ses forces se décupler à la seule idée d'être vaincu et mené au triomphe du Romain, enchaîné à sa sœur Arsinoé. Arsinoé tente d'adoucir sa colère contre Ganymède qu'il juge responsable du désastre. N'a-t-il pas été prêt à le faire étrangler ? Arsinoé supplie, mais il destitue Ganymède, lui arrache ses plumes et ses bijoux, le met à pied, au rang de ses esclaves. Arsinoé, sous la tente royale, persuade son frère de gagner cette bataille du Nil. Ils gagneront. Ils régneront.

Ciel rouge, brûlant ; roseaux, moustiques, cris et chocs des hommes. Là-bas, le phare d'Alexandrie, violet, purpurin, semble une cascade de joyaux. Arsinoé pousse un cri en regardant le ciel. Une comète noire traverse le ciel de ce 24 mars de l'an 47...

Ptolémée a réussi à cerner le camp de Mithridate, roi de Pergame, la ville de la soie et des tapis, Mithridate aux mille deux cents femmes et dix mille bâtards. Ce géant aux tatouages cabalistiques va-t-il se faire occire par un enfant malingre de quatorze ans ?

César vole au secours de son allié. Cléopâtre se fait lacer une légère cotte de mailles. Elle a appris l'art des armes. Mais César enlace son ventre ; et pour la première fois, tel un poisson dans les eaux miraculeuses, l'enfant a bougé ; contre la joue du Romain.

– Va, dit-elle ; je garde ton fils.

Le bonheur coule dans ses veines : la bataille fait partie de la fougue qui le mène, au galop, avec sa cavalerie et ses légions jusqu'au lac Mareotis où fleurit, l'année entière, le rose églantier et la blanche marguerite. La nuit égyptienne, l'étoile Sirus, celle de Jupiter et de Vénus illuminent si fort la tente que les hommes ont la couleur de l'ambre, et les armes celle de l'éclair mauve.

À l'aube de ce 25 mars, tels la tornade et l'orage mêlés, à sa manière si particulière, César agit. Il renverse les troupes égyptiennes et pénètre d'un seul bond sous la tente de Mithridate de Pergame. Le premier rayon de soleil rougit la barbe et le glaive du souverain aux mille deux cents femmes et aux cinq mille guerriers. César propose un pourparler à Ptolémée qui refuse.

Survient alors la bataille où s'entrechoquent en cris multiples les chairs nues, les armures qui brûlent la peau. Une bataille au sud d'Alexandrie, sur le Nil. César lance ses cohortes d'élite et met en fuite les soldats du roi-enfant.

César et ses troupes sont arrivés par-derrière. Il ne reste aux Égyptiens que le Nil et l'espoir insensé de fuir en barques. Le sol est jonché des premiers morts. L'armée de César est une machine qui brise, piétine, décapite, transperce, avance au pas, sourde, muette, précise. Les survivants ? Douze mille Égyptiens qui se jettent au sol, leurs armes aux pieds des vainqueurs. Sur le fleuve, les barques trop chargées se renversent, des centaines se noient. Ptolémée XIII est en fuite. Un petit groupe de cavaliers romains poursuit le jeune pharaon qui se jette dans le fleuve et tente désespérément de nager. Aveuglé par son casque, entravé par sa cuirasse royale, il est entraîné au fond du Nil. L'eau a pénétré sa gorge. « Je me noie, je me noie. »

Deux légionnaires repêchent son corps. César se penche pour délacer sa cuirasse d'or, solennellement exhibée aux Alexandrins.

César contemple gravement le visage de l'enfant mort dont les boucles de bronze ont la douceur annelée de celles de Cléopâtre, sa sœur, sa perte.

Cléopâtre, souveraine de Haute et Basse-Égypte

La ville éclate en désespoirs divers. Les femmes gémissent, déchirent leur voile, s'arrachent les cheveux. Les hommes ont brisé leurs armes.

– Pardon ! Reine ! Pardon !

Ils ne sont que supplications devant le palais. Cléopâtre, la reine grosse de César, est leur reine. Ils l'ont gravement offensée en espérant le triomphe de Ptolémée XIII.

Qui reposera dix jours plus tard, embaumé selon les rites, au tombeau des Ptolémées.

Les Alexandrins gémissent :

– Pardon ! Pardon !

Ce sont les mêmes qui, excités par Ganymède, Arsinoé, Ptolémée, la traitaient de putain. Une foule qu'elle pourrait d'un geste faire égorger. Elle, droite, menue, à peine ronde des hanches, vêtue de blanc, le diadème du serpent sur le front si pur. César arrive par la porte Philoé qui ouvre l'enceinte méridionale de la ville. La foule devient une clameur, un sanglot, une hystérie :

– Cléopâtre, notre reine, sauve-nous !

Un sourire désenchanté erre sur la lèvre adorable. Elle ne tremble plus ; les leçons de ses maîtres du Museum, sa nature conquérante, n'ébranlent ni ses nerfs ni l'expression de son visage dont les yeux maquillés en ailes turquoise ne se baissent pas.

– Sauve-nous ! implorent les prêtres au service d'Arsinoé.

Ouseros ne dit rien et contemple le triomphe de Cléopâtre la Septième. Petite flamme intrépide qui fait chanceler la foule.

– À César de vous répondre, dit sa voix mélodieuse. Quant à moi, j'ai toujours eu horreur de la violence et de la vengeance.

César avance dans le soudain silence d'une foule prosternée. César a traversé Alexandrie en tous sens, du Bruchion à la colline de Copran, au promontoire de la Lochias. Arsinoé, blême, entravée à Ganymède, a les pieds en sang, les fers aux chevilles et aux poignets.

César sourit à la fille de Vénus, si peu protégée, la *Puella ludens,* droite, tel un héros de guerre, droite, telle une amoureuse. Il lit dans ses yeux son envie de paix. *Clementia Caesaris.* D'un geste simple il invite la foule à se relever et répond à la supplique du grand prêtre.

– Est-ce que César détruirait la ville où repose Alexandre le Grand ? La guerre est finie. La paix se prépare.

Au mot paix, son geste large désigne Cléopâtre. Une ovation sans fin s'élève. Cléopâtre l'accueille. Elle n'est plus une errante traquée, roulée dans un tapis, mais la souveraine d'Égypte, l'amante qui ose devant tous, le ventre gros, tendre les bras à César.

En amoureuse.

Le suicide est préférable à la honte

Arsinoé est exilée sous bonne garde à Chypre avec Ganymède. Elle sera traînée au triomphe de César, à Rome. L'Égypte soumise sera « ce que voudra César ».

César sera-t-il ce que voudra Cléopâtre ?

La reine mesure ce que sa courte vie lui a enseigné. La versatilité des foules. Les insultes de la veille devenues clameur d'adoration. Elle regarde Arsinoé, dont les voiles arrachés, la tunique déchirée, laissent apparaître la chair jaune, bleuie, les marques rouges des poignets et des chevilles. Elle marche ainsi depuis des kilomètres, telle une esclave, les pieds déchirés. Arsinoé ou Cléopâtre ? En un éclair, Cléopâtre inverse les rôles. La voici captive, enchaînée, les pieds en sang, enchaînée au char du vainqueur. Si César ne l'aimait plus, ne serait-ce pas son sort ? Il y a toujours dans la vie des reines, des femmes, un vainqueur – un naufrageur.

À quand son tour tragique ? Sosigène, le devin, a déchiffré un dilemme dans les maisons des étoiles.

– Tu auras la gloire, lui a-t-il promis. Pour toujours. Mais les rois sont des songes. Tu es le pétale de rose au milieu d'un grand champ de bataille où se déchaînent les hommes. Une aube – ou un soir – d'été brûlant, tu trouveras le repos. Le Repos éternel.

Le repos de Cléopâtre ? Elle frémit. La sérénité, le repos, c'est la mort. La mort de l'honneur ; l'horreur d'être traînée derrière un vainqueur. Arsinoé, qui a bien failli entraîner sa perte, courbe l'échine, gémit sous le joug. Jamais ! Jamais cela !

Est-ce en cette seconde, droite, reine Isis grosse du Fils de Vénus, qu'elle songe à l'inéluctable en cas d'échec ? Le suicide sera la sévère coupe de mon honneur – ce que Sosigène nomme le repos –, se dit-elle.

Elle saura trancher ses jours si la Fortune l'entrave aux roues dentées d'un char sous les quolibets de Rome. Une grande reine sait ourdir un enfant de dieu dans ses flancs ; gagner les victoires, courber les peuples ; combler les siens et trancher ses jours quand le Destin est amer. Souveraine de ses jours. Souveraine de son pays. Souveraine de sa dernière heure.

Le suicide est la panacée des enfants des dieux pour qui l'honneur est la vertu.

Cléopâtre épouse son dernier frère

César marie aussitôt Cléopâtre la Septième au jeune Ptolémée XIV, âgé de dix ans. Un enfant fantoche occupé à orner ses singes de colliers. On l'a affublé du pschent rouge et bleu, de la tunique assortie. Le voilà roi-pharaon, ce demi-crétin, époux d'Isis-Aphrodite-Cléopâtre. Les noces sont entourées du cérémonial d'usage avec le grand prêtre Ouseros, le clergé, la foule rassemblée. Cléopâtre, le ventre gros, entre dans son triomphe. César montre à la foule d'Alexandrie qu'il tient à respecter leur coutume. On marie la reine veuve au frère suivant. L'enfant – ses singes, ses eunuques – sera du voyage de César. Il est en fait son prisonnier. Cléopâtre, la très choyée, n'est-elle pas une subtile prisonnière de César et de Rome ? L'Égypte n'est toujours pas l'égale de Rome, et au triomphe de César, Arsinoé, une Lagide, sera traînée…

César n'est pas jaloux. Il n'a rien à craindre de ce couple où le roi est un enfant impubère.

– Je régnerai seule.

À la Lochias, le trio mène sa vie. L'enfant a ses jouets, l'eunuque essuie sa bouche et son nez ; César et Cléopâtre jouent aux dés. L'enfant tombe de sommeil dans la claire nuit d'avril.

César a investi ce couple symbolique d'une royauté indivise sur toute l'Égypte. César songe à rejoindre Rome ; Rome où on le boude. Cicéron s'étonne, le Sénat davantage. Quoi ! tant de mois en Orient alors que Pompée est mort et les Alexandrins vaincus ? Cette Égyptienne, cette noiraude maléfique aurait-elle amolli l'esprit du vainqueur des Gaules ?

Que de troubles à Rome, depuis son absence ! Dolabella, le gendre de Cicéron, est hostile à Antoine, qui se comporte en satrape. Des émeutes ont éclaté sur le Forum, le Sénat est intervenu par la force. On s'égorge ; on livre à la fureur les ennemis dits publics : huit cents morts. Les légions se mutinent et refusent de nouvelles campagnes. Antoine, toujours flanqué de la pulpeuse Volumnia-Cythéris, a largement vidé le trésor en ripailles diverses.

Cicéron s'indigne ; même la victoire de César en Alexandrie ne le touche pas. César préfère la laisser conter par son secrétaire Hirtius. Cicéron s'exclame : « Qui aurait cru que cette guerre civile traînerait aussi en longueur à cause d'Alexandrie ? »

Que fait-il donc avec cette reine qui se dit enceinte de lui ? Jusqu'où ira un tel scandale ?

Les légions tiennent tête à Antoine et réclament les récompenses promises depuis Pharsale. Antoine tente en vain de parler aux troupes massées en Campanie, prêtes à rejoindre l'Afrique et à détruire les derniers Pompéiens menés par Caton. Sulla essaie de leur parler au nom de César et reçoit une volée de pierres. L'historien Salluste, amant de Tertullia dont Cicéron a divorcé – Salluste, préteur désigné pour l'année 46 –, prend la place de Sulla blessé d'une volée de silex aigus.

– Je vous promets, au nom de César, mille deniers de plus par homme !

Il n'a que le temps d'éviter une nouvelle volée de pierres. « César, scandent les hommes en frappant sur leurs boucliers. César ou rien ! »

Le voyage de noces

Que fait donc César ?

Un magnifique voyage avec celle qu'il a rétablie dans son triomphe. Un voyage où le conquérant, l'homme politique, sont aussi séduits que l'amant. Quel Romain aura de ses yeux vu, de l'Égypte et du Nil, autant que César ?

– Souviens-toi de tout, César, dit Cléopâtre, de cette chambre, de ce ciel, de ce navire, de nos paroles et surtout de nos silences. N'oublie rien.

Cléopâtre a fait apprêter son luxueux thalamage. Un long bateau plat de quatre-vingt-dix mètres, large de quatorze mètres. Il s'élève au-dessus de l'eau d'une vingtaine de mètres. Un tirant d'eau, les voiles et les rameurs pourvoient à son avancée. À bord, une file d'appartements de bois, de papyrus, aux parois tendues de soieries. Les sols sont couverts de tapis. La reine a emmené sa vaisselle, ses coffres de perles, ses toilettes délicieuses. Entre chaque espace, il y a des jardins intérieurs et des flamants roses… Sa chambre – chambre nuptiale – occupe le centre du navire. D'or, de cèdre, de coussins moirés, de statues diverses, de flambeaux, de coupes en jade débordant des fruits préférés de César, d'aiguières aux vins subtils. Il y a le miroir aux oreilles de vache et une large moustiquaire rattachée à un dais en forme de cobra en or pur, aux yeux d'émeraude. L'ameublement est de style grec ; les boiseries de cèdre et de cyprès. Tout est décoré à la feuille d'or, y compris le banc des rameurs, les cours à colonnades, les salles des fêtes. Les triclinia de la salle des banquets sont de style égyptien. Les sanctuaires sont dédiés à Vénus et Dionysos, les voiles du navire, de lin pourpre, brodées aux armes de Cléopâtre.

Elle a tout prévu en offrant à son amant la descente du Nil de la Basse à la Haute-Égypte. Lui montrer les sanctuaires et les pyramides. Son palais flottant est escorté de trois cents vaisseaux, dont la moitié, des galères, contiennent les cohortes de César. Les navires marchands sont là pour le ravitaillement et les besoins pratiques. Une foule de cuisiniers, d'échansons, de musiciens, d'esclaves, de médecins, s'active. Ils ont appareillé par un radieux matin d'avril. Ils ont quitté Alexandrie par le lac Mareotis. L'armada se lance sur le Nil au vert moiré d'azur.

C'est le premier Romain qui ose une telle découverte. C'est l'unique reine-pharaon d'Égypte qui offre son ventre rond, à tous, le ventre fécondé par le descendant de Vénus. Non ! Cet enfant à venir n'est pas le fils posthume du frère-enfant détesté dont elle n'a jamais enduré la caresse ! Avant d'embarquer, elle ordonne aux prêtres de dire à la foule que le père de l'enfant est le dieu Amon-Râ, ayant pris la forme de César. César, désormais salué et honoré des titres impartis aux pharaons.

Le pouvoir harmonieux, audacieux de la reine aux boucles d'or rouge va-t-il réussir ? Unir les modes d'Orient, de Grèce, de Rome, par sa seule voix, sa chair et son génie ? N'a-t-elle pas déjà fait frapper la monnaie qui la montre en Aphrodite-Isis tenant contre elle Césarion en Horus-Éros ? Elle est si sûre d'avoir un fils ! Elle a donné l'ordre de bâtir, à Hermanthis, près de Thèbes, le « temple de la Naissance ». Elle y sera représentée avec Amon tandis que les dieux président à l'arrivée de l'enfant divin.

Elle est si sûre de convaincre César de la théocratie orientale. Elle est devenue l'enchanteresse même si la curiosité de César le détourne de la passion. L'*imperator* explore les régions inconnues dont il dresse l'inventaire et s'étonne de tant de richesses. Avril – Pharmouthi – ou le début de la moisson. Après tant d'heures enfermés à la Lochias, entre guerre et passion, voici une croisière de rêve.

Étendue sur sa couche parsemée de pétales de roses, son amant auprès d'elle, elle chante pour le séduire des vers d'Homère : « Je déposerai le vin pourpre, le pain et l'eau en suffisance, en sorte que tu n'aies pas faim, et je te vêtirai, puis ferai souffler un bon vent, afin que sain et sauf tu retrouves ton lieu natal… » (*Odyssée,* L'Antre de Calypso, chant V). Elle a emmené sa suite, Iras et Charmion, ses masseuses, ses eunuques, ses danscuses, ses prêtres, ses bijoutiers. Elle lui verse le vin de Chypre et son geste adorable révèle les seins nus sous les huit colliers de turquoises et de perles.

Le palais flottant traverse la majesté du Nil doré. Abydos, Dendera et la troublante Thèbes : tant de beautés agissent tels des philtres dans l'esprit de l'*imperator*. Ils s'arrêtent à Thèbes.

Thèbes où avait vécu la XVIIIe dynastie. Thèbes avec ses temples roses sous le ciel, ses tombeaux aux momies dorées, vivantes aux lunes du mystère. Au-delà des roseaux sur les berges, César regarde les villages et les fellahs, la ronde des ânes et des bœufs à la roue. Et tout là-bas, le désert blond relié à un ciel de pourpre.

Il a longtemps regardé le Sphinx et les pyramides de Chéops, Kephren, Nykerinis. Il se tait devant tant de grandeur.

Il y a donc des mondes si forts, marqués d'une étrange spiritualité, que Rome ne serait qu'une ville secondaire, militaire, une république aux armées belliqueuses ignorant ces mystères et honnissant les rois étrangers sans les connaître ?

Quand on jette l'ancre, le soir venu, Cléopâtre est bien la reine de la Haute et de la Basse-Égypte. À bord du navire illuminé de guirlandes de torches, commence un long défilé aux pieds de la reine. Les chefs de districts, de villages, les membres du clergé, les préposés aux impôts se prosternent. Vers elle montent l'adoration et les plaintes : la disette, les impôts trop élevés, les réserves de sel... Les mains tendues, paumes ouvertes vers le ciel, on la salue de noms sacrés : « Fille de Nout et d'Amon, Vierge Mère du Ciel et de la Terre, Isis aux mille noms. » Viennent jusqu'à elle, derrière le prêtre incliné, les gouverneurs de la province et leur famille. Les femmes tendent leur dernier-né afin qu'Isis-Aphrodite-Cléopâtre les consacre en les touchant.

César regarde, vêtu de sa cuirasse militaire ciselée d'or et d'un manteau écarlate. Elle reçoit à l'avant du navire sur un trône à pied de taureau. Il éprouve, pour la première fois de sa vie, un élan plus fort qu'un Romain puisse vouer à une femme aimée : l'admiration d'un égal. Tant de grandeur, la majesté mystérieuse des tombeaux et des temples ; ce rougeoiement du ciel, du sable et des briques. Elle règne sur ce monde fascinant.

Nouvel arrêt afin de pénétrer dans le sanctuaire de Karnak. Des géants de Syrie portent à l'épaule les durs ivoires du trône de Cléopâtre. On en fait autant pour César. Élevés dans les airs, ils avancent vers le temple principal, la demeure d'Amon-Râ, roi des dieux. Ils avancent au son des cymbalums le long d'une allée bordée de sphinx. Ils atteignent la porte monumentale devant laquelle se dressent les obélisques et les statues royales. Cléopâtre, visage d'ambre et de rose sous la coiffure sacrée. César regarde le profil délicat, soudain proche de tous ses ascendants. Est-elle homme, femme ? Est-elle Alexandre réincarné ? Elle est la reine-pharaon.

Ils franchissent la haute muraille qui entoure le temple ; son lac sacré. Le soleil est si dru que des jeunes esclaves nubiens, nus, vêtus d'une ceinture d'agates, protègent les souverains de hampes sculptées ornementées d'éventails en plumes d'autruche noires et blanches. Elle fait signe qu'on l'aide à rejoindre la terre. Elle fait signe qu'on fasse silence et qu'on ouvre le portail du temple. Elle fait signe à l'eunuque de l'enfant-époux Ptolémée XIV de veiller sur lui. Qu'il n'entre pas dans le temple. Elle ose un acte inouï pour une femme : devenir pharaon officiant dans le temple. Que l'Égypte en entier sache qu'elle est le pharaon Cléopâtre la Septième ! Au ventre chargé du fruit d'un dieu qui va pénérrer dans le temple avec elle.

Ensemble, dans l'espace secret et sacré.

Cléopâtre grand prêtre en la demeure sacrée

Le temple est la demeure d'un dieu. On l'a divisé en trois parties comme les habitations humaines : une cour ouverte, accessible au peuple, une salle bordée de colonnes, en marbre rosé. Dans les salles hypostyles, les prêtres sont là, tête rasée, en robe blanche, plissée de la taille aux chevilles, le sixte collier de corail, l'amulette accrochée sur la nuque. Nu-pieds, ainsi que les prêtres, les prêtresses chantent le long des portes latérales. Délicates et belles, vêtues de lin blanc, de bracelets de corail, le bandeau des vierges sur le front, rouge ou bleu ou blanc, suivant la progression des rites. Ici règne la fine odeur du lotus et de l'encens.

Avant l'aube, les prêtres commencent leur service. Ils ont jeûné et prié. Ils se sont purifiés. L'image du dieu va s'éveiller. On s'avance dans les hymnes et les prières. La porte du sanctuaire et celle du tabernacle, une à une, sont ouvertes. Le grand prêtre ouvre le dernier tabernacle pour éveiller Amon-Râ, statue d'or pur. Il lui offre l'encens et la nourriture, des fruits délicats ; les galettes de céréales, l'eau fraîche et les fleurs.

Cette aube-là, on avait prévenu que la reine Cléopâtre la Septième rendrait elle-même hommage au dieu qui s'éveille. Il y a un grand silence et César admire l'audace de la fille des Lagides. Elle porte le costume traditionnel. Sur ses épaules, une peau de léopard. Elle est le pharaon, c'est-à-dire le grand prêtre habilité à officier. Cléopâtre grand prêtre d'Amon-Râ. Elle s'avance vers le dieu endormi, aux lourdes paupières d'or. Elle lui offre la coupe d'eau pure, l'encens et la fleur blanche.

La chapelle du dieu – le naos – est devant elle. Une femme va oser en ouvrir la porte. Ô l'intrépide ! Sera-t-elle foudroyée par la colère d'Amon-Râ ? Les prêtres et les vierges connaissent par cœur le texte sacré qui sanctifie son isolement. « Statue plus inaccessible que ce qui se manifeste dans le ciel, plus voilée que la condition de l'autre monde, plus révérée que les habitants de l'océan primordial. »

Le pharaon Cléopâtre ouvre la porte…

Elle accepte le rite et ses risques. Tout ce qui approchera le dieu sera purifié par l'eau issue de Noun, le natron et des fumigations aromatiques. Le cortège des porteurs d'offrandes s'avance. La reine-pharaon, nu-pieds, aussi. Elle lit la seconde inscription. « Cette belle porte du Grand Trône fournit à la table d'autel du maître des dieux toutes les bonnes choses qui viennent de la déesse des céréales. Des pains, du gibier, des fruits. »

Il est temps de dévoiler la face divine. Cléopâtre la Septième, au manteau de léopard, aux plumes noires et blanches, au disque de la lune, donne l'ordre aux choristes d'aider le dieu à s'éveiller.

– Éveille-toi !... en paix... Paisible dieu !

Cléopâtre-pharaon pénètre alors dans le sanctuaire, face à la statue du dieu.

Amon-Râ.

Elle assure à la divinité qu'elle se présente en état de pureté, non poursuivie d'ennemi.

L'image d'Amon-Râ est éveillée. L'or se fait chair. Cléopâtre lui tend un manteau de la soie la plus fine. Les dieux ont besoin, tout comme les hommes, de nourriture et d'un abri.

Cléopâtre-pharaon la Septième lui offre son parfum de santal et d'essences délicates, ses huiles, un de ses peignes. Un frémissement parcourt la nuque du conquérant des Gaules quand elle donne le parfum secret qui est le sien ainsi que son plus beau peigne de corne et de lapis-lazuli.

La jalousie.

César, jaloux d'Amon-Râ et de ce mystérieux silence qui fait de Cléopâtre la Septième une déesse vivante, l'égale du dieu. Il se sent soudain inférieur, offensé, subjugué. Il oscille entre le désir de courber cette nuque, de vaincre ce corps fécondé de sa semence, de mordre cette bouche, cette peau. Que de nuits à avoir pillé la chair de la fille des Lagides ; une femelle ruisselante de lui et d'elle, de leur plaisir, de leur bonheur. Une femelle ; la sienne ; pour toujours. L'arracher à ce temple où de dos, sous la peau de léopard, elle lui échappe.

« Je régnerai seule. Je suis la sœur du dieu que je nourris et vénère. »

Cléopâtre a renversé les rôles. César prisonnier de son joug, de sa passion, prisonnier du sacré qui émane de ses mains fines.

Il y a près d'Amon-Râ de grands chats vivants se désaltérant aux coupes d'eau claire.

– Bois, chat ! dit la reine-pharaon.

Des chats hauts, longs, lissés, aux yeux de jade. Les prêtres s'avancent et écoutent la question de la reine.

– Quel sera le futur pharaon ? Est-ce un mâle que portent mes flancs ?

Les prêtres transportent avec un respect d'esclave la statue du dieu éveillé, devant Cléopâtre. Son ventre devient si lourd qu'elle chancelle. Le dieu éveillé a répondu : Cléopâtre la Septième est gravide d'un futur pharaon.

– Je l'appellerai Césarion, dit-elle au dieu. Fils de César-Aphrodite et Isis-Aphrodite.

Le dieu éveillé chancelle. Il y eut un lourd silence. Cléopâtre la Septième serait-elle le dernier pharaon ? Sa vie serait-elle mystérieusement rompue avec celle de son fils ?

La voix si pure de Cléopâtre psalmodie les rites :

– Révélation de la Force, Adoration de la Force, lève-toi sur la Terre de la même façon que tu sors de Noun !

« Que tes rayons illuminent le monde ;

« Que vivent des dieux qui mettent en exergue la beauté, eux, les fils de l'Orient !

« Et le dieu mangera les pains et les victuailles et on le vêtira de blanc en signe de protection, de vert et de rouge pour la santé du corps. »

Cléopâtre-pharaon, grosse de sept lunes, effleure le front du dieu de son index oint d'onguent.

Le dieu éveillé, nourri, vêtu, est enfermé à nouveau derrière les portes du naos. Il assumera la présence irradiante du divin sur terre. Cléopâtre-pharaon sort du sanctuaire en effaçant elle-même à l'aide d'un balai la trace de ses propres pas.

« Je l'emmènerai à Rome, songeait César. Elle est ma passion mais aussi ma prisonnière. »

Quand ils rejoignirent la thalamage royale, on savait que la reine portait en son sein la semence d'Amon-Râ.

Sous un ciel d'étoiles brillantes, la somptueuse armada reprend son pèlerinage le long du Nil, émeraude, bordé de dunes roses où l'on entend parfois le cri du chacal ou de la hyène. César se tait, songeur.

Les sons délicats de la double flûte, du luth et de la harpe enchantent la nuit exquise. Cléopâtre a fait natter ses cheveux, un cône parfumé sur la tête. Elle se repose sur la couche, protégée de voiles légers. Charmion l'évente. La monture de l'éventail, de bois de rose et de nacre, représente Toutankhamon et ses chiens poursuivant deux autruches. Cléopâtre a deviné que son amant Julius Caesar a besoin d'être seul, ému par la scène du temple. Elle demande qu'on lui narre « l'histoire de Sinabre », vieux conte très prisé en Égypte. Un fin sourire étire la bouche charnue. Un bonheur complexe. César l'emmènera à Rome. Il y vivra ses triomphes. Il ne la quittera pas telle une vulgaire passade.

Caresses et soupirs mêlés, fougue de jeune faucon adouci en tourterelle… César fait partie de son triomphe à elle. Horace, le poète, écrira : « L'Orient captif avait subjugué son farouche vainqueur » (*Oriens captus ferum victorem cepit*).

Le voyage se poursuivit jusqu'à la première cataracte : Philae, ou temple d'Isis. César demeurait souvent seul. Il dissimulait son émotion. Il pénétrait le mystère du Nil et jamais un bouleversement aussi étrange ne l'avait à ce point envahi. Il avait foulé presque toute la terre. L'Égypte le fascinait. Cette terre-là, si femelle dans ses sinueux secrets, parée comme est parée la fille des Lagides, odorante, unique sous le ciel enflammé…

Il revint vers elle ; si gracieuse en dépit de la fatigue, les seins lourds sous les colliers de perles, les yeux en ailes d'hirondelles, la bouche rouge et un front fait pour le diadème, le pschent – le pouvoir. Elle a vingt-deux ans, ce souverain-femme-grand prêtre.

– Tu viendras à Rome, Cléopâtre, dit-il de sa voix brève.

Il avait fallu près de cinq semaines depuis Alexandrie pour atteindre la première cataracte d'Assouan. Suétone affirme que César aurait voulu pousser plus loin, saisi d'une curiosité insatiable, qu'il eût volontiers remonté le fleuve jusqu'à ses sources que personne au monde n'avait vues et qui, disait-on, descendaient du ciel. Mais il se heurta au refus et à la peur de ses troupes et des rameurs.

César n'insiste pas, suffisamment éclairé sur le pays, ses sinuosités, ses richesses et les routes possibles vers les Indes et le royaume d'Éthiopie.

« *Veni, vidi, vici* »

Il fallut cinq nouvelles semaines pour rejoindre Alexandrie. À peine débarqués, l'enchantement du voyage se dissipa. César apprend alors la révolte des vétérans de Pharsale. Que fait si loin le héros du Rubicon ? demandent-ils en exigeant les primes que César a promises. Leur rage est telle qu'Antoine, *magister equitus,* doit se rendre en Campanie pour tenter de les calmer. En vain. À Rome les troubles éclatent.

On réclame son retour. On sait, à Rome, que la reine va accoucher. César joue avec ces deux passions, mais est repris par la plus dévorante : l'esprit de conquête. Il décide de rentrer.

Les adieux sont déchirants du côté de Cléopâtre. César refuse de fléchir. Il ne peut s'enfoncer en Orient, attendre cet enfant qui soudain complique sa position aux yeux de Rome.

– Tu ne reviendras jamais, une fois ton épouse Calpurnia retrouvée ! pleure la petite reine.

Pendant quelques heures, la reine-pharaon perd le contrôle d'elle-même, se tord les mains et se jette aux pieds de l'homme qu'elle aime. Il s'arrache à elle, dangereuse d'amour, il reprend son regard de faucon. Cette fille déchirée, en sanglots, est-elle ce prêtre qui officiait à Thèbes et subjuguait les foules ?

Elle se traîne, elle hoquette. Doucement il la relève, et lui jure de l'emmener à Rome.

– Jure-le sur la tête de Calpurnia, crie-t-elle, telle une enfant.

Il jure, tout ce qu'elle veut. Déjà loin. Le jour du départ, la fille des Lagides a repris sa dignité. Sans une larme, elle l'accompagne en litière à sa galère. Leur dernier baiser croise le vent, la mer, la terre, les points du monde qui est carré.

Du palais, le soir même, elle pousse un cri sauvage, se tenant les flancs. C'est le 22 juin 47.

La Syrie, l'Asie Mineure… À Ptolémaïs (Akkon), César félicite les Juifs de l'avoir aidé en Égypte et reconnaît comme ethnarque leur grand prêtre Hyrcan, père d'Hérode le Grand. Il lui donne le droit de cité romaine. Jérusalem détruite par Pompée serait reconstruite. Qui peut arrêter l'*imperator* ?

Au galop, au galop, il soumet la Cappadoce, la Cilicie, la Galatie. La Bithynie, ô le souvenir de sa honte, passée au glaive, en feu.

Il revient couvert d'or à Rome. Il récompense son allié Mithridate de Pergame, lui donne une principauté galate et l'empire bosphoréen de Pharmace. Mithridate ajoute mille femmes à ses nombreux harems.

Julius Caius Caesar résume ainsi sa victoire à Rome : « *Veni, vidi, vici.* »

VIII

La chambre de naissance

Césarion

Il est parti, le profil dur. Sa cape rouge à l'épaule. Il est parti, avec son œil de faucon. Son œil de guerre. En Romain.

Il est parti sans attendre la naissance. Il semblait avoir oublié leur ardeur, leur merveilleux voyage. Il est venu, il a vu, il a vaincu. *Veni, vidi, vici.*

Juin (Payni) fait sourdre l'eau du Nil. On achève le battage des céréales. La reine endure ses premières contractions. Aux eaux que perdra la reine-pharaon, on mesurera la richesse des limons.

On transforme la chambre en pavillon de la naissance. On ferme les portes. Près de la reine, les sages-femmes, deux vieilles pleines d'expérience. Cléopâtre la Septième cesse d'être grecque et réclame le rite égyptien de la naissance. Derrière la reine, la sage-femme la plus âgée devient Meskhenet, déesse protectrice des couches. La scène tient du sacré. « Je suis venue, je t'ai apporté toute vie et toute stabilité, toute beauté, toute joie, toute offrande. J'ai fait que rajeunisse le jeune homme sorti de son corps. »

Les murs tapissés de roseaux rappellent le fourré de papyrus où Isis avait mis Horus au monde. Le papyrus met à l'abri des maléfices. Les colonnes en bois ont la forme des tiges de papyrus. La construction se doit d'être légère pour ne pas étouffer la mère et l'enfant. Le papyrus compose le marais primordial. Au long des colonnes et des parois grimpent des lotus et des cytises embaument. On a peint sur le mur, face au regard de la reine, Bès le nain si gai, musicien, et Thouéris la femme hippopotame. Ils sont là pour qu'elle accouche dans la joie. Thouëris provoque les eaux de la naissance.

Le lit est bas, dépouillé de tous ses ornements. Les coussins bourrés de papyrus, rigides, sont disposés sous les reins, la nuque et les cuisses à mesure du travail. Les étoffes sont blanches, rouges, bleues. Les objets de toilette sont les récipients, les éponges de la mer Égée, le savon au nitrate, le gros sel, les huiles, le lait. Il y a les neuf statuettes d'ivoire magiques. L'enfant entre dans la maison du Cancer. Fils du père, père du fils. Le siège de naissance est un sec fauteuil percé où la reine s'assied tandis qu'accroupie, la sage-femme la plus jeune est prête à recevoir l'enfant. Quatre briques chauffées à mesure peuvent adoucir la contraction si elle broie cruellement les reins. Les briques sous les reins et les genoux tenus par chaque sage-femme. La reine respecte l'usage de défaire sa chevelure et d'être entièrement nue. Aucun nœud n'entravera la naissance.

L'accouchement commence par un long feulement et le besoin de se lever. Les deux sages-femmes l'aident à s'accroupir sur les talons en maintenant son dos et ses bras. Les quatre briques chaudes sont placées sous elle. Elles représentent Nout ou le ciel, Tefnout, l'aînée, Isis pour la Beauté et Neptys pour l'Excellence.

Les eaux n'ont pas encore jailli ; Cléopâtre, en sueur, contrôle la seconde vague de son ventre et réclame le siège percé, peint en blanc, de trente centimètres de hauteur. Il incarne Meskhenet : il fixera le destin de l'enfant.

Alors jaillissent les eaux – Thouéris ! Thouéris ! – qui sont recueillies en entier, suivies de la fureur du travail. Les sages-femmes oignent le bas-ventre et l'intérieur du vagin à l'huile de cédrat mêlée d'onguent.

Les deux matrones silencieuses qui ont recueilli les eaux sont appelées sages-femmes « aux pouces fermés », car capables de fouailler la matrice, d'en extirper la délivrance, et de recueillir le nouveau-né sur leurs mains. Elles sont, le temps de la naissance, la déesse-vautour Nekhbet, protectrice de la reine-pharaon et de l'enfant-pharaon.

L'accouchement est très avancé, douloureux. D'un signe, Cléopâtre, dont on humecte les lèvres d'eau de rose, appelle auprès d'elle les deux accoucheuses dont les mains auront la force des griffes du vautour. La tête fouaille et déchire la chair. Elle n'a pas quitté le siège de la naissance. Une des sages-femmes soutient fermement son dos, ses bras et, dans un cri de bête forcée, l'enfant, boule rouge, glisse entre les griffes-mains de la vieille femme qui psalmodie des incantations. Elle tranche le cordon ombilical et s'occupe entièrement du bébé tandis que, dans un ultime hurlement, le placenta glisse dans le récipient d'ivoire.

On lave le nouveau-né au gros sel, on lui fait avaler un minuscule bout de placenta broyé dans du lait.

S'il vomit, il mourra.

S'il l'absorbe, il vivra.

La sage-femme vautour guette l'essentiel : le cri.

S'il dit Ny, il vivra.

S'il dit Emby, il mourra.

Il a avalé le placenta et crie : Ny, Ny, Ny.

C'est un mâle.

– Ptolémée Césarion. Fils de César. Fils d'Amon-Râ et d'Isis-Aphrodite-Cléopâtre.

On lui présente l'enfant sur une belle pièce de lin. On ouvre toutes grandes les portes du palais à la foule qui veut voir cet Horus ressuscité. La parturiente, lavée d'eau parfumée, revêtue de linge plus frais que l'aurore, est nommée « Mère du Soleil Divin ». Mère de l'Enfant Dieu qui réunira les deux Terres.

Qui réunira Alexandrie et Rome.

Il y eut grande libation pendant sept lunes et sept jours.

Et la reine fut invisible pendant quarante jours.

IX

Rome et César

Retour à Rome

Aux premiers jours d'octobre, après vingt et un mois d'absence et seize jours de traversée, César arrive à Rome.

Rome ! Comme ils lui manquaient sa ville aux sept collines, le Capitole, le champ de Mars et ses juristes. Capitale du monde qui est carré, même si Sosigène, le poète astrologue, pressent que la Terre peut être ronde.

Rome, la carrée, la logique, la raisonneuse, le vivier de juristes. Rome, engendrée d'une louve, engendrant des Cicérons, des guerriers et lui, Julius Caesar. Rome, où Vénus et Minerve, Apollon et Pluton, Hercule et Dionysos ont élu la fulgurance de leurs pouvoirs jusque dans ses veines ! Rome, la faiseuse d'Histoire et de sang ; Rome, la ville des triomphes.

Il attendait d'être à Rome pour jouir et savourer, mieux que l'amour, le triomphe.

Rome, formatrice des grands soldats, âme de la guerre, des plaisirs, des complots, des textes de loi incomparables. Rome, où pourtant partout règne la terreur ; que lui, César, doit faire cesser.

Rome, où César se ressource. Avait-il sombré en Égypte, dans une fatale émollience ? En Afrique, Caton et les Pompéiens continuent la lutte. L'Orient, par la voix mélodieuse de Cléopâtre, insinuait que César était un dieu, qu'il doit admettre être un dieu, s'il veut régner pour des siècles et des siècles. Cléopâtre a affaibli une part de logique imparable, celle du Romain pragmatique, de l'orgueilleux sceptique. Pendant son absence, Cicéron est devenu « Césarien ». César ne manqua pas d'ailleurs de rendre visite à l'avocat sur sa route vers Rome. À Brindes, Cicéron vint à la rencontre de l'*imperator*.

Dès que César l'aperçut ainsi que sa suite sur le chemin, il se jeta de son cheval et le prit dans ses bras. Cicéron, c'était déjà Rome. L'esprit de Rome. César lui pardonna volontiers ses bouderies et ses vivacités. Cicéron, première porte glorieuse du langage, de la pensée de Rome, la *Res* publicaine.

César reprend ses légions en main

Le plus urgent est de reprendre les légions en main.

Où est Marc Antoine ?

Pendant le voyage sur le Nil, Marc Antoine a épousé Fulvie, la brune si belle, aux yeux violets, l'ambitieuse qui a déjà enterré deux maris, Clodius Pulcher et Scribinius Curion – Curion, l'ami-amant d'Antoine – Fulvie, maîtresse femme, aussitôt les noces, trompe Antoine avec Dolabella, le gendre même de Cicéron. Marc Antoine a des colères aussi véhémentes que ses passions, les filles et le vin. Dolabella réclame l'annulation de ses dettes, lance dans les rues de Rome ses bandes dans de sanglants combats. Marc Antoine le hait-il de coucher avec Fulvie dont il est amoureux ? À la tête de trois puissantes colonnes, il écrase la révolte : huit cents citoyens sont passés par le glaive. Cicéron est hors de lui.

César ne manque pas d'alliés. Il y a Hirtius, son lieutenant et secrétaire, qui, lorsque l'épuisement l'envahit, continue à écrire ses campagnes de guerre, Oppius le fidèle. Le Forum, lui, est silencieux. Cicéron n'a pas le droit d'y reprendre la parole. Il doit plier, ployer, ce républicain ulcéré devant les frasques du maître de cavalerie, Marc Antoine. Sans doute est-il temps que César soit de retour. Mais que de troubles pendant une aussi longue absence en Orient !

Les légions, massées en Lucanie, ont appris le retour de César. Elles refusent tout service. Que l'*imperator* vienne jusqu'à elles ! Aux légions de mettre le marché en main ! Que César tienne ses promesses ou qu'il les licencie !

Quoi ! un marché à César ? Eux, ses soldats, ses enfants ? Ils frappent sur leur bouclier en signe de protestation. Quatre mille hommes scandent : « Tiens tes promesses ou licencie-nous. » Ils crient en vain ; César n'a même pas daigné venir en personne. Décontenancés, ils plient bagage jusqu'à Rome, campent au champ de Mars et recommencent leur vacarme. Voici César qui ne craint qu'une chose de cette confrontation : la montée du Haut Mal. Tout est la faute de Marc Antoine qui s'est contenté de jouer aux dés au lieu de se soucier d'empêcher cette mutinerie.

Salluste décrit ainsi la scène : « À l'aurore, César se tenait seul sur la tribune aux harangues au milieu du campement et des tentes dressées où dormaient les soldats. Un vent frais frissonnait dans le jour blanchissant. Un soldat aperçut Jules César par hasard. Ce fut tout un tumulte qui s'éleva dans le camp. Tout le monde se leva, courut à la tribune, le salua, main tendue, et garda le silence, ne sachant que lui dire. Alors César : “ On m'a dit que vous aviez des griefs contre moi ? ” »

César, manipulateur de femmes, d'hommes, de pays, d'éléments. César, accusé de n'avoir pas payé son dû. Les centurions, vêtus de rouge, s'avancent. Les voix sont moins fermes quand ils lèvent les yeux vers l'*imperator*. Les voix fléchissent, rappelant les fatigues des campagnes passées. Celles de la Gaule, du Rhin, quand il fallait se battre dans la neige, planter les tentes sur le sol gelé, franchir les forêts profondes où des dieux méchants les terrifiaient bien plus que les Teutons en culottes longues.

– Où sont, César, les récompenses promises ? Licencie-nous ! Nous pourrons alors retourner à une juste vie de citoyen !

– Soit, répond nettement César, impassible. Je comprends votre fatigue. Je vous approuve. Je licencie toute l'armée.

Le regard de faucon passe lentement en revue chaque visage de ses enfants. On lui a écrit qu'un fils lui est né et que le peuple d'Alexandrie l'a nommé Ptolémée Césarion-Fils de César.

– Vous serez dès demain des citoyens. César n'a qu'une parole. Vous aurez votre dû pendant que je recevrai les honneurs du triomphe dans Rome avec d'autres soldats. Allez citoyens !

Il leur tourne le dos et descend les marches de la tribune. Il les a bannis, frappés en plein cœur. Eux, les demi-dieux de chair et de bronze qui terrifient chaque terre foulée de ce pas inimitable, infatigable, deviennent de vils civils ! Comme sont civils les gitons, les vieillardes, les femmes et les esclaves ! « Alors, écrit l'historien Appien, ne pouvant supporter de le voir persévérer dans sa désaffection à leur égard, les soldats s'écrient qu'ils se repentent et lui demandent instamment de les garder à son service. »

César feint de ne pas les entendre gémir. Ils se pendent à lui, pleurant comme des nouveau-nés, et le nomment « Père ! Père ! »

– Punis les coupables mais ne nous abandonne pas.

Père ! Cléopâtre lui a donné un fils. Il est père, lui dont on mettait en doute depuis tant d'années la fécondité. César remonte à la tribune. Sa voix détient la vie ou la mort :

– Ma X^e légion, plus chère qu'un enfant, celle que j'ai comblée des bienfaits et qui émeut mon cœur, s'est dressée avec cette violence contre moi ? Comment puis-je vous pardonner ? Je suis prêt à vous reprendre sauf la Xe légion. Je la chérissais trop pour concevoir sa haine !

La clémence de César assène à ses hommes pétrifiés le dernier coup :

– Je tiendrai toutes mes promesses en dépit de votre rébellion. À la fin de la guerre, vous recevrez des terres.

Le regard de faucon est embué de larmes. Ses enfants, sa légion, ses fils de putes. Ses préférés. Sans eux, et eux sans lui, quelle existence possible ? Les vétérans pleurent, gémissent. Le centurion s'avance vers César, inflexible.

– César, reprends-nous ! Pour nous pardonner, ordonne de nous décimer !

Décimer, tirer au sort un homme sur dix. Le passer sous une volée de coups de bâton jusqu'à ce qu'il meure. Soit six cents hommes de tués.

César relève la tête. Comme s'il sortait d'un songe, il adoucit en tourterelle son œil de faucon.

– Je vous pardonne tous.

Que ceux qui aiment César se préparent à le suivre aux combats imminents ! Salluste décrit la scène : « Une immense ovation retentit sur le champ de Mars. Les soldats s'embrassaient, les vétérans sanglotaient en criant que César était toute leur famille et, comme tous se mettaient à frapper de leurs glaives sur leurs boucliers de métal, on eût dit que le tonnerre éclatait dans le ciel. »

Dans l'ombre, le Sénat contient son amertume. Il comptait sur la révolte des légions pour exterminer le dictateur Jules César. L'un deux, plus sombre que jamais, penche un front de marbre sur son poing serré : Brutus.

Le Sénat le hait, le Sénat le craint et sait qu'il est le seul à contenir tant d'arrogances diverses.

Qui, excepté César, peut rétablir l'ordre ? Le Sénat l'a nommé dictateur et le maudit de lui fournir tous les pouvoirs.

Marc Antoine est l'écharde de César. Marc Antoine, *magister equitus* ou le plus puissant magister de Rome. Pendant les mois passés en Égypte, que d'exactions ! César connaît bien son homme, ses pulsions, ses beuveries. Il ne s'est pas contenté de s'emparer des biens de Pompée ; il distribue au hasard de ses passions celui des autres. Il s'est attiré la haine des *optimates* et des plébéiens. N'a-t-il pas donné à son cuisinier le palais d'un noble parce qu'il était satisfait de sa truie farcie ? César a besoin du désordre de ses favoris. Dolabella fait sa soumission très vite, échappant aux sanctions. César se montre sévère avec Antoine. Plus de nouveaux postes, pas même le consulat pour 46. César nomme lui-même un deuxième consul fade et sans passé, Marcus Aemilius Lepidus. Antoine grogne telle une bête, et passe, de rage, la nuit avec Fulvie, des prostituées et des gitons. Le vin lui rend sa gaieté et l'oubli.

La longue absence de César a créé un désordre et un vide dont il va profiter pour affermir son autorité. Il lui faut défaire, une fois pour toutes, ses ennemis. Le dernier bastion pompéien : Caton, beau-père de Pompée, Cnaeus et Sextus, ses fils, les trois chefs militaires Labienus, Petreius, Afranius.

Quant aux magistrats élus, ils sont les tenants muets de César. Verts de peur, mais fourbes.

La guerre le presse et il va encore quitter Rome. En Afrique, le roi numide Juba a fait alliance avec les Pompéiens. César est à peine resté quelques jours dans sa demeure où Calpurnia, son épouse, n'a émis aucun reproche. Calpurnia à la maigreur adroitement voilée.

La servante a orné son chignon châtain de boucles postiches et de fleurs. Par-dessus la tunique d'un bleu d'azur, Calpurnia porte la stola ou longue robe blanche attachée aux épaules par des agrafes de perles. Une stola qui tombe jusqu'aux pieds chaussés de sandales cloutées de rubis.

Calpurnia cache ses tremblements secrets. Elle aime cet homme-dieu qui la méprise de n'avoir jamais porté l'enfant en ses flancs trop minces... Calpurnia, beauté discrète, les yeux sombres aux cernes mauves, les yeux maquillés de bleu, de blanc, d'un rose trop vif... Calpurnia a mis un soin particulier à sa toilette. La stola est parsemée de fleurs d'or à franges pourpres. Un long manteau de gaze flotte sur ses épaules. Le cou, mince, porte le quadruple rang d'ambre et de perles. Elle connaît l'amour de César pour les perles. Un filet de corail piqué çà et là d'un diamant brut entoure ses fins poignets. Elle porte la bague impériale, l'anneau de noces, l'aigle à œil d'émeraude. Sa pensée plisse une peau mate qui accuse la trentaine. Elle est l'épouse aimant sans espoir.

« Aime-moi, toi qui me dédaignes. Toi qui es revenu, non pour moi mais pour ton pouvoir ; impassible et si froid. Toi qui brûles pour l'Égyptienne aux lourds parfums de musc ; l'Égyptienne qui ose accoucher d'un bâtard en ton nom. Toi qui ne m'approches qu'avec répugnance. Aime-moi, moi qui brûle pour toi au point d'avoir chaque nuit un songe prémonitoire, où je crains et je tremble. Je suis ta vie pas à pas, tes batailles et tes amours dont je suis exclue.

« Vois ! j'ai orné ma coiffure de plumes multicolores. Les bijoux rutilent à mon cou, mes poignets, où un fin collier de peau porte le nom funeste de ride. Il y a si longtemps que tu m'abandonnes en ce palais... Un jour, une vieille femme en sortira sur la litière royale. On dira : c'est Calpurnia, la toute vieille, qui a aimé et attendu des milliers de jours un mot de César. Aime-moi, moi l'austère qui, sachant ton retour, ô mes rêves et mes cauchemars ! ai fortifié ma chevelure à la graisse d'ours, ai maudit mes dix années de plus que l'Égyptienne et mes flancs stériles.

« Veux-tu que mes cheveux atteignent l'or rouge des siens qui, dit-on, flamboient mieux que les bannières ? Je teindrai le châtain si terne à la lie de vinaigre. Je resterai bouclée grâce au sang d'un jeune hibou.

« Je suis fardée à la céruse de craie pour cacher ces rides honnies autour de mes lèvres passées au carmin.

« Aime-moi, moi qui endure dans ma maison les femmes que tu as aimées. Cette Servilia, si âgée que, dit-on, tu aimes en dépit de l'Égyptienne. Cette Servilia qui se mêle de tout. Vieille maîtresse, mouche après l'orage, qui dans ses ruisseaux de fards ressemble à un mur décrépi. Cette Servilia qui croit cacher ses cheveux blancs par une bouillie de vers de terre qui exhale une odeur de cadavre. Elle est presque chauve, je l'ai vu. Elle a déjà recours aux cheveux des esclaves de Germanie pour dissimuler le mont dégarni de son crâne fripé.

« Vois, je ne bouge pas. Mon cœur semble à peine vivant sous le voile. Moi qui t'aime et partage ta couche indifférente, moi qui tremble et me tais. »

César n'aime pas rentrer chez lui. Quelle maison triste et froide. Une maison qui ressemble à sa sinistre épouse, Calpurnia dont le regard n'est qu'un lent et long reproche. Il a épousé l'argent, soit, en épousant la fille de Pison, mais il ne sait comment démêler le malaise que provoque en lui l'impératrice. Nulle femme ne le glace comme celle-là. Elle est belle à la manière d'un mince oiseau de nuit et provoque un respect désastreux pour les sens. Insensible en ses bras, ou plutôt elle le rend insensible. Il n'aime pas quand cette élégante, cette maigre statue de la Vertu, ose l'enserrer de ses genoux trop minces. Il n'aime pas qu'elle l'aime.

Il la supporterait distante, insensible et féconde. Une impératrice ; non cette désolante amoureuse. Il ne lui pardonne pas d'avoir provoqué chez lui plusieurs « pannes » sexuelles, son pénis mou, tel un ennemi vaincu, tel un glaive amolli dans un feu trop fort. Pour cela, il la déteste et il la craint. Elle détient cette puissance maléfique qui terrifie tous les hommes. Il la déteste et il la craint car elle rêve tout haut et ses visions se réalisent. Elle a vu Pharsale et son triomphe. Elle a vu les mers, les terres, l'Égyptienne et dans un grand cri rauque elle a vu l'enfant qui naissait. Elle a vu autre chose… Du sang, un bain de sang…

Elle est sa Cassandre et le gel de sa vie.

Elle est son inséparable, la jumelle des froides zones incontournables du miracle de la mort.

Afrique, je te tiens !

La guerre, quel regain ! Cet alcool pâle des Germains, qui monte à la tête et brûle les reins.

César a débarqué en Sicile, a fait voile sur l'Afrique. Pour délivrer à jamais le bastion pompéien, où Caton et Scipion qui prônent la vertu le narguent. Caton, surtout, le conquérant de Chypre, le républicain maudit, le fourbe qui avait forcé son oncle à se transpercer d'un glaive afin de remplir ses coffres des richesses de l'île.

Cléopâtre lui avait beaucoup parlé de Caton l'Ancien, qu'elle admirait et dont le suicide avait accablé ses onze ans.

Janvier, février, l'hiver en Afrique. Caton, à Utique, son importante garnison. César, touchant terre à Hadrumète, sur la rade d'Utique, trébuche et tombe sur le sable en criant : « Afrique, je te tiens ! »

Calpurnia est réveillée par un songe qui l'oppresse : elle trébuche, empêtrée dans la tunique de César en sang.

Elle s'éveille, malade, secouée de fièvre. Il est tombé en Afrique. Elle le sait. Elle l'aime ; elle sait qu'il n'a plus que trois mille fantassins et cent cinquante cavaliers avec lui.

Il gagnera encore, mais elle tremble de plus en plus pour sa vie.

Sa vie à lui.

La guerre. Trébucher, tomber. Se relever, récupérer les troupes attardées. Se heurter en janvier 46 à la cavalerie de Labienus. Voir ses hommes éparpillés, égorgés, tués. Faudra-t-il abandonner la province au Barbare Juba et voir Caton ou Scipion, vainqueurs, porter par dérision le manteau pourpre de l'*imperator* ?

En avril, César attaque la ville de Thapsus. Juba et Scipion jubilent : les troupes de César manquent de tout. Comment oserait-il affronter Juba et ses cavaliers farouches ?

L'*imperator* donne l'ordre d'attaquer. La faim, la soif décuplent la rage. Jamais ses légions n'ont été aussi violentes. Une frénésie inouïe, au point que les trente éléphants de Juba, affolés, piétinent ses propres troupes…

La fureur. César ne maîtrise plus ses hommes qui égorgent, transpercent dix mille Pompéiens.

La victoire de Thapsus est celle des légionnaires déchaînés. César, devant un tel massacre, quoique vainqueur, s'écroule, soudain pris du Haut Mal.

Qu'importent les tremblements et la nuit de sueur qui s'ensuit. Plutarque note que César eut la force « sans attendre que le mal eût complètement troublé et maîtrisé ses sens déjà ébranlés, de se faire porter dans une tente voisine ».

Le double suicide de la République : Caton et Scipion

César se dirige vers Utique.

Le cauchemar de Calpurnia se précise. Caton a conscience de l'échec imminent. Dans la nuit, il relit le *Phédon,* ou le dialogue de Platon, qui contient la démonstration de l'immortalité de l'âme.

Le matin, il s'enfonce une épée dans le ventre.

Caton d'Utique, par son suicide, ôte à César le dédain de la clémence.

Caton, l'inflexible conservateur de la vieille République. César ne peut s'empêcher de l'admirer en pénétrant sous la tente de son ennemi mort. « Ô Caton, je t'envie ta mort car tu m'as ôté l'occasion de te sauver la vie. »

Scipion aussi provoque son admiration. Il se suicide de neuf coups de poignard.

César s'offre le luxe de gracier Labienus, Attius et Varus.

Juba est soumis au triomphe de César, et voit son pays devenir une province de Rome sous le nom d'*Africa Nova.*

Juba est dépouillé de tous ses trésors.

César savoure son triomphe au lit de la reine de Numidie, la sombre et belle épouse préférée de Juba.

Juin 46. C'est l'été.

Les roses de Cléopâtre

Cléopâtre reçoit les nouvelles éparses. Avril. Les fleurs des bosquets de Némésis ont refleuri et les vergers embaument les rives du lac Mareotis. La reine de Numidie à la couche de César. Jalousie.

César lui manque. Ce misérable enfant-époux qui joue avec ses singes n'est rien. Césarion est, lui, un bel enfant aux boucles de bronze qui prend quelques traits du dictateur. Cléopâtre l'a allaité elle-même. Son lait n'est pas encore tari et ses seins dorés se gonflent. La jalousie, l'amour, l'amant dont elle faisait, au moment de certains jeux, son esclave, sa monture, son jouet.

Les lis éclatants, les digitales et les violettes parfument les jardins de la Lochias. On tresse pour Césarion des couronnes de roses et de lauriers ; le triomphe de César. Cléopâtre organise une grande fête où elle convie les centurions de la garde romaine. Il y a des pétales de roses et des arceaux en buis, des offrandes à Dionysos, Isis et les Mères.

Cléopâtre, de lin blanc vêtue, le diadème et la cape d'or, l'enfant sur les genoux, reçoit les Romains et la foule. On fête le vainqueur d'Afrique. Le vainqueur qui ne tardera pas, d'après les prédictions de Sosigène, à la rappeler, repris de passion brûlante.

Elle et leur fils. Fils des Ptolémées, et des Césars.

Les songes de Calpurnia

Calpurnia a encore maigri et ses servantes oignent le beau visage insomniaque de fards rosés. Il va faire venir l'Égyptienne à Rome. Dans sa maison, sa ville, il y aura la maîtresse insolente et le bâtard. Les femmes de sa cour caquettent sans relâche. Fulvie, qui ressemble à une panthère somptueuse ; Fulvie aux yeux violets et aux cheveux de nuit ; l'insupportable Servilia, voûtée, dont les mots tombent d'une bouche endentée d'ivoire ; Claudia, fardée de pâte de plomb.

Les patriciennes répètent : « César a couché avec la reine de Numidie et il va faire venir l'Égyptienne à Rome avec son bâtard. » Une volière cruelle entoure l'impératrice aux beaux yeux humides.

– Tu as encore maigri, chevrote Servilia en tâtant la clavicule sous la soie légère.

– On dit que son fils lui ressemble ! éclate d'une voix aigre une autre vieille dont les sourcils sont noircis aux œufs de fourmi.

C'est la femme de Cinna, belle-sœur de Cornelia, l'épouse défunte de César. Cinna, un des chefs du parti républicain.

Fulvie aux vingt-trois ans éclatants et cruels, Servilia, la femme de Cinna, Claudia… que de venin distillé ! songe Calpurnia. Que ma maison est donc triste. Point d'enfant ni d'amour, tout est lugubre comme son rêve éveillé.

La reine d'Égypte avait bien reçu la lettre tendrement autoritaire de César. Il confirmait ses succès et disait qu'il serait à Rome pour y célébrer ses triomphes. Il y attendait Cléopâtre et leur fils. Il ordonnait qu'elle vînt en compagnie des savants du Museum, Sosigène l'astronome, Comarios l'alchimiste, Philodote le philosophe et Démétrios le savant. Qu'elle vienne avec les dignitaires de sa cour, ceux qui savent tout de l'administration et des impôts. Qu'elle vienne avec Césarion, l'enfant qu'il allait enfin connaître. Enfin aimer.

Complots égyptiens

On s'empressait autour de la reine. La lettre précisait qu'Arsinoé et Ganymède quitteraient Chypre pour paraître à son triomphe. Le ton reprenait de la hauteur : l'*imperator* jetait, de loin, ses ordres à la femme aimée. Même s'il ne pouvait se passer d'elle, elle était une sorte de prisonnière. Choyée, adorée, mais prisonnière. L'Égypte était soumise à Rome, Cléopâtre soumise à César.

Bien sûr, elle connaissait la haine d'Arsinoé à son encontre. On disait qu'elle avait ourdi de sa prison même un autre complot. Nombre d'Égyptiens honnissaient la liaison de Cléopâtre et de César, l'humiliation de l'Égypte. L'audace de la reine officiant à la place de son frère-mâle-époux au temple sacré.

Dans le complot, un faux pharaon, d'âge et de visage singulièrement semblables au défunt Ptolémée XIII, se faisait passer pour lui. L'idée était venue de Ganymède et ses alliés, qui rôdaient d'Alexandrie à Chypre et travaillaient à la chute de la reine.

Cléopâtre sentit frémir en elle une révolte étrange : Arsinoé, sa sœur, traînée au triomphe de son maître et amant, le maître du monde ? Le sang des Ptolémées en elle s'insurgeait. Qu'Arsinoé périsse de ses ordres était tout autre chose, mais la savoir à Rome sous les quolibets révoltait son sang de fille des Lagides.

Arsinoé et Ganymède l'Éphésien avaient quitté Chypre et partaient d'Alexandrie pour Ostie.

Cléopâtre, accompagnée de Sosigène et de ses gardes, se rendit au port, vêtue de lin blanc et d'une cape orange, le visage apprêté et les cheveux d'or rouge séparés en grappes de boucles. Il était tôt et la mer presque rose sous la lumière étincelait.

Dans un groupe de légionnaires aux mollets parfaits, au visage impassible, armés comme pour une guerre sans merci, trébuchait à cause de lourdes chaînes de bronze sa sœur Arsinoé, les pieds nus, le teint blême, la tunique sale, les bras si maigres, entravés de bronze sciant ses chairs. La chevelure défaite, d'un noir terne, les yeux enfoncés au fond des orbites, semblables à ceux des morts, elle s'arrêta en dépit des chaînes. Elle avait aperçu Cléopâtre et sa litière. Elle lui lança sa malédiction :

– ... Si je meurs, de Toi et par Toi, de honte et par la honte, tu mourras, toi et ta descendance, dans la plus hideuse des solitudes. Tu paieras avec toute ta descendance et les hommes maudits qui t'ont connue. Ton cœur criminel sera pesé au royaume des morts et les hyènes invisibles le dépèceront pour l'éternité.

Cléopâtre crispait les mains sur son cou pur de tout joyau. Fascinée, soudain, par l'Inexorable.

Un grand coup de fouet s'abattit sur le dos de la prisonnière. Arsinoé traînait contre elle Ganymède aussi entravé, la tête rasée. À leur suite, le dos rougi du fouet, le cliquetis sinistre des chaînes, avançaient les prisonniers de l'armée d'Achillas. Le troupeau humain du triomphe de César grimpa la passerelle de bois, molesté par le décurion manieur du fouet.

Le troupeau humain, où se courbait une fille des Lagides, disparut dans une cale. Pendant seize jours, ils survivraient d'eau croupie, de galettes rassises, d'obscurité, de fièvre et de coups. La mer emportait avec le vent, aux oreilles de Cléopâtre la Septième, les mots d'Arsinoé la vaincue :

« Tu mourras avec toute ta descendance et les hommes maudits qui t'ont connue. Tu goûteras, vivante encore, aux terreurs du tombeau. »

Elle trembla un moment. De retour à la Lochias, dans la chambre au miroir à oreilles de vache, elle fut longue à reprendre son souffle. Elle eut besoin de voir Césarion, de le serrer contre elle. Elle frappa des mains et ordonna que l'on prépare son voyage.

« Je régnerai ainsi un jour sur Rome et dicterai la loi au Capitole. »

Les bagages de Cléopâtre

Les coffres de cèdre cloutés de pointes de diamants se remplirent des trésors de la reine. On parfuma l'intérieur de myrrhe et d'encens. Il y eut les mille toilettes de gaze, de soie, de lin. Il y eut les perles et les colliers de sardoines, rubis, émeraudes, les collerettes d'opales, de lapis-lazuli, de corail. Il y eut le coffre spécial des diadèmes, pschent, coiffures royales. On s'inclinait jusqu'au sol avant d'oser y toucher. Il y eut les rouleaux de tissus des Indes, les soieries à offrir, la vaisselle de vermeil au chiffre de la reine. Il y eut les papyrus des textes qu'elle aimait relire. Aristote, Platon et Homère. Il y eut les coffres richement lotis des servantes fidèles, Iras et Charmion. Le coffre aux maquillages, parfums et fards de la reine.

La nourrice veilla au bagage de Césarion : les tuniques romaines, son linge et ses amulettes précieuses. Il y eut le coffre aux remèdes divers, fioles, poisons, poudres, onguents. Il y eut, à part, entouré telle une précieuse momie, le miroir aux oreilles de vache. S'il se brisait en route, un malheur arriverait. La reine devait y mirer son visage sans l'offense de la moindre fêlure.

Il y eut les coffres de ceux qui accompagnaient Cléopâtre-Isis la Septième. Il y eut les bagages innombrables de l'enfant-époux et de ses eunuques. Chaque matin, délaissant l'enfant-frère jouant avec ses singes, Cléopâtre tenait conseil pour tout savoir des redevances, des fertilités de ses terres, du trésor royal, des monuments à entretenir, de sa ville à embellir, de son cher Museum. Elle laissa à Ouseros le grand prêtre le soin d'être le régent pendant son absence. Lui, le haut dignitaire en qui elle avait toute confiance, son premier ministre. Étaient du voyage les ingénieurs et les savants amis du Museum.

Elle inspecta sa galère aux voiles de pourpre. Une galère de Séleucie, au double portage, aux longs bancs de rameurs, soigneusement choisis, équipages habitués à manœuvrer les trirèmes de guerre.

Il y avait vingt vaisseaux de combat pour protéger Cléopâtre ; chargés de cavaliers et d'archers. Trois cargos chargés de gazelles, de chameaux et de lions, de panthères d'Abyssinie rugissant dans leurs cages, une girafe affolée. Les cadeaux de la reine. Il y avait des flamants roses et des oiseaux couleur de lune, capturés aux marais mystérieux, une forêt de papyrus et un lac artificiel pour leurs ébats. Mais Arsinoé et les prisonniers satisferaient davantage l'orgueil de César et des Romains.

Allongée sur la couche de peau de bête, dédaignant l'enfant-époux et ses singes, vêtue en déesse, de rose, de bleu et d'or, Cléopâtre tenait contre elle son cadeau personnel. Son cadeau de chair et d'amour, l'enfant aux boucles couleur de bronze, aux vastes prunelles sombres rivées à celles de sa mère.

Pendant seize jours, elle resta souvent immobile à la proue du navire. Sa peau avait dépassé le hâle de ses matelots.

Les triomphes de César

La nouvelle des triomphes de César divise Rome, consterne Cicéron, effraie le Sénat. La mort de Scipion, celle de Caton, agitent les esprits. La venue de l'Égyptienne les irrite. Le Sénat, ô lâcheté ! écrit Cicéron, nomme César « préfet des Mœurs » – c'est-à-dire « le maître de la censure », aux pouvoirs illimités dans tous les domaines, privé, public, religieux. L'Assemblée va jusqu'à devancer les désirs du chef.

César oblige le Sénat réduit, soumis, à venir à sa rencontre. À haute voix, on lui octroie une foule d'honneurs encore jamais obtenus d'un seul homme. Il pourra se faire précéder de soixante-douze licteurs, faire sculpter de son vivant sa statue d'airain ; debout sur un globe terrestre. Son nom gravé tel celui d'un dieu, face au temple de Jupiter Capitolin. Aux séances du Sénat, César sera assis, seul, sur un siège curule. Cicéron est horrifié.

Est-ce déjà un roi ?

Nul n'ouvrira la bouche avant qu'il n'ait exprimé sa pensée. Nul ne donnera l'ordre des jeux du cirque si ce n'est lui. À lui de remettre les couronnes aux vainqueurs des combats de gladiateurs.

Julius Caius Caesar demeure assis quand s'avancent les sénateurs.

Julius Caius Caesar ordonne de préparer pour la reine d'Égypte et son fils Césarion la plus somptueuse des demeures, face à la sienne, sur les rives du Tibre, dans les jardins du Trastevere.

Une villa, palais aux atriums délicieux de marbre bleu. Les chambres sont vastes, les meubles de bois et de bronze sculptés. Cette villa est bien fruste, comparée à la splendeur de la Lochias. À Rome, il n'y a pas, comme à Alexandrie, le verre de sable et de plomb, finement travaillé, mais une sorte de grossier mica. César a cependant offert à sa maîtresse ce qu'il avait de mieux. Les jardins, seuls, peuvent rivaliser (et encore !) avec ceux de la Lochias. La chambre de la reine est d'un luxe supérieur à celle de Calpurnia. César a fait arranger une couche d'or et d'argent, aux coussins et couvertures en peau de bête. Les coffres et les sièges sont incrustés de nacre. César a fait déposer une parure de perles roses avec les pendants d'oreilles dans un étui de soie brodée.

Il se réjouit sans le montrer de l'arrivée de sa Puella ludens. Ô son éclat de rire délicieux, quand elle a surgi si vive et les bras tendus du tapis d'Apollodore. Sait-elle à quel point sa charmante audace l'avait d'un seul coup et à jamais séduit ? Il s'est mis à l'aimer. Il la veut avec lui. Là. Tout près, contre lui, en lui, en elle. Exulter dans les moires de sa chair.

Lui, qui a vu tant de guerres, de morts, de flammes et de femmes, lui, qui sait tout de la façon de mourir et de jouir, lui qui connaît l'indéfectible trahison de l'âme humaine. Même un fils peut tuer et trahir, un père livrer et trahir. Il sait, lui, qu'à cinquante-quatre ans la suave déchirure se nomme Cléopâtre, sa petite fille joueuse. Elle a su lui insinuer ce que sa raison de Romain refusait. On ne peut régner que si on appartient à la chair des dieux. Si on est le dieu devenu l'homme. Et la déesse, faite femme. Oui, il a couché avec une déesse qui lui donnait le plaisir inaccessible, celui qui entraîne au bord d'une rive d'or sombre ; la bienheureuse mort.

Quand il l'accueille, juillet s'achève. La canicule est féroce à Rome. Rome grouillant de foule le jour, la nuit, agitée par l'arrivée de l'Égyptienne, et le retour du dictateur. Rome, ses charniers débordant des cadavres de prostituées et d'esclaves. Rome et ses ripailles, ses beuveries. Du quartier de Subure aux ruelles du Vélabre, Rome habitée par la plèbe. La chaleur écartant, comme toujours, les riches vers la fraîcheur des cyprès. Sur la rive droite, le Janicule, ses sources et ses ombres. Virgile évoque ce bois sacré qui dégage la fragrance du lauretum (le laurier). Rome où chaque rue, chaque place est un spectacle. Marchés à la criée, vendeurs de torchères soufrées, marchands ambulants, marchands de serpents, neutralisant devant les spectateurs le venin grâce à une poudre dont ils vantent les effets. Les boutiques sont de simples baraques en bois adossées aux maisons. Les commerces de luxe se trouvent au portique d'Agrippa, cristaux, ivoire, bois précieux. Les marchands sont des Cypriotes, des Grecs, des Orientaux. Ils font accourir une foule n'hésitant pas à traverser un convoi funèbre et ses pleureuses. Rome, le retour de César, l'arrivée de Cléopâtre. On veut la voir ! le voir ! On trébuche contre un charbonnier aux mulets surchargés ; une bande de pourceaux glapissent, lancés à la suite d'un chien enragé. Rome !

Voir Cléopâtre. Tant pis si l'on piétine un marchand d'abats couverts de mouches, si l'on écrase un autre, un plateau en équilibre sur la tête d'où pendent des grappes de tripes. Devant une boutique, on grille des oreilles de porc. Sur une placette, des cuisiniers, des bourreaux, des scribes louent leurs offices. Rome, où on ne veut manquer pour rien au monde ce suprême spectacle : l'arrivée de la reine d'Égypte et le triomphe de César. On se bouscule. Les ruelles n'ont rien à voir avec les larges avenues d'Alexandrie. La plèbe, les artisans, les laboureurs ont faim et espèrent en César. Ils se mettent à croire en Isis confondue à Cybèle. Le parti du peuple adore son dictateur. Les sénateurs feignent d'ignorer l'arrivée de Cléopâtre. Une immense cohue populaire se presse sur les quais d'Ostie.

La voilà ! C'est elle ! Elle, allongée dans la litière rutilante dont les voiles révèlent la grâce d'un corps à peine caché ; les dents de perles, la bouche rouge, qui sourit, les doigts si fins, ornés de bagues. Elle leur envoie des baisers, elle est Aphrodite. Aphrodite les aime, eux, les petits, les faibles, les scrofuleux – les pauvres. Sous le soleil la protégeant et la montrant fièrement à Rome, César, à cheval, sa toge pourpre, rayonne d'un bonheur que personne ne lui connaissait.

Cléopâtre cache sa déception : quel affreux chemin de halage ! Quoi, le port de César est cette crique qui pue le coquillage avarié ? Quoi, son escorte, juste quelques chevaux qui l'empoussièrent, dont celui de son amant, sans autre luxe que son regard de passion ? La puanteur des scrofuleux est atroce, les mouches abondent. Elle cache ses larmes. Ils avancent lentement, suivis de la caravane impressionnante de la cour d'Égypte (tout aussi déçue). Ils avancent vers les collines roses. La foule grossit encore. Plébéiens, Romains, brouet d'Espagnols, d'Illyriens, de Gaulois. Une foule épaissie par les prostituées et les mendiants qui tendent leurs moignons vers la déesse.

« Guéris-nous, Isis-Aphrodite ! Bénis-nous ! »

Certains veulent qu'on leur laisse toucher Césarion, l'enfant aux boucles de bronze qui, effrayé, se serre contre sa mère. Dès la passerelle de la galère royale ajustée, César a pris l'enfant dans ses bras, le reconnaissant ainsi aux yeux de tous. Le peuple grossit, adoptant la déesse, épouvantée pour l'enfant à demi suffoqué. On l'aime déjà et on crie : « Césarion ! Fils divin de César ! » Le convoi défile sous les murs de l'enceinte servienne, traverse le pont Sublicus et finit par pénétrer dans la fraîcheur du jardin de la villa.

Cléopâtre retient une nausée et la frayeur de voir son fils atteint par la fièvre. Dans la seconde litière, l'enfant-époux donne des mouches à gober à ses singes.

Heureusement, il y a le jardin et ses fontaines. Cléopâtre cache son épuisement, ferme les yeux et accueille les odeurs apaisantes. Les platanes, le lierre, le thym, le basilic… Une volière de colombes et d'oiseaux multicolores gazouille devant une fraîche fontaine. Il y a les roses et les lis, les arums, l'ombre et le silence. Elle sent sa gorge enfin se dénouer.

D'un geste, César a éloigné tout le monde. On a refermé sur eux la double porte en cèdre. La chambre ressemble à celle de la Lochias ; une chambre d'amour ; non ce n'est pas la chambre qui ressemble à celle de la

Lochias, ce sont les baisers ardents qu'ils se donnent, le suave combat des corps enlacés. La sueur et la peau ; une seule même peau et, dans ces éclats et cette fulgurance, il y avait aussi l'Infini.

La statue de Cléopâtre

Les triomphes sont prévus pour septembre de cette année 46. Cicéron déplore le déclin de la République. Petit, gros, sa verrue enflammée au coin du nez, les yeux bordés de rouge, il achève son livre sur l'éloquence. « En cette nuit où l'État s'enfonce... l'art de la parole et la liberté d'expression sont bâillonnés. » Il intitule son traité « Brutus »... « Ne rien dire, ne rien faire précipitamment contre les puissants », écrit le farouche républicain. Il déteste la venue de Cléopâtre et s'effare de l'entourage de César. « Il est beaucoup trop engagé avec une foule de gens, comme nous le savons avec lui, si bien qu'il dépend des circonstances. » César n'a-t-il pas officiellement proclamé que « la République n'est qu'un vain mot, sans consistance ni réalité » ? César, pour son triomphe, a fait relever les statues de Pompée que le peuple avait jetées bas. Il promet aux citoyens chaque année deux cent mille boisseaux de céréales et trois millions de livres d'huile.

Juillet, août, on ruisselle de sueur même dans le palais aux fraîches fontaines. César envoie chez la reine le grand sculpteur Archélaos de Comène pour la sculpter en or. Elle pose chaque matin, en fourreau de lin, la chevelure dorée répandue. La statue est d'abord un bloc qui, sous le burin de l'artiste, fait émerger une déesse : Cléopâtre la Septième.

Cléopâtre s'apaise aux végétaux du jardin, aux eaux jaillissantes des fontaines. Elle s'assoit avec Césarion dans le kiosque de feuillages, dont l'entrée est un portique de lierre retenu par des statues de nymphes.

Cléopâtre reçoit la cour de Rome. Pison, le père de Calpurnia. Pison, curieux et d'agile intelligence, pourri de vices, flanqué de poètes et de gitons. Pison haï de Caton. Pison, trop parfumé, clignant de l'œil aux eunuques égyptiens, déversant un fiel mêlé de miel telle une vieille catin de cour. Pison raconte volontiers sa nuit avec les prostituées d'Espagne. Il flatte la reine d'Égypte en la nommant Vénus, bafoue sa propre fille, la digne Calpurnia, la traitant de « mule aux flancs vides ».

Gracieuse, ravissante, Cléopâtre tient la pose devant le sculpteur et ses invités. Voici Dolabella qui arrive du bain et des massages, caressé par trois filles et trois éphèbes. Dolabella, au luxe tapageur, prônant le vice, les plaisirs, déshabillant la reine du regard hardi des viveurs. Archélaos, jour après jour, travaille avec anxiété. La statue doit être prête pour le triomphe. César n'aime pas être contrarié. La statue d'or, orgueilleuse et belle, le profil au nez grec, le nez de Cléopâtre, le nez busqué du front à la lèvre.

En bas des jardins, Rome et ses collines roses, ses temples, les eaux du Tibre. Un rêve de pierre et d'or : la statue. Cléopâtre, si loin de son pays ; de ses lumières incessantes. Elle tremble secrètement quand, de cet excès de visiteurs, César est absent. Il vient toujours la rejoindre, imprévisible comme l'amour même. La nuit, au milieu de la nuit, avant l'aube. Elle aperçoit l'ombre aimée reflétée dans le miroir aux oreilles de vache. Elle tend les bras.

Parfois, il surgit quand caquettent les invités et saisit dans ses bras Césarion, habillé à la mode romaine. Il joue avec l'enfant. On se tait pour clabauder de plus belle dès son départ.

Césarion est-il vraiment son fils ?

Il traite Cléopâtre en impératrice aimée et délaisse la couche de Calpurnia l'insomniaque qui, sans une plainte ni un reproche, trébuche dans les ténèbres d'un songe éveillé.

Cléopâtre traitée en souveraine, présentée au peuple des Comices à la place de Calpurnia. Août et sa lumière trop blanche, la soif sur toutes les bouches. Le feu sous la peau. À la fin de l'Assemblée du peuple, César fait servir un repas aux portes du palais de Cléopâtre. Il dure la nuit entière ; on y mange deux cents porcs et bœufs. Des torches éclairent les faces rouges des commerçants, des matrones, des mendiants. Le vin clairet enivre les têtes, coule dans la gorge offerte des prostituées en sueur qui rient aux éclats à l'homme enivré.

Dans le palais de la reine, on dévore la truie farcie d'oiseaux vivants, lesquels s'échappent quand on ouvre la fenêtre. On avale le lièvre en marmelade, le sanglier dont la chair pleure dans sa graisse. Un festin où on découpe la murène et la carpe. Les convives portent des couronnes d'hysope et de roses. Les esclaves découpent à mesure, les coupes ne cessent de se remplir et de se vider.

Pison ronfle dans son vomi, contre les filles. Pour son repas triomphal, Hirus a offert à César six mille murènes de son vivier. On déguste les huîtres et les escargots devant les fresques rouge et bleu. Les visages sont rouge et bleu.

Rouge et bleu, les danseuses éphésiennes et de Bithynie, nues, à la ceinture de sequins. Elles dansent au son des cithares et chantent la fleur, la mer et l'amour – Vénus-Isis-Aphrodite.

La statue aux yeux vides s'achève enfin, d'or revêtue.

Cléopâtre-Isis-Aphrodite.

Les triomphes de César

Les triomphes ont lieu du 20 septembre au 1er octobre.

La ville est dans une effervescence inouïe et célèbre les triomphes avec un luxe encore jamais atteint. On fête les victoires sur la Gaule, l'Égypte, le Pont, l'Afrique. Chaque triomphe a son cortège, son tableau approprié. Le citronnier pour la Gaule, le bois plaqué en écaille de tortue représente l'Égypte, le thuya pour le Pont, l'ivoire pour l'Afrique. Chaque rue, chaque place est ornée de portiques fleuris. L'encens brûle sur les autels dont les portes sont larges ouvertes. La foule, accourue des provinces les plus proches, s'entasse du Capitole au champ de Mars.

Même les voleurs à la tire sortent au grand jour, les prostituées et les putains enrichies, loties d'esclaves. Les parfums sont lourds, mêlés aux puanteurs des charniers et des égouts du Forum. Les étals de viande grouillent d'insectes. Les maisons et les auberges sont pleines à craquer. On héberge les lointains parents de toute l'Italie dans les greniers. On dort jusque dans les rues, parmi les mendiants, les chiens et les voleurs.

Le premier cortège défile. En tête les sénateurs, les dignitaires en toges de cérémonie, imberbes, avancent au son des tubas. La foule commence à hurler son délire quand s'offrent à ses yeux les chars aux roues enguirlandées, chargés des trésors et des butins ennemis. Statues, soieries, soixante-cinq mille talents provenant des tributs, dans un coffre surélevé, gardé de toutes parts.

Le délire devient hystérie quand César apparaît sur son char d'apparat, d'or et de bronze, tiré par quatre chevaux blancs. L'*imperator* est vêtu de la robe de pourpre des anciens rois de Rome. Il porte le sceptre en forme d'aigle, la couronne de lauriers et, à la main, tient la branche du même laurier passé à la feuille d'or. « César ! César ! » On le tutoie, on l'idolâtre, on dépècerait chaque parcelle de sa peau pour l'adorer davantage.

« César ! César ! »

Les trompettes rutilent et lancent aux cieux les notes éclatantes. Un esclave tient au-dessus de la tête de César la lourde couronne d'or de Jupiter Capitolin.

Premier triomphe : devant lui avancent au « pas de l'oie » soixante-douze licteurs, le fouet à l'épaule, une peau de panthère de la tête aux reins. Ils sont suivis de cent joueurs de cithare et de flûte. Le cortège est flanqué en ordre géométrique d'esclaves nubiens portant les coupes où brûle l'encens – mystérieuse fragrance qui vient du pays de Pont.

À épaules d'hommes, de hauts boucliers étincellent sur lesquels sont gravés les noms des victoires remportées en Gaule. Rêmes (Reims), Besançon, Soissons, Ambiens (Amiens), Maubeuge, Newes (Nevers), Alésia... Des statues de femmes sinueuses sont les fleuves conquis, les océans. Des guerriers, torses nus, aux reins puissants, sont enchaînés. Dans une charrette, meuglant de terreur, un taureau blanc est destiné au sacrifice.

Seul, d'une blondeur de soleil, le torse nu, la culotte en toile bleue, beau en dépit de la captivité, beau sous les chaînes et au-delà des huées de la foule, le héros vaincu : Vercingétorix. Il a vingt-cinq ans et sera décapité à la fin de la fête barbare. Décapité au glaive, sa tête posée sur un bouclier. Sa tête saluée par César. La pourpre du sang semblable à celle de la robe du vainqueur. Agavé ! Agavé !

Cléopâtre suscite une immense curiosité. Vêtue de lin blanc, le diadème d'or à l'uræus, le lourd collier de turquoises, perles et sardoines, elle est tirée dans une litière d'or, entourée de légionnaires. Cléopâtre est la seule à lire sur les lèvres de Cicéron, l'homme à la verrue : « Qui nous défera de César ? » Cléopâtre serre contre elle son fils vêtu en roi romain et égyptien. Cicéron et ses amis forment un groupe renfrogné. Ils détestent cette fête. Servilia, si vieille, et un jeune homme sombre, le regard brûlant, la bouche mélancolique, Marcus Junius Brutus sont des leurs. Cléopâtre frémit, sent l'angoisse serrer sa gorge. Brutus n'est-il pas, dit-on, le fils de César ?

Dans l'ombre, Octave, le visage souillé de pustules, grelottant de froid en dépit de la chaleur, blême, recouvert de puantes peaux de mouton, muet, un rictus de mépris vers la reine. Octave, dix-huit ans à peine, que César traite avec une douceur irritante. Le délire de la foule monte vers Cléopâtre-Isis, l'enfant Césarion. César est entouré des patriciennes dont Calpurnia, l'impératrice. Calpurnia jeûne depuis des jours, maigre et pâle. Le cœur serré, élégante dans la stola pourpre et blanc, un diadème posé sur la coiffure en chignon et nattes, son air d'agonie irrite César.

A-t-il peur quand, soudain, son char bascule à cause d'un essieu brisé, signe de la chute, signe de la mort ? Il saute du char et crie très fort : « Ma fortune est trop grande pour que l'axe la supporte. » Mais Calpurnia mord son poing et tremble. Seul, il gravit à genoux les marches du temple de Minerve et de Jupiter Maximus. Il brandit la branche de laurier telle la foudre jaillissante.

César tolère les grivoiseries d'usage aux triomphes. Selon une vieille coutume, ses soldats se mettent à chanter : « Romains, bouclez vos femmes ! Nous amenons le séducteur chauve ! » Les obscénités montent. Les légionnaires n'hésitent pas à chanter les bonnes fortunes du maître, y compris son aventure homosexuelle pendant sa jeunesse : « César a soumis toute la Gaule ; Nicomède a soumis César ! Vois, le cortège triomphal célèbre César qui soumit toute la Gaule. Mais Nicomède ne triomphe pas, qui soumit César ! »

César sourit, indulgent, flatté de la paillardise affectueuse de ses soldats.

Dans l'ombre, frémit un groupe de plus en plus tacitement hostile : Marcus Brutus et son frère, Decimus Brutus, le violent Cassius, le probe Casca, Trebonius Ligarius, l'implacable Metellus Cimber, Cinna, le poète, amis de la liberté. Tous prêts à mourir pour la République. Ce sont les conjurés. Sombres, les sénateurs ne peuvent que plier et attendre. Cicéron fait éclater son indignation. De quelle foudre le pouvoir se pulvérisera-t-il ? Sans voix, mais tout yeux, les amis de Brutus et de Cassius forment un rang de toges blanches, plus dangereux que de grands aigles apparemment endormis. Il y a aussi avec eux Lucilius, Titinius, Menota, le jeune Caton, Volumnius l'affranchi…

Dédaignant le triomphe, obéissant à l'époux bien-aimé, Brutus, la belle et courageuse Porcia, son épouse, est restée dans sa maison. Les esclaves de Brutus, Varron, Claudius, Straton, Lucius, Dardanus lui content à mesure les triomphes. Varron lui décrit l'Égyptienne, maîtresse de stupre et d'indignité, d'une audace inouïe.

César l'a mise à l'épreuve, mais elle s'en sort magnifiquement : exposée à la foule telle, après tout, la souveraine d'un pays vaincu par Rome, sa présence, son attitude renversent les rôles. Elle est la reine de Haute et Basse-Égypte, maîtresse de César, reçue par lui, fêtée d'or. Mère d'un fils et tellement plus éclatante que la blême Calpurnia ! Ont défilé devant elle et César qui a repris son œil de faucon amoureux les effigies de Photin, Potheinos, Achillas, brandies par des légionnaires. La statue du Nil, décorée d'épis de blé, et la tour de plâtre représentant le phare d'Alexandrie. Quoi, tout cela est à Rome, ravi par César ? Cléopâtre sourit pour mieux cacher son envie de fondre en larmes. Tout cela est à elle, à elle seule et plus tard à son fils, Césarion.

On entend les grognements variés des bêtes offertes par Cléopâtre, flanquées de gladiateurs qui mènent, non sans crainte, ces rhinocéros et ces hippopotames, ces lions d'Abyssinie. Ivre de soif, et à demi folle de terreur, une merveille encore jamais vue des Romains arrache des cris admiratifs : une girafe aux fines pattes tremblantes…

– Prodige ! Prodige ! crie la foule.

Pourtant, les noms d'Arsinoé et de Ganymède d'Éphèse, des pancartes avilissantes, brandies par des soldats gaulois, excitent la foule. Sous les coups de fouet, les chaînes serrées aux chevilles, au cou, aux poignets, se traîne, souillée d'œufs et de tomates pourries, de crachats et d'insultes, Arsinoé, la Lagide, sa sœur, la princesse qui a failli régner. Cléopâtre, dans sa tribune, entre César et Calpurnia, capte son regard d'orgueil et de colère. Elle détourne les yeux de sa sœur bafouée, et hisse Césarion dans ses bras, très haut :

– Toi, fils d'Horus-Amon-Râ César !... crie-t-elle.

Nul ne voit la larme aussitôt bue par le khôl. Elle se fait serment d'avaler le poison nécessaire pour ne jamais être traînée ainsi au triomphe d'un inévitable vainqueur. Il aurait suffi de moins de chance, d'un nez un peu plus court, plus mièvre, et elle-même aurait été réduite au rang de ce troupeau humilié qui marche vers la mort.

Au crépuscule, dans la cave profonde des condamnés à mort, on lie Ganymède d'Éphèse sur un chevalet. Un homme-bête en cagoule de cuir, bracelets de fer et jarrets de taureau, l'étrangle lentement. César envoie en exil à vie, sur la prière de Cléopâtre, Arsinoé, toujours enchaînée, à Éphèse, dans une prison où on l'attache durant la nuit.

Calpurnia gémit de songes éprouvants. Elle sait que le bourreau étrangle Ganymède mais à la place de la victime, qui met si longtemps à mourir, elle voit un radieux enfant de dix-sept ans, aux traits de César.

Elle voit couler le sang de l'Égyptienne, un flot noir, le Nil, noir, fertile.

Accablée d'humiliation, d'avoir été placée près de l'éclatante reine du Nil et de son fils, elle chancelle d'angoisse à ce triomphe.

Le silence de Caton

Un triomphe fait d'insultes. César éclate de haine, lui si froid, envers Caton. Le cortège exhibe les dépouilles romaines. Il a donné l'ordre qu'on étale en les ridiculisant les caricatures de Scipion et de Caton le Probe. Il le fait représenter se tâtant les testicules, vautré en forme d'âne sur un tas d'or, de l'or sortant de ses oreilles avec ces mots : « Je me nourris du fumier. »

Cicéron a un coup de sang ; Brutus, lui, jure de tuer le dictateur. Il entraîne Metellus, son jeune frère, et s'écrie avec courage : « Malheur à toi, ô Rome, si tu laisses bafouer ainsi les meilleurs de tes fils ! » Pollion, l'ami de

César, se penche vers Cléopâtre et lui nomme les rebelles : Brutus, Cassius, Metellus.

– On ne peut pas se moquer de Rome ! criait Cicéron.

Au triomphe de l'Afrique, on traîne sur un char le fils de Juba, roi de Numidie, âgé de quatre ans.

Cicéron avait achevé sans grand courage *Le Paradoxe des Stoïciens* quand Rome apprenait le suicide de Caton, tant admiré des vieux républicains. Caton ! un sage, seul face au destin, se frappant de son épée, pansé par ses serviteurs, qui arracha ses bandages… César a osé livrer à la populace cette effigie ? Cicéron, écrivant ses *Académiques,* a alors songé à remplacer ses interlocuteurs par Caton et Brutus : ce qui importe à Cicéron (et ses héros) c'est l'indépendance de la pensée. Il rappelle le début de son ouvrage *Horteus suis.* « La fin de l'homme est la découverte du bonheur. » Sévères envers l'épicurisme, Cicéron et Caton partagent la conviction que le bien réside dans la « Vertu » – non le plaisir, source de passivité. Voilà qu'on se gausse de son héros, de la République, que l'arrogance de l'Égyptienne est à son comble. Ô qu'il la hait, depuis qu'elle a osé se moquer de son dialogue, l'*Horteus suis* ! Elle l'a raillé en public, lors d'une réception dans sa villa de putain ! Raillé, lui, devant ses ennemis, Pison et les autres. Elle l'accusait, de son rire détestable, de puiser ses idées, un peu chez Platon, un peu chez Aristote, toujours chez les autres, jamais en lui. Raillé, lui, l'auteur des *Catilinaires,* du *De finibus,* de tant et tant de textes.

Il la hait. Dans ces triomphes, destinés à éblouir, elle a osé éclater de rire devant Caton transformé en âne crachant les sesterces, testicules en main. Son cœur blessé, son âme d'orateur moquée, il ourdira sa vengeance. Après le départ de cette reine honnie, Cicéron écrira à Atticus : « Je hais la reine !… La superbe de cette reine ; quand elle était de l'autre côté du Tibre, dans ses jardins, je ne peux me la rappeler sans une immense douleur. »

Une immense douleur que partagent Brutus et les futurs conjurés. À ce moment du triomphe de l'Afrique ridiculisant Caton, César a-t-il signé son arrêt de mort ?

Calpurnia a un malaise. Rien ne lui arrache un rire, un sourire. Les festivités et les ripailles l'écœurent. Non sans sadisme, César l'oblige à assister aux récompenses. Distribution de pain et de jeux à la foule qui semble l'écraser, l'étouffer, même si la tribune l'isole. Calpurnia frôle le trône de Cléopâtre dont les vingt-trois ans éclatent. Elle bat des mains, se réjouit, rit, hausse un front paré d'or et de puissance, séduit le vieil amant. La puissance d'être aimée... et l'impuissance de ne l'être plus.

César, grandiose, offre à la plèbe, en plus du pain, un festin. Vingt-deux mille tables, six mille poissons, le vin de Palerme. Une amphore abreuve neuf ivrognes. Le dictateur donne à cette masse qui le confond à un dieu le blé et l'huile pour l'année, cent deniers par famille. Il puise et épuise le butin de Rome pour récompenser ses soldats. Cinq mille deniers par homme, le double aux centurions, le quadruple aux officiers supérieurs.

– César ! César !

Un peuple en extase, gavé de ripailles, de spectacles, de danses et de sang. Dans chaque quartier, des combats d'athlètes. Au champ de Mars, une bataille navale avec quatre mille rameurs. Dans l'arène du *circus maximus*, les courses de char, les joutes entre fantassins et vingt éléphants.

Si la plèbe s'enivre, beugle et se roule dans ses déjections, quelques citoyens gardent l'esprit républicain. Ils vont agir.

César a fait achever en mémoire de sa fille la grande basilique Julia au sud de la voie sacrée, soutenue de colonnes immenses. Le temple de la Vénus Genitrix, mère de la gens Julia, achève d'indigner Cicéron et les futurs conjurés – et d'exalter le peuple quand on y pose solennellement la Vénus d'or au corps et aux traits de Cléopâtre.

César proclame ainsi à la face de la ville la divinité de Cléopâtre la Septième, intronisée d'or vivant dans le temple de son aïeule, Vénus, née de la mer et d'un coquillage, régnant sur les hommes.

Ensuite, ils ne seront que deux : elle et lui, Cléopâtre et César.

Les songes de Calpurnia

Quel effroi, les songes de Calpurnia ! À tel point que César finit par craindre ses rêves. « Épouse jalouse aux flancs stériles, tu ne dors plus quand mes nuits se passent chez l'aimée, aux suaves caresses ! Tu ne dors plus et tu prédis, Cassandre, que j'ai épousée, toi la fille du riche Pison, prise de fièvre dès le début des triomphes et qui y oses me narrer tes divagations. »

César sait qu'elle ne divague pas. La fatigue l'épuise, le poids d'une simple perle l'accable. Elle parle sans même voir César.

– Tu as tant d'ennemis, César, écoute-moi ! Le fils de Pompée, Cnaeus Pompée, est à Cadix, entouré d'alliés et de subsides. Tu as eu du mal à dissoudre l'alliance d'Afranius, Petreius et Varron, ô César ; le Haut Mal rôde et des fièvres nouvelles, ô César. Si je te disais le gel de mon sang, l'effroi qui hante mes heures en fresques sanglantes dès qu'il s'agit de toi. Toi qui ne quittes jamais ma pensée !

Il fuit, il la fuit. Elle lui fait secrètement peur. Dans les bras de Cléopâtre, il s'anéantit de plaisir et de vie. Grâce à l'Égypte annexée, Rome ne manquera plus de blé. Cléopâtre, seule, sait l'exalter, en dehors de ses caresses exquises, politiquement, le convaincre de sa force. Il est capable (avec elle) d'unir en un seul et immense royaume l'Orient et l'Occident. Il saura conquérir l'imprenable pays des Parthes.

– Roi, tu seras roi de ces terres, de ces hommes et de leur descendance. Je suis reine de rois. Tu es Roi des Rois.

Calpurnia, au profil d'oiseau de mauvais augure, au teint blême, ne lui parle que mort, danger, prémonitions ensanglantées. Cléopâtre, elle, sait faire rutiler une féerie dont elle lui a offert les paradis en descendant le Nil avec lui.

Elle l'a rendu fécond. Depuis, nul flanc de femme n'a grossi de sa brève besogne sur des ventres qui le laissent indifférent.

César, encore ivre de ses triomphes, pour mater ce reste de Pompéiens, se contente d'envoyer en Espagne deux de ses lieutenants, Q. Pedius et Q. Fabius Maximus.

– Mettez à la raison cette poignée d'enragés !

La raison ? Ils ont leurs raisons, et une détermination implacable. Que César meure ! Ils ont su rallier à leur cause Labienus lui-même, Atticus Varus, et Sextus Varus, un bon capitaine. Cnaeus est à la tête de treize légions et de milliers de cavaliers. Que le dictateur, l'assassin du Grand Pompée, le démiurge qui ruine Rome pour une catin orientale, meure ! Brutus se réjouit ; Porcia, son épouse, prie les ancêtres et revêt les blancs vêtements du deuil et de la purification. Servilia se tait ; la bouche édentée, son visage craquelé. Une sourde inquiétude ronge son cœur. Dans l'ombre des palais, Octave le souffreteux a un mince sourire, grelottant sous ses peaux de chèvre. Le testament de César est un mystère dont il pressent un formidable éclat. Jamais ce bâtard de Césarion ne régnera ! Calpurnia a d'étranges songes concernant Marc Antoine. Le *magister equitus,* rentré en grâce après avoir restitué l'or volé, caracole à la villa de l'Égyptienne et fait sa cour à César. Il ose traiter Octave de « vermisseau ».

Il a fallu la menace des Pompéiens en Espagne pour que le flambant Antoine rentre enfin en grâce et ose toiser la reine d'Égypte d'un brûlant regard d'homme. Un brûlant regard auquel elle se garde de répondre, ainsi qu'à ses audacieux constats.

– Ton corps est plus beau, reine, que la statue d'or qui ose le représenter !

Antoine a déboulé sans crier gare, se moquant de toute étiquette, dans les jardins de la villa. Il a déboulé, tel le dieu Zéphyr ou Neptune grondant ses flots et sa rumeur. Il lui a ri sous le nez, son nez si long, si beau ; Antoine, trop près du visage et de la bouche savoureuse. Antoine, à l'aise dans sa chair opulente mais bien tendue sur des muscles visibles, de parfait gymnaste. Il dissimule si peu son corps sous la cuirasse articulée et la jupette à mi-cuisses ! Il a ri, d'une bouche bien endentée qui dépèce les viandes, mord voluptueusement le corps des filles, mord jusqu'à les faire crier, gémir, les tendres chairs ravies. Il les pénètre longuement et les besogne, en taureau, en bouc, en étalon, mordant la nuque de la cavale soumise à son rythme et à sa fougue. Dans un grand cri, aux fragrances de vin, il jette sa semence chaude, riche et dorée entre les reins des filles, qu'elles soient putes ou reines. Des bêtes femelles, rudoyées savamment et qui se bousculent vers sa couche. À moins qu'il ne les prenne au sol, contre un mur, défaites, rompues, assouvies et à nouveau insatiables des fougues du général-consul rentré en grâce : Marc Antoine.

Ses quarante ans accusent les cernes des orgies. Il a un cou taurin, puissant, une chevelure à boucles noires et, pour épater tout le monde, il combat à mains nues, sur les places, dans les rues. Partout et toujours, des filles pendues à son ventre, prises, jetées, oubliées. Pendant ce temps, Calpurnia rêve de sang et de soudaines ténèbres.

César fonde le calendrier romain

Le dictateur décide de se rendre personnellement en Espagne. C'est le mois de novembre 46; un brouillard déjà froid, humide, flotte sur le Tibre. Avant de partir,

César s'est longuement entretenu avec le savant Sosigène. Il veut réformer le calendrier romain, acte suprême de *Pontifex Maximus*. Jusqu'alors, le calendrier se fondait sur une année-lumière de trois cent cinquante-cinq jours, ce qui obligeait à intercaler vingt-trois jours supplémentaires tous les deux ans. Sosigène l'astronome se passionne pour ce travail. Ses calculs sur papyrus aboutissent à faire coïncider le calendrier « avec le cours du soleil ».

– Il faudra, César, intercaler désormais soixante-sept jours entre novembre et décembre 46, si bien qu'avec les vingt-trois intercalaires d'usage, on retrouve le chiffre de quatre cent quarante-cinq jours, ce qui, d'après le calcul des étoiles – et du soleil –, est encore faux. Le chiffre de trois cent soixante-cinq jours plus un quart de jour est le bon.

Sosigène étale ses cartes et montre ses calculs subtils. César, convaincu, acquiesce et introduit l'année solaire de trois cent soixante-cinq jours et un quart de jour à partir du 1er janvier 45.

Quand recommence la guerre…

– Un quart de jour, chevrote Sosigène, la fraction restante disparaissant ainsi tous les quatre ans.

– On l'appellera le calendrier Julien, fait la voix mélodieuse de Cléopâtre.

Une fois calmée la frénésie des triomphes, les Romains sont irrités des nuits de César chez l'Égyptienne. Ils en présagent de grands malheurs. Ne dit-on pas que Calpurnia souffre d'un mal étrange qui se nomme la divination, où elle déchiffre un bain de sang ?

Nouvelle guerre en Espagne

Début décembre, César est à Cordoue, dans le camp d'Obulco. Ses adversaires l'attendent de pied ferme. Une marche harassante, les lourdes charrettes dans les chemins défoncés de ces montagnes et hauts plateaux, le vent coupant d'un hiver blanc et rude. César trouve pourtant le moyen d'écrire, dans la bise glaciale, un traité de grammaire.

Cléopâtre, fort instruite, a lu attentivement ses premiers commentaires et ils ont passé une soirée à parler de la proposition et du style laconique. Exprimer le plus de choses possible avec le moins de mots possible. Employer le « Il » à la place du « Je » crée ainsi la hauteur et la distance tout en imposant ses idées. Cléopâtre lui montre l'efficacité rhétorique de ce déplacement. Le « Il » refuse tout autre témoignage que le sien.

La fine main transcrit en excellent latin quelques idées ; César, ravi, développe, maître de ce style. Il se met à écrire une description de son voyage en vers épiques qu'il intitule « *Iter* ». La petite reine n'a-t-elle pas insinué que c'est là un merveilleux exercice sur l'intelligence, les nerfs, la volonté : écrire de façon concise, dans les dures conditions de la peur ?

Éloigner le Haut Mal en tenant fermement la tablette sous la bise cruelle, les chaos du chemin, l'ennemi embusqué...

Mais le temps presse et, s'arrêtant à la césure d'un vers, César avec sa promptitude habituelle qui déconcerte l'ennemi – et l'amour – s'élance. « Il parcourt la route, dit Dion Cassius, à une vitesse telle qu'amis et ennemis le voient paraître parmi eux ; avant même d'avoir appris la nouvelle de son départ. » C'est une campagne d'hiver où, « sous les mauvaises tentes ses soldats souffrent cruellement du froid et du manque de ravitaillement ».

Au sud de Cordoue, la ville d'Ufia est tenue par les Pompéiens. César a du mal à la dégager. Malade, blanc, il a glissé au sol. Est-ce une reprise du Haut Mal ? Non. Il va grelotter de fièvre et de délire près de dix jours. César et ses cinquante-cinq ans dont douze années de tension sans relâche et de privations de toutes sortes. À peine remis, il met en place la guerre par l'usure. D'embuscades en retraites, le voilà à Mantilla ; au sommet d'une colline. Mars est cinglant sous la grêle et un vent coupant le souffle. Le 17 mars 45 ! La bise est calmée, la grêle fondue. « Il semblait, écrit l'auteur de *De Bello Hispaniensi,* que les dieux immortels eussent fait cette journée exprès pour une bataille. »

Les troupes de César, épuisées, s'élancent mais sont aussitôt paralysées par un souffle noir : la panique. « Les deux armées ne sont pas plutôt en présence que la terreur s'empare des troupes de César. » Les légions affaiblies du dictateur voient au sommet de la colline quatre-vingt mille combattants pompéiens, treize légions, douze mille fantassins et autant de cavaliers.

En bas, ils sont à peine quarante mille.

César a déjà vu bien des affres, des horreurs et des terreurs. Rien ne l'abat autant que la panique de ses hommes, le faisant soudain si seul. Il se cache sous sa toge, ne veut plus voir Calpurnia ni la panique de ses troupes. La panique sans cesse dominée dont Cléopâtre lui a dit qu'il existait, là-bas, en son pays, terre des dieux, le dieu Pan qui éloigne cette sombre et mutilante divinité.

Le désespoir enroue sa voix. Il s'entend crier au-dessus de ses hommes pétrifiés.

– Fortune, ne m'as-tu protégé que pour me réserver une fin ignominieuse ?

Scipion, Caton, qu'il a laissé injurier, se vengent. « On put lire alors la pensée de la mort sur son visage, écrit Florus. Il supplia les dieux de ne pas lui faire perdre en une seule bataille le fruit de tant de victoires. »

Les dieux sont-ils la foudre dans les veines, lui qui couche avec Isis-Aphrodite ?

Une lampée brûlante remonte du cœur à sa gorge. Il se dresse sur son cheval, comme s'il s'agissait de quitter un abîme. Il voit ses unités taillées en pièces, des troncs d'hommes, des têtes écrasées, des bras coupés. Ses vétérans reculent. César se jette alors à bas de sa monture, empoigne un bouclier, se rue au premier rang et hurle :

« Vous n'avez pas honte ? Prenez-moi pour me livrer à ces guerriers ! » (Plutarque.) C'est un effroyable combat, contre la peur et toutes les peurs. Enjamber des cadavres encore chauds, écraser les nouvelles troupes envoyées par Labienus. Trente-trois mille morts jonchent le sol. Les vautours tournoient, César crie vers le ciel :

– J'ai souvent combattu pour la victoire, mais c'est la première fois que j'ai lutté pour ma vie.

Titus Labienus, Varus, morts, à peine reconnaissables, assommés de boulets à clous. Cette charpie, Titus Labienus, Varus… César leur accorde une sépulture décente, mais les vautours ont déjà souillé leurs restes de coups de bec et de griffe. Le dernier fils de Pompée, Cnaeus Pompeius, est aussi cette charpie, la tête à demi détachée.

Seul a réussi à s'échapper Sextus Pompeius, le bel aîné. Cornelia se tord les mains et se couvre la tête de cendres. Deux fils, deux amours. Comment pleurer ses fils dont l'un erre au royaume des Ténèbres et l'autre court sous les menaces des traîtres ?

César, encore ivre d'épuisement, est à nouveau saisi de haine contre Caton, Caton à qui Cicéron avait dédié un éloge.

« Tout en lui était plus grand que sa réputation. »

Caton le haï, depuis le triomphe, défiguré en âne, les naseaux bourrés d'or ; César écrit que Caton, en fait, n'était qu'un pochard vantard, si cupide qu'il avait vendu, oui, vendu pour ses intérêts sa propre femme à Hortensius !

César osa pour la première fois de sa vie employer les moyens les plus vils. La diffamation contre un mort pour détruire, croyait-il, à jamais la menace de cet authentique ennemi.

Caton devint, mort, plus dangereux à César que vivant. César déteste que Brutus ait épousé Porcia, la fille de Caton. Caton et son spectre sont devenus, à César, une telle obsession qu'il ose s'avilir en diffamation.

Ne dit-on pas à la villa des fontaines, de l'autre côté du Tibre, qu'Octave est allé toiser la reine d'Égypte : « Je suis Julius Caius Octavianus Caesar. » Octavianus ? Elle se souviendrait longtemps de ce visiteur indisposant, ce blanc-bec au regard injecté de sang et de mépris. Dolabella ricane : « Le neveu de César, Reine ! On dit qu'il veut l'adopter ! » Elle frémit d'une certitude qui la glace. Elle plaît (même s'ils sont prêts à la couvrir un jour d'outrages) à ces hommes, mais pas à Octave. Il abhorre sa beauté et la beauté tout court. Il abhorre ses lèvres, son nez trop grec, sa voix trop mélodieuse. Il pue des aisselles et son haleine est fétide. Sosigène le regarde attentivement. Cléopâtre se trouve face à son pire ennemi, aux yeux enflammés, à la paupière écaillée, à la taille médiocre, à la face aussi jaune que celle d'Arsinoé. Elle entend le rire strident de Pison.

Sosigène dit à la reine qu'elle a de grandes raisons de craindre et de trembler. Ce vermisseau sur sa route serait plus puissant qu'un dieu cobra. Le temps trouverait la réponse.

Elle répond à Octave :

– Les victoires de César tracent mes victoires.

César en guerre, elle devient la proie de ses visiteurs, ces Romains qui s'amusent à l'humilier, à montrer leur désir et leur mépris. Vautré sur un triclinium, grappillant des fruits et tendant sa coupe à l'échanson, Pison insiste lourdement sur les femmes de César. Cléopâtre, vêtue d'un fourreau bleu et de perles, reste impassible. Elle s'apaisera plus tard aux conseils de Sosigène.

– Une reine doit tout savoir. Même la boue aux chevilles de ceux en qui elle croit. Tout savoir pour mieux dominer. Méfie-toi d'Octavien.

Pison se délecte de commérages.

– César a couché autrefois avec Mucia, la première femme de Pompée, et en même temps la femme de Crassus, Lollia, l'épouse de Gabinius qui a ramené Ptolémée le Aulète sur son trône. Lollia aux seins de neige et au cul de vache !

Pison rapetisse son œil tout rouge, embusqué dans sa prunelle injectée de sang.

– César a aussi été cocu, Reine ! par sa jeune femme Pompeia qui couchait avec Publius Clodius, le chef de son parti. Il y a maintenant dans son lit mon haridelle de fille, Calpurnia... Comme il a aimé mon or, ton César !

Pison penche un cou fripé de volaille pour mieux rire à son aise. Sa panse saute sur la toge outrageusement relevée à laquelle il essuie ses doigts graisseux.

– Je peux t'enseigner encore bien des choses, Reine. L'argent, le pouvoir, le sexe.

Les visiteurs ne cessent d'aller et venir. Cléopâtre accueille tout ce monde avec sa grâce naturelle, un grand empire sur elle-même. Il y a les femmes des sénateurs, édentées, la chevelure teintée, croulant d'épingles d'or. Des cous flapis, des mains ridées surchargées de bagues. Du venin sur la langue.

« César t'a sacrée déesse, reine d'Égypte. »

On voit au mot « reine » Decimus Brutus se renfrogner ; Pison glapit de plus belle.

– Nul n'ignore que César est un dieu. Il a encore vaincu les Pompéiens, en dépit d'une fièvre que l'on a crue mortelle.

Le crépuscule teint de mauve l'atrium et le jardin aux bosquets de laurier. Cléopâtre, Césarion dans les bras, retrouve la paix. Sous l'arceau de la rotonde, au murmure de la fontaine, dans l'âpre et tendre odeur des pins de Syrie.

Elle a en mémoire les durs propos de Brutus, le jeune homme au front carré. Ce visiteur la met aussi mal à l'aise que ce mal blanc d'Octave. Brutus vient là, semble-t-il, pour défier chacun – elle surtout –, et jeter le doute sur César. Pison le cingle :

– Brutus, ingrat ! César ne t'a-t-il pas élu deux fois gouverneur de la Gaule, gracié à Pharsale ; et n'a-t-il pas laissé la fortune entrer dans tes coffres ?

Le jeune homme aux yeux de braise, à la sévère beauté tourmentée, disparaît.

Depuis combien de semaines attend-elle à Rome, et qu'attend-elle ? César loin d'elle, une angoisse aiguë l'étreint. Elle est bel et bien prisonnière de la villa et de ses illustres visiteurs.

Soudain sa ville, Alexandrie, son palais et sa chambre lui manquent. Elle ferme ses yeux passés au khôl pour cacher ses larmes. Le Nil, le ciel, sa royauté et son peuple à qui elle sait autant prendre que donner, les bosquets odorants de Némésis, le phare resplendissant, le boulevard de Canope, le bel agencement des avenues, le Museum… Que Rome est oppressante, grouillante de saletés diverses !

Attendre ; il s'agit bien, en effet, d'une attente.

Le testament de César

La victoire de Munda est aussi celle d'Octave. César l'a fait venir près de lui dès le chemin du retour. César a frôlé la mort de si près qu'il veut établir son testament. Non, il n'a pas de fils légitime. Césarion est le fils de ses amours avec Cléopâtre. Césarion n'est pas le Romain qu'attend son peuple.

La passion n'aveuglera jamais les calculs politiques de César. Pourquoi va-t-il jeter son dévolu sur ce gringalet, ce petit-neveu couvert de pustules, cet ennemi de Cléopâtre et de Césarion ? Le dictateur est resté avant tout un Romain qui observe les hommes de son œil de faucon. Un Romain hanté par le rêve d'Alexandre, échoué aux portes de l'Orient avec l'indéfectible esprit de conquête. La passion n'a en rien brouillé ses calculs.

Un fils. On ne comprend guère l'engouement de César pour le frileux Octave, cette musaraigne silencieuse qu'un coup de poing jetterait au sol… L'Histoire donnera raison au choix de César, qui savait fouailler le cœur des hommes. En cette chrysalide, en ce misérable, au regard fuyant, à la bouche décolorée, aux pustules défigurantes, à la toux chronique, en ce laid pas même issu d'une noble origine – cette branche parallèle de la gens Julia a compté des marchands et des putains –, César a déchiffré le futur empereur Auguste. Le plus grand dictateur que Rome eût jamais, plus grand que lui, César. Ce cœur froid, sans la moindre passion, déterminé au pouvoir, si laid qu'il monnaie l'amour, si laid qu'il n'aimera qu'une femme, Livie, au teint verdâtre. César a vu très loin. L'Orient enferme Césarion d'un concept totalement différent de ce que sont Rome et ses Romains. Octave a en lui tout ce qui compose le pouvoir à longue durée, quand le pouvoir se doit d'être fait d'un cœur de pierre, de lents calculs, de la capacité de se taire et encore se taire quand on reçoit les insultes. « La main que tu ne peux couper, baise-la ! »

Avant de rencontrer Cléopâtre, César, à qui nulle épouse ne donna un fils, songeait à l'adoption. Son choix secret avait élu l'enfant encore jeune qui, lors de la prise de la toge virile, ressemblait à ces singes avec lesquels joue le débile Ptolémée XIV.

César avait souvent parlé avec Octave. À quelques phrases, fulgurantes, que le secret empêchera d'entendre et même d'inventer, il l'avait choisi. Nul n'en savait rien. Si ce n'est Calpurnia dans ses cauchemars. Octave, l'enfant affreux d'un choix politique qui offense le bel enfant aux boucles de bronze : Césarion.

Césarion, qu'elle va quelquefois visiter à la villa. Calpurnia est si découragée que sa jalousie a disparu. Les larmes aux yeux, élégante dans sa robe orange à petits plis, elle demande humblement à sa rivale la permission d'embrasser l'enfant. Elle l'eût volontiers adopté et adoré. Cléopâtre sourit à Calpurnia et l'invite à boire l'orgeat, à partager la galette à la cannelle, les gâteaux de miel et d'eau de rose. Calpurnia regarde l'enfant monter sur un cheval de bois, vêtu à la romaine, battre des mains. Un enfant si gracieux. Le malingre Ptolémée, douze ans maintenant, lui a jeté entre les jambes un de ses singes pour le faire trébucher. Cléopâtre a grondé. Calpurnia soupire :

– Belle reine, offrez-moi cet enfant. Je le comblerai d'amour ma vie entière.

Ptolémée ricane et fait des gestes obscènes.

Cléopâtre a sa voix la plus enchanteresse.

– Noble impératrice, j'aime cet enfant qui un jour régnera en son pays et saura se souvenir de votre accueil. Peut-être la déesse Hathor remplira vos flancs d'un fils aussi beau ? Ne désespérez pas !

Elles se taisent. Leur homme – César – va revenir. Il a nommé dans son armée son neveu Octave « contubernalis », c'est-à-dire « jeune légionnaire plein de promesses ». Les deux femmes se regardent. L'une, d'or roux, aux perles et au blanc vêtement ; l'autre, élégante et pure, plus âgée, déjà penchée vers l'autre rive où ses yeux décèlent ce qu'il est interdit de voir : l'avenir. Qu'a donc César à aimer un Octave plein de pustules, un Brutus aux sinistres projets ? Octave, Brutus, les affreux enfants du Haut Mal.

César fait route vers Rome entouré de sa nouvelle cour. Decimus Brutus Albinus, Caius Trebonius, le sémillant Marc Antoine, oublieux du passé, repris en grâce. Marc Antoine, parfois abattu d'un seul coup, sombre telle une masse sous la tente militaire. Accablé, dépressif, paralysé d'une crise de faiblesse, de neurasthénie fugitive. En ce mois de mai éclatant, il est d'une humeur radieuse. César l'a prié de monter dans sa voiture personnelle, lui promettant le consulat.

Marc Antoine le bavard se garde de dire qu'à Narbonne Trebonius a tenté de l'entraîner dans un complot contre le dictateur. César sait-il que, dans son dos, s'accumule tant de haine ? La haine est là, dans sa voiture, car l'autre compagnon de voyage est Marcus Junius Brutus. César le complimente de bien gouverner la Gaule citérienne, le complimente de son mariage d'amour, avec

Porcia, la fille de Caton. Porcia veuve de ce Bibulus qui autrefois avait tenté de faire assassiner César.

César, Brutus, Marc Antoine, Trebonius, Octave ; le destin est noué. César s'arrête dans sa villa de Labicum et rédige, le 13 septembre, le testament qui désigne comme principal héritier Caius Octavianus, petit-fils de sa sœur à qui il lègue les trois quarts de ses biens – et son palais au bord du Tibre.

Brutus, fils chéri de la Tant Aimée Servilia, Brutus qui ne lui donne ni affection ni hommages, figure parmi les héritiers de second plan.

Octave, seul successeur du régime impérial. César affirme cette adoption par une attitude paternelle vis-à-vis du malingre jeune homme. César s'en occupe dès son retour à Rome, avant même de revoir Cléopâtre et Césarion. Il envoie Octave faire des études de rhétorique et des exercices militaires à Apollonia en Illyrie. Dès le printemps suivant, il l'élève au rang de patricien. Octave remplacera Aemilius Lepidus, comme *magister equitus*.

César, un monarque universel d'âme divine

Le couronnement de sa vie serait de vaincre ces Parthes inaccessibles, d'achever la conquête d'Orient et celle d'Alexandrie. Il partirait d'Apollonia en Albanie, soumettrait la Transylvanie en exterminant les Daces, peuple du roi Burebista. Il traverserait ensuite, ô Alexandre, l'Anatolie, l'Arménie et détruirait ces Perses, ces redoutables, ces redoutés. Mithridate de Pergame lui maintiendrait ouvertes les routes de l'Asie.

Il passe à nouveau ses nuits chez Cléopâtre et épanche dans son oreille le puissant projet de la conquête des Parthes. A-t-il senti qu'il pouvait douter ? Que la bouche adorable, habile à tous les jeux des sens et à ceux du langage, saurait le convaincre ?

Qu'importe ce testament dont ses espions lui ont rapporté les clauses inquiétantes ! Elle doit convaincre César qu'il est plus puissant qu'Alexandre.

Nue, couverte de parfum, elle caresse le maître du monde. Elle lui parle de sa voix dorée.

– Il ne s'agit pas seulement de vaincre les Parthes mais de les intégrer à l'*Urbs*. César doit être revêtu des attributs royaux et sacrés. Que diraient les Perses devant un chef républicain comme Cicéron les aime ? Ils se moqueraient !

Et la petite reine de rire.

– Les Parthes ne seront vaincus que par un roi. Tu entreras dans Babylone, vêtu en Basileus, non en citoyen. Paré de tes signes de général invincible. Tu leur inspireras une crainte mystique. Les Parthes sauront, le Monde saura, qu'avant de commencer cette ultime gloire César a été investi d'une royauté de droit divin. *Imperator* ? Cela ne suffit plus. César doit être Divis, Rex, l'Autocrator. Le monarque universel d'âme divine.

Elle l'a entouré de ses bras. Elle embrasse cette bouche. Elle embrasse ses paupières, ses yeux qui ont tout vu et entrevoient que Cléopâtre a tracé pour lui non le simple chemin des triomphes, mais le trône d'un dieu.

Jamais l'amour ne fut aussi ardent cette nuit-là. Elle a l'habileté suprême de ne point parler d'Octave ni de Césarion. Elle parle de lui. De sa gloire, de sa couronne. Ne porte-t-elle pas le diadème qui fait se prosterner les foules ?

– Roi, dit-elle. Et dieu.

Le pschent est là, double couronne, qui symbolise l'union de la Haute et la Basse-Égypte sous l'autorité d'un seul souverain : Cléopâtre la Septième.

– Et ton frère-époux ? dit César qui, selon Suétone, a dès lors la tête emportée par les deux projets : se faire proclamer roi et vaincre les Parthes.

Cléopâtre la Septième a versé son parfum sur la poitrine de son amant. Elle le caresse, enivre la chair du conquérant. Elle baise sa peau à mesure qu'elle l'enduit de son parfum musqué.

– Mon frère-époux est pris de fièvre depuis ton départ. Eudemion, mon médecin, ne présage pas une longue vie. Dans une crise de convulsions, il a étranglé son singe favori. Sosigène a lu dans les étoiles de sa maison. Avant quinze mois, je régnerai seule parce que Reine et Divine. Et sans frère-époux.

César se laisse aller aux caresses, aux parfums, au murmure de la voix de plus en plus dorée.

– On nous a changé César ! Le serpent du Nil l'a ensorcelé ! murmure-t-on dans Rome. Ah ! si son nez avait été plus court, nous ne vivrions pas l'ignominie d'un juste qui se veut roi !

Des ragots montent tel un début d'incendie sournois. « La putain d'Alexandrie » lui verse des philtres sur le ventre, une puanteur de musc. Elle se moque de Cicéron, qui l'a répété au Sénat, disant qu'elle régnerait sur un trône d'or au sommet du Capitole et qu'elle forcerait les sénateurs à baiser ses cothurnes !

– Amour, reprend l'enchanteresse quand, sur elle, en elle, il exulte d'un lent plaisir qu'elle sait contenir longtemps. Amour, écoute-moi encore. Seule, la monarchie de droit divin soumet le monde. Même tes Romains et ta République sont bien trop misérables pour comprendre comment on revendique l'héritage d'Alexandrie.

Cléopâtre a-t-elle fait flamber dans le cerveau des conjurés la première étincelle d'un feu ravageur ?

Cléopâtre, ou la suavité du drame. Ces nuits-là, Calpurnia tremblait de terreur, en proie aux pires cauchemars.

X

Les ides de mars

La République n'est qu'un vain mot sans consistance ni réalité.

JULIUS CAESAR, *Commentaires*

César, le dieu invaincu

Rome avait détesté la statue de Vénus-Cléopâtre. Ce fut pire quand on vit, un matin, sur les Rostres, la statue de César couronné d'un diadème à bandelette blanche, symbole de la royauté, portant ces mots : « Au dieu invaincu. » La statue, copiée sur celle des vieux rois romains, est doublée par une autre au temple du Quirinus. L'âme de César ne serait-elle pas malade ? s'écrie Cicéron dans son texte *Les Tusculanes*. Sa « clémence » ne procéderait-elle pas d'une mentalité de roi ? Un droit royal ? Cicéron écrit à son ami Paetus : « Nous, nous obéissons à ses ordres, et lui obéit aux circonstances, mais même lui, qui est le Prince, il ne peut savoir ce qu'exigent les circonstances, et nous pas davantage ce qu'il pense. »

Qui peut pénétrer la pensée de César ? Cléopâtre, ce serpent du Nil ? L'indignation des tribuns du peuple, C. Epidius Marullus et L. Caesitius Flavius, est telle devant la statue couronnée qu'ils ordonnent « d'arracher cet emblème odieux et de le jeter au loin ». Cléopâtre, la putain d'Égypte, qui se teint les cheveux et parfume son corps comme les prostituées du Subure, veut perdre César. Il faut défendre César, malgré lui, contre cette stratège d'Orient ! Rome parle, s'agite, s'indigne. L'œil de Brutus s'obscurcit. « Qu'attends-tu, Brutus ? » disent ses amis.

Le drame se met en place comme au théâtre. Avec ses scènes, ses répliques et ses personnages. Le Sénat, par une odieuse faiblesse, a laissé battre la monnaie à l'effigie de César. L'artiste Aemilius Brica a dessiné l'effigie. Un profil farouche d'homme vieillissant, le cou plissé, le visage altéré sous la couronne de lauriers du front dégarni... L'énergie du faucon dans ce menton vigoureux et ce nez qui vaut celui de la fougueuse compagne de ses nuits et de ses ambitions. Ce nez aux narines dilatées, ce nez qui accentue le creux de la joue, la longue bouche au pli ironique. La bouche amère, sceptique, les prunelles perçantes. La statue sera portée avec l'accord du Sénat, de plus en plus lâche, sur le char des fêtes de la victoire d'Espagne. On est loin des précédents triomphes. Un silence total accueille la statue, flanquée de la déesse de la Victoire dont le corps ressemble étrangement à celui de Cléopâtre. Cicéron écrit que la statue de César « se trouvait en mauvaise compagnie ».

Le drame n'est pas loin quand une ville de cris, de fêtes féroces, se tait. Le silence et déjà les offenses. Quand César passe dans son char d'apparat devant le banc des tribuns, l'un d'eux, Pontius Aquila, reste assis. César lance la première réplique du drame :

– Eh bien, tribun Aquila, redemande-moi donc la République !

César se lance alors dans des réformes et des projets d'architecture. Un nouveau temple à Mars. La construction d'un théâtre immense. Adossée au Capitole, une bibliothèque géante copiée sur celle d'Alexandrie, où le savant Terentius Varro, ancien légat de Pompée, est chargé de rassembler les plus grands textes grecs et latins.

Le drame sourd, on se tait. On ne commente plus. On attend. Quoi ?

César veut-il devenir, ébranlé des flatteries chuchotées lors de ses nuits de stupre par la prostituée royale, le deuxième Alexandre ? Il restaurerait alors la monarchie universelle sous l'égide de Rome ?

Le drame. Cléopâtre, de sa voix mélodieuse, a-t-elle échauffé la cervelle de cet homme vieillissant ? Les consuls de l'année suivante seraient Marc Antoine, l'ivrogne, Dolabella et le cruel Publius Cornelius. On lui reproche ses choix. César sent l'hostilité des amis de Brutus, ces sobres au regard brûlant. « Je ne crains pas, dit-il, les hommes gros et chevelus, mais les gens pâles et maigres. » César, qui triomphe et va mourir. César provoque les nouveaux honneurs du Sénat. Il accepte le titre de *Pater Patriae.* Le jour de son anniversaire sera décrété fête officielle. Quinctilis devient Julius (juillet). Pour honorer ce jour, on construit un temple à la Concorde.

César en statue, en temple, en monnaie, en propos. Les honneurs l'entourent telles des ronces inextricables. Il obtient le privilège de l'inviolabilité, le *sacrosanctitas.* Son titre d'*imperator* devient héréditaire. Il ira « à son fils » – ou à son fils adoptif. Au lieu de la *toga praetexta,* à bande pourpre, il portera désormais le vêtement pourpre brodé d'or, avec les brodequins rouges à haute tige, tels les anciens rois romains. Le roi César.

Le drame César.

Cléopâtre le comble de caresses quand le doute l'oppresse et entraîne le Haut Mal. Elle le pousse à l'ultime retranchement.

Se rendre en roi, en dieu-roi à la fête la plus populaire des Romains : les Saturnales, le 19 décembre 45.

Brutus, Cassius, Cember, Aquila, Casca, dénoncent l'influence désastreuse de l'Égypte. La foule, Rome qui déteste le silence, réclament les Saturnales. César traverse Rome sur un cheval blanc, flanqué d'un cortège qui rappelle les Tarquins. Les alliés de Brutus éparpillés dans la foule lui lancent la suprême insulte : « Rex ! Rex ! (Roi !) » Un grondement de haine s'empare de la plèbe – « Rex ! Rex ! »

Il a du mal à rejoindre la Campanie et la villa de Cicéron déconcerté qui lui offre un festin et écrit à Atticus : « Nous pourrions nous entendre mais c'est un hôte peu sympathique ! et pourtant je ne regrette pas, il était en effet de l'humeur la plus plaisante. »

Le roi César.

Le miroir fêlé

Le drame.

On blâme César de siéger au temple de la Vénus Genitrix, cette fille d'or qui a le nez de Cléopâtre. Le moindre prétexte fait éclater l'hostilité. Le 15 février 44, ce sera pendant les Lupercales.

Calpurnia le rend fou avec ses songes. Calpurnia chez laquelle, étrangement, il achève ses nuits.

Il va quêter à sa bouche le récit du songe, encore ému du plaisir pris avec Cléopâtre. Jamais elle ne dort, celle qu'il nomme au fil de ces jours étranges « sa chaste épouse », celle qui lui parle, allongée sur leur froide couche conjugale. Il l'écoute. Ce sont des gisants, statufiés, qui savent tout l'un de l'autre.

Il commet aux yeux de Rome un crime symbolique. S'être laissé appeler roi, un titre empoisonné dont il ne peut plus se défaire même après avoir clamé très haut :

« Je suis César et non pas roi ! »

– Tu es roi parce que César, fils de Vénus, dit Cléopâtre.

Jamais ils ne firent autant l'amour et dans l'amour il la trahissait subtilement. Les rêves de Calpurnia lui étaient devenus précieux. Il la trahissait en favorisant son ennemi originel, Octave. Elle l'a fait roi, elle l'a perdu.

César perdurera par le sang romain. Un Romain reprendra le pouvoir, non un bâtard d'Égypte. Il l'a trahie et l'aime de plus en plus. Ce sont leurs adieux. Elle l'ignore encore et le Haut Mal le fait par moments sombrer.

Cléopâtre se tord les mains de jalousie quand, au milieu de la nuit, César se lève, reprend son regard de faucon et retourne chez Calpurnia, la voix du malheur. La voix l'oblige à redevenir Romain, César le Romain. Cléopâtre jette à la volée le flacon de cristal de son parfum destiné à l'amour. Un flacon qui la représente nue et qui fêle de haut en bas le miroir aux oreilles de vache. Cléopâtre la Septième pousse un grand cri.

– C'est un signe de grand malheur !

La fêlure ressemble à un serpent debout. César s'éloigne, retrouve Calpurnia. Elle a rêvé que le visage de César se craquelait en deux parties sanglantes.

– *Caesarem se, non regem esse !* répète une voix rauque.

– César, méfie-toi des ides de mars ! gémit Calpurnia, dont la bouche, dans l'obscurité, a la forme d'une sombre caverne.

Les Lupercales

Le 15 février, blanchie de froid et d'une lumière aiguë, Rome célèbre les Lupercales, vieille fête des bergers qui défendent leurs troupeaux contre les loups, élevés au rang de célébration nationale. César est-il devenu un loup, puisque roi ?

Pour l'honorer, la confrérie des Luperques entre dans la ville, précédée du grand prêtre-consul Marc Antoine, déjà ivre de vin de Falerne.

Chassés à grands coups de fouet, les Luperques courent après les femmes stériles en leur souhaitant d'être fécondées.

– Le grand Pan les remplit, dit-on, d'un foutre fécondant.

César, ivre d'angoisse et de méchanceté, lance à Calpurnia, chancelante dans ses voiles orange :

– Cours, femme stérile ! Cours !

Antoine fait un beau tapage ; à demi nu, fouet en main, excité par ces femelles dont certaines lui font des gestes obscènes.

– Force-moi, dieu des Luperques ! crient les plus hystériques, désignant leur sexe.

La nuit qui suivra, Antoine remplira de sa semence les ventres offerts. Ceint d'une queue de loup, à cheval, il brandit la bannière et, par dérision, un diadème d'or et de laurier. Antoine, bestial, beau, ignoble, ruisselant de vin et de cris en dépit du froid, se précipite vers César pour le ceindre de la couronne : « Ô Roi César ! »

César est seul, entouré de préteurs, d'édiles, de sénateurs. Si seul. Cléopâtre aussi, bien cachée dans sa villa. Réduite, prisonnière, elle contemple sombrement son image divisée dans le miroir fêlé. César, à bout de force, se penche vers Calpurnia :

– J'ai bien assez vécu, aussi bien pour la nature humaine que pour la renommée.

Les Luperques, dans un grand fracas, achèvent leur course devant lui. Marc Antoine, en sueur et d'audace riante, gravit les marches jusqu'à la tribune. Il tend au dictateur le diadème blanc orné d'une couronne de laurier. César le repousse.

Marc Antoine qui adore la mise en scène, et le public, tente à nouveau de poser le fatal insigne sur le front dégarni de César.

– César, je te remets l'insigne de la royauté au nom du peuple romain.

Le peuple est brusquement silencieux. Alors, César se lève et jette violemment la couronne au milieu des assistants. La foule éclate en une ovation sans fin. César crie ses ordres.

– Portez cette couronne au temple de Jupiter Capitolin, seul roi de Rome ! Inscrivez sur le calendrier officiel que, en ce jour des Lupercales, César, dictateur perpétuel, a rejeté la dignité royale.

Cléopâtre, à qui on narre à mesure les événements, est proche des larmes et de la colère. Par ce geste, César montre son mépris de la royauté de droit divin hellénistique.

À Rome, César est romain. Sa passion n'a pas altéré son sens de la raison d'État. Humiliée, elle se tord les mains devant le miroir fêlé. Ô Hathor ! en cette terre hostile, qui veut nous réduire en province, en esclaves et vous, mes dieux, qu'ils soient de Macédoine et d'Égypte, vous serez aussi réduits, blessés, moqués. Il nous faut fuir.

Le refus de la couronne, c'est le refus de Cléopâtre.

Va-t-il la garder ici en catin privilégiée ? Que son palais, son royaume et la mer lui manquent ! Voleurs de Romains ! César vole la science de Sosigène toujours en conférence sur son ordre.

– Reine, attention aux ides de mars, dit le savant.

Mais elle n'a pas dit son dernier mot. Les heures qui suivent les Lupercales, elle fait courir la rumeur que seul un roi pourrait vaincre les Parthes.

Elle connaît l'obsession de César à vaincre les Parthes, à dépasser Alexandre. La rumeur dit qu'un oracle a dicté au Sénat de nommer César roi. Cicéron s'insurge. Non ! Jamais pareil oracle n'a eu lieu ! La rumeur va jusqu'à chuchoter à l'oreille des esclaves et des mendiants que César transférerait à Alexandrie la polygamie pour épouser Cléopâtre sans divorcer de Calpurnia.

Rome va-t-elle adorer le roi César et la reine Cléopâtre ou les détruire à jamais ?

Le ciel est lourd, bas, des nuées filent, entraînant les comètes.

Qu'attends-tu, Brutus ?

Les lauriers et les premières violettes embaument le jardin de la villa, baigné de rosée. Cléopâtre, éveillée depuis l'aube, caresse la fêlure du miroir.

Où sont les amis de César ? Où est Dolabella, cet Éros pourri de vices ? Où est Antoine qui a galopé, nu, finissant sa nuit chez les filles ? Où est Hirtius, le long et vieil éphèbe qui recueille les textes de César ? Où est Octave dont le regard glacé filtre une lueur bileuse ? Le peuple aime-t-il César ? Le roi César ?

Cléopâtre sent sa gorge serrée. Aime-t-elle encore César qui se détourne de son fils ?

Qui aime César, à part quelques femmes, Cléopâtre, Antoine et ses gros baisers femelles ? Oui, Antoine a quelque chose de femelle... César a voté des lois en faveur des plus pauvres. Ces nouveaux colons, en démolissant de vieux tombeaux à Capoue pour construire leurs maisons, ont trouvé une inquiétante tablette en grec : « Quand on aura découvert les ossements de Capys, un descendant d'Iule, fils d'Énée, tombera sous les coups de plusieurs de ses proches et l'Italie connaîtra de terribles désastres. »

Qui aime César ? La ville murmure cette prédiction et s'épouvante lentement. Calpurnia a balbutié chaque terme dans un de ses maudits rêves éveillés : « Un descendant d'Iule, fils d'Énée, tombera sous les coups de plusieurs de ses proches... »

Cléopâtre, devant le miroir fêlé, n'est que sombres pensées.

Sosigène est seul à la conforter. Elle va le voir dans la salle où, entouré de parchemins, il réfléchit au sens des choses et des mouvements.

– Regarde, reine.

Il lui montre une plate pièce d'or, bien droite.

– Plonge-la dans ce bain d'eau pure.

Dans le bain d'eau pure, la pièce ondule et se déforme.

– Pourtant, dans le réel, elle est rigide, ronde et plate.

Il l'entraîne vers une table en marbre et remplit une coupe de vinaigre.

– Reine, donne-moi une de tes perles et dis-lui adieu !

Sosigène détache délicatement la plus grosse des perles et la plonge dans le vinaigre : Cléopâtre a un cri spontané. La perle s'est entièrement dissoute.

– Un corps peut détruire un autre corps.

Le petit homme pointe un doigt qui ne tremble pas sur la carte de la maison des astres.

– Méfie-toi des ides de mars. Mars enténébré par Saturne prépare un grand malheur. Saturne fera s'évanouir le rêve du roi Iule et bientôt tu reverras la mer.

Les conjurés ou la haine active. Ils sont soixante menés par Marcus Brutus.

Decimus Brutus, son cousin, secoue une tête passionnée. Cassius et Casca s'impatientent. Trebonius est irrité depuis les Lupercales, Ligarius aurait bien occis le roi César pendant cette fête où il a feint de repousser la couronne. Metellus Cimber a su convaincre que la main, la seule digne de porter le premier coup à l'imposteur, est celle de Brutus. Les amis de Brutus frapperont ensuite d'un coup de poignard César-roi-dictateur : Lucilius, Messala, Titinius, le jeune Caton, Volumnius, Varron… Et Cinna, confondu à l'autre, l'innocent poète.

Haïr le roi pour sauver la *Res publica*. La grogne monte contre l'étrangère qui a injecté le venin de la royauté et de la luxure orientales.

Elle l'empoisonne ! ont dit les femmes, Servilia, Claudia, Fulvie. Elle l'empoisonne afin de régner seule.

Cléopâtre la Septième. Voilà près de trois années qu'elle vit à Rome. Est-elle responsable de la conjuration contre César ?

– Q'attends-tu, Brutus ? s'écrie Caius Cassius Longinus Cimber.

Il a écarté de leur complot le fat Marc Antoine, qui avait osé présenter le diadème blanc à César. La dictature à perpétuité accentue l'amertume des conjurés. La mort du tyran est un devoir. Les conjurés se tournent vers Brutus, qui ne dort plus depuis des jours.

– Souviens-toi ! Quand Tarquin le Superbe, dernier des anciens rois de Rome, devint despote, Lucius Junius Brutus, ton ancêtre, le renversa. Le peuple jura solennellement de ne plus jamais souffrir qu'un souverain régnât sur Rome. Qu'attends-tu, Marcus Brutus ?

Caius Cassius Longinus, plein de flamme, s'était opposé en janvier au vote des nouveaux honneurs. Plutarque le définit comme un homme « fougueux, emporté, entraîné souvent par l'appât du gain hors des voies de la Justice ». Républicain convaincu, ancien Pompéien, Caius Cassius Longinus est celui qui hait César au paroxysme. Il entreprend d'armer la main de Marcus Brutus qui hésite. Il aime, en secret, ce « père » plein d'indulgence. Marcus Brutus est beau. Il a quarante et un ans et une réputation irréprochable. Il est fidèle à son épouse Porcia et à la République. Porcia, au lisse chignon noir, si simple, le visage de velours blanc. Porcia ou la Vertu. Porcia l'amie de la douce Octavie, la jeune sœur d'Octave, une des plus tendres figures féminines de Rome. La ville l'aimera avec respect et tendresse jusqu'à la fin de ses jours. Octavie, amie de Porcia, vêtue de simple lin, les cheveux couleur noisette, naturels, nattés autour du pur ovale, la peau claire, l'œil de velours châtain. Octavie, levée tôt pour faire la charité et recueillir aux carrefours les bébés exposés (abandonnés), des filles, bien sûr, ou des contrefaits. Octavie, accompagnée d'une servante portant le panier de galettes qu'elle distribue aux plus pauvres. Octavie priant les dieux et les déesses de la terre pour la paix dans le monde et entre les hommes. Octavie et Porcia. Les hommes, à Rome, les citent comme le plus bel exemple de la sagesse, de la modestie, de la vertu. Cicéron a écrit que ces femmes-là couvrent d'honneur et de gloire leurs époux. Porcia est plus austère qu'Octavie qui chante dès le jour. Porcia connaît le projet de Brutus, l'homme qu'elle aime. Brutus, entouré d'estime, à la réputation irréprochable. Brutus qui vénère César et que le devoir va obliger à tuer. Brutus qui supporte si mal la liaison de Servilia, sa mère, avec celui qui est devenu un tyran.

Porcia le pousse au geste. César est responsable de la mort de Caton, son père, et des opprobres immondes à l'encontre de ce grand mort, sacrifié à la République.

Tous désignent Brutus pour le geste. Chaque matin, sur son siège de préteur, des tablettes funestes sont posées : « Brutus, tu dors ! » et même : « Tu n'es pas Brutus ! » Sur la statue du grand Lucius Brutus qui avait libéré Rome des rois, on peut lire : « Ah, si tu étais là ! »

Le destin. Le destin le sacrifie. Il doit frapper la tyrannie. Il entre à son tour dans les songes éveillés, l'insomnie qui dévore son regard de braise. Le scrupule l'anéantit et son farouche amour de la République le déchire. Plutarque affirme qu'il avait dit à Cicéron « qu'il tuerait son propre père si celui-ci aspirait à la tyrannie ».

Brutus pâle tel le marbre des statues. Les conjurés arrêtent la date fatidique du 15 mars pour tuer César.

Brutus portera le premier coup.

Le 15 mars : jour politique entre tous où César doit se rendre au Sénat pour examiner l'hostilité de Dolabella, opposé à ce que Marc Antoine soit nommé consul. Pour César, Dolabella est parfaitement à sa place comme coconsul. Il pourra enfin engager la guerre contre les Parthes, les charges de l'État étant en mains sûres.

La mort est un songe

Les songes. Tout le monde se met à avoir des songes. Non seulement Calpurnia, mais Cléopâtre qui rêve ceci : « Les chevaux que César avait consacrés au dieu du Fleuve, en franchissant le Rubicon, et laissés errer sans gardien se privaient obstinément de nourriture et versaient des larmes abondantes. »

Cléopâtre a consulté avec Sosigène l'augure Spurinna, lequel a lu dans les entrailles chaudes d'un taureau que César était en danger de mort aux ides de mars. César, seul, est plein de mépris – pour la première fois dur et sarcastique envers Cléopâtre. Sa dernière visite à la reine, parée pour lui d'un voile vert émeraude, battu d'écume argent, se passe mal. Elle a la maladresse de faire parler l'augure Spurinna. César, venu, sans escorte, exprès, eût-on dit, à cheval comme un simple soldat, rabroue cette jeune femme de vingt-cinq ans. Elle éclate en larmes quand il lui lance, sans l'embrasser, d'une bouche amère :

– Mieux vaut succomber une fois aux complots que d'être toujours dans l'inquiétude et sur le qui-vive. Qui peut me sauver ? Toi ? Une femme ?

– Entoure-toi au moins de ta garde ! supplie-t-elle.

– Rien de plus funeste qu'une garde personnelle, jette-t-il, défaisant les petites mains qui s'accrochent à lui.

Épouvantée, elle s'aperçoit qu'il ne porte même pas une cotte de mailles. Sa peau est nue. Exposée.

C'est la dernière fois qu'ils se voient et c'est dans l'hostilité. Elle recule, le poing contre la bouche. Spurinna et Sosigène baissent la tête. Elle pâlit en mauve telles les femmes très brunes. La froideur de César lui est torture. D'un geste qui bannit, il refuse de voir Césarion.

La petite reine d'Égypte redouble de pleurs. Des sanglots d'enfant. Dans les yeux de faucon danse une minuscule lueur de désespoir. Il lui en veut de l'avoir aimée. Il la quitte sans se retourner. Seul dans le vent trop vif de mars. Il ne verra pas le désespoir de Cléopâtre, ses sanglots soulèvent les voiles qui ressemblent à cette mer tant aimée.

César passe sa dernière soirée chez Marcus Lepidus, *magister equitus*. La conversation tourne sur les divers genres de mort et, avec ironie, César « donna la préférence à une mort subite, inattendue ». Marcus Lepidus lui offre son meilleur vin et s'étonne de le voir éclater d'un rire strident, insupportable, aux termes « mort subite inattendue ! »

Il achève la nuit chez Calpurnia.

Une nuit affreuse : elle rêve à haute voix, fantôme dressé sur sa couche. Las, il écoute et approuve. « Comme tu parles bien, ma tendre épouse ! Qu'a de commun l'élégante Calpurnia, avec cette furie échevelée, les joues creuses, qui laboure sa poitrine trop plate d'ongles trop longs ? Sa voix n'est plus humaine. Elle vient des profondeurs ténébreuses qui épouvantent les hommes. »

– Ne te rends pas au Sénat, César. Le fronton de notre maison vient de s'effondrer. Je te vois, poignardé, couché sur tes genoux.

Elle parle, les yeux fixes, ceux des aveugles. Soudain, dans un fracas de vent gémissant, les portes de leur chambre à coucher s'ouvrent. Elles battent sur le vide, le vent violent a éteint les torches vacillantes. C'est la nuit noire de César et Calpurnia.

Calpurnia, d'un feulement sauvage, tourne sur elle-même, tel César quand le Haut Mal le saisit. Tel César en crise, elle s'effondre raidie, comme morte, de la bave sur les lèvres.

Il se lève, demi-nu, se penche sur elle. Elle psalmodie :

– Les ides de mars ! Les ides de mars !

Il a froid. Il s'enroule au hasard d'une couverture de laine. Le vent gémit, les portes claquent, personne. Nul n'ose approcher de la chambre du souverain. César et son épouse en catalepsie visionnaire.

Le matin est blême, César est blême. Calpurnia grelotte, prise de fièvre, recroquevillée sur la couche froissée. Il y a du monde au palais. Des hommes surtout. On attend César, il faut aller au Sénat. Quel serviteur l'a aidé ce matin-là ? César apparaît, vêtu de pourpre et de blanc, vêtu de la tenue honnie de ses ennemis. Parmi les hommes qui attendent, Decimus Brutus envoyé par les siens. César devine qu'un complot se trame vraiment. Il est ébranlé par le cauchemar éveillé de Calpurnia. Il se résigne, il a besoin de cette mort-là. Le destin marque son heure et il est vain de s'en détourner. Il tente un repli.

Il se tourne vers Marc Antoine, rouge d'une nuit de beuverie.

– Marc Antoine, décommande la séance. Je m'y rendrai plus tard.

Le destin. Est-ce Marc Antoine, piaffant d'impatience, la toge retenue d'agrafes étincelantes, la poitrine ornée d'une cotte gravée d'un lion ? Marc Antoine est devancé par Decimus Brutus :

– César, ne déçois pas l'Assemblée. Elle t'attend, réunie à ta demande.

– Les présages ne sont pas bons, répond sobrement César qui sent fouailler le Haut Mal, mais de façon différente.

C'est son âme qui éprouve le Haut Mal, non son corps.

– Si les présages sont mauvais, insiste Decimus Brutus, coupant Marc Antoine prêt à décommander la séance, choisis un autre jour à la curie.

César a un lent sourire. Allons, on ne manque pas le destin. L'heure est venue.

César quitte en litière sa maison de la Voie sacrée. Il est onze heures et le cri de bête qui retentit est celui de Calpurnia.

La curie. Sur son chemin, la foule grossit, devant le nouveau théâtre, sur le champ de Mars. Un homme enveloppé d'une cape réussit à atteindre la litière de César : Artemidores, le Grec, un allié de Cléopâtre. Cléopâtre a passé la nuit dans une agitation extrême et a fait préparer le message qui dévoile le complot. César a souvent vu Artemidores auprès de Sosigène. Il se raidit. Le Grec insiste, supplie :

– César, par le nom de ma reine, lis !

Mais la foule s'épaissit ; impossible de délier le parchemin qui porte les noms des conjurés. César, de plus en plus glacé, dédaigne ce brûlot. Peut-être a-t-il déjà tout compris et accepte-t-il l'Inexorable.

Il arrive à la curie avec en main, scellé, son destin gravé qu'il n'a point déchiffré. Artemidores ne peut plus rien, ni Cléopâtre qui a joué la dernière chance de l'homme aimé. Elle tente un deuxième message sur le parcours, en cas d'échec d'Artemidores. Elle a envoyé l'augure Spurinna qui attend César au pied des marches. César gravit les premiers degrés. Spurinna lui lance :

– Eh bien, César, les ides de mars sont là !

César, résigné au destin, le texte du Grec roulé dans sa main gauche, acquiesce :

– Oui, elles sont là, mais elles ne sont pas passées.

Spurinna l'augure, Artemidores le Grec, sont-ils des songes ? Ils ont disparu. Le rêve d'Égypte fut aussi un songe, comme la vie et la mort elles-mêmes.

Un songe. Dans sa villa, la fille des Lagides tremble, s'abandonne au fatalisme de sa culture. Est-elle prisonnière d'un large rideau de pluie, ces pluies d'Occident qui gèlent son sang ? Sont-ce des larmes qui forment ce rideau ou le sang de César ?

L'augure, le Grec et Sosigène sont près d'elle. Le miroir fêlé brouille son visage baigné de larmes. Elle demande qu'on l'habille de ses atours blancs, qu'on pose sur ses boucles d'or rouge le diadème au serpent d'or et qu'on lui serve un magnifique souper. Seule.

Les femmes. Sont-ce les femmes, les responsables du sang versé ? Les femmes trop aimées, insultées, rejetées. Les femmes, les sorcières, les vouivres, les goules, Cléopâtre et ses pouvoirs, Fulvie qui a traité Antoine de lâche, Servilia, rabrouée par son fils Brutus. Les femmes. Les mères, tant de mères qui se meurent d'un fils. Brutus déchiré entre la digne Porcia – « Qu'attends-tu, Brutus ? » – et la mère inquiète. Les femmes. Calpurnia grelottant de fièvre et que César, au dernier moment, a écarté du pied car elle lui barrait la porte. Sont-ce ces femmes qui, aux heures de fièvre et de sexe, dictent aux hommes le chemin de leur chute ?

Les ides de mars

Marcus Brutus s'est levé. Avec son regard de haine. Avec sa mâchoire carrée et sa prestance de bel homme que nimbe une ombre pourpre. Marcus Brutus ne veut pas d'un carnage. Seul, César doit tomber. Il faut éloigner le turbulent Antoine que les coups frapperaient car il ne manquerait pas de défendre son maître, son roi, César qu'il a voulu couronner. Marcus Brutus charge Trebonius de l'écarter de la curie.

Antoine, impatienté, le suit. On a fermé l'immense porte de la salle de réunion. On a fermé le tombeau de César. César va prendre place et c'est le récit haletant de Suétone qui restitue la suite : « Tandis qu'il s'asseyait, les conjurés l'entourèrent sous prétexte de lui rendre hommage et tout de suite Tillius Cimber, qui s'était chargé du premier rôle, s'approcha davantage comme pour lui demander une faveur. Mais César, faisant un signe de refus et le renvoyant du geste à un autre moment, Tillius saisit sa toge aux deux épaules ; alors comme César s'écriait : “ Cette fois c'est de la violence ”, l'un des deux, Casca, le blessa par-derrière, un peu au-dessus de la gorge. César, lui ayant saisi le bras, le transperça de son poinçon et essaya de s'élancer en avant, mais il fut arrêté par une autre blessure. S'apercevant alors que de toutes parts on l'attaquait, le poignard à la main, il enroula sa toge autour de sa tête, tandis que de sa main gauche il en faisait glisser les plis jusqu'au bas de ses jambes pour tomber avec plus de décence, le corps voilé jusqu'en bas. Il fut ainsi percé de vingt-trois blessures, n'ayant poussé qu'un gémissement au premier coup, sans une parole. Pourtant, d'après ses amis, il aurait dit à Marcus Brutus qui se précipitait sur lui :

« – Toi aussi, mon fils ! (*Tu quoque, fili !*) »

Il chancelle, frappé à mort, au pied de la statue de Pompée. Agavé ! Agavé ! Vont-ils lui couper la tête ? la jeter à la foule ? Mourant, son dernier regard rencontre les yeux de marbre de Pompée. Pompée, son destin. Pompée, le gendre, le triumvir, l'associé, l'ennemi acharné qui l'a mené jusqu'au sol de l'Égypte. Jusqu'à Cléopâtre.

Il ne souffre presque plus. La véritable blessure a été le visage du fils, la main levée sur le père.

Marcus Brutus, horrifié, regarde le cadavre de César. Tous sont pétrifiés de leur crime. Rome n'est qu'un cri :

« César a été assassiné ! »

L'effondrement se mêle à la panique. Lepidus s'enfuit. Même Antoine, caché dans la bure d'un gueux. « Lâche ! crie Fulvie, lâche ! »

Terreur et silence dans la salle. Le cadavre de César saigne de toutes parts, plus silencieux que la statue de Pompée. Les conjurés, dans leur complot, avaient prévu de jeter le corps dans le Tibre, de confisquer ses biens, d'annuler ses actes. Brutus crie à Cicéron accouru :

– Cicéron, je te félicite du rétablissement de la liberté !

Nul n'ose toucher à César ensanglanté. Trois esclaves l'étendent sur une litière et le ramènent chez lui. Toutes les portes sont ouvertes. Calpurnia a la tête couverte de cendres.

À la villa, derrière les fontaines et les bosquets odorants, toutes les portes sont fermées. Cléopâtre, seule, devant le miroir fêlé, se déchire le visage, arrache ses cheveux, devant Iras et Charmion en pleurs.

L'enfant-époux-roi grelotte entre deux nausées de bile noire, et serre son nouveau singe contre son cœur.

Cléopâtre a demandé qu'on lui amène Césarion. Elle embrasse les boucles d'or bronze.

– Enfant, ton père est mort.

Sosigène, Spurinna, Artemidores le Grec, interrogent les cartes du ciel. Charmion et Iras habillent la reine de blanc et la parent des perles que lui offrait César. On baigne son visage dans de l'eau de rose et de vinaigre. On étale des onguents sur les marques du chagrin et on attend que Cléopâtre la Septième, reine d'Égypte, se ressaisisse.

– Nous repartons à Alexandrie.

Elle détache le collier de ses plus belles perles et les confie à l'augure Spurinna.

– Tu les jetteras sur le bûcher de César.

Vite. La vie d'abord. Vite, pour ne point mourir. Il y a un remue-ménage sans paroles dans la villa. Vite, on ouvre les coffres, on entasse les soieries, les bijoux, la vaisselle et les toilettes. Vite, on fait affréter par la garde la trirème au port d'Ostie. Vite on rassemble les litières et les armes.

Cléopâtre s'enfuit de Rome sans attendre que l'on vienne l'égorger. Cicéron n'a-t-il pas insinué qu'elle était responsable de la folie de César : devenir roi ?

Ils la haïssent, elle et son fils. Son fils dans la litière, contre elle.

Mars cinglant et dur. Elle n'a ni bu ni mangé. Sa pensée se désole quand elle s'attarde sur le corps de César poignardé. Son énergie est décuplée par sa vitale et sauvage envie de vivre. Régner seule. Vite, quand la peur et le chagrin sont extrêmes. Une énergie exceptionnelle sourd en elle.

Vite, par ces chemins peu sûrs, elle atteint enfin Ostie. Avec soulagement et le cœur déchiré, elle gagne son navire aux voiles de pourpre.

Vite. Ses capitaines, heureux de revoir leur pays, se pressent. La mer est calme. Il y aura seize jours imprévisibles.

Début avril, le phare a aperçu l'armada de la reine et Alexandrie se réjouit car Cléopâtre est revenue.

Seule. L'enfant-époux-roi est mort de la bile noire où on décelait – sans jamais en parler – les humeurs d'un poison rare. On l'a enveloppé du linceul blanc en attendant les funérailles rituelles. Cléopâtre la Septième, dont le regard ne quitte pas le miroir fêlé, devient voyante, pythie. Le jeûne, l'angoisse, le deuil, lui laissent voir ce qui, en effet, se passe à Rome.

Les funérailles de César

« Le lendemain, écrit Suétone, Brutus et les conjurés descendirent au Forum et haranguèrent le peuple qui écouta leurs discours sans manifester ni blâme ni approbation de ce qui s'était fait, mais qui laissait voir par son profond silence que, s'il plaignait César, il respectait Brutus. Le Sénat décréta que l'on rendrait à César les honneurs divins et qu'on ne toucherait pas à la moindre des mesures qu'il avait prises quand il était au pouvoir. »

Somptueuses funérailles. Comme Cléopâtre les eût souhaitées et qu'organise Antoine, ressaisi. Antoine fait rassembler les vétérans de César, en larmes. En signe de deuil, ils frappent du glaive contre leurs boucliers. Antoine fait transporter de la maison de César ses papiers personnels et son trésor que Calpurnia lui confie immédiatement. « César t'aimait comme un fils, dit-elle, blême, à peine vivante. Prends ceci. Il eût voulu que cela soit ainsi. » Calpurnia, retirée dans la maison de son père, grelotte de fièvre.

« Le lit funèbre, dit Suétone, fut porté au Forum devant la tribune des harangues des magistrats en exercice ou sortis de charge. Les uns voulaient qu'on le brûlât dans le sanctuaire de Jupiter Capitolin, les autres dans la curie de Pompée, mais tout à coup deux hommes y mirent le feu avec des cierges allumés. César recouvert d'une couverture d'or et de sa toge ensanglantée. » Antoine reprend la situation en main. Ce 20 mars, lors des feux funèbres, il prononce un discours dans lequel il fait relire le décret sénatorial portant la liste des honneurs divins et humains décernés à César. Antoine, seul, étincelant, embrase la foule comme le feu. À son geste, on enflamme le bûcher si haut qu'il touche au ciel.

Le feu, craquant, purificateur ; un énorme brasier alimenté par le peuple qui a apporté par brassées des banquettes hâtivement brisées. Feu où, fantastique, le corps de César s'assied, jette un bras en l'air. Dans un grand cri, la foule le croit ressuscité. Les musiciens reculent et lancent à leur tour leurs vêtements dans les flammes. On aperçoit encore César, sa forme rouge. Le feu fait bouger les morts. Il se dresse, retombe, disparaît dans un épais rideau de fumée. En larmes et avec des cris déchirants, les vétérans jettent à César leurs armes et leurs couronnes de laurier. Les femmes, toutes les femmes, prêtes à se donner à lui, offrent au feu leurs parures. L'une d'elles capture la lumière flamboyante : les perles de Cléopâtre la Septième, amante de César.

On gémit longtemps et l'on dit que les signes les plus terribles s'abattent sur Rome. On a tué un dieu. Son sang retombe sur la ville. Chacun se boucle chez lui. Les rideaux des boutiques sont tirés, les maisons fermées. La nuit. C'est la nuit. La terre court à l'abîme. Les prodiges se multiplient. On voit un halo autour du soleil et une comète erre au-dessus de la ville. L'âme de César. « Tout au long de l'année, écrit Plutarque, le soleil se leva toujours plus pâle et débile ; l'air fut toujours épais et ténébreux ; en sorte que les fruits de la terre n'arrivaient pas à maturité et se flétrissaient comme atteints par le gel. »

Lorsque Cléopâtre touche terre, aux suaves parfums de lauriers-roses, des bosquets de Némésis, le Nil s'est retiré. On entre au beau mois de Pharmouthi (avril). C'est le début de la moisson.

César avait cinquante-six ans : on le hissa au rang des dieux.

QUATRIÈME PARTIE

Marc Antoine

Montre-toi sous la forme d'un taureau ou d'un serpent qui arbore plusieurs têtes ou d'un lion flamboyant au regard.
Viens, ô Bacchus, de ton visage qui rit jette un lac mortel autour du chasseur des bacchantes, qui se précipite au milieu du troupeau des ménades.

EURIPIDE, *Les Bacchantes,* 99104

Le retour de Cléopâtre

« La fuite de la reine ne m'est pas désagréable, écrit le 15 avril Cicéron à son ami Atticus. Elle n'est pas la seule à s'être enfuie. » Cléopâtre retrouve avec un bonheur réel son cher palais de la Lochias. Son retour est plein de péril. Va-t-elle dominer son peuple ébranlé par le complot d'Arsinoé qui s'est alliée un groupe, et créer un faux Ptolémée ? Arsinoé a réussi à convaincre le satrape de Chypre de prendre la tête du mouvement contre la putain de César, Rome, leur ennemie ! Elle arrive à soudoyer un jeune Macédonien de vingt ans et à le faire passer pour Ptolémée XIII.

Le peuple hésite ; cet enfant-roi mort de fièvre et de bile noire, vite inhumé aux tombeaux des Ptolémées, est-ce son frère-époux ? L'a-t-elle fait empoisonner ? Arsinoé, prisonnière, a pris la figure d'une victime. Cléopâtre a suivi un amant dictateur, elle les a abandonnés et la revoilà parce qu'elle a perdu son puissant allié ? Comment lui faire confiance ? Les moissons sont mauvaises. Les crues insuffisantes provoquent de nouvelles famines. Est-ce l'abandon d'Isis-Cléopâtre qui entraîne la vengeance du Nil ? Cléopâtre doit tout reprendre en main. Aussitôt les funérailles du frère-époux achevées, dont le singe aux yeux fous a été embaumé à ses côtés, Cléopâtre fait sacrer pharaon Césarion, âgé de trois ans. Elle est mère d'un roi et règne seule. Elle fait enfermer Arsinoé à Éphèse dans un temple clos de toutes parts. Elle fait étrangler l'imposteur qui se faisait passer pour Ptolémée XIII. Son retour exige une énergie farouche. Elle n'a pas besoin, comme la reine Hatshepsout, de porter une fausse barbe pour se faire respecter d'un peuple qui ne demande qu'à l'adorer. Sa vigilance est extrême, autant que son souci. Les fêtes du couronnement de Césarion ont été somptueuses. Les calomnies de Rome sont allées jusqu'en Égypte, alimentées par Arsinoé et ses adeptes. Césarion, dit-on, serait le fils d'un soldat quelconque, Cléopâtre couchant avec n'importe qui. Elle sait que cette paternité est fragile. Lors du voyage avec César, sur le Nil, en 47, elle portait, glorieux, son ventre gonflé de leurs amours. L'Égypte entière l'avait vue grosse de son amant qu'elle ne quittait jamais. Il lui faudra se battre sans cesse pour rappeler que Césarion est le fils de César-Amon-Zeus.

Elle n'a plus beaucoup d'amis à qui se confier. Sosigène, Démétrios et Philodote sont morts de fatigue et de maladie peu de mois après leur retour. Il lui reste Ouseros, le grand prêtre, Comarios, le savant, le dévoué Apollodore qui la mena à César dans un tapis, Iras et Charmion, aux mains si douces. Il lui reste le pouvoir, un pays difficile, toujours à la botte de Rome, dont elle suit avec inquiétude la politique.

Quelle reine a des amis ? Elle a dû, pendant la traversée où seule dans sa cabine elle se tordait de douleur, de nausées, de chagrin, dissimuler son effondrement. Peu à peu, un soulagement, une douceur se profilaient à mesure que la mer devenait émeraude ; et à nouveau d'un azur éclatant. Alexandrie ! Le bonheur de retrouver son pays. Cette lumière à nulle autre pareille. Comment a-t-elle pu vivre dans Rome, si rude, si âpre ? Son angoisse perdurait ; elle avait entendu les hurlements hostiles : « À mort le serpent du Nil ! » lors de sa fuite. Rome restait cependant une histoire marquée dans sa chair. Césarion. César. Rome, que se disputent maintenant le vieux Lépide, le cynique Dolabella et le fougueux Marc Antoine.

Cicéron clamait bien haut son soulagement du départ de Cléopâtre. Il écrivait déjà ses premières *Philippiques* contre Antoine : « Un tyran de mort, un autre aussitôt de retour ! » Il ne laisserait pas tuer la République dans une Italie désormais épouvantée. La mort de César, c'est la fin du monde. Nul ne raisonne plus sainement.

Cléopâtre la Septième a vingt-six ans et le miroir fêlé lui restitue le beau visage à peine secoué par tant de drames. Les yeux tournés vers Rome, car son pays est, hélas, toujours ce prisonnier qu'elle avait été à deux doigts d'affranchir s'il n'y avait eu les ides de mars.

Une province, une esclave. Spurinna et Artemidores le Grec lui font parvenir les nouvelles. Dont la pire : le testament de César.

Le testament de César ! Son adieu lui semble total. César m'aimait-il ? Elle se sent davantage réduite par ce texte que par sa mort. Rien. Rien pour elle et Césarion. Rien pour leur fils que des siècles et des siècles contesteront. Rien.

Cette humiliation si grave va l'aider à réagir. Ses yeux sont blessés de larmes et elle a demandé à son médecin de lui préparer le remède des tailleurs de pierre à Louxor, qui apaise les paupières brûlées.

– Prépare-moi l'onguent de miel, de malachite broyée et de khôl.

Ses yeux admirables que les turquoises ravivent d'un éclat exquis. Vêtue de rose et de rouge, assise au siège d'or royal, elle demande à son messager de lui lire attentivement le testament de César.

Encore une fois.

Octave fils de César

Le testament de César ! Antoine s'est ressaisi et convoque le Sénat. Le 18 mars, il ouvre le testament. Dans le temple de la Terre, près de sa demeure, loin du Capitole et de son sanglant frémissement.

Imprévisible César ; ô déception de ceux qui l'ont passionnément aimé – y compris Antoine. Antoine répète à tous les échos les volontés du disparu. César désigne comme héritier universel Octave, son petit-neveu, cette fouine à pustules que Cicéron nomme avec mépris « le petit jeune homme ». Octave dont César connaissait la haine pour Cléopâtre, Antoine, et tout ce qui flamboie de beauté, de sensualité. Antoine ne peut dissimuler un cri de rage. (Il ne dissimule jamais ses émotions.) Il n'apparaît qu'en dernier codicille, de façon vague. Rien pour Cléopâtre et Césarion. Pas même un hommage. Le secret de César est donc sa mûre et glaciale réflexion dès qu'il s'agit de politique. Calpurnia est son épouse. « Romaine entre les Romaines. » Elle peut encore lui donner un fils romain. Cette clause soulève un tumulte affreux dans le cœur de Cléopâtre. Heureusement, la colère lui sert de cautère.

Césarion, fils de César, remplacé par ce furet qui la déteste ! Ce testament est-il valable ? Elle se souvient du précédent testament, celui de 45, qui nommait Pompée héritier ! De qui s'est moqué César ? A-t-il agi par orgueil ? Nommer ce souffreteux, c'est s'assurer que nul ne succéderait dans les siècles à lui, César le Grand, l'Unique, le Démagogue. Il donne dans le même testament ses jardins au peuple et trois cents sesterces par citoyen.

Antoine prend le pouvoir en se nommant à pleine voix « chef du Parti césarien ». Le mince Octave, silencieux, grelottant, attend son heure.

César savait. L'heure d'Octave serait un jour celle d'Auguste. Le puissant Auguste. Aussi puissant que César. Omnipotent et empereur absolu. Auguste, qui justifie l'empire, venait de ce chétif que chacun méprisait. On ne lui prêtait même pas une longue vie. César, et son œil de faucon. Il savait à quel point l'élu secret de son cœur – Antoine – était un impulsif, brave au combat, accablé d'apathie totale en cas de crise, inapte à dominer ses sens et ses désirs. Antoine, le gaillard, le baiseur, le flambeur, capable pour le simple désir d'une prostituée ou d'un pichet de vin de mener un empire à sa ruine.

César avait décelé l'aptitude glaciale et géniale du maladif neveu : Octave dont le seul nom fait ricaner chacun et blêmir d'humiliation Cléopâtre.

Cléopâtre et la Septante

À qui se fier maintenant que ses amis sont morts, que le peuple lui fait à peine confiance ? Elle a rendu hommage au Nil lors du couronnement de Césarion. Elle a convoqué Ouseros et son ministre. Elle a épluché les chiffres du nilomètre dont les rouleaux s'entassent sur les grands plateaux d'or de la salle du conseil.

Quand la vague noire du chagrin et du dépit l'accable, Cléopâtre rassemble son énergie. Que ses servantes massent son corps et soulignent sa beauté altérée par tant de peines ! Charmion a ravivé l'or rouge de sa chevelure avec un mélange de poudre de brique et de limon séché. Elle se fait coiffer en nattes serrées, mêlées de pierres précieuses. Son visage est massé d'onguents et d'huile, nul ne voit que ses yeux ont pleuré. Elle se fait maquiller d'après son traité des cosmétiques. Du noir, du vert sur les paupières, étirées aux tempes. Le chaud regard est brillant et le peuple recommence à l'adorer.

Elle est aimée des Juifs avec qui elle a su entretenir un intelligent rapport. Leur sage, le vieux Philon, est souvent convoqué par elle. En ce moment où, seule, elle fait front au chagrin et à son pouvoir, elle a besoin qu'il lui explique encore les textes. Leurs textes. Y puisera-t-elle les réponses ? Elle demande à Philon de lui lire un extrait de la Septante. À Rome, nul ne veut en entendre parler, les Juifs affirmant n'avoir qu'un seul Dieu, l'Éternel, qui les aurait élus, eux les proscrits. « La Septante », ce texte étrange, serait né à Alexandrie, sa ville, grâce à son ancêtre Ptolémée II Philadelphe, en l'an 240. Ptolémée le Second, curieux de tout, intrigué par l'histoire des tribus d'Israël, avait réuni soixante-douze scribes, donc six de chaque tribu d'Israël, choisis par le grand prêtre du Temple de Jérusalem, Éléazar. Rassemblés à Alexandrie, le pharaon donna l'ordre de les isoler les uns des autres dans l'île près du Phare. Pour que l'inspiration divine leur serve de texte. En soixante-douze jours, les soixante-douze savants donnèrent soixante-douze traductions de la Septante, toutes identiques.

C'est la première traduction de la Bible en grec. Cléopâtre écoute avec attention le vieux Philon et lui demande où se trouve la mer des Roseaux.

– L'Éternel seul importe ! répond Philon.

Cléopâtre l'écoute. Ici, il y a les dieux multiples et ceux de Rome, volés aux Grecs. Ici, il y a Isis, mère et reine de cette terre et de la Terre.

– Il y a l'Éternel, dit Philon. Rien que l'Éternel.

Il y a le testament de César. Et Cléopâtre, exclue de Rome. Elle se tourne à nouveau vers les siens. La voix du vieux Philon la trouble. Ne peut-on pas joindre cet « Éternel » à leurs dieux ?

– Jamais, Majesté. L'Éternel ne se représente pas. Ce serait un blasphème.

Chaque jour, on lui sert les mets les plus fins, les vins les plus subtils. Chaque jour, Charmion coiffe les beaux cheveux. Iras masse et parfume le corps délicieux d'huiles fines. Chaque jour, il y a des fêtes et la fleur de lotus aux cheveux de la reine.

Chaque jour, elle s'endort et s'éveille dans la chambre du matin qui fut celle des noces. Et celle de la peur. La chambre du plaisir, la chambre de la naissance et maintenant la chambre de la reine.

Qui jamais ne reverra Rome.

Antoine, le gardien du Parti césarien

À quoi a servi l'assassinat de César ? Un mois après, Antoine se rend maître de l'Italie disloquée. Les conjurés, enfuis, ne reverront plus Rome.

Marcellus Cimber reproche à Brutus de n'avoir pas tué Antoine. Mais le pur Brutus a voulu tuer en César le roi, le tyran et en aucun cas se livrer à l'assassinat. La mort de César est devenue, pour le pays, un abominable forfait qui retombe aussitôt sur les conjurés. Ils n'ont rien prévu au-delà de la mort de César.

Une République ? Rome devient à nouveau source de compromis. Les conjurés ont bien une troupe de gladiateurs, mais Antoine, de son côté, a tôt fait de rassembler les vétérans de César. Depuis le testament, Octave se fait désormais appeler « César », à la rage d'Antoine. Avec éclat, il se nomme le « gardien du Parti césarien ». Cicéron s'indigne : quoi, un nouveau tyran ! Il ose réhabiliter le fils de Pompée, Sextus Pompée, et nommer Dolabella le débauché consul, auprès de Lépide.

Octave se tait. Cicéron écrit avec véhémence sa première *Philippique* : « C'est comme si César était encore vivant ; puisqu'il gouverne par le biais d'Antoine. »

– Gare à ta langue de vipère ! lui crie Fulvie.

Cicéron commence sa guerre verbale frénétique contre Antoine jusqu'à la fin – sa fin. Antoine a toutes les audaces et le vieux sénateur tous les courages. Antoine se hisse « consul royal », nommant de façon folle les magistrats et les sénateurs. Il puise l'or de l'État pour ses débauches aussitôt recommencées. Soi-disant pour rembourser ses dettes, il extirpe aux riches particuliers « les pots-de-vin ». Il s'offre, tel un empereur (un roi), une garde personnelle, accorde aux centurions le droit d'accéder aux fonctions judiciaires. Il gâte tout particulièrement la légion « des Alouettes », ces Gaulois chéris de César.

Cicéron est consterné. Par l'abondance de vin, les prostituées, les orgies où trône Fulvie qu'Antoine prête aisément aux gladiateurs de son choix. Fulvie qu'il couvre des perles dérobées à la maison de Calpurnia. Fulvie et Volumnia.

Calpurnia, de silence et de retrait, rêve toujours. Elle voit Rome ensanglantée des proscriptions. Qui aime et soigne Calpurnia avec la tendresse d'une fille ? Octavie, la sœur d'Octave. Le seul être humain pour qui son regard glacial s'adoucisse. Octavie pose un linge d'eau fraîche sur le front de Calpurnia qui la nomme « sa tendre fille ». Calpurnia ne craint pas de formuler tout haut ses visions. Elle rêve sans plus jamais dormir et ce qu'elle rêve arrive.

La terreur de l'État.

L'indignation de Cicéron.

Antoine veut contrecarrer Octave l'héritier. Cléopâtre, dit-il, régnerait conjointement avec Césarion « qu'elle disait (écrit Dion Cassius) être le fils de César et qu'elle appelait pour cette raison Césarion ». Tout est bon à Antoine pour faire pièce à Octave. Calpurnia sent venir de grands malheurs.

Proscriptions. Mort de Cicéron

Ils vont s'auto-égorger et ce seront les proscriptions les plus féroces que Rome a vécues. Rome est en sang et Cicéron bientôt égorgé. La haine d'Antoine et de Fulvie est à son comble. Atticus protège Fulvie et le petit Antellus, fils d'Antoine, qui manigance le mariage d'Octave avec Claudia, la fille de Fulvie. Antoine, ô ironie, franchit à son tour le Rubicon. Ont-ils oublié, ces insensés, le temps où Énée avait porté sur ses épaules le vieil Anchise ainsi arraché aux ruines fumantes de Troie ? La vieille République va mourir. Le triumvir a pour noms Octave, Antoine et Lépide.

Antoine, Lépide et Octave adressent, le 17 mai, une première liste de proscrits. « Interdits de toit et de feu. » À tuer, au nom de l'État.

Cicéron, qui a rejoint sa villa à Gaète par la mer, est le premier à perdre la vie. Un vol de corbeaux, croassant à grand bruit, s'attaque aux cordages du navire. L'un d'eux a pénétré dans la chambre du républicain et écarté la couverture de son visage. « Tu vas mourir, Cicéron ! Les corneilles annoncent ton malheur », croit-il entendre. Cicéron va vers l'inexorable. Ne voit-il pas, de sa litière, que ce soldat du nom de Herennius – il l'avait autrefois défendu pour parricide – va l'égorger ? Calpurnia, dressée, exorbitée, raconte à mesure la vérité, rien que la vérité. Cicéron demande calmement que l'on arrête sa litière. De lui-même, il tend sa gorge à Herennius. Il sait que son serviteur dévoué, Philologue, a vendu sa cachette à Antoine qui a envoyé Herennius contre une somme d'argent. Herennius égorge le vieil homme et ramène à Antoine et Fulvie en délire, dans un sac, la tête et ses mains. « Quel froid, je frissonne », furent ses derniers mots en ce 7 décembre. Antoine ordonne que l'on expose ces trophées sur les Rostres. Fulvie perce la langue de l'auteur des *Philippiques* de son épingle à cheveux.

Antoine dit : « Maintenant il faut arrêter la proscription » mais, témoigne Plutarque, on n'arrête pas le goût du sang.

Arrive, ô terreur, la seconde proscription. Antoine fait égorger son oncle, Lépide, son frère, et Octave son ancien tuteur. Il y a ceux qui s'échappent, les esclaves, les prêtres. Il y a les nobles sacrifices : l'épouse sauvant l'époux contre son honneur, le fils faisant passer le père dans un convoi funéraire au péril de sa vie, l'esclave offrant la sienne à la place du maître aimé.

Que de malheurs ! Calpurnia se tord les mains. Antoine a donc osé, ainsi que César, franchir le Rubicon, mais à l'envers – ô le vol croassant des corbeaux noirs – afin de surprendre les conjurés. Antoine assiège Decimus Brutus, gouverneur de Cisalpine.

– Tu mourras comme César !

Antoine, le déchaîné, entraîne ses troupes au siège de Modène. Il en est à boire l'eau des mares et à manger des racines, car les vivres manquent. Antoine couvert de boue, en guenilles, rencontre Lépide à Forum Julii (Fréjus), lequel a du mal à le reconnaître et feint de fraterniser avec lui. Il négocie. Stimulé, Antoine réussit à fanatiser les troupes de Decimus Brutus. Brusquement seul, Brutus s'échappe, déguisé en Gaulois, mais est pris dans un traquenard de brigands, ramené, enchaîné, vendu à Antoine qui le fait décapiter.

Octave, avec son mince sourire, sait. Son premier plan a échoué : Antoine a repris le pouvoir. Il n'est plus l'*hostis,* l'ennemi public, mais le chef de l'Italie.

La Lex Pedia

C'est le 19 août 44. « Sens-tu, Octavie, cette chaleur qui brûle ma peau et accable mon âme ? Sais-tu, ma tendre fille, que ce 19 août, Octave a obtenu la *Lex Pedia* au nom de laquelle ce filial vengeur a fait mettre à mort tous les meurtriers de César ? »

Le triumvirat se partage les terres de César. Antoine a pris la Gaule Cisalpine, Octave la Narbonnaise, et le méprisé Lépide l'Afrique. L'entente des trois hommes est scellée par l'exécution féroce des républicains.

Le mariage d'Octave avec Claudia, fille que Fulvie avait eue de son mariage avec Clodius Pulcher, passe inaperçu.

En attendant d'exterminer, en Orient, les fugueurs – le noyau des républicains –, on affiche dans Rome l'ordre d'exécuter dix-sept meneurs. Des sénateurs et des chevaliers, traînés hors de leur logis, sont décapités. La liste des proscrits devient un délire. La délation fait mourir des centaines d'innocents. On assiste à l'infamie du fils dénonçant le père, le père le fils, la femme son époux. On a promis de viles récompenses, y compris la liberté aux esclaves. Chaque rue de Rome compte tant d'égorgements que la puanteur devient intolérable. Aux carrefours, les têtes coupées semblent sourire. Agavé ! Agavé !

L'épouvante, les assassinats, sur les ordres du triumvir, ne cesseront qu'en l'an 39. Les survivants deviennent esclaves.

Antoine, enivré, en pulsions démentes, aurait bien continué sans même savoir pourquoi. Quand, enfin, la voix de la Raison s'élève : celle de Sextus Pompée, le fils, qui s'écrie, les sabots de son cheval barbotant dans le sang :

– Cela suffit !

« Mais tu le verras, Octavie, cela ne suffit point. »

On eût dit le début d'un paroxysme que les dieux de la guerre eux-mêmes n'avaient pas imaginé.

La guerre et Cléopâtre

C'est Elle, la guerre, qui lui a donné César, donc Césarion. C'est elle, qui lui a repris César. C'est Elle qui a brouillé sa route et qui éclaire, soudain, le ciel d'un nouvel espoir. Si elle sait manœuvrer Marc Antoine, l'avenir de Césarion, son enfant-amour de guerre, s'affermira. La guerre ; au temps de son père, et avant son père, c'était déjà la guerre. L'Égypte, terre d'or rouge telle sa chevelure, est née du caprice de la guerre. Cléopâtre est issue de la semence et du ventre de la guerre. Un sang plus rouge que les haines rassemblées. La guerre, jouxtée aux passions de sa chair. La guerre, l'amour, comment les dissocier ? La guerre. Elle, Cléopâtre, faite pour la grâce, la mélodie, les parfums et les caresses. Il a fallu qu'elle fût l'otage bien-aimé de la guerre et de ses Divinités mâles.

Cléopâtre sait qu'une nouvelle alliance est nécessaire pour affermir son royaume et le règne de Césarion, futur Ptolémée XV. Césarion, si doux, avec qui elle joue sur la couche d'amour où la guerre fut aussi source de volupté.

Marc Antoine s'acharne contre les républicains. Cléopâtre suit de près ce qui se passe à Rome. Son ennemi est cet Octave, aux paupières enflammées, le rival de Césarion. Octave, qui se dit fils de César et entend bien régner, a répudié avec mépris Claudia, la fille de Fulvie, une enfant de douze ans. Pour mieux humilier Fulvie et Marc Antoine, il la leur rend vierge. Les matrones ont vérifié. L'injure est totale. Le petit jeune homme prépare sa guerre. Il s'entoure de nouvelles alliances : Mécène, le si riche, Agrippa, le grand amiral, la trop douce Octavie qui lui répète les prédictions de Calpurnia.

La guerre : Cléopâtre affronte sa sœur Arsinoé, aussi sournoise qu'Octave. La pire des guerres, la guerre civile, celle de la fratrie.

Le 1er janvier 42, César est devenu « dieu » par sénatus-consulte. Les républicains ont de quoi trembler : les voilà déicides. Ils ont fait frapper de face, ô geste pathétique, leur monnaie du bonnet phrygien (la République) encadrée des poignards des ides de mars. Ô Liberté. Côté pile, la déesse, Liberté, casquée.

La guerre. Octave arbore son mince sourire, « Fils du divin Jules ». Cléopâtre réfléchit jour et nuit pour établir les droits de l'enfant si cher. La guerre : lui faudra-t-il à nouveau la guerre pour créer un rapprochement politico-mystique entre Rome et Alexandrie ? Elle a vingt-sept ans, cette reine qui gouverne seule, affrontant une famine qui ravage son pays, la crue du Nil étant insuffisante. Le peuple gémit et se tait quand elle apparaît, de blanc vêtue, son énergie cachée sous tant de grâces.

On dit que le Nil, ce dieu, dépend de cet autre dieu, son pharaon ou sa pharaonne. Le charisme de Cléopâtre-Isis la Septième serait-il en train de disparaître ? Faut-il rappeler Arsinoé ? La guerre : il faut à la reine ses espions, ses scribes, sa garde, son intelligence aiguë qu'admirait tant César, pour régler tant d'urgences et de dangers. L'apparition du faux pharaon, son exécution, avaient été une catastrophe de plus, fruit des complots d'Arsinoé. Elle veut faire assassiner Cléopâtre et Césarion. Elle régnera sur l'Égypte.

Le Nil ne monte plus. Est-ce la faute de Cléopâtre ? Le faux pharaon était-il l'enfant-époux soi-disant mort, inhumé dans la crypte des Ptolémées ? Qui, dans le peuple, a vu mort ce dernier enfant-pharaon que l'on a descendu à la hâte, enveloppé, sur le port, lors de ce lamentable voyage qui était une fuite et une défaite ? Peut-être était-ce le corps d'un jeune esclave embaumé et inhumé selon les rites ? On dit aussi que le faux pharaon était le frère précédent noyé et ressuscité... Une superstition effrayée prête vie aux deux frères disparus. Voilà pourquoi le vent est trop sec, la mer trop salée et le Nil prisonnier de sa source. Il est si bas que ses rives sentent le roseau pourri.

La guerre ?

Cléopâtre réfléchit. Seule, le front orné du diadème au cobra dans la salle qui donne sur la mer. Comment tourner les alliances, redresser son pouvoir et montrer à Rome que Césarion est l'unique héritier de César ?

N'est-elle pas déesse ? L'année 43 va s'achever. Il lui faut prendre parti. Dolabella va lui servir. N'a-t-il pas, l'impudent, tenté de disputer à Cassius la possession de la Syrie si proche de l'Égypte ? Cassius, qui la hait. La République qui la hait. Cassius, aux portes de son pays, ravagera l'Égypte s'il est vainqueur. Elle envoie des renforts à Dolabella, mais les troupes de Cassius, grossies par celles de Cléopâtre – ses légions l'ont trahie –, se rallient au général républicain. Dolabella, traqué à Laodicée, se donne la mort. Dolabella, le cynique, le si beau, l'orgiaque, le trousseur de filles, de garçons, l'amateur de belles lettres et de combats, s'est percé le flanc d'un coup de glaive. Rome se déchaîne davantage contre Cléopâtre.

– Le serpent du Nil a osé envoyer des vivres et nos troupes à ce traître !

La guerre ?

Il y a de quoi trembler : Cassius marche sur Alexandrie. Ah ! mener à son triomphe la fille des Lagides et son bâtard maudit !

Mais Cassius reçoit un appel de détresse de Brutus. Antoine le menace sur les côtes occidentales de Grèce. À regret, Cassius et ses légions se détournent de l'Égypte.

« Cléopâtre Isis Aphrodite protégée des dieux ! » se réjouit le peuple.

Brutus et Cassius se retrouvent à Smyrne. Depuis combien de mois fuient-ils sans s'être revus ? Ils sont animés d'un nouvel orgueil : réduire l'Orient. L'Égypte sera à eux. Cléopâtre ? Ils la traîneront à Rome qu'ils réduiront à son tour. Cicéron sera vengé : ils sont les armées républicaines, les dignes héritiers du grand Brutus.

Ils sont les vainqueurs.

Outre les richesses d'Orient, ils ont sous leurs ordres vingt légions et une marine de poids. Cassius et Brutus, la République et sa fougue. Qui oserait les affronter par mer ou par terre ?

Cléopâtre la Septième.

L'amiral Cléopâtre

La fille des Ptolémées a tout appris de la guerre. Entourée d'amiraux, une fine armure d'or attachée sur sa robe collée au corps, un casque d'or, le glaive au côté, des années durant, elle a étudié – outre les belles lettres – l'art de la guerre. Elle sait lire une carte de la mer, déchiffrer le sens du vent. Elle connaît l'organisation d'une galère, ses deux mille cinq cents rameurs divisés en cinq rangs (six ponts) de cinq cents rameurs. Elle sait comment manœuvrer ce bateau contre le vent, connaît le sens des voiles qui penchent, celles qui enflent. Elle sait comment, sous la coque, à l'avant, diriger le magnifique tranchoir en forme de sirène, dont le corps a été calqué sur le sien, qui fend en deux les navires ennemis.

Cléopâtre, fille de la mer, Vénus née de l'écume. Elle a dessiné les plans des navires de guerre ultralégers. Elle connaît la lourdeur des Romains, ces paysans, parés pour la marche et les manœuvres sur la terre, mais maladroits sur l'eau. Ils ont peur de la mer, la maîtrisent mal et leurs navires sont d'une lourdeur désolante avec leurs hautes tours en bois à la place du mât, comme s'ils manœuvraient sur terre.

Les républicains veulent la réduire, la tuer avec son fils ? Ils veulent piller sa belle terre sensuelle dont elle est la Mère, la fille et la Semence virile ? Elle va piéger les triumvirs – Marc Antoine, Lépide et Octave – qui se demandent si elle ne collabore pas avec l'ennemi depuis qu'elle a osé faire parvenir renforts, blé et or à Dolabella. Rome apprend ainsi qu'elle gouverne elle-même sa galère contre la marine des républicains Cassius et Brutus, les déicides.

La marine ptolémaïque est une des plus puissantes du monde. Seule une tempête effroyable comme la Méditerranée sait les ourdir, entrave cette formidable équipée. La reine Cléopâtre la Septième va détruire la Rome républicaine. Mais ses marins ont peur des tempêtes. Ils crurent voir Neptune ou Nout en colère, ou Amon-Râ dans le dessin des vagues plus hautes que la galère. Ruisselante, à l'avant, Cléopâtre reçoit tant d'eau, d'embruns, qu'elle chancelle et s'évanouit. On la ramène dans sa cabine, tendue d'or, dont la couche est ornée de sphinx en ébène et de sirènes dressées. Six de ses navires ont coulé, les autres sont dispersés sur les côtes africaines. La reine en guerre éprouve pour la première fois le délire, la fièvre, le puissant découragement. Elle hoquette, les larmes enrouant sa voix mélodieuse.

– César ! César !

On la frictionne d'huiles mêlées d'opium et de poudre d'origan. Nue, elle a la forme exquise de la Vénus en or que César par passion d'orgueil avait fait dresser pour elle.

Ses capitaines sont en émoi, l'eau a collé sa tunique à son corps. La mer fait d'elle la fille aux cheveux d'or dont les seins, les bras tendus, la fente visible, les rendent fous. Elle apprend que l'ennemi a grossi ses troupes de celles de Sextus Pompée. Sextus Pompée n'a-t-il pas le premier baisé sa bouche d'adolescente quand elle était la toute jeune reine menacée de dix-sept ans ?

Elle délire longtemps. Dans son palais de la Lochias, Iras et Charmion la veillent. Apollodore ne quitte plus le couloir de sa chambre. Nécos, son médecin, entreprend de la purger pour faire tomber la fièvre. Pendant trois jours consécutifs, elle avale les vomitifs nécessaires et endure le clystère purgatif, un mélange d'huiles, de grains pilés, quelques grammes d'arsenic et d'opium. Pendant trois jours, elle rejette les humeurs de son corps et de son esprit.

On la baigne dans la vasque de porphyre d'où des nymphes déversent de leurs seins une eau chaude mêlée de thym, de cannelle, d'origan, de gingembre et d'une racine de mandragore. On la masse d'huiles chaudes et elle boit les tisanes amères. On l'enveloppe de laines et le masseur – l'eunuque aveugle – pétrit son corps, étire ses vertèbres avec douceur, débloque son cou, ses épaules, ses reins, assouplit ses chevilles. On l'enduit ensuite d'un masque de terre noire mêlée de miel et d'amandes pilées, suivant son recueil de cosmétiques. Ses cheveux, teints d'une boue rouge et chaude, resplendissent.

Elle demande à se recueillir trois jours à Bubastis où se trouve la maison sacrée des chats. Elle veille depuis toujours d'un soin jaloux à ce que nul félin ne soit abandonné et sans sépulture, mais embaumé et déposé à la maison sacrée de Bubastis. Elle fait rendre les mêmes honneurs aux ichneumons (les mangoustes) et transporter, selon l'usage, les musaraignes et les éperviers à Buto. Les ibis trouvent tombeau à Hermopolis. Le malheur l'a-t-il frappée quand les légions déserteuses ont piétiné ce long chat noir aux yeux de jade ? La foule a mis en pièces le soldat pris sur le fait ; mais la horde avait continué. Le feulement du chat assassiné la poursuit tel le signe d'un grand malheur.

La mangouste honorée écartera-t-elle le serpent et les aspics de sa route ?

Sa route de guerre, sa route d'amour, de gloire et de mort.

Le bûcher du peuple romain

Elle est encore lasse quand elle apprend la mort définitive de la République par l'armée des triumvirs, conduite par Marc Antoine désormais aux portes de l'Orient.

Les républicains sont à jamais écrasés, en Grèce, à Philippes. Plus de clémence mais la vengeance. Qui était clément, si ce n'est César ? À part Decimus Brutus, les meurtriers de César, de plus en plus abandonnés, traqués, s'éparpillent. Ils ont franchi les Dardanelles et, dans la plaine de Philippes, se divisent en deux camps. Brutus au nord, et Cassius au sud. La guerre fouette le sang d'Antoine. Cléopâtre gémit dans sa fièvre. Vont-ils envahir l'Égypte ?

Antoine s'est établi en rase campagne. Octave, malade, vient d'arriver pour jouir d'avance de l'extermination de Brutus et de Cassius. Les forces césariennes sont considérables.

Le premier à mourir sera Cassius. C'est l'automne et l'époque des grandes pluies en Grèce. L'attaque d'Antoine est si violente que Cassius se sait perdu et se jette sur son glaive. Brutus, accablé, s'écrie : « Ainsi périt le dernier des Romains. » Brutus, lui aussi, est de plus en plus traqué. La tête de Cassius est envoyée à Rome. Octobre et sa boue glacée où patauge l'armée des Césariens. Le ravitaillement et le secours d'Ahenobarbus et de sa légion arriveront-ils à temps ?

Le 23 octobre, les deux armées sont face à face. Brutus se décide, le choc est si violent que le désordre s'empare de sa troupe. Brutus le sombre, l'intellectuel, si peu fait pour la guerre et les armes, si seul, lit un long texte sur la vertu, jouet de la Fortune et s'ouvre les veines. Dans son armée, le poète Horace, si gai, lâche son glaive, se sauve avec à la bouche la citation inverse : « Que c'est bête de mourir pour une cause perdue ! » Octave au mince sourire fait décapiter Brutus – Agavé ! Agavé ! – et envoie la tête à sa mère, Servilia, qui se déchire le visage de chagrin.

Porcia, la digne épouse du sombre héros, se tranche à son tour les veines. Elle a choisi le même sort que son époux. Calpurnia gémit dans ses songes éveillés. Peu de femmes ont le courage du glaive, en général, elles choisissent le poison. Octave voulait même qu'on abandonnât Brutus sans sépulture. Un corps sans tête, dévoré par les bêtes immondes. Magnanime, Antoine le recouvre de son manteau pourpre et fait envoyer ses cendres avec une lettre de respect à sa mère. Servilia, pétrifiée, berce la tête défigurée. Elle se meurt, dans le souvenir de César et de Brutus. « Mort, emporte-moi dans ton silence ! »

Octave et sa petitesse, Octave méprisé de l'armée vaincue qui lui crache dessus en défilant devant lui, tandis qu'on adore déjà Antoine le Superbe.

On se partage les restes. À Lépide, déjà gâteux, l'Afrique dédaignée, à Octave aux yeux de taupe, l'Espagne, et au flambant Antoine, les Gaules. Antoine, le nouveau Dionysos, Hercule qui oublie Fulvie, Rome, et part en chantant vers l'Orient.

À lui, l'Égypte et ses trésors !

XI

Le coquillage de Vénus

Mets tes plus beaux atours et va en Cilicie.

HOMÈRE, *Iliade*

La femme de trente ans

Depuis des jours, Cléopâtre la Septième se prépare. Depuis des jours, elle réfléchit et regarde longuement son visage dans le miroir fêlé aux oreilles de vache. Elle n'a pas voulu qu'on touchât à la fêlure. Elle la caresse, aime cette blessure. Depuis des jours, elle dicte des courriers, reçoit des nouvelles et se réfugie au Museum, dans la salle la plus secrète, celle de l'alchimiste Comarios.

– On fait de l'or en mélangeant les matières les plus viles, dit-il. Il en est de même des alliances qui reconstruisent les empires.

– Que veux-tu dire ?

Il dédaigne de s'expliquer, ce vieil homme en simple tunique à manches courtes. Des liquides effervescents bouillonnent dans des récipients sur des feux rougeoyants. Elle aime venir ici, ressourcer sa certitude d'appartenir aux ascendances divines. N'a-t-elle pas franchi tant d'écueils et repris secrètement le projet de César, égaler Alexandre ? Elle regarde, attentive, ces matières noires, distillées dans les alambics d'où Comarios extrait des essences particulières qu'il enferme ensuite dans des jarres mystérieuses à odeur de camphre. L'or ? Cléopâtre aime cet antre où nul ne pénètre excepté elle, la reine. Et autrefois César. Sosigène était jaloux de Comarios et Comarios avait dédaigné le voyage à Rome, préférant travailler de longs mois à ses alchimies secrètes. Cléopâtre regarde le lourd mortier de bronze avec lequel il broie un amalgame de métaux, d'essences et de limon du Nil.

– Je broie des plantes et des pierres et le foyer rougeoie. Rien ne se transforme sans le feu. Rien ne bouge sans le feu des passions, des actions… ou celui d'un amour plus violent que les autres et qui balancera tous les autres…

Comarios dit aussi :

– Vois, cette poudre si fine et mortelle, c'est l'arsenic qui vient des rochers de la montagne. L'arsenic blanchit jusqu'aux os des morts.

– Que veux-tu me dire, Comarios, toi qui as enseigné à Sosigène comment dissoudre les perles dans le vinaigre ?

– Il te faudra encore remuer des montagnes et des rochers plus lourds que ceux qui cachent l'arsenic. Des rochers au-delà desquels tout n'est qu'effroi. Il te faudra franchir les plus totales désolations. Celles que tu as connues ne sont encore rien devant celles qui t'attendent ! Quand toute peur sera enfin vaincue, tu rassembleras en ta maison secrète les membres d'Osiris dispersés. Toi seule, Isis, Fleur déployée, seras Une. Isis Osiris Cléopâtre la Septième.

Cléopâtre frissonne. Elle s'enveloppe de sa cape pourpre. Depuis sa longue fièvre, il lui reste une fragilité diffuse, là, côté cœur, là, au creux du ventre.

Nul homme ne l'a touchée depuis la mort de César. Les paroles de Comarios provoquent la suavité d'une blessure inconnue qu'elle implore.

Fascinée, elle regarde ce serpent argent qui ressemble à du liquide et n'en est pas. On ne peut ni le saisir ni le raidir. Il se met en boule, en vaguelettes, brûle si on y touche.

– Le mercure, Cléopâtre.

Elle frissonne, elle a besoin d'une longue promenade pour apaiser ses sens irrités. Le parfum des violettes, des marguerites du lac de Mareotis. Elle respire le champ de roses et de blancs lotus. Que sa ville est fleurie et que le temps, ici, perd cette emprise en tenailles qui rendait Rome si convulsive ! Que l'Occident est en permanence brutal et agité ! Oui, agité, comme elle l'a été tant de nuits.

L'Occident a-t-il déversé dans son âme si souple d'Orientale et de reine cette basse excitation qui fait des Romains ces impulsifs constamment en querelles ? Son âme, tel le mercure d'argent, est insaisissable. Sa peur, ainsi ces essences volatiles des alambics, se fondra aux souffles de la mer et à son parfum de giroflées sauvages.

La tournée de Dionysos

Antoine a retrouvé son insouciance et son puissant goût de vivre. Il part dans une tournée triomphante. En Grèce d'abord. Athènes approuvait les républicains, le voit venir non sans crainte. Antoine le Magnanime pardonne, tout à sa liesse. Il aime cette ville où il a appris la philosophie et exercé ses muscles avec les meilleurs gymnastes. À Éphèse, vêtu en Dionysos, pampres au front, nudité avantageuse et virile, escorté de ses chères prostituées et de la grosse Volumnia vêtue en bacchante, il mène grand bruit. Un cortège de Satyres et de Pans bien encornés joue en son honneur de la flûte. Ce cortège est nu, sexe visible sous un petit voile. Ils jouent, dansent et chantent. Lui, Dionysos-Hercule caracole sur son cheval. Belle bête qui rend hystériques les filles d'Éphèse.

– Antoine Dionysos ! Hercule Antoine !

Il est le héros, bâti de la chair des dieux, le descendant d'Hercule dont il a la force, Dionysos réincarné. La conque de vin aussitôt remplie est vidée. Héros et dieu que les Ptolémées présentaient aussi parmi leurs ascendants.

Il y a cet homme si charnel, à la forte bouche riante, luisant de la viande, du vin avalés, et des filles étreintes. Il ose envoyer à la reine d'Égypte son messager, Dellius, pour exiger qu'elle s'explique, à lui, le maître du monde, d'avoir fait parvenir du renfort au traître Dolabella. Il la surveille, cette Égyptienne dont il a vu la statue d'or au Capitole ; elle riait, dénudée et si belle, à la villa Trastevere ! Il balbutie dans ses orgies : « Je la tiens à l'œil, la vassale de Rome ! »

Elle s'insinue dans sa pensée tandis qu'il continue son joyeux périple. La Mysie, la Bithynie. En Cappadoce, il règle la question de Judée en nommant tétrarque du pays l'Iduméen Hérode et son frère Phasaël. Il s'arrête enfin en Cilicie. C'est l'été 41, il a mouillé sa flotte à Tarse. Il attend la fille des Lagides. Qu'en faire ? Il ne sait au juste. Lui voler son blé et lui montrer qu'il est le maître : de cela il est sûr.

Apollodore annonce à Cléopâtre qu'un envoyé de Marc Antoine du nom de Dellius veut lui parler. Elle sait que l'Inéluctable est là.

– Fais-le entrer.

La guerre prend toutes les formes, y compris celle d'un dieu sensuel aux reins de Pan. Il y a longtemps qu'elle n'avait vu un Romain dans son palais.

Belle, elle veut être belle. Il est venu de la part de Marc Antoine et la première chose qu'il rapportera c'est son aspect. Elle doit être belle pour mener sa politique et ses ruses. Jamais un Romain ne lui pardonnerait la laideur.

Elle doit rayonner, pas une ride ne doit offenser sa peau d'ambre et de rose.

– Fais entrer ce Dellius.

Elle a son visage aux yeux fardés qu'un reste de fièvre rend encore plus brillants. Elle a sa bouche passée au carmin, ses joues frottées du cosmétique composé par elle. Quoi de plus sérieux que le maquillage ! N'est-il pas le masque à toute politique, dont l'amour ? Il est la guerre transfigurée. Le guerrier aussi se maquille. Elle avait vu César, certains jours où il affrontait les foules, oindre son visage d'une pâte ocre qui structurait ses traits, avivait son teint. Elle a revêtu le fourreau qui colle si près au corps et ses parures de turquoises.

La lumière inonde la grande salle, dont les marches descendent dans la mer. Ces marches que César avait franchies. Ces marches que son frère détesté foulait en maître. Ces marches où s'entassèrent des morts et où coula le sang de Bérénice. Maintenant, elle est assise sur ce trône d'or et d'ébène. Le Romain marque un temps d'arrêt devant tant d'éclat, avant de s'incliner très bas.

– Sois le bienvenu, Dellius.

Jamais une voix aussi mélodieuse n'a frappé son oreille. À Rome, il avait entrevu la beauté, mais ne l'avait jamais approchée. Il doit réussir sa mission. La reine doit aller vers Antoine. « À l'âge, écrira Plutarque, où les femmes sont à la fleur de leur beauté et à la force de leur intelligence. » L'intelligence, c'est cet accueil de soie et de murmures alors que la mission est en fait une dure sommation de soldat. Dellius, aussi, s'est mis en frais pour la reine. On l'a choisi beau, ce qui n'est pas rare chez les Romains, épris d'équilibre. Il est bien bâti ; la peau cuivrée, passée aux huiles odorantes. Il a été maquillé, ses boucles, une à une arrangées au fer par un eunuque aux mains de femme. Rasé à la pierre ponce, les ongles faits, la toge agrafée d'ivoire, gracieusement rejetée sur l'épaule ronde et féminine. La bouche empourprée, le sourire aux dents blanchies par la brosse et le sel. Il est jeune, sa voix est tendre comme s'il parlait d'amour.

– Majesté, salut à toi et de la part de mon maître, Antoine *imperator* !

Elle ne bronche pas, la belle aux boucles d'or rouge. Ses bras entourés de serpents d'or au niveau de l'épaule sont posés sur les accoudoirs sculptés de feuillage. Elle a envie de trembler, mais elle sourit. Le sourire d'une femme de vingt-huit ans qui a la grâce de la jeune fille, que César nommait sa *Puella ludens*. Elle a incliné la tête ; les longues boucles d'oreilles en turquoises suivent la grâce du mouvement. Qui peut savoir qu'elle frissonne et se demande comment refaire l'alliance avec Rome pour dominer un jour l'Occident ? Elle luttera au nom de son fils qui, ce matin même, a joué avec ses bijoux en l'appelant « ma mère adorée ».

– Nous t'écoutons, Dellius.

Dellius, impressionné, a du mal à exprimer la rude pensée militaire d'Antoine, habitué à siffler les filles, fussent-elles des reines, telles des prostituées. Toutes des putains, balbutie-t-il dans ses ivresses.

– Mon maître Antoine te prie de venir le rejoindre au plus vite à Tarse.

Il trébuche sur les mots, le bel éphèbe. La reine dissimule une femme seule, vouée au rude assaut des hommes. Il doit l'ignorer.

– Au plus vite, gentil Dellius ?

Est-il devenu Dionysos pour croire qu'une souveraine puisse ainsi accéder à ses ordres ? Il faut au jeune Dellius beaucoup de courage pour ne pas trembler et montrer son admiration ! Les seins jaillissant sous le voile, le pied mignon et le ventre mince. Il parle d'une seule traite, sans respirer.

– L'*imperator* Antoine veut des explications. Pourquoi, souveraine, as-tu secouru ses ennemis ? Dolabella, Cassius… Tu as, dit-on, pris la mer dans le but de les aider ?

Cléopâtre, au sang fougueux des Lagides, se lève d'un seul coup.

– Ton maître était alors en Syrie et ceux que tu nommes ses ennemis menaçaient l'Égypte. Les légions que César m'avait laissées ont rejoint les républicains. Ton maître devrait au contraire honorer mon courage devant tant de trahison. Les légions de Dolabella s'étaient ralliées à celles des ennemis.

Quintus Dellius rougit. La reine en profite pour laisser voir son irritation.

– J'ai commandé moi-même une flotte pour aider Marc Antoine. J'ai perdu quinze navires à cause d'une tempête où j'ai risqué ma propre vie.

Dellius balbutie la réponse d'Antoine.

– Neptune a été plus fort qu'Isis ! Mon maître t'attend à Tarse, ô reine. Va en Cilicie, belle reine. Tu n'ignores pas l'enchantement de mon maître dès que Vénus daigne se souvenir de lui…

La beauté au lit des hommes. Cléopâtre au lit des Romains. On lui fait comprendre qu'elle n'est qu'une femme, la plus belle, mais dont toute initiative passe par la couche de Rome. Dellius et son œil concupiscent. Les ragots prétendent qu'elle a consommé plus de mille hommes, elle, la fille au sang chaud de Typhaia la Jouisseuse. Elle, qui dissimule le fol amour du pouvoir, mais que les dieux ont créée sous la forme de l'Amour.

La rencontre à Tarse est celle des dieux.

Aphrodite et Dionysos.

Ses maîtres de littérature, autrefois, lui avaient enseigné l'*Iliade* et l'*Odyssée.* « La littérature des poètes te rendra, ô reine, les plus puissants services. Il est des phrases qui seront l'évidence et la prémonition. »

Elle sourit à Dellius et récite ce vers de l'*Iliade* où Neptune a tenté sa séduction sur l'épouse de Zeus : « Mets tes plus beaux atours et va en Cilicie. »

Vénus se prépare

Une joie incommode la fait rire malgré elle. La vie, la belle et bonne vie, fourmille dans ses veines. Le voilà, l'allié dont elle a besoin et que Comerios, sibyllin, lui indiquait ! Ce balourd d'Antoine ! Ce soldat dont elle se servira si bien.

Accaparée – affaiblie – par la formidable présence de César, elle ignorait les autres hommes. Elle se souvient soudain d'une façon très nette d'Antoine. Ses actions, sa vaillance, son rire de géant innocent, sa forte bouche et sa sensualité, lors des Lupercales. Il caracolait, nu, ceint d'une queue de loup et les femmes se pâmaient. Manœuvrer Antoine. Il l'aidera à rompre son isolement de vassale. Reprendre le grand rêve de l'Orient triomphant. Établir Césarion dans ses droits. Tuer Octave, oui, tuer Octave. Elle sait qu'Antoine déteste cet homme qui a répudié la fille de Fulvie. Pour régner et vaincre, il lui faut écarter à jamais Octave. Abolir la dangereuse Arsinoé dont la conspiration est en train d'injecter le doute chez ses sujets. Arsinoé n'a-t-elle pas lancé le bruit que, tant qu'elle régnerait, le Nil se tarirait et la disette ravagerait l'Égypte ?

Cléopâtre a besoin de toute urgence de l'incontournable allié : Rome. Encore Rome. Ce mâle, qui la baise et la hisse au ciel de Nout. Rome. Qu'importe que ce soit ce soudard d'Antoine, si fougueux, dit-on, au lit, que les femelles en redemandent, pendues à ses basques jusqu'à la trouble extase.

Cette rencontre à Tarse est le complot des dieux qui l'ont toujours aimée, sauvée *in extremis*. Elle ira à Antoine sous les traits d'Aphrodite et de la souveraine la plus riche des mondes connus.

Elle rit, bat des mains. Antoine a tous les pouvoirs mais pas d'argent. Elle l'achètera avec ses céréales.

Elle régnera.

Seule.

Elle prépare son corps dans ses secrets les plus intimes. Vénus ira au lit de Dionysos. Mais Cléopâtre ne tombera pas enceinte. Elle a convoqué la sage-femme et son médecin Nécos.

– Je ne souhaite pas tomber grosse lors des lunes à venir.

La sage-femme a préparé un mélangc de miel et de natron, et lui montre comment l'introduire dans le canal vaginal avant chaque rapport sexuel. Il y a aussi certaines fumigations, une boisson quotidienne à base de céleri et de bière chaude. Le plus sûr est l'introduction au fond du vagin d'un tampon imprégné d'extrait d'acacia, de coloquinte, de dattes et de miel. La gomme d'acacia fermentée produit l'acide lactique qui tue les spermatozoïdes. Allongée sur le lit de la naissance, les genoux tenus par la sage-femme, elle confie à Nécos le soin de mettre en place le tampon imprégné. Il s'est lavé les mains dans plusieurs eaux salées, a entouré ses doigts d'un linge chauffé à la vapeur, et a doucement introduit le contraceptif.

Aphrodite-Isis pourra faire l'amour tout son soûl. La semence de l'homme ne fécondera pas son ventre lisse et plat. Charmion a épilé les aisselles et le pubis avec un mélange de miel, de citron et de cire d'abeilles. Cléopâtre la Septième prépare sa guerre.

Il ne doit pas être si difficile de séduire ce Romain qui a déployé à Athènes les fastes les plus inouïs pour célébrer la déesse Artémis aux huit seins. Il a raflé, ce voleur d'élite, le trésor de Thasos et subjugué Éphèse, flanqué de ses Bacchantes échevelées et de ses Satyres lubriques. Il se présente au peuple et à la déesse tel « le nouveau Dionysos, dispensateur de joie, plein de grâces ».

César est dieu ? Antoine est dieu. Il poursuit sa voluptueuse tournée en couchant, entre autres, avec la belle Glaphyra, ce qui ne l'empêche pas de faire reproduire sa femme Fulvie sur ses monnaies.

L'Égypte ! À lui ses céréales, sa flotte de guerre opérant sur deux mers – la Méditerranée et la mer Rouge –, sa position de carrefour de l'Afrique, l'Égypte, blanc et noir, au corps dc femme. À lui, la reine !

Cléopâtre la Septième semble obéir à ses ordres. Tout sera à lui, lui, dont la graisse enrobe les muscles puissants de bon cavalier de bêtes et de filles. Lui, qui rit d'un rire d'ogre, avale la viande et le vin sans respirer ni s'étouffer. Lui, qui jure, tonne, éructe, souffle de ses narines écartées, tel le taureau en rut. Lui, en rut par ce qui fouette son sang : la guerre, les filles, les ors.

Lui qui ne cache rien, ni ses faiblesses, ni ses jurons, ni sa cyclothymie, ni ses brusques abattements. Lui, la brute qui aime tuer et affronter la mort. Lui, le raffiné, à l'écoute des rhéteurs de Rhodes et des philosophes d'Athènes. Lui, le gymnaste sans défaillance, capable d'être ce fin lettré, cet amoureux à l'œil mouillé de tendresse. Lui, amant infatigable, généreux et d'une criminelle insouciance. Lui, qui sera tout entier captif dans la main gracieuse d'une femme plus légère qu'un papillon du lac Mareotis.

Et l'on prépare la galère royale, les cadeaux et les parures. Cléopâtre, habilement, a inversé le problème. Elle ne se précipite pas à la sommation d'Antoine. C'est Isis-Aphrodite qui se plaît à inviter à son bord Dionysos-Hercule-Antoine. En attendant la reine, il se gorge de vin, de femmes et d'insultes contre cette fille du Nil qui a osé secourir ses ennemis.

Il la matera ! Il la traînera à son triomphe !

L'année de Vénus

Le voyage dure deux semaines et le ciel reste pur.

Cléopâtre a soigneusement organisé la magnificence de son arrivée, mis en scène le théâtre de lumière destiné à éblouir, captiver – capturer. Les cales de ses dix-sept navires sont bondées de cadeaux. Sa vaisselle en vermeil, des soieries, ses bijoux, des épices, des parfums délicieux dans des fioles ravissantes sont préparés. Il y a, encagés, des panthères noires, des gazelles du désert, des oiseaux multicolores. Les présents humains sont des esclaves nubiennes choisies parmi les plus belles. Il y a ses musiciennes et ses danseuses dont elle a assorti la ceinture à la sienne : de l'or, du rose, un peu de pourpre. Des voiles,

les seins nus, des coiffes cliquetant de sequins rutilants. La peau ambrée, ou noire, ou rose des esclaves compose la cour d'Isis-Aphrodite. Tout a été étudié. La couche de la reine, en forme d'immense coquillage, dont les voiles révèlent son corps, sa chevelure flamboyante sous le diadème au serpent. Ses chevilles, ses poignets, son cou sont ceints de perles.

Offerte, elle est offerte à celui qui se dit dieu et conquérant.

Plutarque décrit cette arrivée unique dans l'histoire d'une audace de femme. On voit s'avancer « un navire à la proue dorée, avec des voiles de pourpre et des avirons d'argent, le mouvement des rameurs est cadencé aux sons des chalumeaux et des cithares. La reine, elle-même, parée telle qu'on peint Aphrodite, est couchée sous un pavillon tissé d'or et des enfants ressemblant aux Amours des tableaux, debout à ses côtés, jouent de l'éventail. Des servantes de toute beauté, costumées en Néréides et en Grâces, sont, les unes au gouvernail, les autres aux cordages. Des senteurs exquises, qu'exhalent nombre de cassolettes, parfument les rives. »

Les populations émerveillées voient passer Vénus sur le Nil ; le Nil qui ne monte pas. Vénus y pourvoira.

Arsinoé, jaune de rage, convulse une bouche amère. Son amant, le gouverneur de Chypre, traite Cléopâtre d'impudente. Elle nargue les dieux qui se vengeront.

– Non, grince Arsinoé. C'est moi qui me vengerai. Malédiction sur toi, Cléopâtre, qui bientôt ne régneras plus ! Va, va à Tarse ! Copule avec ce porc de Romain. Tu n'es qu'une putain et le peuple le sent. Vénus est jalouse et te tuera. Je suis la vraie fille du Aulète. Celle qui régnera seule.

Tarse. Cette flotte rutilante attire la foule sur le port. Décontenancé, Antoine s'aperçoit qu'il n'a guère que son quartier de soldat – il passe ses nuits dans tous les bouges – pour recevoir la reine. Il s'attendait à une furtive arrivée, celle d'une coupable et non celle de cette glorieuse fille du ciel.

Tout semble d'or, tout est d'or au Romain pris aux rets d'une femme aux ruses illimitées. Autour du navire amiral, les trirèmes sont gorgées de marchandises et de cadeaux. Le ciel incendié s'accorde à ces chatoiements. Antoine est ébloui ; les rames accrochent la lumière de leur ferronnerie d'argent.

On n'a jamais vu une déesse aborder la terre. Le navire de Cléopâtre, en tête de son armada, s'avance vers le port, comme par magie, exhalant des chants mélodieux et de suaves parfums.

– Vénus ! crie la foule. Vénus !

Les timoniers sont des filles nues sous les voiles azurées, les cheveux en boucles dans le dos, les cuisses ravissantes. C'est une nef de femmes, d'amours, d'eunuques et d'éphèbes, où trône, capitaine-déesse, dans son coquillage ouvert, la plus belle, la plus nue, habilement parée : Cléopâtre la Septième.

La foule, saisie d'adoration religieuse, se prosterne. Tarse, de rue en rue, répète : Vénus ! On décrit le coquillage sous le dais et la déesse de chair et d'or.

Elle se lève avec une grâce ineffable. Elle est l'Amour, caché et révélé. Elle est la Mère, l'épouse de Mars, décrite par Lucrèce : « Vénus ; mère des Énéades, plaisir des hommes et des dieux ; Vénus Nausicore, toi par qui tous les signes errants du ciel, la mer porteuse de vaisseaux, les terres fertiles en moissons se peuplent de créatures, puisque c'est à toi que toute espèce vivante doit d'être conçue et de voir une fois sortie des ténèbres la lumière du soleil, devant toi, ô déesse, à ton approche s'enfuient les vents, se dissipent les nuages, sous tes pas, la terre industrieuse parsème les plus douces fleurs, les plaines des mers te sourient, et le ciel apaisé resplendit, tout inondé de lumière. »

Tarse, tout entière, est dans cet enthousiasme quand elle apparaît et le ciel, ce jour-là, resplendit de la rose lumière des aubes inimitables.

Impatient, décontenancé, Antoine grogne dans son quartier militaire. Par Zeus, il ne s'attendait pas à cela !

– Mais Antoine, cela ne prouve-t-il pas qu'Aphrodite rend visite à Dionysos ? dit un de ses officiers.

Irrité, il dépêche un centurion pour demander à la reine de dîner avec lui. La foule en délire psalmodie : « Vénus ! Ô Vénus ! Bénis-nous ! » La voix mélodieuse répond au centurion :

– Prie ton maître, Dionysos, porteur de joie, de dîner à mon bord. Nous lui offrons une fête bien modeste !

Étourdi par ces chairs exposées, le centurion, indécis, rejoint son maître. Antoine blasphème :

– La putain ! Ah la putain ! Elle ose résister et se moquer ! Toutes des putains !

Dépité, vexé. Ses officiers, fascinés par la curiosité, l'ont abandonné sur sa tribune à l'agora.

La place du marché s'est vidée. Antoine est seul. Il a été joué par Aphrodite.

– Le reine te prie d'accepter son dîner avec tes officiers, lui dit Dellius. Ne nous prive pas, Antoine, d'un plaisir aussi rare. Si tu la voyais !

Plaisir… Un grand sourire illumine la face solaire, sensuelle et oublieuse du général.

Il a devant ses yeux l'Olympe.

L'heure de se fâcher est passée. Les quais sont noirs de monde et, à coups de biceps, il fend la foule.

– Place ! Place à Dionysos !

La passerelle est tendue de pourpre et d'or. Les mâts sont enguirlandés de roses. Il se précipite, ivre déjà de tant de luxe, ivre tel Ulysse du chant des sirènes. Le bateau de la reine est une fabuleuse coquille ouverte. Offerte, elle est là, sur la couche, éblouissante. Elle est là, dans ses voiles, sa chair d'ambre et de rose, sa bouche incarnadine, ses dents de perles. Elle est là, Vénus immobile, entourée de cupidons et de nymphes. Elle est là, si différente de celle qu'il avait vue à Rome.

Pour l'atteindre, le Romain doit fouler un tapis couvert de pétales de roses. Elle lui tend gracieusement une main ravissante. Elle lui désigne une couche de pourpre et d'or à hauteur du coquillage, entourée de roses.

– Bienvenue à toi, Marc Antoine. Étends-toi là, près de moi. L'heure des disputes est écartée. Sens-tu ces roses dont Bacchus est amoureux ?

Étourdi, ravi, confondu, le Romain s'allonge. La reine fait un signe. Ses filles dévoilées se mettent à jouer de la cithare. Elles entraînent les officiers d'Antoine vers leurs couches au pied de la reine, des triclinia garnis de coussins et de roses. Les tables basses croulent sous les coupes en vermeil débordant des fruits les plus rares. L'ananas et la mangue d'Afrique, les dattes et les figues, le raisin de Sicile et de Chypre... Chaque plat est incrusté de pierres précieuses taillées en facettes de façon à jeter mille éclats. Les Romains ne savent pas encore tailler ainsi les joyaux. Les murs sont tapissés de broderies aux soies les plus rares, des Indes et d'Asie.

Marc Antoine commet sa première faiblesse : un cri rugit d'admiration. La voix de l'enchanteresse riposte une parole ironique :

– Marc Antoine, mon hospitalité est indigne de commentaire. Pour me pardonner, aie l'obligeance d'accepter en présent tout ce que tu vois. La vaisselle, bien modeste, et les divans. Tu peux emporter tout cela après le banquet. Qu'il en soit de même pour tes officiers.

Le banquet ! Il y a alors les flûtes et les violes. Les filles de Nubie et les éphèbes nus servent à Antoine d'abord, aux douze officiers exaltés ensuite, les mets les plus rares : la carpe farcie, les oisillons grillés sur un lit de figues, les viandes apprêtées aux épices qui enivrent les sens. Les échansons versent le vin de Chypre, ceux si traîtres de Sicile, le vin d'Alexandrie, la bière amère et douce. La reine boit dans une coupe de vermeil sertie d'émeraudes, riant sans pour cela s'enivrer.

– À ta santé, Dionysos, que les dieux te protègent et que t'aiment les déesses et les femmes !

Antoine, déjà ivre, frôle la jambe nue, si peu voilée de Cléopâtre Vénus Isis. Il ne sait plus, il boit, mange, grogne tel un enfant heureux.

– Buvons encore.

La reine éclate d'un rire de cristal ; une brise descend du Taurus. Les esclaves aux cheveux déployés lavent les mains et les visages des convives. La féerie continue. On a servi des gâteaux de miel et de vanille. Les amphores se vident du vin de Crète, le plus fort. Dans un kaléidoscope enivré, Antoine contemple sa savoureuse défaite.

Une femme qui rit, le col renversé, la bouche rose, le corps offert, la chevelure d'or rouge. Une femme dont il est déjà fou : il ne pourra vivre s'il ne foule cette couche, écarte ces cuisses de nymphe. Une femme dont il balbutie le nom, ébloui : « Cléopâtre. »

Le festin a duré toute la nuit. L'aube mauve s'ouvre au moment où l'huile a baissé dans les torches. Les officiers ronflent, ivres de tant de délices et de caresses offertes par les filles si belles.

Cléopâtre s'est levée pour raccompagner ses hôtes. Elle effleure le bras de Marc Antoine titubant sur la passerelle.

– Passe une belle journée, Antoine. Que les dieux t'accompagnent !

Les esclaves s'empressent. Ils emportent les présents de la reine ; la vaisselle et les lits. Dans un éclat de rire, elle disparaît telle Vénus enlevée dans les nuées.

Le second festin

Le lendemain, Cléopâtre invite à nouveau Antoine.

« Cette fois, écrit Plutarque, la réception est d'un tel faste qu'elle fit paraître médiocre le festin de la veille. »

La toilette de la reine est une tunique qui reproduit des ailes de papillons. Les bleus, les verts chatoient dans une transparence étudiée. Elle a changé de parures. Des lapis-lazuli, des sardoines, des rubis étincellent à ses bras, son cou, ses chevilles. Le diadème au serpent d'or sur le front, les boucles libres. Elle a préparé des présents inouïs : des esclaves adultes servant de porteurs aux lits sur lesquels ils ont tant bu et mangé. Aux douze officiers, elle offre des chevaux harnachés d'or. À Antoine, un cheval arabe de la plus rare espèce. Elle sourit, aérienne.

– Merci de m'avoir offert une si belle compagnie !

D'un signe, elle fait allumer les lampes sur le pont. La magicienne l'a fait transformer en un authentique bosquet de fleurs et de fraîcheur. Elle reçoit les Romains sous une frondaison de branchages odorants. Dans un frisson, Antoine croit de bonne foi qu'il a affaire à Isis-Aphrodite en personne.

Honte ! Honte à lui, qui a beau épuiser les ressources de Tarse ! Il ne pourra offrir qu'un maigre souper de soldat à cette reine de l'Olympe. Honte !

Ils sont servis par des nymphes. Ils vont déguster les vulves de truies farcies, et les huîtres si rares, des pâtés de canard sauvage, les cuisses de sangliers à la cannelle et à l'aneth. Le vin de Falerne, parfumé à la violette, conservé depuis des mois dans des amphores scellées, coule à flots.

Quant à « l'abondance des lumières, dit Plutarque, il y en avait tant… suspendues et inclinées de tant de façons, ou droites les unes en face des autres, et rangées en rectangles ou en cercles que le souvenir en traversa le siècle ». La lumière était peut-être la richesse la plus rare dans l'Antiquité. En invitant Antoine, Cléopâtre, souligne Plutarque, « ne mit d'espérance et de confiance en rien autant qu'en elle-même, aux séductions et enchantements de sa beauté et de son charme ».

Antoine montre sa seconde faiblesse :

– Jamais on n'a vu cela à Rome !

Rome, l'orgueilleuse, semble une bourgade pour soldatesque à côté d'Alexandrie.

– Ce n'est pas grand-chose ! dit la voix exquise.

Antoine a soudain un geste de prédateur vers le corps charmant. En riant, elle se dérobe, désigne les chevaux, le bosquet, les fruits, les ors, le vin, les filles.

– Tout est à toi, Dionysos. Tout !

Il soupire de désir, ébloui par la multitude de lumières et de flambeaux. Oui, c'est bien Aphrodite-Anadyomène qui a descendu le cours du Cydnos pour rendre visite à Dionysos.

Elle a vingt-huit ans ; il en a quarante-deux. Le signe de ces quatre jours splendides sera celui de l'amour fou – et de sa perte.

– Ce banquet est bien médiocre, Antoine. Je te parie qu'on peut offrir une réception dont le coût serait vingt fois plus important.

Antoine s'exclame : c'est impossible ! D'un rire en cascade, la reine demande à Plancus, l'officier principal, de se faire l'arbitre du pari. Il y a un grand silence sous les frondaisons et les jets d'eau.

– Regarde, Antoine !

Elle détache de son cou une perle grosse comme une prune qui vaut le prix d'un royaume. Elle fait verser dans le verre d'Antoine du vinaigre, y jette la perle qui fond immédiatement.

– Bois, maintenant ! Que descende dans ta gorge cette fortune !

Il a perdu son pari.

Elle rit, elle le rend fou.

– Puis-je compter sur toi, Antoine ? fait la voix mélodieuse. Approche !

Il a bondi près d'elle ; elle le repousse avec une froideur calculée.

– Attends... Attends encore... Écoute-moi.

– Tout ce que tu voudras, Reine !

– J'irai souper chez toi, seule, demain. Promets-moi ton amitié. J'ai tant de blé en Égypte et tant de perles que je puis servir bien des desseins. La guerre contre les Parthes... Écarte à jamais ce vil Octave... Il te faut des ressources, n'est-ce pas ?

Elle détache une seconde perle, prête à la jeter dans le vinaigre.

– Non ! crie-t-il d'une voix sourde.

– J'ai toujours su à quel point tu es fidèle à César. J'ai un fils, Césarion, et des ressources infinies.

Cléopâtre sourit. Sa bouche, ô sa bouche, promesse de tant de délices !

– Demain… murmure-t-elle. Demain, notre plaisir scellera notre alliance. Veux-tu faire alliance avec la reine d'Égypte pour défendre le fils de César contre cette musaraigne d'Octave ? Je t'offre, si tu m'aides, mon argent, mon armée, ma flotte, mon blé.

Elle rit et ses seins remuent doucement.

– L'Égypte est à toi si tu soutiens Césarion… Césarion, roi, tu seras régent de l'empire. L'Égypte est à toi ; l'Égypte, c'est moi.

Elle se lève aussi brusquement que la veille, le laissant sur sa faim.

– Demain, chez toi, Antoine.

Et toutes les lumières s'éteignent.

Le soldat et la Reine

Il l'attend, dans sa caserne, cette affreuse pièce de boue séchée, meublée d'un lit de camp, d'une rude table et de quelques escabeaux. Le sol est de terre battue. Il a du vin, de la viande et trois esclaves. Ses officiers, bivouaquant à côté de ses soldats, couchent dehors. Il est pauvre, il est beau, il lui plaît. Il mourra pour elle. Il le sait. Il aura l'Égypte et cette femme dont déjà il ne peut se passer. Il n'a pu dormir ; elle envahit ses songes éveillés et lubriques. Il est nerveux, elle se fait attendre ; la garce ! et si elle le laissait choir ; là, dans sa bourgade, repartant, flamboyante, en Égypte ?

Ridiculisé, grotesque, il serait grotesque ! Qui oublierait ce faste et que ferait-il sans argent, peu sûr de ses alliés, ayant échoué dans sa mission « de sommer l'Égyptienne à s'expliquer ». Elle a ridiculisé Rome ! Elle l'a manœuvré. Il n'a à lui offrir que son antre de soldat.

Elle a voulu l'impressionner par ses richesses – ô ses trésors, quel éblouissement ! Elle a voulu l'épater et l'humilier, en voulant lui faire avaler ses perles dissoutes. Il regarde autour de lui. Que ce lit de camp, cette table rustique et ces trois esclaves rougeauds sont donc laids. Il n'a pas osé lui resservir sa vaisselle d'or devenue de la bonne monnaie dûment destinée à la flotte. Glyphania lui envoie des messages de jalousie furieuse et Fulvie complote, à Rome, la perte d'Octave – quitte à le perdre lui, Antoine. Que tout est sombre, sous cette unique torche qui se reflète en un éclat rouge dans ses prunelles, ses formidables mains d'étrangleur, ses mollets puissants… Il sourit. Il en connaît plus d'une qui en redemande de ses mains, là où surgissent des nids de poils, et ses cuisses de bon cavalier et son sexe de Bacchus, à la fontaine abondante !

Celle-là l'ignore après l'avoir frôlé. Nue, la catin, sous ses voiles ! Nue ; il sait tout d'elle ; ses hanches, ses cuisses, son ventre, frôlant ses seins, ses bras. Cette fente adroitement voilée, dont il a tout deviné.

Il déteste attendre et elle le fait attendre. Il jure par tous les noms femelles de l'Olympe. La voix délicieuse, sa bouche dorée, faite, il le pense maintenant, pour avaler des perles qui valent un royaume, la voix (rêve-t-il) dans un éclat de rire, répète après lui les infâmes jurons ; les anathèmes grossiers. Cléopâtre est là, dans l'antre fruste.

– Sers-moi à boire, général, par le foutre de Zeus !

Est-ce à ce moment-là qu'il en tombe, et à jamais, passionnément amoureux ? Elle partage avec lui sans façon ses manières et son repas de rustre. Elle lui montre sa magistrale faculté d'adaptation. Le gobelet en terre rempli du rude vin de Tarse, bu d'une traite. L'aileron de canard sauvage luisant à sa bouche qu'elle essuie d'un pan de sa tunique en simple lin. Elle est vêtue de blanc et de pourpre, une cape aux épaules, aucun bijou, les cheveux libres et sans diadème. Elle est venue en fille, en catin, en femelle, en soldate – en égale. En homme, pourrait-on dire. Si elle avait été un homme, jamais Cléopâtre la Septième n'eût fait tant de dépenses (elle est parcimonieuse, cette apparente dépensière) pour acheter l'homme le plus puissant de Rome afin d'assurer les intérêts de son pays.

Elle s'est hasardée dans une sinueuse mise en scène où, sous la beauté et les ors, nulle aide ne lui parviendrait. Elle rit et boit, une ombre nacrée envahit les beaux yeux maquillés. Elle rit ; une femme triste fait fuir. Elle entend bien tout obtenir. Le concours d'Antoine est précieux, Rome sera toujours sa première menace, sa première volupté – et sa dernière tragédie.

– Cléopâtre ! murmure le géant.

Il la veut, voilà quatre jours qu'elle le séduit et le tente.

– Parlons un peu, dit la voix exquise.

D'une dérobade souple, elle s'écarte de l'homme qui tremble de désir.

– Puis-je compter sur ton amitié, Antoine ?

Il n'y a point d'amitié de la femelle au mâle mais l'implacable calcul d'une volupté liée à des desseins.

– Dionysos, réponds-moi. Bacchus, tu effeuilleras toutes les roses de mes jardins…

Elle boit encore et lève la rustre coupe en terre fêlée.

– Mon argent, mon armée, ma flotte, mon blé !

C'est elle qu'il veut ; il la saisit aux poignets, la renverse sur le lit de camp plus dur que les pierres du chemin.

– Ton argent, ton armée, ta flotte, ton corps !

D'une puissance de panthère, elle se dérobe encore. Il l'agonise d'un franc juron auquel elle répond par un rire et un flot d'obscénités.

– Antoine !

Elle veut savoir.

– Où est Fulvie ?

Assignée dans Pérouse, en compagnie de Lucius Antonius, le frère d'Antoine, Fulvie conspire contre Octave qui a lancé Agrippa à leurs trousses.

– Ton frère ?

Lucius Antonius est consul et a dû fuir Rome, reprendre les Gaules qui soutiennent Antoine.

– Mon argent, mon armée, ma flotte, mon blé, Antoine…

Qu'importe à Antoine, ivre, ivre d'elle, la dureté du siège qu'Agrippa mène devant Pérouse ? Les vivres manquent, Fulvie sera-t-elle égorgée avec Antonius ? Que lui importe que les soldats d'Octave le traitent de bouc malodorant. Que lui importent les pamphlets qui circulent contre lui. Il a tout oublié. Glyphania, Volumnia, Fulvie, ses enfants… Rome…

– Ton argent, ton armée, ta flotte, ton blé !

Elle s'est allongée près de lui, il arrache la tunique et il dévore son corps de baisers. Il la rudoie dans la folie de son désir. Il déchire ce corps et jouit en bête forcenée. Il est Bacchus foulant Aphrodite. Elle crie de plaisir et le plaisir les emporte, les dissout, perles, perles fondues à une seule et unique source.

La nuit. Leur nuit ressemble à la caverne de Vulcain. Jamais ils n'avaient atteint, eux, les experts, une telle jouissance. Il jure de la rejoindre à Alexandrie.

– Pas avant d'être passé à Éphèse et d'avoir tranché, tu entends, Antoine, tranché la gorge des ennemis qui me haïssent : Arsinoé et sa bande.

Il la reprend, l'envahit à nouveau de sa force et de son cri. Elle murmure, léchant son oreille :

– Je veux la tête d'Arsinoé.

La tête d'Arsinoé

Il est devenu sa bête et sa fleur. Elle est repartie pour Alexandrie aussitôt leur nuit de feux, de vin et de pactes.

Il s'agit bien d'un pacte. Elle ne lui dira jamais que seul Césarion prend toute la place dans son cœur. Elle, l'amoureuse de l'amour, l'amoureuse du plaisir inouï qu'il lui a donné. Elle ne lui dira jamais que ses sens subtils se gardent bien de confondre les dons naturels de Dionysos et d'Aphrodite avec cette plaie vive, suave, qui la fait trembler de tendresse et de crainte : Césarion.

Il doit vaincre Octave, le malingre héritier de César. Octave est si fragile que le bruit court qu'il est mort de fièvre maligne.

Le plaisir ! Aussitôt dissous qu'atteint, perles dans le vinaigre. Se souvient-on du plaisir ? Fulvie, Volumnia, Glyphania, toutes ces filles du Subure, et Curion autrefois ? Des grosses, des minces, des laides, des belles, des noires, des blanches, des rousses qui sentent le lapin... Tout a été balayé depuis sa nuit avec Cléopâtre la Septième. Une seule nuit que l'astucieuse n'a pas renouvelée, le laissant sur sa faim. A-t-elle marqué ses sens d'un sceau brûlant, ineffaçable ?

– Mon armée, mon blé, mes ors, riait la fille des Lagides et elle baisait sa bouche en répétant :

– Ta promesse, Antoine.

La belle bouche et les beaux yeux parlent de sang. Le sang d'Arsinoé contre ses mille et mille nuits à Alexandrie.

– Tu seras ce prince et ce roi, Antoine.

Elle a gagné, elle a dénoué les impulsivités d'Antoine, amoureux d'elle, oublieux du reste, flatté de régler « les affaires d'Égypte ». Il se rend à Chypre avec une légion. Il y a dans la citadelle une scène sanglante. Il fait décapiter le gouverneur, l'allié d'Arsinoé.

Arsinoé, prévenue de l'arrivée d'Antoine, a fui en toute hâte. Le gouverneur de Chypre l'a aidée à embarquer pour Éphèse. « Adieu, ma douce reine », lui a-t-il dit, lui qui aime cette Lagide au teint jaune. Il la voit belle, veut partager l'Égypte avec elle. Il baise ses mains qui ont connu les chaînes. Ils se vengeront. Il a fait le nécessaire pour qu'elle soit en sécurité au temple d'Artémis, sous la protection du grand prêtre. Sacrifice du grand amour, il vient lui-même à la rencontre d'Antoine et de ses soldats.

– Elle n'est pas là, maudit Romain ! siffle-t-il.

Le sang. Arsinoé apprend la dure nouvelle. « Que ce sang retombe sur ma sœur maudite et tous ceux qui l'ont approchée ! »

Le grand prêtre lui parle des dieux qui pèsent le cœur des morts. Dans ce temple si étrange, Arsinoé a la gorge serrée. Qui peut la venger et l'aider ? Va-t-elle passer sa vie à se cacher ? Elle est là, dans le temple aux trois cents colonnes, aux salles multiples dont la plus secrète, celle du fond, l'invisible, cache la dernière fille du Aulète. Les yeux enfiévrés, le flanc maigre, elle ose porter un des diadèmes de son frère, le cobra des pharaons. Elle entend une cavalcade dans l'antre inviolable. Droite, les yeux brûlants, l'orgueil fou, elle attend au pied d'Artémis aux yeux vides. La horde bouscule les prêtres dont celui, si vieux, si sage, qui l'a hébergée. Le grand prêtre, de blanc vêtu, prêt à mourir, ouvre les bras pour empêcher qu'on ne la tue.

– Je suis Arsinoé la Seconde, reine d'Égypte ! crie-t-elle à la soldatesque.

Elle reconnaît Antoine, son orgueil désespéré s'accroît.

– Tranche ma gorge comme autrefois tu le vis faire au Aulète quand ma sœur Bérénice s'était emparée de son trône ! Qui es-tu pour tuer une Lagide ? Je connais la vipère qui a brouillé ta pensée au point de tuer une femme désarmée ! Frappe, lâche ! Mon sang retombera sur toi et les enfants qui te viendront d'elle. Mon sang fera de vous deux morts, deux vaincus, dévorés de la souffrance inouïe du déshonneur. Vous serez livrés, toi d'abord, elle ensuite, à la mort ignominieuse...

Antoine frappe lui-même, étonné que d'un corps si fragile jaillisse tant de haine et de sang. Le glaive perce son cœur. Elle s'écroule, sa bouche ouverte le maudit encore. Jamais il n'oubliera ses prunelles qui le fixent dans la mort. Avec horreur, il s'aperçoit qu'elle a les mêmes yeux que sa sœur haïe.

Les mêmes yeux que l'amante qui l'a enflammé jusqu'à l'amener au geste qu'il n'avait jamais commis : tuer une femme. Arsinoé les a maudits. Il revoit Bérénice dans son sang, Bérénice qu'il avait refusé de tuer.

Il se met à trembler et recule. Même s'il épargne le grand prêtre, il sait qu'ils ont été maudits, lui, Cléopâtre et sa descendance.

Antoine a tué une femme pour l'amour d'une femme.

Antoine donne des ordres.

Cléopâtre la Septième reçoit dans un panier la tête d'Arsinoé, cadeau abominable de l'amant qu'elle s'est choisi.

Elle régnera enfin seule.

Le mystère d'Éleusis ou la route vers Alexandrie

Antoine rejoint la reine l'hiver de l'année 41. Un hiver de douceur, aux aubes tendres et aux nuits tièdes.

Antoine a-t-il besoin d'oublier le regard fixe d'Arsinoé et ses malédictions ? Les femmes ne peuvent plus le combler puisqu'il y a désormais Elle, pour qui il a tué une femme. Il a besoin d'action pour oublier. Heureusement il y a la guerre. La guerre – ce sont ses vacances.

Pourquoi ne pas tenter un coup de semonce aux Parthes qu'il se jure de vaincre un jour ?

Il lance alors un raid contre les habitants de l'oasis de Palmyre, porte du commerce avec l'Orient lointain, qui ont filé à l'approche de son armée. Dissous, disparus telle l'eau dans le sable. Antoine se retrouve dans une oasis vide, excepté les femmes, des enfants très jeunes, quelques ânes…

Il éclate de colère et, versatile, entreprend un autre voyage : Éleusis et ses mystères. Antoine se rend dans cette ville à vingt kilomètres d'Athènes. Il assiste aux « mystères d'Éleusis ». Des mimes et des rites se déroulent dans de larges espaces fermés au public. Tout esclave osant approcher du « mystère » est mis à mort. Dionysos, les dieux et les prêtres peuvent y assister, déchiffrer ce que signifie ce théâtre d'ombres et de chants psalmodiés qui sont des prédictions.

Éleusis, ville sacrée de l'Attique où le mythe d'Érechthée reflète la conquête athénienne. À Éleusis, Perséphone, enlevée par Hadès, dieu des Enfers, fut rendue à sa mère Déméter. Antoine-Dionysos, restitué à sa mère Isis-Aphrodite. Cela est lu dans la salle du « mystère », le *telesterion* – ou salle d'initiation. À Éleusis, il jure d'être uni à jamais au Ventre de la Mère Aphrodite-Isis, Cléopâtre la Septième.

Il reprend sa route vers elle.

Il laisse Fulvie et son frère Antonius veiller à ses affaires. Les quolibets ne manquent pas. « Antoine, chien courant au sifflet de l'Égyptienne, lâche débauché, abandonnant Rome, sa femme, pour une femme ! »

Antoine n'a aucun remords naturel, une grande désinvolture du qu'en-dira-t-on, et la volonté d'assouvir ses plaisirs. Cléopâtre le hante jusque dans ses songes, ses ripailles ou ses nuits frustes de soldat qui dort à même le sol.

L'hiver, en Occident, ferme les mers et gèle les terres. Mais en Égypte, le guerrier Antoine veut le plaisir. Le plaisir d'arriver à Alexandrie, en simple particulier, invité par la reine d'Égypte.

Sans légion, habillé en Grec, Antoine débarque au palais de la Lochias. Il va directement dans la chambre royale.

– C'est moi.

La première chose qu'il fit, qu'ils firent, avant tout discours, fut l'amour. Encore, et encore.

Animetobion ou la vie inimitable

Pendant une année, Antoine vit sa passion, y compris tous les plaisirs de l'esprit et du corps. Cléopâtre, Vénus, la fille, la reine, la chair.

Plutarque fut le rapporteur privilégié de cette suave existence, ce *carpe diem.* « Antoine se laissa emporter en Alexandrie »...

« Cléopâtre trouvait toujours quelque nouvelle volupté par laquelle elle maîtrisait Antoine, ne l'abandonnant jamais et jamais ne le perdant de vue ni de jour ni de nuit : car elle jouait aux dés, elle buvait, elle chassait... Avec lui, elle était toujours présente quand il prenait quelque exercice. En somme, elle l'éduque, elle affine sa rusticité. Elle lui apprend la jouissance non dans un élan incontrôlé, mais à goûter et à savourer. Accomplir ce plaisir-là et tous les autres : ceux du corps, bien sûr, mais aussi ceux de l'esprit. Elle lui enseigne la délicatesse des nourritures où cuisent plusieurs sangliers de façon à ce qu'il y ait toujours la chaude et fondante viande tandis que la conversation plus élevée traite de la mort immortelle. »

La mort immortelle ou la pensée du naturaliste Lucrèce, la propreté du corps selon Catulle. Que faire d'un amant dont les aisselles sentent le fauve ?

La mauvaise odeur ? Un corps mal lavé ? « Ne t'étonne pas, dit le poète... qu'aucune femme ne veuille étendre sur ton corps sa cuisse délicate... Ce qui te fait tort, c'est certain mauvais bruit qui prétend qu'au creux de tes aisselles loge un bouc redoutable. C'est une très mauvaise bête avec laquelle aucune jolie femme ne voudrait coucher. Aussi détruis ce cruel fléau des narines. »

Cléopâtre lui récite ces vers quand il revient du gymnase, en sueur, si ardent qu'il est prêt à faire l'amour, là, tout de suite. Elle le lave elle-même. Il descend dans la vasque de porphyre aux fontaines de nymphes. Elle le rejoint, naïade, tritonne, et le nomme « Toi, le premier auteur de ma félicité ». Elle lui montre comment boire. Peu d'abord, davantage avec les eaux de source pour calmer les jeux destructeurs de la basse ivresse.

Art de vivre, où tout n'est que luxe, calme et volupté. Art de vivre où la « sobre ivresse » qui, selon Platon, donne la connaissance et non l'abrutissement. Cléopâtre, en reconnaissance de cette école, porte à l'index un anneau où est gravé « *Méthé* ». Elle sait ce qu'il y a de sacré dans les fêtes orgiaques. Dionysos est un dieu mortel. Seule la nature ne meurt pas. Elle sait (il sait) que Dionysos est à la fois l'homme et la bête. Dans la consommation bestiale des instincts il y a le sublime, il y a, dans la vie inimitable, la danse, la musique, le jeu – celui de l'hallucination – et le délire sacré.

Il y a (elle sait, il sait), dans le plaisir et les plaisirs partagés, la transfiguration artistique d'un état contemplatif esthétique. Si on peut dissoudre une perle dans le vinaigre, dans l'extase dionysiaque de la vie inimitable changera-t-on l'eau en vin.

Elle forme pour le bonheur de son amant vêtu de la chlamyde grecque et des hauts cothurnes un groupe d'amis, choisis avec soin, pour leur science (tous fréquentent le Museum) et leur sens de la volupté délicate. C'est l'*Animetobion* ou vie inimitable.

Ils ne se quittent guère et Cléopâtre accompagne Antoine à ses prouesses. L'escrime, la chasse et les jeux aux dés.

Les compagnons de l'*Animetobion* sont douze. Six femmes et six hommes parmi l'élite intellectuelle et esthétique. Les femmes sont parées de toutes les grâces. La reine a opéré un mélange heureux de chevelures lisses, bouclées, annelées, blondes, noires, châtains. Elle seule règne, d'or rouge, parée. Les hommes sont de subtils éphèbes. Tous aiment les caresses à deux, à trois ou davantage. La reine devient une levrette en cristal, honorée par la majesté bestiale d'Antoine tandis que les filles de Vénus les caressent. Les éphèbes s'emparent du pénis sacré de Dionysos. De cette pyramide vibrante, odorante, le plaisir monte à son apothéose. Dans le ballet si parfait se rejoignent les deux étoiles : Antoine et Cléopâtre. Soudain seuls, ils ne font qu'une seule chair, un seul cri. Éparpillés, les Adorables de la pyramide deviennent un cercle érotique autour de l'orgasme royal et divin. La jouissance comble les sept orifices honorés. C'est cela la vie inimitable, et bien autre chose encore.

C'est l'art de faire de l'amour non une orgie ordinaire mais une éthique, où, ensuite, lavés d'eau de rose, vêtus des voiles délicats et parfumés, les amis échangent les commentaires des conférences du Museum : l'âme et sa « non-existence » selon Lucrèce. Le naturaliste pense que les dieux ont été inventés pour effrayer les hommes. Les éphèbes appuient ce discours par l'admirable démonstration d'Aristote sur l'âme.

« Si elle [l'âme] se meut vers le haut, l'âme sera feu, et si c'est vers le bas, elle sera terre… Le mouvement par lequel le corps se meut est aussi celui qui meut l'âme. »

Antoine, passionné de philosophie helléniste, réplique par la croyance de Platon en l'âme.

Ainsi vont les jours, délicats et frénétiques. Cléopâtre enchante l'amant, l'encense des vers de Catulle, qui sortent de la bouche même de Vénus :

« Et toi, jeune époux (que les dieux du ciel m'assistent !) tu n'es pas moins beau et Vénus ne t'oublie pas. Mais le jour fuit. Approche, ne tarde pas. »

Antoine aussi beau que Vénus, Antoine dont tout Alexandrie se met à raffoler.

L'époux ; elle y songe, Cléopâtre. Quelle revanche sur Rome ! L'époux ; que lui importe qu'il soit marié à Fulvie. La polygamie n'est pas rare en Égypte et Fulvie sert ses desseins en luttant contre Octave. L'époux… Au milieu de l'art du plaisir, elle est restée attentive à son caractère. Elle a longuement observé ses fragilités et ses forces. Faire d'Antoine son époux déstabiliserait Rome qui finirait par devenir, qui sait, la vassale de l'Égypte. La vassale de Cléopâtre la Septième.

La vassale de Césarion, l'enfant aux boucles de bronze avec lequel le gai athlète joue quelquefois. Une ombre rouge traverse ses prunelles : la jalousie fugitive. Une jalousie qui excite son rut. Cet enfant est la preuve que ce corps-là, celui d'Isis-reine d'Égypte, a été baisé par le dieu César.

Sa jouissance est alors extrême ; la jalousie aide la jouissance. Un seul et même traumatisme d'homme. Il pénètre le sacré, le corps fécondé par le dieu César. Cléopâtre, même quand ses yeux meurent en même temps que ceux de son amant, ne perd pas de vue l'avenir de Césarion – et de l'Égypte.

Où elle règne seule.

Où il lui faut assurer une descendance. Ce mâle, ce taureau, ce priape, ce Romain est là aussi pour cela.

Rome, Rome seule fécondera la reine d'Égypte.

Va me pêcher des royaumes !

Elle a convoqué son médecin Nécos et la sage-femme aux mains habiles. Elle a demandé qu'on ôte le tampon contraceptif et qu'on lui prépare les fumigations de la fécondité. Elle a ordonné au groupe des inimitables de ne plus la toucher. Seuls, Antoine et elle partagent la couche d'ébène et de soie, où César exulta autrefois.

Quatre semaines plus tard, le sang a disparu. Cléopâtre est enceinte.

Plus question de courir les rues et les tripots, la nuit, elle et lui, vêtus en manants. Plus question de faire du tapage comme des écoliers devant les portes des bourgeois de la ville, buvant la bière des tavernes louches. Parfois, Antoine prenait une fille contre un mur. Mieux, il la laissait se faire prendre elle par un rustre, à condition qu'il fût beau. Elle, anonyme, corps, rien que corps. Ils achevaient leurs frasques en faisant l'amour, comme ça, dans une ruelle, n'importe où, sur le port. Une fille, un homme, le plaisir.

Elle est enceinte ; elle rit au miroir fêlé ; elle rit à son ventre encore plat. Elle change totalement d'attitude.

Elle a suffisamment distrait, enivré, offert les vacances d'un dieu à Antoine. Son inaction semble l'enchanter.

Elle veut des royaumes et des conquêtes. Elle choisit une partie de pêche au lac Mareotis pour passer son message. Qu'il est donc différent du grand conquérant César mais que sa peau et son sexe sont d'infatigables et divins serviteurs !

Il pêche, il rit tel un enfant. Ses prises sont médiocres. La meilleure société a été invitée et rit avec la reine. Elle fait attacher un hareng salé à l'hameçon. Elle est grosse de cinq mois, grosse tout court. Elle porte l'ample tunique de la grossesse de couleur safran. Son visage, reposé, est maquillé de tous les roses. Ses cheveux noués à la grecque. Elle se fait mener en litière, son médecin exige le repos : elle porte un puissant enfant.

Elle lance devant tout le monde, en riant, pour ne pas l'offenser davantage :

– Laisse-nous, Antoine, à nous autres Égyptiens, la pêche à la ligne ! Ce n'est pas ton métier. Ta pêche est de prendre et de conquérir villes et cités, pays et royaumes.

Il la regarde, sous la tunique son ventre a bougé. Elle lui montre le lac, la terre, le ciel, l'univers, d'un geste rayonnant qui semble le bénir et le bannir.

– Va ! dit-elle.

Le lendemain, Antoine a quitté Cléopâtre, relevant le défi.

Veut-il se venger ? L'a-t-elle blessé ? L'amant inimitable redevient le soldat Antoine. La pêche d'un grotesque hareng qui pend, lamentable, au bout d'une ligne sans profit a tout bouleversé.

Antoine a quitté la reine en cette fin de l'hiver 40.

Dionysos est redevenu le guerrier, Hercule, le mortel. Le mâle qu'interpellent d'autres combats, d'autres femelles et le puissant oubli.

Fulvie, dernière amazone de la République

Laisse ta ligne ! lui a-t-elle crié, soudain dure, soudain homme politique. Nous sommes les princes de Pharos et de Canope. Ton rôle est de faire la chasse aux villes et aux royaumes !

Il se souvient qu'il a ri. Il perd Aphrodite. Oui, elle le renvoie, elle l'utilise. Elle se détourne de Dionysos pour héler le soldat. Le pêcheur de royaumes. L'a-t-elle comblé pour mieux le manœuvrer ? Le doute ronge son cœur, encolère son sang. Chaque jour, elle a organisé les plaisirs du Romain. Elle l'a mené au délire qui abolit toute souffrance humaine.

Il reprend sa route de guerre, la bouche amère. Si Antoine disparaît, elle sera à nouveau seule contre Octave dont les influences grandissent. Seule avec des enfants et un peuple fragile comme une femme dépendante, un peuple dépendant d'elle.

Il faut compter aussi avec Fulvie et sa forte personnalité.

Elle a sommé Antoine d'un message autoritaire : qu'il la rejoigne à Athènes où elle l'attend avec leurs deux fils. A-t-il oublié sa paternité et leur amour ? Il y a aussi Claudia, la pauvre petite Claudia, humiliée, chassée, répudiée par Octave, qui cache sa honte et sa virginité. Elle a confié en pleurant à Fulvie sa mère son horrible nuit de noces avec son mari, dont le corps pue la charogne et qui a tenté sur elle, une enfant de douze ans, un assaut homosexuel. « Je t'aime comme un petit garçon ! » ricanait-il. L'enfant tremblait de honte et de terreur.

Antoine a rejoint Tyr. Cléopâtre désire qu'il guerroie contre les Parthes aux flèches redoutables. Ces Parthes, que César n'avait pas eu le temps de vaincre ; ces Parthes qui font la guerre mieux que quiconque. Quand ils tiennent des prisonniers étrusques, ils les achèvent par le supplice du mort qui tue le vif. Ils attachent, tels des jumeaux, face contre face, un mort et un prisonnier vivant et les abandonnent aux rocailles de leurs déserts. Le vivant, pendant des jours, absorbe la décomposition de l'autre, devient l'autre, rongé de vers, suffoqué par l'effroyable odeur.

Les Parthes convoitent l'Égypte. Ils sont si proches. La reine le sait. Ses troupes ne sont pas suffisamment nombreuses. Ils la captureront, l'attacheront vive contre un mort aimé. Son fils, peut-être ?

Cet hiver-là, Antoine s'occupe d'abord des événements de son pays. Labienus, lieutenant de Cassius, effrayé de la mort de la République, a offert au souverain des Parthes le reste de ses armées. « Un traître », hurle Antoine. Labienus et le roi Parcorus se trouvent en Syrie, aux portes de l'Égypte.

Il faut la lettre désespérée de Fulvie, les navrants détails de la conduite d'Octave sur Claudia pour qu'Antoine rejoigne son épouse à Athènes. L'insouciant s'est souvenu qu'il était marié. Se venge-t-il des propos de Cléopâtre qui l'a humilié à la pêche devant tant de monde ? Est-ce l'ambiguïté dionysiaque qui joue en lui ? Tant pis pour les Parthes et l'Égypte ! Loin du corps d'Aphrodite, loin du cœur, loin de l'Égypte, il respire, tel un évadé.

Octave agit en maître de la province d'Italie. Il a remis l'Afrique à Lépide, spolié les Italotes en donnant aux vétérans leurs terres. Le peuple d'Italie se rue à Rome, avec femmes et enfants, occupe les temples, hurle contre la tyrannie du triumvir. La tyrannie d'Octave. Le jeune poète, Virgile, a été dépouillé de son petit bien à Mantoue, roué de coups par un soudard. Il chantera plus tard dans les *Bucoliques* la plainte des exilés :

« Mais nous abandonnons le doux terrain natal

« Nous fuyons la patrie… »

Fulvie et son beau-frère, Antonius, déplorent cette chienlit. Octave, en ayant répudié et souillé Claudia, est le responsable de ce qu'elle nomme le *casus belli*.

Antonius commence la guerre en rejoignant les armées de Gaule. Octave se sert de son capitaine le plus fanatique, Agrippa, pour enfermer dans Pérouse l'armée ennemie composée d'Antoniens et d'Italiens révoltés. La petite ville, fière et glorieuse, va endurer la faim. Affamée, gelée, Pérouse finit par se rendre en février 40. Octave la fait incendier et ordonne de décapiter trois cents sénateurs.

Fulvie est réfugiée à Athènes avec ses enfants, Claudia, sa fille, à demi folle, Antyllus et le second fils d'Antoine. Octave la fait couvrir de quolibets – « La vouivre Fulvie » –, fait courir le bruit que, par ambition, elle est prête à partager sa couche « parce que Antoine baise Glaphyra, Fulvie me condamne à la même pensée : que je la baise aussi. Moi, baiser Fulvie ! – Ou tu me baises, ou c'est la guerre, dit-elle. Hé ! C'est que mon membre m'est plus précieux que la vie même ! Clairons ! Sonnez la charge ! ».

La fuite, c'est la fuite des Octaviens, essayant de rejoindre le républicain Ahenobarbus et sa flotte. Octave se réjouit d'un tel exode. Il remarque dans cette foule une fille au teint livide qui lui ressemble, grelottant dans la laine, le profil en lame de couteau, la lèvre mince. Un sosie femme ? Elle est en litière, enceinte du futur Tibère. Elle est l'épouse de Néron, l'ami d'Antoine. Lui, le glacial, le criminel, le calculateur – le futur Grand Auguste –, tombe immédiatement et à jamais amoureux d'elle. Il l'aimera jusqu'à son dernier souffle. Elle qui jamais ne portera un autre enfant dans ses flancs.

Octave, Octavianus ! Il épousera Livia Drusilla en 38, après l'avoir fait divorcer de Néron. Lui-même répudiera sa seconde épouse, Scribonia, cousine germaine de Sextus Pompée. Scribonia enceinte de Julie. Peu lui importe. Il adoptera Tibère et Rome ricanera : « Père deux fois en trois mois, quelle aubaine ! »

Autrefois, Cicéron avait eu un rêve prémonitoire. Jupiter avait convoqué au Capitole les fils des sénateurs et avait promis de désigner celui qui régnerait un jour sur la ville. Les adolescents attendaient leur toge prétexte. Soudain, les portes du temple s'ouvrirent. Octave s'arrêta devant la statue de Jupiter. Le dieu de marbre et d'or étendit le bras vers lui : « Romain, les guerres civiles cesseront lorsque ce jeune homme sera votre chef. »

Quand Cicéron le rencontra, le jour suivant au champ de Mars, il le reconnut : Octave-Octavianus, futur Auguste qui régnera y compris sur l'Égypte...

Quelle fureur quand, enfin, Fulvie revoit Antoine à Cyanope après tant d'absence. Il la trouve fébrile, maigre, agitée, le souffle court et brûlant. Une grimace tord sa bouche, ses entrailles, son sein gonflé. Elle se meurt d'un cancer mais surtout de colère, de désespoir. Lui aussi est en fureur.

Il va jusqu'à la gifler, la jeter par terre. Quoi, avec ses manigances, elle lui a fait perdre son pouvoir à Rome.

– Indigne ! lui crie-t-elle. Indigne ! Sauras-tu au moins oser les bonnes alliances quand je ne serai plus ? As-tu oublié tes fils ? Antonius et Antyllus ?

Elle pleure, de rage, d'épuisement. Elle, la dernière amazone de la République ; elle qui le traite d'outre à vin. Elle, pas même jalouse, mais désolée, humiliée de la défection du père, du guerrier – du mari. Elle meurt, et il pleure. Ce géant oublieux, sensible. Qui à nouveau boira, rira, baisera, aimera.

Baiser et aimer. Je t'aime, je n'aime que toi ! Il s'écroule en pleurs sur Fulvie dont les derniers mots sont : « La République et la guerre ! »

Le gouvernail de Dionysos

Fulvie lui a dit de bien manœuvrer, Cléopâtre de bien pêcher. Les reines, les femmes, sont le gouvernail de Dionysos.

Cléopâtre, il l'appelait aux heures les plus furieuses de l'amour « Reine et Maîtresse ». Il l'appelait et rejoignait sa jouissance, celle où, enfin, on devient personne. Il lui en veut.

Elle veut régner seule ? Soit, elle régnera seule. Il la délaisse plus de quatre années. Elle travaille à s'instruire davantage. Elle se met à écrire avec l'aide du mathématicien, Nubios le Syrien, un traité sur les mesures. Elle a achevé de réfléchir sur la Mort immortelle et les textes de Lucrèce. Elle a retravaillé son ouvrage sur les cosmétiques. Elle va du palais au Museum. Elle a trouvé comment apaiser la toux de Césarion avec de l'ortie blanche et du miel. Elle descend régulièrement avec ses ministres et ses prêtres – et les savants du Museum contrôler le niveau des nilomètres. Elle se lève à l'aube, se fait laver et parer. Après avoir mangé des fruits frais, une galette de céréales et bu la bière si douce, elle dicte une partie de la matinée ses missives à ses scribes afin de donner ses instructions à ses provinces. Elle reçoit les percepteurs et demande le contrôle exact de ses céréales : le blé, l'orge. Elle s'enquiert des papyrus et des épices avec un ventre de plus en plus lourd.

Vers midi, elle se promène en litière au lac Mareotis, accompagnée de deux Nubiens, lisses, beaux et féroces. Vêtue de blanc, gracieuse, inimitable et lourde, elle parle à chacun et distribue les aumônes.

Quand le soleil culmine, elle revient à la Lochias déjeuner seule avec Césarion un délicat repas de légumes, de dattes et de poisson farci. Elle boit avec lui le lait et l'orgeat, l'embrasse et le nomme « Roi des Rois ».

Presque à terme de sa grossesse, elle fait une courte sieste sur ce lit où les fantômes de César et du fougueux Antoine se mêlent aux « Inimitables » qui lui ont prodigué tant de caresses et d'échanges intellectuels. Euphronios, Diomède, Seleucos, Charmion aux mains si douces, Iras à la bouche délicieuse. Éros a suivi Antoine et Apollodore le dévoué est mort.

Comme elle devient grosse ! Olympos, son nouveau médecin grec, et la sage-femme tâtent son ventre. Elle porte un énorme enfant. Hercule ? Au milieu du jour, la reine qui règne seule rassemble ses amiraux. Qu'on l'amène au port, à la passe du Taureau et qu'une fois de plus on lui montre l'art de la manœuvre, le sens des vents, et des rameurs.

Ses amiraux hésitent devant ce ventre si vaste, cet accouchement imminent. Quel enfant ce Romain a-t-il donc commis ? Il y a en eux un frémissement jaloux :

leur belle, leur reine est toujours grosse d'un Romain et jamais de l'un d'eux, un des siens, un Égyptien d'origine grecque.

Cléopâtre, Mère nourricière

Ils n'aiment pas ses grossesses, car ils sont amoureux de la reine. Elle feint de ne rien voir et étudie les cartes de la Méditerranée. Comment parer aux ruses mortelles d'Octave ? Un jour, tout se passera en mer : la mort ou la gloire. Osiris à nouveau démembré. Dionysos, à sa mort, est aussi le Démembré. Son rôle à elle est puissamment féminin : Isis, rassemblant patiemment les morceaux.

Une nuit elle pousse un long cri. On tapisse la chambre en chambre de naissance. Elle crie longtemps et déverse des eaux si abondantes qu'il faut la porter sur une autre couche, changer les linges et laver son corps convulsé. Des contractions aussi houleuses qu'une mer déchaînée ; un ventre avec tant de bosses que le médecin devient perplexe. Olympos se demande si on ne va pas être obligé de pratiquer la section du ventre que l'on nomme « césarienne » puisque César est né ainsi –, la section du pubis au nombril : on ôte alors l'utérus trop chargé, on tente de recoudre au gros fil et on cautérise au fer rouge la plaie béante.

Elle veut accoucher face au miroir fêlé, le miroir aux oreilles de vache. Hathor… Hathor ! Dans un cri de bête déchirée jaillit d'elle une fille.

Mais elle crie toujours et la minute suivante un garçon naît.

Les jumeaux d'Antoine, la reine a des jumeaux ! Dionysos l'a fécondée en double. Elle éclate de bonheur et de malheur à la fois. Elle nomme la fille Cléopâtre Séléné et le garçon Alexandre Hélios.

Séléné, la Lune, Hélios, le soleil ou les flamboyances essentielles du ciel et de la terre.

On lui fait boire l'opium et le gingembre et elle s'endort plusieurs heures.

Le surlendemain, elle a la poitrine aussi lourde et douloureuse que les mamelles de la Vache sacrée. Le lait jaillit et la sage-femme pose les enfants divins, un par sein. Le peuple est ému ; ses amiraux et son armée aussi. Ses marins dessinent sur le sable la poitrine jaillissante, les fontaines heureuses au lait de miel de Cléopâtre la Septième, leur mère nourricière, fille d'Isis.

Que ce lait retombe sur la mer, la terre et le Nil. Béni soit ce lait et ces mamelles de reine-déesse.

Elle reparaît en public quarante jours plus tard pour bénir la mer ; vêtue de blanc, de pourpre, couronnée de roses et du disque lunaire. Le peuple entre en adoration. Elle est Isis. Elle les a enrichis. L'Égypte est bien la terre de dieux où accouche la Mère des Mères. La Vierge Mère de tous les cieux. Isis-Aphrodite-Cléopâtre la Septième.

Qui règne seule.

Antoine se marie

Antoine a besoin de redevenir guerrier, c'est-à-dire Romain. Il a besoin de tourner le dos à sa chère Athènes et à la brillante Alexandrie.

Fulvie est morte. Il est en deuil. Il a besoin d'action. Aussitôt les cendres de Fulvie recueillies dans l'urne de porphyre noir, il embarque.

Au large de Corfou, il se trouve face à la flotte d'Ahenobarbus, à ses trois cents navires et son allié Pollion. Antoine, repris de cette hardiesse taurine et joyeuse, fait avancer sa flotte vers le navire amiral et lui ordonne de se joindre à lui. Lui, qui va pêcher des royaumes ; lui, le Romain de guerre. Escorté d'une formidable flotte, il se retrouve devant Brindes. Le port est fermé et hostile. Antoine est furieux. Cornelia la mère de Sextus Pompée a beau tenter de le calmer, il ordonne au fils de Pompée de devenir son allié. Sextus Pompée, le proscrit, accepte et en profite pour ravager la Sardaigne et la Calabre.

Pourquoi ne reprendrait-il pas le pouvoir, vengeant son père, sa cousine Scribonia, humiliée par ce furet d'Octave ?

Pourquoi, lui, le beau Sextus Pompée, convaincu d'être le fils de Neptune, ne renverserait-il pas le triumvir pour devenir à son tour le maître de l'Occident et de l'Orient ? Ce corps de reine, Cléopâtre la Septième, serait asservi aussi à sa gloire. Elle et ses richesses.

Octave, parfait politique, est un mauvais guerrier. Inquiet de l'exploit d'Antoine (et de Sextus Pompée) à Brindes, ravi de la mort de Fulvie, il se tourne vers ses puissants alliés. Agrippa, le grand amiral, et Mécène, l'homme à la fortune plus lourde que le Capitole. Mécène, protecteur de Virgile et désormais de ce jeune homme en qui il pressent la gloire immortelle : Octavianus Filius Caesari. Octave, fils de César.

Et ce sont les accords de Brindes, au soulagement de l'Italie traumatisée. On espère la fin de la guerre civile, la paix retrouvée.

On voit un Antoine flamboyant surgir de sa galère, éclater de son rire bon enfant, oublieux de l'urne en porphyre noir, un Antoine acceptant les pourparlers où Pollion parle au nom d'Octave. Il en ressort un nouveau partage de l'Empire qui donne l'Occident à Octave, et l'Orient à Antoine. Octave se chargeait de vaincre Sextus Pompée, et Antoine les Parthes.

Il y a mieux encore. Un banquet confraternel, où l'on voit les deux ennemis de la veille, Antoine et Octave, boire à l'accord matrimonial qui unira leurs familles.

– Épouse Octavie, ma douce sœur.

Octavie, jeune veuve, au fin visage, aux cheveux de soie, mère de deux enfants, sur le point d'accoucher d'un troisième.

Rome. Quel plaisir inconscient de retrouver Rome et les Romains !

Octavie irradie de cette douceur exceptionnelle qui désarme le plus cruel des Romains : son frère. Octavie ajoute aux vertus tant appréciées de Rome, la pureté d'une figure délicate, une intelligence fine, éprise d'art, protectrice de l'architecte Vitruve, amie des poètes et des artistes qui fréquentent le cercle de Mécène. Octavie, charitable et fidèle. Elle est la seule à consoler quotidiennement Calpurnia dont les rêves prémonitoires touchent à de grandes crises de démence.

Octavie, soleil dans un jour d'hiver, calme la malheureuse qui voit toujours « la mer devenue un bain de sang ».

Octavie, à peine accouchée, accepte la proposition de son frère – l'ordre d'Octave. Elle reçoit Antoine dans son palais ouvert sur le Tibre, avec une telle patience, un charme délicat, une pudeur si grave, qu'il en revient bouleversé… et amoureux.

Il a oublié Cléopâtre et Fulvie.

C'est un amoureux qui épouse une jeune amoureuse à Rome, deux mois après la réconciliation de Brindes. Une femme amoureuse, parée de la toge orange, de la couronne de fleurs d'orangers et de roses, arborant le sourire d'une fiancée. Il la traite, nuit après nuit, avec sensualité et délicatesse. Il découvre un aspect inconnu de l'amour : la tendresse. Il ne couche plus avec une putain, et toutes les putains à la grande Fête des Putains, les *Laralia.* Il ne fait plus l'amour à l'immortelle Cléopâtre ; ce corps qui l'affolait mieux que le vin et la guerre. Il a découvert la tendresse. Cela est si nouveau que Dionysos trouve le vin amer et les filles écœurantes.

Octavie, la Vertu. Quand naît leur première-née, une fille, à l'été 39, nommée Antonia Mayor, le peuple s'en réjouit. Virgile chante l'espoir dans la *IVe Bucolique* :

« Voici venir le temps marqué par la Sibylle
Un âge tout nouveau, un grand âge va naître
La Vierge nous revient, et les lais de Saturne,
Et le ciel nous envoie une race nouvelle.
Bénis, chaste Lucine, un enfant près de naître
Qui dit l'âge de fer changé en âge d'or. »

L'âge de fer changé en âge d'or.

Antoine et Octavie. Elle est son rayon de miel. Quand Octave leur rend visite, Antoine joue aux dés avec lui mais perd toujours. Octave a le mince sourire des vainqueurs froids. Lointain, au-delà des mers et des cieux, le rire de cristal de Cléopâtre lui parvient. « Tu perds, Antoine ? C'est Octavien qui obscurcit ta chance. Va-t'en le plus loin possible de lui, retrouve la hauteur de ton génie, entravé par la proximité de l'autre. »

Dans l'atrium, c'est une soirée paisible où l'on entend gazouiller les enfants du couple. Une soirée si tendre, Octavie, le ventre à nouveau gros, s'approche de la table de jeu.

Alors Antoine jette les dés et demande du vin, soudain de méchante humeur. Un sourire glacé flotte sur les lèvres gercées d'Octave. Sa peau, plus gelée que jamais, exsude une odeur de bête sale.

Sous le soleil de l'Orient

L'âge d'or… Un rêve de poète. Après la bataille d'Actium, Antoine n'aura qu'un seul regret : avoir sauvé la vie de ce beau-frère maudit : Octave.

Sextus Pompée veut frénétiquement le pouvoir. Il bloque si bien Rome que le ravitaillement est impossible. La ville est un cloaque où éclatent les émeutes de la faim. Octave est entraîné dans l'une d'elles et, si Antoine n'avait lancé sa légion sur la foule, il eût été mis en pièces. Tremblant, repris de fièvre, perdu dans ses lainages malodorants, Octave offre son regard le plus froid en guise de remerciement.

Sextus Pompée se proclame fils de Neptune. Rome sera sa ville, vouée à la Mer. Il a mesuré la force d'animal du rival détesté, Antoine. Il l'eût volontiers fait déchiqueter par la populace devenue folle.

Trop tôt, semble dire le trouble regard du frileux Octave. Trop tôt, il a besoin d'Antoine pour atteindre à Baries, près de Naples, le flambant Sextus Pompée. Vêtu en Neptune, il a mouillé son navire au cap Misène.

– Tu m'as spolié de la ville de mon père, Antoine ! crie Neptune-Pompée, à demi nu sous la cuirasse, beau comme le dieu qu'il représente, couvert d'une barbe aussi opulente que la chevelure rouge, les jambes d'athlète, la formidable mâchoire bien dentée.

Les négociations ont lieu. Les deux colosses encadrent Octave. Sextus Pompée accepte de laisser circuler les marchandises à condition que ses soldats soient assimilés aux vétérans de Rome. Il exige la suprématie sur la Sardaigne, la Corse, la Sicile et le Péloponnèse.

Dans un grand rire abreuvé de vin de Naples, Neptune-Pompée embarque pour ses frasques et sa perte.

Antoine étouffe de plus en plus dans cette Rome qu'il trouve rustre, étriquée, malodorante. Dans ses songes, il y a le bleu, l'émeraude du port d'Alexandrie, le blanc nacré des marguerites de Mareotis, les larges avenues jusqu'à la Lochias. La Lochias d'or et de marbre, d'ébène, devant la mer. La chambre au miroir fêlé. La chambre et la fille à qui il criait : Reine ! Maîtresse !

Il se lève et titube vers la conque de vin. Il se souvient des mots du philosophe Philon : « De même ceux qui sont possédés par la fièvre bachique et corybantique parviennent dans l'extase à voir l'objet désiré. »

L'extase ; couché près d'Octavie la douce, confiante, grosse, il a vu, dans ses détails les plus impudiques, le corps de Cléopâtre.

Antoine aux décisions si brusques décide de passer l'hiver à Athènes.

Athènes où, encore amoureux de sa tendre Romaine, entouré de jeunes enfants, il remet avec délice la chlamyde et les sandales blanches. Il arbitre les jeux gymniques et, quand il commande les manœuvres à ses troupes, il ceint la cape rouge de général. Il a fait frapper la monnaie à son profil, ceint de la couronne de lierre, du serpent, et la corbeille de raisins. Dionysos ! Dionysos ! À la fin de l'hiver 38, en grandes pompes a lieu le mariage de Livia Drusilla et Octave. Antoine-Dionysos préside à une fête des vignes, couvert de lierre et de grappes, Octavie, vêtue en Athena Polia.

Elle est ravissante dans sa simplicité. Une toge bleu ciel, les agrafes en corail et perles, un diadème d'or sur les cheveux châtain doré.

La douce vie du Grec, la douce vie du mari amoureux, du père comblé par sa fille et les enfants à venir. Cléopâtre a accouché de jumeaux. Il le sait. L'orgueil échauffe ses veines. Sa semence est celle de Dionysos. Sa semence contient le mystère de la fécondité. La nuit, au moment où il étreint la tendre matrone, il la trahit avec Cléopâtre. Le bleu, l'émeraude, le jaspe, la sardoine et le lapis-lazuli éblouissent son plaisir. La voix rauque de l'amour est celle de la Belle qui lui a ordonné de lui pêcher des royaumes…

Sait-il qu'il ne reverra jamais Rome ?

Regrette-t-il d'avoir été devancé à cause de sa mollesse, par un certain Venticlius Bassus, son lieutenant à Modène ? Regrette-t-il de l'avoir envoyé à sa place se battre, en Asie, contre le traître Labienus qui commande une expédition de guerriers parthes ? Bassus profite de l'hiver et de sa féroce légion pour tuer Labienus et mettre en déroute les Parthes. Il tue le fils du roi, libérant ainsi la Syrie et la Palestine.

Antoine est jaloux, sous ses pampres, flanqué de filles, quand Rome offre un triomphe à Bassus.

Cette vie de plaisir dure jusqu'en 37, malgré l'invasion de l'Arménie par les Parthes.

Rien ; Antoine ne fait que l'amour, la fête sans excès.

Rien ; Hérode doit se débrouiller seul pour reprendre Jérusalem. Antoine lui prête une légion, occupé à chanter des poèmes sur une lyre. Grâce à Bassus, l'Orient romain est en paix.

Antoine s'ennuie.

Octave ignore qu'Antoine possède les plans de César qui projetait de vaincre les Parthes. Cléopâtre le sait, elle. Les plans ne le quittent pas. Il les étudie, secrètement, en détail.

Bassus peut bien se gausser de sa gloire ou Sextus se prétendre fils de Neptune ! Il tient les précieux documents.

Le moment n'est pas venu pour vaincre les Parthes : il manque de troupes. Il manque d'argent.

Cléopâtre la Septième est la plus riche souveraine du monde.

– Ma flotte, mon or, mon blé…

Octave, d'un ton de maître, le somme de revenir à Rome. Il a besoin d'Antoine, craint la violence de Sextus Pompée qui a coulé sa flotte dans les eaux siciliennes. Agrippa redresse la situation et réduit les Gaulois de l'Aquitaine révoltée. Octave est rassuré, ses alliances sont excellentes. Il n'a désormais rien à faire d'Antoine puisque Pompée-Neptune se cache. Un sourire flotte sur ses lèvres minces. Il aime sincèrement sa sœur Octavie ; mais il veut humilier ce colosse devenu oriental. Quand la date du triumvirat expire – le 1er janvier 37 –, Antoine, peu pressé, désinvolte, traverse le port de Brindes barré. Saisi d'un ennui féroce, offensé, il est prêt à une guerre civile. À Athènes circule la monnaie dionysiaque. Octave, de son côté, n'a pas perdu son temps. Agrippa, sur ses ordres, a fait frapper en Gaule une monnaie portant la légende « *imperator* Caesar » avec ces termes « *Divi iv Lii Filius* ». « Le petit jeune homme » est bien officiellement l'héritier, l'empereur de Rome, le nouveau César : « le Fils du Divin Jules ». Antoine a perdu des forces en se coupant de Rome, la tête du monde. S'il n'y avait eu la douce fermeté d'Octavie, les deux beaux-frères se fussent étripés.

C'était à Tarente. Octavie parla longtemps, alla de l'un à l'autre. La scène a lieu dans l'atrium de la maison de César. Octavie s'enroue à convaincre les protagonistes portant la main au glaive. Octavie, la toge azurée agrafée de corail, les sandales délicates, les épingles d'or retenant ses doux cheveux en simples nattes croisées, les sépare au risque de recevoir des coups. Ils finissent par l'entendre, divisés tels deux coqs haineux. Il y a un accord : Antoine livrera ses cent vingt croiseurs de ligne pour vaincre Sextus Pompée-Neptune. Octave s'engage, de son côté, à lui fournir vingt mille légionnaires pour sa campagne contre les Parthes.

Octavie a les lèvres blanches, desséchées. Sa peau rosée a blêmi. La fatigue agrandit ses yeux sans maquillage, aux cils de soie. La fatigue greffe des cernes mauves sous ses paupières bombées. L'agrafe de corail a glissé dans la bousculade. Une natte défaite dans le dos, elle tend ses mains sans bijoux, excepté l'anneau des noces, vers l'époux, le frère, en signe de prière et de paix. Son parfum à la vanille est devenu une fièvre.

Ils ont l'air de l'écouter. Elle ferme les yeux, chancelle de lassitude. Elle est si lourde de cette seconde grossesse, cette terrible dispute. Elle sent venir les premières contractions.

L'accord de Tarente marque la mort définitive de la République. Actium n'est plus loin. Octave sait que l'Orient a toujours perdu son Romain. Si Antoine y retourne, il s'y engloutira à jamais. L'accord de Tarente se passe donc « entre rois », Antoine et Octave. On ne demande l'avis de personne et cela sera ainsi sous le règne du futur Auguste pendant plus de soixante années.

Quand les deux hommes se séparent, l'un vers Rome, l'autre vers Athènes, Octave sait que son ennemi ne reverra jamais l'Italie. Octave a gardé chez lui sa sœur Octavie, qui accouchera le lendemain d'une fille – Antonia Minor. Antoine ne la connaîtra jamais. Octavie, ravagée de larmes, le ventre douloureux, délire et crie : « Antoine ! » L'accouchement s'est passé durement, la matrone a posé des briques chaudes sous les reins, les eaux ont éclaté en même temps que ses sanglots.

Octave l'a séparée à jamais de l'homme qu'elle aime.

Antoine ne lui donne pas même un baiser. Son navire file déjà au loin quand, dans un hurlement, jaillit l'enfant.

Amour ou le cheval rétif indomptable

Cléopâtre a passé la matinée avec ses ministres et ses dignitaires, dans la grande salle du trône. Sur un large plateau en vermeil ciselé de feuillages sont roulés les différents papyrus concernant les informations économiques et maritimes de son pays.

Elle est lasse, vêtue de blanc, une ceinture pourpre sur ses hanches épanouies. Elle porte, tel tout pharaon régnant, le double pschent et le diadème au serpent.

Un messager lui a dit qu'Antoine est arrivé à Antioche. D'un signe, elle a fait sortir ses dignitaires. Elle boit l'eau de rose coupée d'orgeat et se tourne vers Césarion. Il a dix ans, et dépasse déjà sa frêle mère. Elle l'oblige à assister depuis trois ans à toutes ces réunions – y compris celles qui concernent la guerre et l'étude du nilomètre. Elle lui enseigne son futur métier de roi. Césarion est vêtu en Romain. Elle y tient. Sa ressemblance avec César est frappante. Le large visage à la mâchoire décidée et surtout, ô surtout, l'œil d'aigle, l'intelligence si prompte, la souplesse des muscles, la finesse de sa silhouette, tout rappelle son père. La lèvre est plus charnue que ne l'était celle de l'*imperator*. Son timbre de voix est mélodieux, les poignets et les chevilles délicats tels ceux qui vivent si près des déserts. Il a le nez de Cléopâtre. Ce nez, busqué et long, d'une harmonie grecque parfaite, mais qui détonne dans ce pays d'Égypte, ce peuple au grain de peau fin, sombre, aux membres délicats, au nez presque plat au-dessus de la bouche sensuelle, ce nez à l'arête intrépide et pure.

Le profil de Cléopâtre la Septième, le profil de Césarion, sont identiques. Cléopâtre, Césarion, ont quelque chose du grand et beau Alexandre, au nez puissant et sans disgrâce. Les Sages y lisent la sensualité, l'esprit fécondant et dominateur.

Césarion a parlé, elle le regarde avec le même ravissement qu'au jour de sa naissance. Il lui arrive en plein conseil de le nommer en Grec « Sa fleur de miel ». Césarion, son unique amour. Bien sûr il y a les jumeaux, adorables, frais et ronds tels des bourgeons de rose, mais Césarion déchire sa vie d'une douloureuse espérance.

C'est pour lui qu'elle a envoyé son fougueux amant lui pêcher des royaumes. Ce sera pour lui qu'elle cédera à l'humiliation de le revoir, lui, qui l'a abandonnée depuis quatre années et s'est remarié... Lui à qui elle a caché ses nuits de jalousie et d'effroi. Antoine ! Antoine ne saura jamais qu'elle se tordait les mains et s'arrachait les cheveux, criant son nom devant le miroir fêlé. Son manque. Combien sa peine est différente du terrassement éprouvé quand mourut César, l'homme de sa vie !

Elle avait été pétrifiée, pétrifiée au point de grelotter sous la canicule, serrée contre Césarion. Antoine au corps puissant avait fait exulter sa chair de vie insatiable, de plaisir sans fin, inimitable. Elle a trente-trois ans et a tout connu de la chair et des affres de l'amour. Elle a dissimulé ses sanglots, ses tremblements, le deuil de ce corps tant aimé.

Césarion, jaloux, devinait la nostalgie de l'amante, dans le cœur de la reine, sa mère. Il la nomme, lors des moments bénis où ils sont seuls, « Ma chérie du ciel », et en public « Madame ma mère ».

Elle se tourne vers l'enfant au grave regard d'homme inquiet.

– Que dois-je faire, mon fils ?

Il se glace quand il s'agit d'Antoine.

– Ce que vous voudrez, Madame ma mère.

Est-il fâché ? Cléopâtre ressent la froideur de l'enfant-roi, Césarion-Ptolémée XV.

– Mon fils ! dit-elle avec angoisse.

– Recevez ce messager. Vous avez besoin de Rome et Rome a encore besoin de vous. Octave est prêt à nous détruire. Sextus Pompée et les rois d'Orient vous guettent. L'Arménie n'est point votre amie. Vous avez besoin des troupes et il a besoin de votre blé.

– Mon fils… dit-elle.

D'un geste d'homme, de roi, semblable à celui de César, il refuse de l'écouter davantage. Elle n'ose le nommer de mots plus tendres.

– Le reste, Madame ma mère, vous appartient !

Elle frémit secrètement devant son glacial dédain quand il a dit « le reste ». Il frappe sur un gong et donne l'ordre qu'on introduise le messager d'Antoine : Fonteius Capito.

Césarion a deviné ce que Plutarque écrira plus tard. Le mal d'amour a repris l'inconstant Antoine. « Ce pestilent amour pour Cléopâtre, que des pensées meilleures semblaient avoir assoupi, commença à se rallumer derechef et s'enflamma à mesure qu'il se rapprochait de la Syrie, tant et si bien que, repoussant tout conseil honnête et salutaire, il s'échappa de son âme, tel le cheval rétif et indomptable dont parle Platon. »

Quand on introduit le lieutenant d'Antoine, Fonteius Capito, elle ne peut s'empêcher de fermer les yeux, saisie d'un bonheur inimitable.

Elle reverra Antoine. C'est l'automne de l'année 37.

Retrouvailles

Combien différente de celle de Tarse est la rencontre à Antioche, en Syrie ! Son navire amiral est loti d'hommes austères. Point d'apparat excepté les voiles pourpres. Elle porte une toilette élégante, ne dénudant rien de son corps. Du blanc, du rouge, du noir. Ses perles, son diadème à cobra, une cape noir et or. Elle a emmené ses enfants, les jumeaux ravissants, Césarion qui surveille d'un œil jaloux la reine sa mère. Cléopâtre est silencieuse, presque sombre. Elle réfléchit en souveraine. Elle joue ce qu'elle a de plus précieux en acceptant de retrouver l'homme qui l'a bafouée. Césarion et son pays, l'un et l'autre confondus. L'Égypte, inépuisable grenier dont le Romain a besoin pour mener sa campagne contre les Parthes. Elle a deviné le plan d'Antoine : montrer au petit jeune homme Octave, à tout Rome, sa capacité de porter l'Empire jusqu'au golfe persique. Une conquête que César ambitionnait avant de mourir : donner à Rome toutes les portes de l'Orient ; et pour cela Rome a besoin de Cléopâtre. Son blé, sa flotte, son or.

À Antioche, on lui a préparé un palais au quartier de Daphné où les colombes sont roses et les fleurs odorantes. Elle dissimule son émotion, droite, à la proue du navire. Quatre années la séparent du fougueux voyage de Tarse où, dévoilée, Vénus venait s'offrir à Dionysos. Elle ne se fait guère d'illusions. Ce n'est plus Dionysos, mais un général romain, qui a besoin de sa fortune pour servir son ambition. Le Romain rend visite à la banquière, non à Vénus-Cléopâtre-Isis. Elle est accompagnée d'une garde de Nubiens et de hauts fonctionnaires gérant le trésor du royaume. Elle a le cœur bouleversé d'âpres pensées. Discuter, marchander, ne point ployer. Imposer sa loi à Antoine qui, lors du banquet de bienvenue, se précipite vers elle, prêt à l'embrasser sans façon. Elle le toise du glacial regard des Lagides quand ils supputent et se méfient. Le banquet a lieu au quartier général d'Antoine. Leurs triclinia sont côte à côte. Antoine dévore des yeux ce corps épanoui, ces seins plus lourds, cette bouche au coin amer mais toujours pulpeuse. Froide, altière, voilée, les cheveux d'or rouge retenus du seul diadème au cobra, elle boit à peine, ne lui sourit pas. Lui, le bon géant, le monstre d'égoïsme et d'insouciance ne comprend pas tant de froideur. Il est à des lieux de songer qu'elle lui en veuille, il a oublié son délaissement, Octavie, ses filles… Il tente de lui arracher un sourire, de provoquer un abandon. Ce corps qu'il a tant foulé, comblé, est à lui. Il lui récite en grec le *Dionysos* d'Euripide :

« Sur la Terre coule le lait, coule le vin, coule le nectar des abeilles. Se saisissant de son thyrse, une bacchante heurte un rocher, d'où jaillit une limpide coulée d'eau ; une autre frappe la terre de sa férule et le dieu pour elle fait surgir une source de vin. » Sa voix se fait basse à faire frémir. Elle ne bouge pas, les pieds menus serrés sous le lin si fin. Il répète : « Sur la terre coule le lait, coule le vin... » Il avale le vin de Chypre sans lui épargner l'outrageant regard du mâle qui a obtenu d'elle jusqu'aux dernières faveurs. La fille des Lagides le soufflette :

– César, Césarion, seuls, ont compté dans mon cœur.

Antoine s'agite : qu'a-t-il fait pour qu'elle l'insulte et le provoque ? Va-t-il lui jeter à la face leurs nuits où ses cris mêlés aux siens devenaient ceux de la bête, une seule bête, la bête d'amour, Aphrodite empalée au membre de Dionysos ?

– César, répète-t-elle, Césarion.

Est-ce la même dont les prunelles s'affolaient quand ils atteignaient ensemble leur jouissance ? De ce corps fragile et si féminin montait grâce à lui l'extase inimitable. Ni mâle ni femelle, le rut est le soupir des dieux.

Il se met à déchirer à belles dents un testicule de porc farci. Il boit davantage et laisse couler le vin sur son menton. Il éructe, s'étale, se sachant beau, prêt à tous les ruts qu'elle voudra. Il crache les os d'un faisan. Elle le fixe, ne touchant à aucun des mets, répétant : « César, Césarion. »

Alors, il se fâche et crie ce qu'elle attend de lui :

– J'ai les plans de campagne de César ; le jour où Brutus l'a tué, Pison les avait mis en sûreté chez moi.

– Que n'es-tu capable de les exécuter ? Qu'attends-tu ?

Il ne peut répondre « Ton or », car déjà il la hait, il l'adore, il ne manœuvre plus. Quand il la saisit d'un seul coup sous son torse de colosse, il est surpris de sa force insoupçonnée. Ses seins, dans la lutte, se dénudent, elle se dérobe, plus habile qu'une couleuvre, et lui lance :

– Je t'attends demain au palais de Daphné.

Le pacte d'Antioche

Antoine est seul. Il fracasse de rage sa coupe et redemande du vin de Chios, une fille pour s'occuper de son membre que la garce a durci. Cléopâtre, la sorcière, l'a-t-elle envoûté ? Il n'arrive à rien avec l'esclave nue qu'il chasse de sa couche. Il balbutie, proche du sanglot : « Reine ! Maîtresse ! »

Les vers des bacchantes d'Euripide lui parviennent par tronçons :

« Des thyrses de lierre s'écoulait le doux ruisseau de miel. »

Il s'écroule, ivre mort.

La demeure mise à disposition pour la reine par le gouverneur d'Antioche de Syrie est une merveille de marbre et de bois de cèdre. Elle est au milieu d'un bois de cyprès, de lauriers-roses et de cèdres du Liban gorgés d'oiseaux rieurs. De mauvaise humeur, Antoine, vêtu en *imperator* romain, se rend au rendez-vous de la souveraine. Ce rendez-vous ressemble à une sommation : au tour de Cléopâtre de jeter ses ordres.

La fin de sa nuit a été agitée de mauvais rêves. Antoine a vomi ; pris de fièvre, il a cru voir une hydre se pencher sur lui pour le tuer. Il a tâtonné vers son glaive. L'hydre avait le visage de Cléopâtre, ses seins, sa bouche et il s'abandonna vaincu, gémissant et seul. La passion l'a à nouveau embrasé. Il est devenu la colombe dans sa main.

Elle l'attend sur un trône d'or, vêtue de bleu ciel, le pschent sur ses cheveux roulés en longues boucles. Antoine et ses lieutenants saluent la reine d'Égypte. Elle demande à être seule avec Antoine. Sur un trône identique, à ses côtés, siège Césarion.

Les officiers romains sortent dans le bosquet aux fontaines en forme de nymphes. La reine frappe trois fois dans ses mains. La porte s'ouvre à deux battants et quatre jolies Égyptiennes amènent les jumeaux aux boucles blondes. Césarion prend la parole :

– Tes enfants, Antoine. Mon frère et ma sœur, fils et fille de la reine Isis-Aphrodite.

Il s'avance vers eux, embrasse leurs joues délicates. La petite Cléopâtre est ravissante, vêtue de voiles en arc-en-ciel, le cou et les bras ornés de perles pas plus grosses que des grains de blé. Elle rit et bat des mains à Césarion, ce grand frère qu'elle adore. Elle enveloppe de son bras la taille de son jumeau, son inséparable Alexandre, vêtu en grec, la chevelure plus sombre, le sourire éclatant. Les deux enfants sont un mélange réussi de leurs parents.

Le cœur du géant s'amollit devant sa descendance. Dionysos a magnifiquement engrossé Aphrodite. Il hisse les enfants dans ses bras, les embrasse, les reconnaît. Ils poussent des cris de peur et de joie.

– Tu t'appelles, m'a-t-on dit, Cléopâtre Séléné, dit Antoine à la petite et toi Alexandre Hélios, la Lune, le Soleil…

Il les embrasse passionnément et Cléopâtre fait un geste léger.

Les enfants s'enfuient avec leurs nourrices. Ils rient et pépient, tels des moineaux vifs et heureux. Césarion suit à regret son frère et sa sœur. Sa mère doit négocier seule leur avenir.

Elle regarde Antoine encore sous le charme du spectacle. Pour la première fois depuis des heures, elle lui sourit. Il veut parler mais elle l'interrompt.

– Veux-tu t'affirmer tel le nouveau Dionysos ? L'Orient en entier te suivrait. J'ai élevé seule – comme toujours – tes enfants. Pour l'Orient, je suis plus que jamais Isis-Aphrodite. Si tu veux écraser ce malingre Octave qui rêve de ta perte et de la mienne, affirme-toi comme Dionysos, vainqueur des Parthes. Deviens ce roi qu'était César. Je suis le seul moyen matériel et symbolique de ta réussite.

Il tente de l'interrompre, il tente de dire… Mais elle le devine si bien qu'il ressent la brusque fatigue de ceux qui abandonnent la lutte. Que le destin œuvre à sa place, que la bouche de Cléopâtre ordonne, il obéira !

C'est une femme royale, d'un ton sans humilité ni passion, qui ordonne ce qui suit, acte qui faillit changer la face du monde :

– Tu vas m'épouser demain. Dans nos lois, on peut avoir une seconde épouse. Isis-Aphrodite ne saurait être la seconde d'une Octavie. Tu vas la répudier et tu seras face à l'Orient Dionysos uni à Aphrodite-Cléopâtre, père de Cléopâtre Séléné et d'Alexandre Hélios. Mes ors, ma flotte, mon blé seront alors à toi. Tu épouses Cléopâtre la Septième et tu seras roi et tu seras dieu.

Hors de lui, il se jette à ses pieds. Il la prendrait bien là, sans façon, mais elle le repousse encore et pose la seconde condition :

– Césarion, fils de César, est l'unique roi d'Égypte. Tu seras le régent.

Le pacte d'Antioche comporte ces clauses et le Romain les accepte toutes. Outre le mariage célébré selon la coutume égyptienne, Antoine ne portera pas le nom de roi d'Égypte mais celui d'Autocrator. « Roi d'Égypte » appartient à Césarion. Antoine conserve son titre romain de triumvir.

Antoine considérera Césarion, tel le fils de César. Cléopâtre corégente est héritière de l'Empire. Les royaumes nouveaux échoient aux enfants qu'il a eus avec la reine : Cléopâtre Séléné et Alexandre Hélios.

La voix exquise continue à proposer (ordonner) ce qui suit : Antoine s'engage à rétablir la puissance égyptienne telle qu'elle existait au temps des pharaons de la XVIIIe dynastie. Cléopâtre la Septième, femme outragée par Antoine, exige que, sous son sceptre de reine, soient soumis : la presqu'île du Sinaï, la province romaine d'Arabie, la ville de Pétra, la côte orientale de la mer Morte, Jéricho et la vallée du Jourdain, la Samarie, la Galilée, la côte phénicienne, le Liban, la côte septentrionale de la Syrie, la Cilicie, la ville de Tarse, Chypre et la Crète.

En échange, la reine Cléopâtre la Septième s'engage solennellement à mettre sa fortune à la disposition d'Antoine chaque fois que ses campagnes l'exigeront. Elle ne montre pas son triomphe. Trop habile pour se réjouir vulgairement. Elle prend sa revanche sur Rome qui l'a traitée, aux lendemains des ides de mars, de « serpent du Nil ». Elle voit chanceler chez le géant Antoine toute volonté. Elle le congédie. Il a tout accepté.

Le mariage d'Antoine et de Cléopâtre

Le mariage a lieu dans le temple d'Antioche, mariage mystique de Dionysos et d'Isis-Aphrodite. Vêtue de rose, les cheveux d'or rouge mêlés de roses blanches, le diadème royal sur le front, la reine envoûte la foule. On lâche dans le ciel d'Antioche des centaines de colombes.

Les dignitaires sont là ainsi que les lieutenants romains. Les clauses ont fait le tour de l'Orient. Césarion n'a pas dormi la veille de ces noces. Il a détourné la tête quand elle a voulu l'embrasser. « Votre vie est à Antoine, Madame ma mère », a-t-il dit froidement.

Antoine est vêtu en Dionysos, le front ceint de lierre et de pampres, la toge rouge, les sandales à cothurnes, les reins nus sous la toge courte. Le cortège s'ébranle vers le temple, accompagné de bacchantes vêtues de ceintures de roses, coiffées du lierre sacré. Elles chantent, s'accompagnant du thyrse : « En effet le maître est un chasseur. Sur la terre coule le lait, coule le vin, coule le nectar des abeilles. »

À la nuit, le dieu Antoine Dionysos rejoint la déesse nue qui ressemble à une savoureuse rose ouverte. Leurs épousailles n'ont rien à envier aux nuits d'autrefois, abolies, reconstituées, magnifiées, dépassées. Seul, sombre, jaloux, Césarion ne dort pas.

Un hiver à Antioche

La ville est d'une rare beauté ; l'hiver, de douceur. La blancheur des temples se détache sous l'azur d'un ciel très pur où volent les colombes roses… Une ville fraîche, aux ruisseaux d'argent cascadant des collines parfumées de myrte et de sycomores.

L'hiver 37. La reine d'Égypte s'est acheté un général, un soldat d'élite, un amant, le père de ses enfants. Cléopâtre est redevenue amoureuse sans perdre de vue ses volontés politiques. Antoine tiendra-t-il sa promesse de conquérir les Parthes ? Elle met aussitôt en action des manœuvres de guerre. Elle se revoit, si jeune, quand dans le désert, derrière Péluse, elle subjuguait et rassemblait les troupes contre son frère qui voulait la tuer. Il y a près de quatorze années… Elle a toujours la même audace. Elle aimerait diriger seule ces troupes qu'elle paie de sa fortune. Son audace s'est encore accrue depuis qu'elle règne seule. N'a-t-elle pas arraché, il n'y a pas d'autre terme, les consentements exorbitants, dont le mariage, à son amant, cette brute, ce faible, marié loin d'elle ? Si elle avait été pauvre, se souviendrait-il seulement de leur passion ? Donnant, donnant : elle se venge par son or. La souveraine, en elle, prudente, calculatrice, voit au-delà de l'orgueil bafoué. La femme de trente-trois ans sait qu'il lui faut à nouveau subjuguer l'« Autocrator » de quarante-sept ans qui ne demande qu'à l'être. À elle de jouer. Encore, toujours. Elle se transforme, écrit Florus, telle « une abeille, plus audacieuse, plus vaillante, plus active que jamais et libre de toute timidité féminine ». La maîtrise de son âme a été acquise par ses longues méditations solitaires au temple d'Isis et par ses études sans relâche au Museum.

Au temple, elle se recueille devant Isis, Vierge-Mère perpétuelle de tous les temps, mère de tous les hommes. Elle, Cléopâtre, représentant sur terre de tant de forces spirituelles. Dionysos-Antoine, fils d'Isis, fils de Cléopâtre la Septième à qui Sosigène, autrefois, avait enseigné que « le Serpent est un et le Un est Tout ».

Elle va redevenir la femme et faire du général sa colombe prisonnière. Les soins de sa toilette sont minutieux. Le miroir fêlé aux oreilles de vache, dont jamais elle ne se sépare, marque les premières attaques de l'âge. Le gonflement sous la paupière, la griffure autour des yeux et des lèvres, la ternissure d'un teint de perle, quelques fils d'argent dans l'or rouge de ses cheveux. Les hanches et les cuisses lourdes… Elle fait raviver l'or de ses cheveux par un savant mélange de vinaigre et d'huile de lentisque. Les onguents rosissent ses joues délicates. Charmion masse longtemps sa peau, son ventre, avec de l'écume de nitre. Elle a chuchoté quelques mystères à son médecin Olympos qui grave la date de ses cycles sur une tablette. Il lui a enseigné des inhalations aux huiles de myrtes pour dissoudre les effets du tampon contraceptif.

Elle monte à cheval pour suivre Antoine au champ militaire. Elle a tenu ses promesses et la campagne de guerre se prépare comme une fête – comme elle prépare son corps pour son époux.

Antoine exulte, passe avec elle en revue son armada, les engins de siège, les catapultes, les onagres, les lourds béliers de chêne. Il ne cache pas son enthousiasme au défilé de centaines de chariots, des soixante mille légionnaires composés d'Espagnols, de Gaulois, de Crétois. Il exulte ; l'Arménie – la ville de Carama – sera la première jonction prévue. Les légionnaires apprennent à tournoyer afin d'éviter les terribles archers parthes.

Ils doivent apprendre à affronter la cavalerie des Arméniens. Il s'agira de dévaler les plateaux inconnus d'Anatolie. Une grande guerre, où Cléopâtre joue son homme, sa force, ses ors, son blé, sa flotte, son pays, sa vie. La vie de Césarion.

Elle a jeté aux pieds de son amant l'Orient dont elle dispose : les archers illyriens, les nomades arabes aux chevaux rapides tel le vent, les soldats du désert, bleu comme la lune, les guerriers du Liban et leurs dromadaires, ceux de Syrie, de Cilicie ; les Juifs de Galilée et de Jéricho, fidèles à la reine.

Quand l'armée se met en marche, à la fin du printemps, Cléopâtre-Isis-Aphrodite est grosse d'un enfant de Dionysos-Antoine.

Octave, dédaigneux, n'est qu'un épais silence.

L'armée part vers l'Arménie, lourde, comme le ventre royal. C'est le mois de mars 36. Cléopâtre accompagne Antoine jusqu'à la ville d'Apamée de Syrie, à cent kilomètres d'Antioche, sur le cours de l'Oronte.

Apamée, au temps d'Alexandre le Grand, se nommait Pella. Apamée, du nom de la princesse épousée par Séleucos Ier.

Ce sont les adieux. La reine, sans cette grossesse, eût volontiers accompagné son époux au combat. Olympos la supplie de se reposer à Alexandrie. Césarion la fixe de ses yeux de faucon quand le général baise à pleine bouche la reine, la nommant « Uxor » (mon épouse).

Il baise aussi l'anneau qu'elle a remis en signe d'amour et d'alliance où est gravé « *Méthé* » – Ivresse.

Guerre et naissance

À Alexandrie, Cléopâtre fait célébrer une fête à Dionysos. Hérodote souligne que « les Égyptiens célèbrent la fête religieuse pour Dionysos tout à fait, ou peu s'en faut, de la même façon que les Grecs, à l'exception des Danses. Mais au lieu de phallus, ils ont trouvé d'autres images sacrées de marionnettes articulées par de longs fils d'une coudée environ que les femmes promènent dans les villages et dont le sexe incliné n'est guère plus petit que le reste du corps. Un joueur de flûte les précède, elles suivent en chantant en l'honneur de Dionysos ».

Elle fait frapper une nouvelle monnaie portant leurs visages : un roi et une reine hellénistiques.

Cléopâtre adopte un nouveau système pour désigner son règne. Le 1er septembre 37 devient la seizième année de son règne. Elle souligne : « Cette année est aussi la première. » Antoine deviendra-t-il le nouvel Alexandre ? Ses enfants se nommant Séléné et Hélios avaient revêtu au jour des noces les vêtements de leur identité cosmique. La petite Cléopâtre Séléné et son disque lumineux dans ses boucles ; Alexandre Hélios aux vêtements brodés de soleils. Ils faisaient ainsi de leur mère la Mère du Soleil et de la Lune.

Antoine, prêt à lutter contre le roi des Parthes, est devenu « Père du Soleil et de la Lune ». Cette guerre, ces rites, la fête de Dionysos, tout se lie à une mystique où Dionysos doit sortir vainqueur, jeter aux pieds d'Isis-Aphrodite, son épouse, les royaumes conquis pour elle. Il en sera tout autrement. Là où on attend la gloire sacrée, il n'y aura que désastre, champ de mort et de folie.

Sur le chemin du retour, la souveraine triomphante, enceinte, n'a jamais été aussi puissante. Mais il y a des mauvais présages. Elle passe par Damas et a l'imprudence de traverser la Judée où son équipage de cavaliers est attaqué par des guerriers masqués. Une flèche s'accroche aux rideaux de sa litière : Hérode a tenté de la faire assassiner. Cléopâtre lui a toujours été hostile. Selon Flavius Josèphe, « elle fit tout ce qu'elle put pour persuader Antoine de faire mourir Hérode ». Or, l'alliance d'Hérode est précieuse à Rome. Il doit son trône à Antoine. Rome a besoin d'Hérode. La Judée n'a pas oublié l'humiliation subie par les Parthes qui ont infligé à Crassus, en 53, sa sanglante défaite. Hérode a concocté la mort de Cléopâtre qui le traite en vassal.

Cléopâtre n'a pas frémi quand elle a vu foncer ces cavaliers suspects, au-delà des dunes. Elle n'a craint que pour Césarion. La flèche a effleuré ses boucles d'or bronze. Intrépide, elle visite quand même les territoires autour de Jéricho et s'éprend des balsamiers qui fleurissent de fleurs délicates. Elle en ramène des pousses qu'elle fera planter à Héliopolis. L'enfant bouge en elle, si fort.

Les présages, les présages... Est-ce l'attaque manquée d'Hérode, la peur sans cesse occultée et dominée ? Est-ce le manque de Dionysos-Antoine, son corps si chaud, son optimisme borné, sa passion effrénée ? Seule, elle peut trembler à loisir. Elle aime ce Romain, son amant ; elle l'aime et sait que tout est à craindre de cette passion. Elle va une fois de plus accoucher seule, loin de son homme – comme elle accoucha seule, loin de César.

La guerre est sa seule rivale, Gorgone insatiable qui lui ravit ses amants. La guerre qui l'enrichit, l'exalte, fait d'elle une grande pharaonne. La guerre qui la tuera. La guerre : Antoine exulte, guerroyer est son meilleur gymnase. Il aime qu'on l'aime et ses soldats l'adorent. Il est simple, partage avec eux le brouet, la galette de seigle, la couverture si rêche.

– Buvons, mes amis !

Il boit avec eux, joue aux dés, perd, paie ses mercenaires bien-aimés. On raconte sous les tentes ses exploits à Pharsale, en Gaule. Au lit de la reine.

Antoine a dépassé Zeugara, sur l'Euphrate, quand Octave, affronté aux navires de Pompée Sextus, essuie un grand revers. Agrippa prend aussitôt les commandes de la flotte et détruit celle du fils de Pompée. Octave vole la victoire des autres. Il s'attribue les succès d'Agrippa et, utilisant le falot Lépide, fait exterminer en Sicile jusqu'aux derniers des Pompéiens. Octave, « le petit jeune homme », progressivement redouté, tance d'une voix de fausset les légionnaires qui ont vaincu la Sicile.

– Je suis le vrai fils de César. Ralliez-vous à ma cause et vous aurez tous les butins.

Il obtient une ovation, en profite pour faire chasser Lépide de la Sicile. Qu'ils le tuent s'ils le veulent... Octave et son mince sourire ; il régnera seul, grelottant dans ses laines, avare et hideux, subjuguant ses troupes par ses seules insinuations.

Octave, le vrai maître de l'Occident. Les nouvelles bouleversent Cléopâtre inquiète pour Antoine. Toute victoire d'Octave est un signe de mort pour elle – et son amant-époux. Si Antoine perd cette guerre légendaire contre les Parthes, il deviendra la risée d'un Occident qui le traite de satrape oriental et déplore son mariage.

On n'eut pas le temps de préparer la chambre de la naissance. Dans la chaude nuit mauve, de brutales contractions assaillent la reine. Dans un grand cri où l'angoisse se taille une large part, Cléopâtre accouche. Les eaux ont jailli avec l'enfant. Le miroir fêlé reflète le corps recroquevillé d'une femme de trente-quatre ans qui pleure et gémit.

– Antoine ! Antoine !

– Reine, majesté, c'est un garçon !

On lui présente un gros bébé, frotté d'huile et de sel.

– Tu t'appelleras Ptolémée Philadelphe.

Ptolémée Philadelphe, le nom de son ancêtre qui a participé à la gloire de l'Égypte en introduisant à Alexandrie les fêtes à Dionysos.

… Jamais elle n'a été aussi seule. Olympos et la sage-femme ont du mal à s'assurer de la délivrance. Elle entre dans une fièvre soudaine et le lait ne monte pas. Elle gémit dans son délire.

– La défaite… La défaite.

Il faut doubler l'opium et les grains de pavot pour apaiser une sueur soudaine qui la fait grelotter.

Sombre, agité, devant le miroir fêlé, Césarion la regarde.

Elle n'a pas le temps d'aimer ce bébé, nourri et confié à une nourrice. Les jumeaux l'ont regardé avec étonnement. Les jumeaux, si jolis, aux fraîches joues en pêche d'été, à la bouche déclose sur les dents de perles, au rire fréquent, semblable à celui de leur mère. Césarion n'a d'yeux que pour sa mère. Elle claque des dents et sa fièvre s'accroît. Olympos lui fait boire de l'argile et du citron. On a bandé serré les seins taris par les chocs émotifs. Un onguent d'argile, d'huiles diverses et d'extrait de pavot soulage le début d'un abcès mammaire. On change les bandages et les onguents toutes les heures.

Les messages de la campagne d'Antoine lui parviennent. Son effroi est extrême, le feu de ses joues n'empêche pas le gel de son sang. C'est l'hiver ; la nourrice a du mal à allaiter l'enfant qui pleure jour et nuit, refuse tout sein étranger. Ptolémée Philadelphe, le seul de ses enfants qui ne connaîtra pas sa source de lait ni la chaleur de son corps. Son angoisse est la prémonition de ce qui s'est passé : Antoine a subi une totale défaite devant les Parthes. Il lui demande du secours. Elle claque des dents, ses mains tremblent, mais sa lucidité est intacte. Elle exige du messager tous les détails. À elle, ensuite, de décider si elle le haïra ou le fera secourir tel un enfant. Lui, Antoine, son époux, sa fierté, sa honte, sa perte, son bonheur.

Elle l'a laissé sur l'Euphrate avant de rejoindre si péniblement Alexandrie. Il est remonté vers le nord sur le plateau d'Erzercum. Il avait rendez-vous avec ses deux alliés : Artavazdès, roi d'Arménie, et Polémon, roi du Pont. Le paysage a changé, le climat aussi. Le froid, l'austérité des sombres forteresses. Soudain la neige ; un ciel de barres grises. Certains guerriers n'ont jamais vu la neige et se sont affolés ; si c'étaient les larmes d'Osiris ? Qu'on est loin de la Méditerranée, de la douceur du Nil !

Tout est sombre ici, rugueux au pied, aux chevaux qui hennissent, glissent dans les montées. La pierre des forteresses est une rocaillc anguleuse et noire. Point de marbre ni de végétation riante. Au pied des contreforts neigeux, Erzercum a été transformée en un camp retranché. Antoine dispose de soixante mille fantassins, vingt mille cavaliers romains et trente mille guerriers de Cléopâtre. Treize mille ont été fournis par le roi d'Arménie, et un corps de mercenaires par le roi du Pont.

Antoine divise ses forces. Un groupe, sous les ordres de Tatianus, comprend l'artillerie lourde, les catapultes, les engins de siège, les contingents d'Arménie, ceux du Pont et deux légions romaines.

Le second groupe, dont Antoine prend le commandement, est composé de cavaliers et fantassins romains. Il jette ses ordres : À Tatianus, d'aller vers la Médie en suivant la vallée de l'Araxe. À lui d'attaquer au plus tôt l'ennemi, d'emprunter avec un grand Io ! Io ! la route si âpre qui mène à l'Atropatème, en passant par l'Assyrie septentrionale.

Io ! Io !

Ce ne sont que grincements divers, acharnements des bêtes et des hommes. Les chevaux ne sont pas ferrés, mais le sabot entouré d'une sorte de chaussure en cuir cerclée de fer. Io ! Io ! Il y a le son du buccin, le grand vent qui pleure, la crainte de l'invisible Asie.

Io ! Io !

« Cette nouvelle, écrit Plutarque, n'effraie plus seulement les Parthes. Elle remplit de crainte les habitants de la lointaine Bactriane et secoue l'Asie entière. » Antoine Io ! Io ! leur répète qu'il est Alexandre-Dionysos. Les vaisseaux de Cléopâtre descendent la mer Rouge, chargés d'armes et de subsides.

Mi-août, le ciel ressemble à celui de tous les hivers de la Gaule. Antoine et son formidable équipage arrivent devant Phraaspa, capitale de la Médie. À Atropatème, il attend le général Tatianus et ses troupes. Ivre d'orgueil, sur son cheval paré de rouge et d'or, l'Autocrator considère dans un grand rire de mépris cette forteresse. Ce n'est rien à prendre ! Il en a vu d'autres ! Un groupe épouvanté de cavaliers romains accourt au galop :

– Ô Antoine ! L'armée de Tatianus a été anéantie alors qu'elle traversait les gorges de l'Araxe. Le matériel de siège est détruit. Le roi du Pont, prisonnier d'Artavazdès, le souverain d'Arménie, en fuite, est désormais ton ennemi.

Io… Io… Le général chancelle. On voit blêmir son teint si rouge. De rage, il brise son glaive, hurle pour conjurer le sort :

– Nous poursuivrons sans défaillir les opérations prévues !

– Nous n'avons plus de béliers pour forcer la citadelle de Phraaspa !

– Qu'importe ! Nous la réduirons par la famine !

C'est méconnaître l'ennemi ; sa résistance exceptionnelle et sa parfaite connaissance de la topographie.

Le siège est commencé. Les cavaliers parthes en profitent pour se rassembler. Dans une aube glaciale, en un nuage détonant, les Parthes foncent sur les Romains. Ces cavaliers d'élite ont mis au point une tactique meurtrière. La fameuse « flèche de Parthe ». Charger l'ennemi, l'entourer, l'étourdir de millions de flèches ; puis faire demi-tour. De dos, au loin, on les croit en fuite. Ils se retournent brusquement sur leur monture au grand galop et décochent à l'ennemi qui les poursuit une flèche mortelle. Les morts jonchent le sol rocailleux percé de dures racines. Les hordes parthes ont disparu. Les fantassins romains sont épuisés, déconcertés. Pluie, mortels brouillards, nuits glaciales…

Les vivres manquent. Comment affronter l'hiver de neige, de glace plus haute que ces montagnes ? Antoine adresse une négociation au roi des Parthes, Phraate III. Il s'engage à lever le siège, à condition qu'on lui restitue les prisonniers et les aigles dérobés à Crassus, lors de la bataille de Carrahae.

Jubilation des Parthes, le roi refuse. Il accepte uniquement de ne pas attaquer Antoine pendant sa retraite.

Qu'il se retire ! Le satrape d'Égypte, le fils de Rome, l'amant de la putain du Nil. Dehors !

Antoine ignore que, dans les cris, les frissons, un fils lui est né. Octavie se tord les mains de douleur, seule avec les enfants du traître qu'elle aime encore.

Évohé ! Évohé !

Lamentablement, Antoine et ses troupes se retirent et, lamentablement, subissent l'assaut sans relâche de l'ennemi qui bien sûr a menti. Au chaud dans leurs peaux de bêtes, habitués aux neiges, les guerriers parthes se délectent de ces arrière-gardes qui crèvent de froid. Des milliers d'hommes gémissent, se traînent, expirent. Ayant dévoré cru leurs derniers chevaux, les soldats d'Antoine s'attaquent aux racines.

Sont-ce les dieux contrariés qui leur envoient cette nouvelle malédiction ? Ces racines ne sont pas inoffensives. Elles sont gorgées de venin. Les Parthes se réjouissent de la folie qui s'empare alors des soldats d'Antoine.

Évohé ! Évohé !

Les racines contiennent une substance fatale au cerveau. « Celui qui avait consommé cette herbe, écrit Plutarque, perdait l'entendement. Il ne se souvenait plus de rien et s'employait à déplacer de grandes pierres de-ci de-là, avec autant d'ardeur et de sérieux que s'il se fût agi d'une tâche de la plus haute importance. C'est ainsi que, dans tout le camp, on ne voyait que des hommes arrachant du sol des pierres énormes qu'ils portaient de place en place, jusqu'à ce que la mort les prît, dans un vomissement. »

... Cauchemar qui bouleverse l'intuitive Cléopâtre. Horreur de ces convulsions et de cette démence.

Bravoure et humanité d'Antoine

Antoine, jusqu'à la fin de la consternante retraite, fait preuve de bravoure et d'humanité. Il partage les privations de ses soldats, la soif, la faim, le froid. Il les appelle

« mes enfants ». Aux blessés, sous les tentes, sur le sol, sous le ciel de neige, il témoigne une infinie compassion. Il berce les mourants dans ses bras, versant de chaudes larmes. Ses hommes l'appellent des noms les plus tendres. « Ils s'emparaient de ses mains, témoigne Plutarque, transfigurés, le suppliant d'aller prendre soin de lui-même au lieu de s'occuper d'eux, l'appelant leur Empereur et leur général, et disant que, pourvu que tout allât bien, eux se sentaient saufs. » Antoine sanglote, tel un enfant : « Ô mes Dix Mille ! » crie-t-il sous le ciel blanc et vide. Il entend dans le vent qui rugit la voix d'Arsinoé : « Que la malédiction et mon sang retombent sur toi, ta maudite et ta descendance ! » Il supplie son esclave, le plus beau, son cher Éros, de le transpercer de son glaive plutôt que d'être fait prisonnier.

– Tue-moi et tranche-moi la tête pour que je ne sois ni capturé vivant ni reconnu une fois mort !

Éros sanglote :

– Maître, je t'aime trop, je me tuerai avec toi.

La grêle se mêle à la neige et détruit leurs dernières forces. Pendant vingt-sept jours, les légions prises dans les lacs de glace n'arrivent pas à se dégager. Les Parthes en profitent pour attaquer dix-huit fois à coups de flèches. Il reste un lambeau d'armée au bord de l'Araxe. Les hommes d'Antoine traversent le fleuve dans une tempête de neige telle que les passerelles s'effondrent. Il y a des hurlements, les hennissements des derniers chevaux épouvantés. Des groupes de soldats luttent en vain contre la noyade, entraînés, gelés.

Antoine atteint l'Arménie avec une poignée d'hommes blessés, à demi fous. Dionysos a perdu quarante mille fantassins et vingt mille cavaliers. Lors des sept cents kilomètres le séparant de la Syrie, où il attend les secours de Cléopâtre, vont encore périr huit mille soldats.

Quand dans la nuée bleue d'un mirage apparaît la Méditerranée, entre Beryte (Beyrouth) et Sidon, Antoine est seul avec Éros. Il sombre, pousse de longs cris vers le ciel vide, avale le vin, encore le vin et toujours le vin.

Octave, à Rome, a un mince sourire. Livie susurre : « Envoie donc Octavie aider son époux ! » Ils ricanent ensemble, grelottant dans la laine.

Antoine a crié des blasphèmes et éclate en gros pleurs ; il tombe dans les bras d'Éros, le cerveau embrumé. Un esclave à demi nu veille dans la nuée des corbeaux tournoyants. C'est tout ce qui reste d'un grand rêve de gloire.

L'amazone

Est-ce l'amour, est-ce la colère qui galvanisent la reine, à peine remise des couches ? Elle donne les ordres nécessaires de remplir de blé, de vivres, de vêtements et autres secours ses vaisseaux. Elle prend la tête de son navire amiral. Les cheveux serrés à la grecque en chignon bas, les joues creuses, une cape en laine noire sur ses blancs vêtements. Elle mesure le désastre de cette équipée.

Rome se moque et se réjouit. L'hiver assombrit la mer sous un ciel d'encre. Les vagues sont si hautes qu'elles ravivent les nausées et la fièvre de Cléopâtre. Sa colère et son puissant instinct de survie la tiennent debout, à la proue du navire.

Voir. Savoir. Régner seule.

Le vaisseau amiral, ses mâts, ses voiles semblent la proie des Furies. Cléopâtre finit par atteindre la côte phénicienne.

Honte ! Honte ! Cet homme en guenilles, ce mendiant barbu, sale, en lambeaux, est Antoine. Spectacle infâme qui a coûté le huitième de son trésor. Honte, honte devant le long regard de Césarion, qui détourne la tête quand elle veut baiser son front. Honte ! Les survivants – Ah que ne sont-ils morts ! – campent à Baury-Blanc, entre Beryte et Sidon. Cléopâtre avance seule, le vent gonfle sa cape noire, défait les nattes de son chignon. Antoine, misérable, devant sa tente de fortune, pue le bouc. Antoine, cet homme-bouc, aviné, avachi, dégoûtant. Le voilà son amant, son mari, le roi-dieu ?

Éros tente lui faire boire de l'eau. Il balbutie : « Des légions ! des légions ! » Cléopâtre, droite, le fixe avec mépris. D'un coup de pied, elle le retourne sur le dos :

– C'est moi, grand général. Je te félicite.

Il se redresse, la regarde, exorbité, hirsute, sans la reconnaître. Pris de tremblements, il s'abat tel un tronc d'arbre mort. Sa voix d'ivrogne bredouille des incohérences.

Elle a envie de hurler, le frapper au visage, le piétiner, le pourfendre d'un coup de glaive. Il sombre dans un long coma.

Et la fille des Lagides reprend tout en main.

Les survivants gémissent sous les tentes. La dysenterie leur ôte toute pudeur et ils se répandent en affreuses diarrhées sous son regard de souveraine et de femme. Les plus valides tentent de défendre Antoine. « Reine ! Majesté ! l'Autocrator a été un père pour nous ! »

Elle jette ses ordres. Elle les fait soigner, boire de l'eau de riz. Elle fait brûler les haillons où grouille la vermine et les échange contre des vêtements propres. Les vivres sont là, débarqués par son escadre. Cléopâtre, aidée d'Éros, lave elle-même Antoine en délire : « Ô les Dix Mille ! » Il se serre contre elle, tel un enfant quand elle lui murmure : « Tu as un fils. » Elle pose les compresses vinaigrées sur son front et lui fait boire l'eau de riz coupée de venin à dose homéopathique. La fièvre baisse. Pendant ces sombres nuits de veille, elle réfléchit comment mener son activité diplomatique avec les États voisins, dont l'Arménie. Cette défaite affaiblit son pouvoir si durement acquis. Elle regarde le ciel, le ciel de Nout aux étoiles si froides. Elle avait rêvé, se servant de cet homme pour conquérir les Parthes, devenir Alexandre. Cléopâtre l'Ultime, la Très Grande, la Seule et la Septième.

Elle avait encouragé César, autrefois, dans cette conquête digne des forces d'un dieu et César avait été vaincu. Antoine, à son tour, n'était que l'ombre de lui-même… Est-elle venue sur terre pour rompre les hommes qu'elle aime et qui la brisent malgré eux, malgré elle ? Il lui échappe un feulement, un flot de larmes. Pour un peu elle détruirait à jamais le miroir aux oreilles de vache.

– Tout ce désastre parce que je suis une femme avec ses menstrues, ce ventre gros d'enfants.

Va-t-elle haïr le Destin de l'avoir fait naître femme ? Qui hait la vie, la vie le hait…

Au mot « haïr », le visage chafouin d'Octave lui apparaît. Elle grelotte, tel son ennemi dans ses laines malodorantes. Elle trace sur le sable les signes cabalistiques que Sosigène lui avait enseignés. Dans la maison des Douleurs, le nom d'Octave s'inscrit, quelles que soient les diverses combinaisons.

Octave a réussi à vaincre Sextus Pompée (Neptune) par les actions d'Agrippa. Octave est désormais maître de l'Afrique proconsulaire, de la Mauritanie et de la Tingitane à la place de Lépide, chassé. Octave, maître de l'Occident. Il a vingt-sept ans et ce rictus qui, dans les cauchemars de la reine, devient une lame de couteau fichée dans son ventre.

Dans le ventre de son amant. Antoine. Anéanti.

L'hiver des Inimitables

Las, dépressif, Antoine vit replié au palais de la Lochias. Un hiver doré, où le Nil est abondant, fécond. Le vrai danger s'appelle Octave, répète Cléopâtre. Il ne l'écoute pas. Il s'est remis au vin, obsédé de fallacieuse revanche. Cléopâtre frémit. L'urgence est la politique intérieure.

Le printemps 35 amène une nouvelle qui fait réfléchir Cléopâtre sur la stratégie à mener. Polimon, roi du Pont, prisonnier lors de la défaite de Tatianus, arrive à Beryte. Ce roi a rompu son alliance traditionnelle avec les

Parthes. Le souverain complète son message en s'adressant à Antoine : il lui offrira son armée si Antoine guerroie à ses côtés.

Antoine et la guerre !

Son apathie s'estompe, ses yeux s'allument. La guerre, la revanche, raniment le héros effondré. « Il éprouva, écrit Plutarque, encore plus de plaisir à accueillir cette proposition, que le roi du Pont à la lui faire. »

Cléopâtre se tord les mains, ses larmes jaillissent.

– Ne pars pas dans cette Asie inconnue ! Ne vois-tu pas à quel point Rome, Octave, sont devenus nos ennemis ?

Alors le triumvir, l'Autocrator, l'oublieux amant est saisi d'une colère épouvantable. Il brise son siège, disperse à coups de pied ce qui l'entoure et hurle qu'« aucune femelle ne lui dictera sa loi ».

Elle tremble, cette femme de trente-cinq ans, dont le corps s'épaissit lentement au point d'avoir transformé la fine gazelle d'autrefois en somptueuse Junon. Elle tremble, elle a eu tant de mal à passer une alliance avec le roi d'Arménie, Artavazdès, qui les a trahis lors de la défaite. Elle devine l'importance de séduire ce royaume mystérieux, cette passerelle avec les Parthes : l'Arménie. Outre ses présents somptueux – tapis, vaisselle, bijoux –, elle obtient la promesse du circonspect Artavazdès de fiancer sa plus jeune fille avec Alexandre Hélios. Hérode hait Cléopâtre. Pendant qu'Antoine ne rêve que guerre et revanche, elle a pris position dans le conflit qui, en Judée, oppose Hérode à la population asmonéenne, que dirige Alexandra, la belle-mère d'Hérode. Alexandra est prisonnière d'Hérode. Cléopâtre paie la caution exorbitante pour la libérer et offrir à la vieille guerrière son hospitalité. Cléopâtre a travaillé jour et nuit, envoyé des messages. Elle a le cœur serré. Elle est si seule pendant ces manœuvres où vont et viennent les messagers tandis que l'amant ronfle dans son vin. Césarion détourne les yeux de cet homme et de sa mère. Le roi d'Arménie refuse d'entrer en campagne contre les Parthes. Buté, tel un enfant à qui on refuse un jouet, Antoine se moque du travail de la pharaonne. Il veut sa revanche. Il lui lance : « C'est toi qui as voulu m'épouser. » Il l'insulte, il la blesse.

Elle use alors d'armes de femme, tout en se méprisant. Elle se désole bruyamment, pleure et cesse de se nourrir. « Madame ma mère, cela suffit ! » ordonne Césarion. Plutarque témoigne que, chaque fois qu'Antoine entre dans la chambre de la reine, « il lui trouvait un air égaré, et quand il la quittait, l'air alangui et affaissé ». Il tente de la rassurer en revalorisant leur alliance.

– Je veux redresser un tel désastre ; moi ton époux, père de tes enfants, restituer ton honneur et le mien !

– Octave a manœuvré une nouvelle machination ! crie-t-elle. Ne nous mène pas à la perte !

Le messager d'Octave se nomme Niger. Cléopâtre est livide sur son trône. Césarion a la même pâleur doublée de mépris. Le bouillonnant Antoine a du mal à comprendre ce que lui annonce Niger qui tremble telle la feuille du saule. On dit à Rome que la reine fait torturer et disparaître les porteurs de mauvaises nouvelles.

Au contraire, la voix exquise le prie de s'exprimer.

– Antoine, ton épouse Octavie est en route pour te rejoindre. Elle se trouve à Athènes et te supplie de l'aller retrouver. Elle amène avec elle, outre tes enfants, deux mille légionnaires.

Niger a des bourdonnements d'oreilles et la gorge sèche. Va-t-elle lui faire couper la langue ? Antoine s'agite. Il n'est pas sot au point de croire que, s'il accepte cette maigre troupe, escorte normale d'une épouse de triumvir en voyage, c'est qu'il considère toujours Octavie comme son épouse légitime. Refuser cette légion, c'est répudier Octavie. Le *casus belli* sera alors très clair et Antoine à jamais exclu de Rome où Octave triomphe.

Cléopâtre voit l'étendue du danger. Le géant, d'un geste à peine poli, lui interdit de répondre à Niger.

– Je vaincrai d'abord les Parthes et m'occuperai ensuite de cette broutille.

La reine ne peut s'empêcher de répondre avec violence.

– Ce ne sont pas des broutilles, mais un piège parfait !

L'impulsif Autocrator s'adresse à Niger en sueur.

– Retourne à Athènes. Dis à Octavie que j'ai bien trop à faire pour m'occuper d'elle.

Cléopâtre frémit sans le montrer. L'anxiété qui suivit les ides de mars avait transformé ses nuits en cauchemars. La respiration saccadée, le froid et les tremblements l'agitaient. Il lui faut à tout prix garder Antoine près d'elle. Soit, elle jouera à la femelle éperdue d'amour. « Elle feint de mourir d'amour pour Antoine, écrit Plutarque. Elle se jette à ses pieds, lève vers lui ses yeux noyés ; recommence ses pleurs, ses jeûnes… elle feint de s'évanouir, mourir d'amour… »

Césarion, dégoûté, s'éloigne de sa mère. Ô qu'il a du mal à la supporter suppliante, vaincue telle une fille en mal d'amour à cause de ce bellâtre, fou d'orgueil sans réflexion.

Cléopâtre tisse sa toile de femme autour d'Antoine et de ses émissaires – même Éros. Tous reprochent à leur maître son insensibilité. Ne voit-il pas qu'elle peut mourir s'il disparaît ? N'a-t-elle pas, par amour, elle, la reine Isis-Aphrodite de tant de royaumes, accepté de n'être qu'une concubine aux yeux de Rome et d'Octavie, par passion pour lui ?

Bougonnant des insultes de mâle irrité à l'encontre de Cléopâtre, Octavie, « toutes ces femelles », il semble céder et passe la fin de l'hiver à Alexandrie. Mais les pleurs de la reine, son guet de femelle inquiète le mettent hors de lui et refroidissent sa passion. Il lui crie au cœur du vin et de leurs incessantes disputes :

– Je veux ma liberté, tu me dégoûtes. Tu es vieille. Tu as un grand nez, Égypte !

Il n'aime pas cette nouvelle coiffure qui la vieillit et accentue l'inquiétude de ses traits. Pourquoi a-t-elle fait rouler en un chignon à la mode d'Alexandrie sa chevelure qui, éparse, l'enivre tant ? Le visage de la reine a quelque chose de lugubre. Son nez paraît plus long. Brutalement, il arrache les épingles, éparpille l'or roux d'une chevelure dont il aime la sauvage parure.

Les Inimitables ont disparu de leur vie. Elle veut que la jouissance n'appartienne qu'à leur couple. Dans un élan de sa passion et de son orgueil, elle lui donne tant de caresses qu'il redevient le taureau comblé. Heureux, oublieux, il boit le vin à disposition, part au galop dans la ville, le front ceint de lierre et crie devant la mer :

« La guerre ! La guerre ! »

Le tombeau de Cléopâtre

C'est alors qu'elle songe à organiser son tombeau. Cet usage est naturel aux pharaons. Cela prend des mois, parfois des années. Cléopâtre a dessiné elle-même le plan de sa dernière demeure. Ce n'est pas une pyramide mais un mastaba. Il sera rejoint au palais de la Lochias par un souterrain secret, entièrement recouvert de marbre et de lamelles d'or. Le tombeau se situe près du temple d'Isis où elle aime à se recueillir. Elle le veut de dix mètres de haut, de forme rectangulaire, ouvert en sa hauteur de six ouvertures.

Elle a convoqué les meilleurs tailleurs de pierre du village consacré à cette tradition. Elle s'entretient avec Guizeth, le chef des travaux. Il faudra des centaines de blocs taillés et polis. Ils seront tirés par des esclaves, posés sur des traîneaux de bois. Chaque ouvrier est nanti d'un outil à aiguiser la pierre. Guizeth exige la perfection. Les blocs seront scellés sans interruption jusqu'à la hauteur ultime. Au bas de la rampe, les ouvriers chargent le traîneau tandis que les autres traîneaux atteignent de la hauteur. De cette manière le travail n'est jamais interrompu. On a bien examiné et mesuré le sol qui sera creusé profond. Cléopâtre recrute, outre les esclaves, les paysans qui ne peuvent travailler à leurs champs pendant la crue du Nil. Sans relâche, le tombeau de la reine se construit. En l'an 32, il est presque achevé. L'intérieur comporte plusieurs couloirs dont l'un mène aux chambres du trésor. Celle des objets chéris par la reine. Ses papiers personnels (les lettres de César l'appelant sa *Puella ludens*). Chacune de ces salles est décorée de fresques d'oiseaux, de textes en grec et en égyptien. Une frise représente le profil de la reine, ses enfants et son époux Antoine-Dionysos. L'entrée est au nord. Elle accède au souterrain dc marbre. La grande salle du tombeau est de marbre noir, les murs tendus de riches tentures. La reine a fait installer plusieurs triclinia pour ses fidèles. Sa couche est de pourpre et d'or. Elle s'y étend, s'y recueille, réfléchit que dans l'au-delà son cœur et ses actions seront pesés. Dionysos peut faire partie de ceux qui dévoreraient la reine morte, si elle est jugée coupable.

Dionysos et les farouches hyènes du Jugement dernier.

Devant elle, il y a le triple sarcophage ciselé d'or. Elle connaît les rites de l'embaumement qui la scellera dans un premier sarcophage en bois léger, peint, reproduisant son visage maquillé. Elle approche sans crainte de son éternelle demeure. Elle touche du doigt le contenu précieux. Elle a veillé à faire clouter de gemmes, d'ambre et de lapis-lazuli le couvercle oblong couché au pied de cette cuve majestueuse doublée des plus riches brocarts où est brodée sa vie de souveraine et de mère. Le tombeau est sur la rive gauche du Nil, là où se couche le soleil.

Iras et Charmion l'ont accompagnée pendant la grave démarche. En larmes, à genoux, elles l'ont suppliée de les admettre dans sa tombe et ont juré de ne pas lui survivre. Cléopâtre a caressé les lisses cheveux d'ébène de Charmion et ceux d'un auburn profond d'Iras.

– Mes sœurs, dit-elle, mes chères sœurs.

Elles pleurent, et le serment est scellé par un scribe. L'architecte ajoute deux sarcophages plus modestes dans la chambre mortuaire de la reine : là, ses familiers dormiront près d'elle.

Un autre sarcophage, aussi luxueux que celui de la reine, attend, parallèle au sien. Les pierres précieuses sont les mêmes, le marbre aussi beau, l'or se mêle à des signes d'argent.

Des signes où est gravé un nom. Marc Antoine Autocrator, époux de Cléopâtre la Septième. Un tombeau plus vaste, un tombeau qui s'achèvera lorsque le destin fermera à jamais sur les amants la lourde pierre taillée. Sur le sarcophage en marbre de la reine, le plus fin orfèvre du royaume a gravé : Cléopâtre la Septième – Antipater – Isis-Aphrodite, Reine de Haute et Basse-Égypte et tous les royaumes d'Orient – Reine des rois.

Les canopes sont prévus pour recueillir leurs entrailles ainsi que la table à embaumer et ses instruments. L'encens brûle jour et nuit et la porte est gardée.

Succès en Arménie

Elle a compris qu'une partie de son pouvoir est mort sous les flèches des Parthes. Antoine lui refuse son aide pour vaincre Hérode. Il oblige Cléopâtre – n'ai-je pas chassé Octavie ? – à la suivre en Syrie et à signer un nouvel accord avec le sombre Hérode. La trahison du roi d'Arménie, Artavazdès, rallié aux Parthes, bouleverse la confiance entre les époux. Antoine, sans écouter la reine, galope à la conquête de l'Arménie.

Une campagne fulgurante ! Non, il n'a pas renoncé à sa revanche. Vaincre les Parthes, c'est vaincre Octave. Perdre encore, pour Cléopâtre c'est tout perdre. Actium se profile déjà. À la tête de l'expédition, Antoine s'enfonce dans la rude Arménie. Il établit son camp de base à Nicopolis près de la frontière du Pont. Artavazdès l'a trahi tant de fois que dans un cri Io ! Io ! il s'élance sur la capitale et, jouant de surprise, s'empare de la citadelle et de ses ors. Va-t-il, par cet or, enfin s'affranchir des trésors de Cléopâtre qui l'enchaînent et l'étouffent ? Il en vient parfois à la détester, la traiter de maquerelle parce qu'il abhorre sa dépendance.

Rome en fait des gorges chaudes. Des pamphlets le ridiculisent. Io ! L'or d'Artavazdès désormais dans sa caisse personnelle, il fait jeter le roi et sa famille dans des chaînes d'argent pour son triomphe. Il envoie ses prisonniers en Égypte. Il contraint le fils du roi à s'enfuir vers les Parthes. Qu'il leur dise de quoi il est capable ! Il envoie des Grecs de ses troupes camper en Arménie. Au roi des Mèdes, il propose une alliance dynastique pour l'abuser – comme il l'avait fait d'Artavazdès, en promettant Alexandre Hélios à sa plus jeune fille, Iotapa.

Il revient en Égypte jouir de son triomphe. Il n'a plus besoin de l'or ni du secours de Cléopâtre. Il l'aime à nouveau de la savoir humiliée, déjouée par lui, le mâle triomphant.

Le triomphe d'Antoine

Qu'il est fier de traîner tant de butins à son char, de narguer sa reine aux pieds de laquelle il jette ses rapts !

Insouciant, à nouveau épris de Cléopâtre, il indigne à jamais Rome en fêtant son triomphe à Alexandrie et non à Rome. Octave ? Le complet silence du mépris. L'Arménie, grâce à Antoine, est bel et bien réduite en province. Io ! Io ! crie-t-il, fou d'orgueil. Il galope à travers la ville, presque nu, sur son char, couronné de pampre, portant la ceinture de loup. Il est suivi d'un groupe de bacchantes, à peine couvertes de roses, de raisins, et jouant de la lyre. Devant le char, les Pans et les Satyres jouent de la flûte. Velleus Paterculus précise qu'Antoine porte le thyrse à la main et est chaussé de cothurnes.

Io ! Io !

Rome se venge par un silence de plus en plus inquiétant : on exclut ainsi le Romain Antoine.

C'est l'automne, d'or, de feu et d'azur. Alexandrie est friande de ces immenses processions de gloire : les *Ptole-*

maia. Le triomphe d'Antoine en fait partie. Cléopâtre aussi triomphe. Cette victoire militaire est pour elle celle de Césarion, fils de César. Elle a organisé le triomphe à sa manière somptueuse. Chaque avenue est jonchée de fleurs jusqu'à la place du Sérapeion. Il y a le son des flûtes, le chœur des chantres, les prêtres et un nuage de parfums. Il y a les effigies des rois défunts sous forme d'œuvres resplendissantes. Le long cortège des dieux est composé de statues d'or posées sur des traîneaux recouverts de roses, tirés par des taureaux enrubannés et fleuris. Les dieux, Isis, Osiris, Nout, Anubis, la déesse Cléopâtre la Septième parée en Isis-Pharaonne, le pschent surmonté du disque lunaire entre les cornes et les plumes de faucon. Vêtue de blanc, son noir manteau brodé d'étoiles de diamants, le Jour, la Nuit, la Lune, le Soleil. Le triomphe. Elle attend sur son trône d'or l'arrivée de Dionysos-Antoine.

Ses quatre enfants sont là. La foule n'est qu'adoration, exclamations. Dans l'immense gymnase auront lieu les donations d'Alexandrie. Est-ce le triomphe de Cléopâtre assurant sa descendance ?

La foule hurle, en transe, quand le roi d'Arménie et sa famille apparaissent derrière le char d'Antoine, entravés de chaînes d'argent. Sur des plateaux en vermeil, massifs, portés par des Nubiens en forme de colosses, il y a les trésors de l'ennemi. Un festin immense est prévu par Cléopâtre pour les soldats et la foule. Un festin de viandes et de vin. La foule regagne le gymnase où Antoine et Cléopâtre, assis sur des trônes d'or, placés sur une estrade d'argent, président l'assemblée. À quelques marches, sur des trônes plus bas, identiques, il y a le roi Ptolémée XV Pharaon Césarion, dont les treize ans font presque de lui un homme. Il est assis le rang au-dessus des trois enfants de la reine et d'Antoine.

Les jumeaux, Alexandre Hélios et Cléopâtre Séléné, aux sept ans rieurs, battent des mains. Alexandre Hélios est vêtu d'une robe brodée et d'une haute tiare ornée de plumes de paon, costume du futur roi des Mèdes. Cléopâtre Séléné est habillée de même, délicieuse dans la robe en brocart, les traits de plus en plus semblables à ceux de sa mère. On a orné son joli cou ambré et potelé de perles et de corail. À ses poignets et ses chevilles, des anneaux d'or, à ses oreilles des pendentifs en rubis. Le petit Ptolémée Philadelphe régnera sur la Macédoine. Il porte le costume grec, chlamyde pourpre, toque royale et bottes brodées, un sabre au fourreau sculpté à ses côtés.

Ce triomphe marque la perte définitive d'Antoine dans l'esprit de Rome. Sa grosse naïveté l'a porté à croire ne plus dépendre de la reine. Un triomphe d'Orient, d'Égypte, de femme royale, fatale, déifiée, est le contraire d'un triomphe d'homme, de général romain.

Son ivresse va dans le sens des calculs de Cléopâtre. Il est à elle. Définitivement. Pris de vin ou prédateur de royaumes, soumis à elle, et à elle seule. Une dépendance politique, militaire, qui entraîne la dépendance sexuelle effrénée. Inconsciemment, la chute d'Antoine décuple sa force amoureuse. Un amour fait de haine, de fougue, de fragilité. Un amour, désormais, impossible à rompre. Fatal.

La voilà, cette Reine-Isis, sur son trône, dans la plénitude déjà mortelle de ses trente-cinq ans. Les Inimitables ont désormais leurs temples-bordels et leurs prêtres, les *Parasitoï*. Ils étudient la meilleure façon de mourir.

Octave a un mince sourire : il tient sa propagande. Césarion frémit d'horreur quand il croise un des Inimitables ou ces Parasitoï ; à demi nus, toujours prêts à boire, jouir, mourir. Antoine et Cléopâtre sont au paroxysme de leur frénésie.

Le partage de l'Orient

La partage de l'Orient a lieu devant ce charmant tableau de famille. Virgile a-t-il vu juste en écrivant *L'Âge d'or retrouvé* ? « Le lion et l'agneau prêts à vivre pacifiquement… »

Les cymbales de bronze se sont tues. Antoine adore parler au public. Dans un langage fleuri, en grec, il développe devant la foule silencieuse le dépeçage de l'Orient romain au profit de Cléopâtre. Rome va assister à la résurrection d'un ensemble de monarchies hellénistiques. Le peuple regarde la reine ; au comble de sa beauté, de blanc, de noir, de pourpre et d'or. Les joues plus roses que la pêche d'été, la chevelure de flamme et d'or. Les plumes de faucon, le sceptre, le fouet. On l'adore en déesse, en femme fatale, en mère de toutes les Mères.

Antoine commence son discours par sa fidélité à l'égard des Césariens. C'est la tombée de la nuit et, sous les torches, les six trônes d'or flamboient. Mille deux cents jours plus tard, tout ne sera que poussière, ruine, désolation.

À ce moment précis où le crépuscule rayonne plus beau que l'aurore, la fille des Lagides a-t-elle la prémonition d'une nuit sans fin ?

La prémonition. Quand, dans les éclats de cymbales plus forts que le tonnerre, s'est approché le cortège d'Antoine, elle a senti, dans un froid glacial, que tout serait perdu. Ils seraient, lui d'abord, elle ensuite, ces spectres ennemis, ces vivants conscients de leurs morts, ces morts épouvantés et glorieux. La prophétie d'Arsinoé se réaliserait. Elle rencontra le regard inquiet de Césarion. Elle lui sourit. Elle était aussi blanche qu'une rose blanche du bosquet de Mareotis.

Antoine, du pitoyable vaincu de Phraaspa, est devenu un vainqueur couvert de lauriers et d'ovations. Un corps de légionnaires romains le précède, portant chacun un bouclier où est frappée la lettre C, monogramme de Cléopâtre – Césarion – ou de César. Le char d'Antoine, l'Autocrator, de bronze et d'or lourd, tiré par quatre chevaux blancs, pousse devant lui, chargés de chaînes, sous les huées de la foule, le roi, Artavazdès, son épouse, ses enfants et ses familiers ainsi que la longue file des Arméniens vaincus. Les butins sont conséquents : chaque députation est obligée d'offrir à Antoine qui les clefs d'une ville, qui la couronne d'or de sa cité.

Le cortège comporte les contingents d'Orient et les troupes romaines. Il a longé le temple de Neptune, l'avenue de Canope. Sous les portiques du Museum, les maîtres, leurs familles, leurs élèves acclament la gloire d'Antoine, l'époux de leur reine. Les voilà tous au pied du Serapeum, immense sanctuaire où rutilent Cléopâtre et leurs enfants. Antoine ignore l'éclat métallique dans l'œil de Césarion, semblable au reflet du « C », de bronze et d'or sur les boucliers de la garde.

Le soleil inonde la reine. Elle ressemble à la statue d'Isis-Aphrodite que César avait fait sculpter. Antoine, d'un geste, impose le silence. On traîne le roi Artavazdès et sa famille au pied du trône d'Isis-Cléopâtre. On lui ordonne de saluer la déesse Isis. Le roi d'Arménie, le cou, les poignets, les chevilles enchaînés, a la force de dresser un front de sueur et d'orgueil. Tout captif doit mourir la nuit suivante mais il salue en Cléopâtre la reine, non la déesse. La foule grince :

– À mort, roi vaincu !

Va-t-elle faire grâce ?

Le souvenir fulgurant de César, la clémence de César, traversent son cœur. La reine fait le geste de la clémence. De ses yeux jaillit la douceur, et Antoine acquiesce.

– Roi Artavazdès, ta vaillance touche mon cœur. Ta bravoure est grande. Nous te faisons grâce, à toi et à tous les tiens !

Elle fait grâce, quoique insultée publiquement. Césarion sourit à sa mère.

« On traita les Arméniens, écrivit Velleus Paterculus, avec tous les égards dus à leur rang et ils restèrent prisonniers d'État dans la capitale égyptienne. »

Antoine expose alors le partage de l'Orient.

Sous les embrasements des feux allumés, sa voix d'orateur porte loin. Il récapitule ses victoires remportées en Grèce, Asie Mineure et Arménie. Il proclame Cléopâtre souveraine de Haute et Basse Égypte, de tous les territoires concédés par le pacte d'Antioche.

Il la nomme Reine des Rois, Césarion corégent avec sa mère sous le titre de Roi des Rois. À Alexandre Hélios échoient les royaumes d'Arménie et de Médie. Alexandre Hélios épousera Iotapa, la fille du roi captif.

Il jure de vaincre un jour les Parthes. Ce royaume reviendra aussi à Alexandre Hélios. Cléopâtre Séléné devient reine de la Cyrénaïque, la Libye, l'Afrique du Nord. Le petit Ptolémée Philadelphe, Ptolémée XVI, âgé de deux ans, est proclamé souverain de Cilicie, Syrie septentrionale et de la Phénicie.

Le ton monte. L'orateur est au comble de la gloire. Un tremblement glacé court dans les veines de Cléopâtre. La nuit flamboie sous les torches. Au sommet de tous les sommets, il y a cette mort dont elle rencontre le visage, dans le miroir fêlé. Elle tremble, nul ne le sait, si ce n'est Césarion, aux fines antennes sensibles.

Écoute-t-il ces dons faramineux ? Il a vu le soleil sombrer dans la mer, le visage maternel presque effrayant sous le pschent, les perles, les plumes : une terreur hors d'âge, fugitive, bouleversait les traits radieux.

Les enfants rendent hommage à leurs glorieux parents. Les torches donnent aux visages, au ciel, à la ville, à la mer, une lueur d'apothéose.

Cette nuit-là résonne le bruit incessant des marteaux des forges de la ville. La monnaie est ainsi frappée : *Cleopatrae Regina Regum Filiorum Regum* « De Cléopâtre Reine des Rois, fils de Rois ».

Dans la chambre au miroir fêlé, elle entend le cri d'Arsinoé : « Que mon sang retombe sur toi, et sur toute ta descendance. »

[illegible] Ce [illegible] de Haute et Basse-Égypte [illegible] [illegible] par [illegible]

[illegible] des Rois. [illegible] de la [illegible] [illegible] Alexandrie [illegible] lorsque [illegible] capitale.

[illegible] jour [illegible] à Alexandrie. [illegible] Cléopâtre [illegible] de la [illegible] Ptolémée Philadelphe. Ptolémée [illegible]

[illegible] dans les [illegible] de tous les [illegible] sensibles.

[illegible]

[illegible] de la ville. [illegible] des Rois [illegible]

[illegible]

CINQUIÈME PARTIE

Octave

Antoine et Octavien se tournèrent alors ouvertement l'un contre l'autre et le peuple fut strictement réduit en esclavage.

Dion Cassius

Propagande

Antoine ose faire parvenir à Rome le rapport de ces faits. La colère du Sénat éclate. Antoine fait frapper une monnaie exclusivement à son effigie doublée de celle de son fils aîné, Antyllus. Le fils, né de son premier et totalement oublié mariage, l'avait rejoint en Orient.

Octave et son mince sourire. Il peut enfin commencer la propagande qui couvrira de boue son ennemie, la sorcière obscène qu'Antoine a osé épouser. L'Égypte, cette vile province de Rome, royaume des rejetons illégitimes d'Antoine et Cléopâtre.

Jamais un général romain ne s'est dégradé ainsi, célébrant un triomphe hors de Rome. Croit-il, ce satrape bouffi d'alcool, que Rome et le Sénat vont reconnaître cette imposture ? Cicéron avait raison d'écrire les *Philippiques*. L'historien Florus se fait l'écho de l'indignation de Rome.

« Cléopâtre ayant demandé l'Empire romain au général ivre comme prix de son amour, Antoine le lui promit comme si les Romains eussent été plus faciles à conquérir que les Parthes…

« Oublieux de sa patrie, de son nom, de sa toge, des insignes de sa charge, il avait complètement dégénéré dans ses pensées, ses sentiments et son costume, au point de devenir le monstre que nous connaissons. Dans sa main il tenait un sceptre d'or, à ses côtés un cimeterre.

Sa tête était ceinte d'un diadème royal, afin qu'il fût roi et l'égal de la reine qu'il aimait. »

Roi ! La haine et la phobie de Rome, la *Res* publicaine. Roi ! L'ennemi combattu par Cicéron et les Anciens !

Roi ! Folie qui a coûté la vie à César. Elle, la Maudite ! On croit entendre les anathèmes de Cicéron sous la plume de Lucain :

« Elle respire lourdement sous le poids de ses ornements ; et ses seins blancs transparaissent sous une étoffe sidonienne, œuvrée en texture serrée par le peigne du tisserand chinois et que l'aiguille du travailleur du Nil a séparée ensuite, en relâchant la chaîne pour étirer le tissu. »

Le ton monte. Octave, ravi, entretient la propagande. La rumeur traversera les siècles, souillera à jamais les amants d'Alexandrie. Il paie quelques sesterces de mauvais scribes et des écrivains sans gloire. Les pamphlets vont bon train. Ils circulent dans tout Rome, l'Italie – le monde entier. Ces ratés de la plume s'en donnent à cœur joie, traitant Antoine de « taureau dégénéré », « outre gonflée de vin », flanqué de « sa prostituée infâme, adonnée à tous les vices ». Une prêtresse-putain, qui « courait la nuit se faire foutre dans les bordels et les tavernes de sa putain de ville ». Une « négresse du Nil » qui s'offrait à la soldatesque, « une noire magicienne » excitant ce Romain vieillissant. Ces satires et ces libelles n'épargnent pas Césarion. « Il n'avait jamais été le fils de César mais de la horde qui passait régulièrement sur le ventre de la reine-catin. » « On avait vu, écrivait le pamphlétaire Oppius, tant de fois la reine entraîner des soudards ivres sur sa couche ! »

Cléopâtre se fait lire, impassible, ces immondices. Elle revoit la mine chafouine d'Octave, son ennemi. Comme il excelle dans la bassesse ! avec son teint blafard, ses furoncles, ses glauques débauches et sa Livie complice ! Antoine, encoléré, a le tort de répondre par une lettre furieuse.

« Qu'est-ce qui te fâche contre moi ? Que je baise la reine ? C'est ma femme ! Ce n'est pas d'aujourd'hui que tu fais exprès de l'ignorer ? Il y a neuf ans que cela dure ! Et toi, tu ne baises pas Drusilla qui n'est même pas ton épouse ? Ou tu ne baises qu'avec elle ? Allons ! Je suis prêt à penser qu'au moment où tu me liras, tu auras déjà foutu le con de Tertullia, tu auras couvert Euphélia, tu auras baisé Terentillia, Titiscennia ou Salvia. Sans compter toutes les autres que tu auras montées comme un âne. D'ailleurs, qu'est-ce qu'on s'en fout, entre nous de savoir qui te fait bander et avec qui tu t'amuses à triquer toute la nuit ? »

Il y a, de Rome, renchérissement d'insultes.

On connaît la faiblesse du triumvir. Inconscient, il se met à boire plus que jamais et convoque les « Inimitables ». Cléopâtre s'effraie. On la traite de « déesse des putains ». Elle se souvient, à Rome, dans des Floralia, du sanctuaire de Vénus où le marché des putains faisait partie du culte. Elle se souvient de César, de ses baisers, de sa force probe et conquérante.

La force de rat d'Octave. La propagande devient un torrent d'ordures. Lucain se met à décrire ces fantasmes sur le palais de la reine. Un antre fait par le stupre et rien que le stupre. Un palais « où Cléopâtre passe ses houleuses nuits comme elle le fit avec César ». « Sa chambre ? Ce lieu en était comme un temple tel qu'en élèverait à peine une époque plus corrompue ; les voûtes lambrissées étaient chargées de richesses ; d'épaisses lames d'or cachaient les pièces de bois, les marbres, non pas découpés en placages superficiels, faisaient briller la demeure. Il s'y dressait des masses entières et solides d'agate et de porphyre ; c'était dans tout le palais une profusion d'onyx sur lequel on marchait ; l'ébène maréotique ne recouvre pas les vastes jambages des portes, mais s'y dresse au lieu du chêne vulgaire, servant de support et non pas d'ornement à la demeure. L'ivoire revêt les galeries de l'atrium, et sur les portes sont appliquées les écailles de la tortue indienne, coloriées à la main, émaillées de taches dans chacune desquelles s'enchâsse une émeraude. Les gemmes étincellent sur les lits, le jaspe donne aux buffets de fauves reflets ; des tapis resplendissent : la plupart ont été longtemps trempés dans plus d'une cuve de cuivre pour bien absorber la drogue, d'autres sont fulgurants d'écarlate... »

Les Romains s'indignent. Peut-on supporter que l'un des leurs ait épousé « cette beauté malfaisante », cette reine des Goules ? La Goule veut absorber Rome et ses mâles. La Goule-Cléopâtre fait servir à ses amants des vins les plus forts « sur des tables rondes en bois des forêts de l'Atlas, elles-mêmes posées sur des pieds d'ivoire ».

La propagande échauffe les têtes. Rome et le monde imaginent Antoine, Cléopâtre et leur *parasitoia,* « leurs orgies », où il se ferait une dépense cédant « à toute mesure de raison ».

Octave a son mince sourire. Il connaît les faiblesses de l'outre à vin, ses colères de taureau. Il suffit de brandir le chiffon rouge et il s'emporte, insulte... et n'agit plus.

Cléopâtre n'est pas loin de penser comme Octave. Elle voit son amant rugir, briser des sièges, blasphémer et, dans une étreinte convulsive, l'asservir, la griser, se griser, mourir d'elle et avec elle. Mais glacial est le réveil de la reine.

Antoine gronde :

– Le maquereau c'est lui, ce rat à petite queue !

Il se remet à boire et à se gaver de banquets fastueux dans la salle aux feuilles d'or. Il invente avec ses Inimitables des scènes vivantes tirées de la mythologie. Zeus, déguisé en taureau blanc pour mieux enfourcher les nymphes. Cet éphèbe nu, vêtu d'algues et de laurier, ceinturé de poissons vivants, figure la mer et ses poulpes. Les Inimitables, scellés par leurs sexes en érection, vêtus en Pans, composent une ronde obscène. Antoine-Zeus-Jupiter-Dionysos, sous ses pampres, bouscule le groupe extatique, chevauche les bacchantes, endure les délices d'un éphèbe branleur.

– Viens, Reine, Maîtresse ! gémit l'ivrogne.

Il saisit Cléopâtre, déchire ses voiles et meurt dans son ventre adoré. Le corps brûlant, elle gémit d'un plaisir mêlé de dégoût, l'angoisse de sentir que tout est perdu. Antoine laboure son ventre jusqu'à l'Ineffable déchirure. Antoine-Dionysos balbutie, ivre mort : « Sur la terre coule le lait, coule le vin, coule le nectar des abeilles. »

Saisissant son thyrse, une des bacchantes joue près d'Antoine et Cléopâtre. Elle chante « Le dieu pour elle fait surgir une source de vin ». Les Inimitables achèvent en chœur : « Des thyrses de lierre s'écoulait le doux ruisseau de miel. »

Mais un soudain silence glace la salle d'or, et de chair échauffée.

– Madame ma mère !

Césarion crie. Il abomine les nuits des Inimitables. Cléopâtre tâtonne vers ses voiles pour couvrir sa nudité. Antoine éclate d'un rire obscène :

– Heureux le puceau qui se joint à la troupe dionysiaque !

Lorsque Cléopâtre, étourdie, chancelante, se relève, l'enfant a disparu.

Le testament de Césarion

Elle va rejoindre Césarion, cette nuit-là, dans son appartement, dans sa chambre de futur pharaon éclairée de torches parfumées, ornée d'un sphinx d'or. Elle est bouleversée de la trace vernissée des larmes sur ses joues. Elle s'approche, il détourne la tête, saisi d'une grande et filiale répulsion.

Alors elle parle :

– Antoine a pêché pour moi – pour toi – des royaumes. Une grande crainte gîte en lui, masquée par ces fêtes. Le monde entier le jalouse et l'accable. Le vin le ramène chaque fois vers moi, quoi qu'il arrive. Ce que tu as surpris de nos plaisirs n'est qu'un prétexte pour tuer cet effroi des ombres qui le tient éveillé et le fait gémir tel un enfant.

Césarion ne répond pas. Elle s'affole devant ce profil si dur, implacable réplique de César. Elle s'affole de la jalousie de Césarion. Il est son amour, l'Amour maternel total. Elle devine en lui un être pur, dur comme le cristal – intransigeant à son encontre. Césarion l'élu de sa chair et de son amour sublimé : César. Elle a, imprudente, trop répété à ce fils d'Amour qu'il est l'Amour. Le pur, le dur amour inaltérable. Celui qui se nomme le renoncement. L'enfant la jugeait. L'homme Césarion la méprise. Elle devine dans la pénombre l'ardeur aiguë de son regard d'aigle. Sa voix a mué. Il a quatorze ans et dépasse sa mère d'une tête.

– Madame ma mère, vous avez su agrandir et protéger nos royaumes. Savez-vous qui je suis ?

Il crie presque et elle étouffe un sanglot. Cet enfant est un des rares êtres qui a le pouvoir de la détruire, de la faire trembler, de la désespérer purement et sans recours.

– Tu es Amon-Râ, fils de Vénus par ton père et d'Isis-Aphrodite par ta mère.

L'enfant est devenu un homme que les torches nimbent d'une lueur trop blanche. Elle s'épouvante de sa pâleur. Elle entend la voix d'Arsinoé. « Je maudirai ta descendance. » Le monde peut-il accepter deux Césars ? Elle frémit, elle a froid ; elle se sent vieille, sale, enlaidie, les cheveux secs, la tunique souillée par cet amour-là. Celui de Dionysos. L'enfant ressemble à César, livide, mort, vidé de son sang.

– Madame ma mère, que jamais votre Antoine ne me nomme son fils. Madame ma mère, Rome a prétendu que j'étais le fils d'un soudard, conçu au fond d'une taverne de votre ville. Madame ma mère, le monde entier ricane et me nomme le « bâtard de la putain du Nil ».

Il bégaie de honte. Sa souffrance augmente le fauve éclat du doute dans ses yeux si semblables à ceux de César.

– Viens, dit-elle, de sa voix la plus douce.

Il la suit. Dans les dédales du palais, il marche derrière cette ombre blanche. Elle répète : « Viens » et ils vont, et les portes s'ouvrent. De couloirs en passages secrets, ils se retrouvent devant le tombeau d'Alexandre.

L'aube arrive, et l'enfant frissonne. Sa mère, la fille des Lagides, tend ses bras à la chair ternie par la blafarde lumière du tombeau.

– Je fais le serment sur les mânes du grand Alexandre que tu es le fils de César et rien que de César. Qu'Horus, que Nout, qu'Isis me confondent si je mens !

Il y a alors un brouillard rouge ; elle voit jaillir le sang, elle entend craquer le sol.

– Madame ma mère… Madame ma mère…

Elle reprend connaissance sur les genoux de César-Césarion Ptolémée. Elle croit entendre la flûte du Aulète quand on a percé le flanc de Bérénice.

Cléopâtre la reine d'Orient ou la fracture

À elle de renverser la situation. Antoine est le guerrier, le vin, la bête d'amour. Alexandrie l'a molli, il s'inhibe devant les hostilités de Rome. Elle décide, dès le printemps 32, qu'ils s'installeront à Éphèse afin d'y concentrer une gigantesque armée navale et de terre. La propagande jaillit telle l'ivraie dans les blés. Plus forte que la bonne graine. On accuse Antoine d'avoir fait exécuter Sextus Pompée (Neptune) sans jugement. Octave a revêtu le consulat depuis le 1er janvier 33. Il a fait jeter Antoine hors du triumvirat.

Octave impressionne les Romains. Aidé par la fortune de Mécène, son allié, il a fait embellir les temples et honorer leurs dieux. Il remet en vigueur les valeurs traditionnelles de Rome. La conduite « orientale » de ce « roi » qu'est devenu Antoine subjugué par sa compagne est répréhensible. Octave accélère le *casus belli,* Cléopâtre se sait désormais seule. Ouseros, le grand prêtre, est si âgé qu'il ressemble à un petit arbre couvert de poudre blanche. Ses amis sont morts. Elle fait évoluer les Inimitables vers une autre philosophie, le *synapothanuménon*, « Les compagnons de la mort ». Ils travaillent l'idée de toutes les morts possibles sans jamais la craindre. Ils lisent ensemble de nombreux textes sur le suicide ou la force paisible d'affronter le Code suprême de l'honneur. Accepter les épreuves du monde ténébreux, là où commence et ne finit jamais l'Éternité. L'Éternité ! Voilà qui agite le cœur de l'homme. Cette angoisse est telle qu'Antoine l'a noyée dans le vin. Et le vin lui jette à la face des cauchemars éveillés d'hydres et de gorgones dévorant son cœur.

Cléopâtre, souveraine d'Orient !

À Éphèse, elle est aussitôt respectée, adulée et prend toutes les décisions. À travers la propagande de Rome, l'Orient, à travers elle, s'est senti insulté. Cléopâtre est arrivée, escortée d'Antoine et de ses enfants. Césarion, plus sombre que jamais. Outre ses serviteurs, ses esclaves, les Inimitables sont là.

– Madame ma mère, à quand notre règne conjoint ? demande Césarion.

Cléopâtre a amené sa dernière garde de soldats romains sur les boucliers desquels brille le « C » qui scandalise Rome. Cléopâtre s'occupe de tout. Elle rend la justice. Oppius ricane dans un pamphlet qu'elle se comporte en « *imperator* ». Elle traverse la ville à cheval, vêtue de sa cuirasse guerrière. Le fin pantalon bouffant laisse apparaître le satin de la cuisse. Ses bijoux d'or et de perles sont assortis aux rênes du cheval, au diadème. Antoine près d'elle passe en revue les milliers de soldats.

Elle oblige Césarion à chevaucher de l'autre côté. Qu'il constate les fruits amassés par sa volonté de fer et les dons guerriers d'Antoine. Qu'il constate les députations pleines de respect, ces légions et ces phalanges égyptiennes, ces cavaliers galates, ces fantassins de Pamphylie et les archers de Judée. Ces Grecs, ces Syriens, ces

Libyens et les durs soldats de Cappadoce. Ces milliers d'hommes qui osent lever les yeux vers elle comme s'il s'agissait d'une déesse. De sa voix mélodieuse, elle sait haranguer ces rudes troupes qui l'honorent et baissent le front. Elle choque les Antoniens quand elle s'empare des trésors d'Éphèse, son Apollon d'or, l'Ajax de Roethen, afin de colmater la brèche de sa fortune. Elle fait transférer à Alexandrie, outre tant d'objets d'art, deux cent mille rouleaux de textes de philosophie de Pergame. Elle veut reconstituer la bibliothèque de jadis.

Elle, Cléopâtre la Septième, souveraine de tout l'Orient. Elle, d'apparence si frêle. Les cheveux en boucles roulent sur les écailles articulées de la cuirasse incrustée de jaspe et d'émeraude. Seul, le romain Canidius prend sa défense au sujet du trésor dérobé : « Antoine a besoin de cet or pour maintenir ses légions et gouverner l'Orient. »

Antoine aux mains percées... Elle gouverne et thésaurise pour lui et son pays. Il y a seize légions à entretenir. Canidius fait remarquer à quel point cette reine « a longtemps gouverné seule un tel royaume ». Cléopâtre fournit deux cents galères et vingt mille talents, le blé et les vêtements pour entretenir l'armée. Bien sûr, c'est encore la guerre. Imminente et Immortelle. Celle de l'Orient contre l'Occident.

La guerre d'Octave contre Antoine.

César contre César.

Cléopâtre quittera Éphèse une fois assurée de son formidable armement.

Avril, sa douceur incomparable, les roses en cascade, la fragrance des marguerites et des giroflées. Antoine et Cléopâtre se rendent à Samos. Plutarque s'empresse de décrire qu'« ils firent voile vers Samos où ils firent des festins et se divertirent : car de même qu'on avait demandé à tous les rois, princes, peuples et cités d'envisager tous les équipements et munitions nécessaires à la guerre, de même, on leur avait ordonné d'envoyer à Samos des amuseurs, musiciens, comédiens, bateliers ».

Antoine plonge dans ses orgies, pendant que Cléopâtre songe aux stratégies contre Octave. Athènes ; il faut rejoindre Athènes où le peuple fête les statues de Cléopâtre et d'Antoine, divinisés à l'Acropole.

– Madame ma mère ! dit sévèrement Césarion. Pourquoi ces statues ?

Antoine semble revivre quand il passe les troupes en revue. Il a perdu sa graisse et sa mollesse et conclu une alliance difficile avec le roi de Médie et celui de Cilicie, Amyntas. Bocchus, lui-même, est venu du fond de l'Afrique. Il honore en Cléopâtre la fille d'Isis-Aphrodite.

– Madame ma mère, dites-moi à quoi votre peuple – et le mien – est destiné ?

Césarion décèle aux soins qu'elle prend plus que jamais de sa personne que Cléopâtre redevient ce qu'il abhorre : l'amoureuse de Dionysos-Antoine.

Voiles transparents, cheveux dorés dans la lumière, parfums divers : elle veut une preuve de l'amour d'Antoine. Une preuve pour elle, une preuve qui déclenchera la guerre. Elle s'en moque ! Elle est prête. Que l'Occident baise enfin ses pieds délicats, aux chevilles entourées de perles et d'or. Que l'Occident morde la poussière devant son trône. Elle exige à coups de caresses, de violence, de vin partagé, qu'Antoine répudie définitivement Octavie. Elle veut la guerre. La Vraie. Provoquée. Elle veut anéantir Octave.

Elle interroge les prophéties, les oracles, ses astrologues. Les textes sibyllins enflamment l'Orient poétique et superstitieux. Ils ébranlent Rome, la raisonneuse. « Cléopâtre la Septième est aussi la maîtresse du Ciel et de l'Aurore, la Veuve de Zeus-Vénus, Amon-César. L'Âge d'or retrouvé. Qu'on la suive et elle sera l'Âge d'Or. Et la Terre se couvrira de blé et des riches limons du dieu Nil. »

Oracles. La « Despoïna »

Les oracles annoncent la vengeance. L'oracle vient-il de Babylone, Rome, Alexandrie ? L'oracle du Potier, celui de l'Agneau : « Immense est le tribut de richesses que l'Asie a versé à Rome. Trois fois autant Rome devra payer pour rembourser son forfait. »

Des oracles anonymes font sourdre une angoisse exaltée dans les cœurs. La guerre ! l'Âge d'or ! Punir Rome !

« ... Pour chaque homme des terres d'Asie qui servit sous un maître romain, vingt Italiens seront esclaves, et des milliers et des milliers seront condamnés. »

Une reine est désignée comme la Vengeance de l'Orient contre Rome. C'est Cléopâtre ; la *Despoïna,* la Maîtresse, Mère d'un Roi-Soleil. La paix sera revenue quand l'Orient tout-puissant aura vaincu.

Antoine, étourdi de tant d'éclat, a perdu son identité occidentale. Il est devenu et se vit monarque divin.

Le Capricornien Octave a son mince sourire. Sa sœur Octavie porte le deuil et gémit. Quelle occasion pour agir, sévir, régner ! Ces oracles antiromains le servent.

– Madame ma mère !

À chaque oracle, Césarion n'est que ce cri, cette interrogation. La présence de sa mère, son luxe effréné, sa beauté, sont choquants au milieu de ces manœuvres de guerriers. « Osiris tout-puissant abattra la bête ivre de rage. » Que penser de la prophétie intitulée « La Guerre des Étoiles » ou le Taureau (Néos-Dionysos-Antoine) vainqueur du Capricornien Octave ?

Césarion a envie de se boucher les oreilles. Les oracles l'inquiètent autant que l'infâme propagande qui recommence de plus belle. Cléopâtre ou « l'horreur égyptienne », « le monstre fatal ». Sa mère serait à la fois Sirène et Furie, nouvelle Médée qui, au moyen de la sombre sorcellerie, a pétrifié la volonté d'Antoine... Un pamphlet pousse les Romains à la haine :

– Cléopâtre, au Capitole.

On imagine la sorcière à Rome, installant son trône maudit sur la sainte colline du Capitole. La Goule à nouveau déchaînée, pillant, brûlant, saignant le peuple de Rome. On dit qu'elle se nourrira de la chair de leurs enfants. Elle, plus féroce qu'Hannibal et ses éléphants.

La sagesse de Césarion

– Madame ma mère !

Les trahisons commencent. L. Muratius et son neveu, Titius, rejoignent le camp d'Octave.

– Madame ma mère, êtes-vous sûre de votre armée ?

Le républicain Ahenobarbus refuse farouchement de la saluer comme reine. Il tranche en faveur de la guerre contre Cléopâtre qu'il déteste. Il répond brutalement à Comidius de l'écarter de « cette affaire de guerre » :

– On ne peut se passer de Cléopâtre. Elle est le nerf de la guerre. C'est déplorable mais c'est ainsi.

– Madame ma mère, votre armée n'est pas celle de nos pères. Vos légionnaires sont des étrangers, enrôlés pour obtenir le grade de citoyen. Vos soldats sont si divers qu'il est difficile d'en maîtriser la pensée. Pouvez-vous espérer une âme nationale, unique, dévouée à votre cause quand vos troupes sont si mélangées ? Des Thraces, des Mèdes, des Libyens, des Celtes, des Galates, des gens d'Asie Mineure et si peu d'Égyptiens !

Elle admire la sagesse de cet enfant. Ne devrait-elle pas lui faire revêtir la toge virile ? Il convient dorénavant de lui offrir l'éphèbe ou les filles à peau de satin qui lui enseigneront les subtiles manières de faire l'amour et le rendront indulgent à son couple menacé…

– Madame ma mère, pourquoi avoir fait répudier la digne Octavie ? Vous êtes, il me semble, au-dessus des basses jalousies. Votre geste va entraîner des colères aveugles.

Virgile alimente cet émoi. « De l'autre côté, écrit-il, avec une profusion barbare et des armées bigarrées,

Antoine, ramenant ses victoires sur les peuples de l'Aurore et les rivages Rouges, traîne avec soi l'Égypte, les forces de l'Orient. Misère ! une épouse égyptienne le suit ! »

– Madame ma mère, pourquoi, devant ces soldats romains exaspérés, prudes, avez-vous étalé, tant à Éphèse qu'à Samos ou Athènes, votre beauté si peu voilée ?

– Enfant, Fils de César, je te reconnais bien là ! s'écrie-t-elle.

Il détourne un regard déjà définitif dans un visage si jeune.

Parfois, il entre dans la chambre des enfants où l'on entend le rire des jumeaux, occupés d'eux seuls, jouant, dînant, dormant, ensemble.

– Mariez-nous, maman Reine ! Mariez-nous ! éclatent-ils en battant des mains.

Ils se pendent au cou de Césarion, aiment ce grand frère si sage et répètent :

– Fils de César, dites à notre mère de nous marier tous les deux !

– Hélas, frère et sœur, vous êtes déjà promis : Alexandre Hélios à la princesse d'Arménie, Cléopâtre Séléné au roi de Maurétanie.

Les jumeaux, aux mêmes cheveux en boucles brillantes, éclatent en larmes.

– Nous fuirons ensemble avec toi, Fils de César, et tu nous marieras.

Le petit Ptolémée Philadelphe se balance sur son cheval de nacre à rênes d'or et gazouille :

– Tu nous marieras, Fils de César !

Il les regarde avec tendresse. Tout est si menacé. Il a osé pénétrer dans la chambre au miroir fêlé. Dans le tain détruit, il a vu son visage soudain vieilli, blême. La réplique de César poignardé. Il y a eu aussi, dans le souffle qui gonflait les rideaux, le cri lugubre d'un fantôme obsédant. Le cri d'Arsinoé égorgée.

Le fils de César, surmontant sa répulsion, traverse les salles et s'approche d'Antoine. Il n'a pas encore bu et tempête contre la défection de ses alliés, Munatius Plancus et Titius. Il tonne, ulcéré des propos abominables que ses anciens amis tiennent sur lui. Il cesse de s'agiter quand il voit l'adolescent, glacial, vêtu en égyptien et qui se tait. Césarion lui parle en roi.

– Antoine, je sais ce qui t'accable, dit-il. Tu supportes mal la trahison. Tes amis d'hier te couvrent aujourd'hui d'insultes.

– Tu ne m'aimes pas beaucoup, Fils de César, n'est-ce pas ?

Agité, l'*imperator* vêtu de pourpre et de blanc marche à grands pas, repousse des sièges importuns. La colère gronde dans son regard injecté de sang.

– Je n'ai rien à te dire, enfant ! grogne-t-il.

Mais devant la pureté glaciale du fils de César, il s'incline, se maudit de céder et parle.

– J'ai répudié Octavie par amour pour ta mère. Tu es le premier à savoir cette information. J'ai déposé mon testament près des Vestales, en leur lieu sacré, où nul ne pénètre sous peine de mort. J'y réaffirme la paternité de César te concernant. Je laisse des legs importants à mes enfants nés de ta mère. J'y exprime le désir, après les funérailles, de reposer à Alexandrie auprès de Cléopâtre. Je ne puis te donner une plus grande preuve de mon amour pour elle. Me crois-tu si sot, si dupe, pour n'avoir pas compris que tu es son seul amour ?

Il crie, il crie mais l'enfant est déjà loin.

Antoine, l'Égyptien

Antoine ignore que Plancus et Titius ont révélé à Octave l'existence du testament caché. Les sbires d'Octave ont violé le Temple – et ses vestales – et dérobé le testament. Octave le lit à haute voix devant le Sénat indigné.

– Cette guerre devient une guerre sainte, conclut-il en grelottant dans ses laines, exhalant une odeur de vieille chèvre. Antoine, en cas de succès, transférera en Égypte le centre du pouvoir. C'est le but de Cléopâtre.

Octave va très vite : à lui de régler cet énorme danger. À lui d'envoyer un messager à Antoine et Cléopâtre. Qu'ils sachent que « l'Italie tout entière spontanément lui a prêté serment et lui a demandé d'être le chef dans la guerre victorieuse d'Actium. Le même serment a été prêté à Octave par les Gaules, les Espagnes, l'Afrique, la Sicile et la Sardaigne ». Octave charge alors le Romain Germinus de se rendre à Athènes, et de dire son fait à Antoine et Cléopâtre.

– Dis à Antoine que toute l'Italie est prête à le déclarer ennemi public !

Germinus, à peine débarqué à Athènes, est maltraité par la garde, jeté aux pieds d'Antoine et de Cléopâtre, tel un vulgaire espion. Antoine a envie de le faire égorger sans façon mais, d'un geste, Cléopâtre l'arrête. Elle mène un jeu plus subtil – tout aussi féroce. Elle va tenter de connaître les vrais projets d'Octave.

– Assieds-toi à notre banquet, Germinus, et ne crains rien.

D'un battement de paupières, ses hôtes ont compris. On traite avec mépris le Romain en lui décernant la plus mauvaise place.

– Je te croyais plus habile, reproche la voix exquise de la reine.

Les sarcasmes pleuvent et Germinus a du mal à rester calme. Il est bien bâti. Sa patience est mise à l'épreuve. Il endure les moqueries de la souveraine.

– Tu transpires, Romain ? Tu n'aurais donc pas la maladie de ton maître ? Tu es bien rose, serais-tu un ancien esclave germain ?

Antoine, échauffé de vin et des sarcasmes de Cléopâtre, se lève en hurlant :

– Avoue ! Pourquoi es-tu ici ?

Germinus, fanatiquement dévoué à Octave, la tête pleine de la propagande, se lève d'un bond, prêt à mourir.

– Je réserve ma réponse quand tu seras moins ivre ! Mais ivre ou pas, écoute-moi : Si la reine retournait en Égypte, seule, cela vaudrait mieux pour toi et ton reste d'honneur !

Antoine dégaine ; Cléopâtre, toujours calme, étalée sur le triclinium, répond de sa voix musicale.

– Comme tu as raison de répondre si franchement, Germinus ! Cela m'évite de te faire torturer.

Cette torture, dans les caves de tous les palais, avec ces rouets, ces forges et ces tenailles rougies, ces lacets qui étranglent court, ces bacs d'eau qui noient, ces pinces qui arrachent la langue et labourent les chairs…

Elle rit, grappille le raisin noir, frappe dans ses mains. Les danseuses, de voiles et de sequins, apparaissent tel un éventail nacré, au son des harpes et des thyrses.

La nuit même, Germinus s'enfuit. Il fait son rapport à Octave qui se lève de son trône, sec et sans grâce.

– C'est la guerre, citoyens de Rome. La guerre à l'Égyptienne.

Il ordonne aux sénateurs qui se trouvent en Grèce de rejoindre aussitôt l'Italie. Le décret officiel est affiché huit jours plus tard : « Antoine est déchu de toutes ses charges et fonctions, vu qu'il a laissé une femme les exercer à sa place. » Les paroles d'Octave firent le tour de la terre.

« Antoine a accepté ce joug femelle, il ne mérite pas d'être combattu par nos généraux ! Sa cour, ses conseillers ? Des eunuques, Iras, une coiffeuse et Charmion, une parfumeuse !

« Que personne ne le considère plus comme Romain mais comme Égyptien, ne l'appelle plus Antoine mais d'un nom comme Serpaion ! Qu'on ne considère plus qu'il a été un jour consul et *imperator* même gymnasiarque !… Il agit comme une femme et vit en parfait débauché… Pour combattre une femme qui complote contre tous vos biens, pour combattre son époux qui a distribué vos possessions aux enfants de cette femme et pour combattre leurs beaux compagnons et leurs parasites qu'eux-mêmes nomment “ déchets ”, armez-vous d'ardeur ! »

Octave revêt alors les habits de grand prêtre et, debout devant le temple de Bellone, il lance le javelot sacré en direction de l'Est tandis que la foule hurle : « Mort à l'Égyptienne ! »

XII

La bataille d'Actium

N'allez pas penser que la taille de leurs bateaux ou l'épaisseur de leurs charpentes fassent contrepoids à nos navires…

DION CASSIUS,
Discours d'Octave contre Antoine et Cléopâtre

Un javelot contre l'Est

Actium, consacrée à Apollon, se situe à l'embouchure du détroit du golfe d'Ambracie de l'autre côté des ports de Nicopolis. Un bras qui s'étend loin vers la haute mer. Son étroitesse « permet ainsi à toute la partie située avant le resserrement de mouiller et de stationner ».

Octave, grelottant sous les habits sacerdotaux, la longue toge blanche, a lancé le javelot sacré contre l'Est : la guerre contre Cléopâtre est déclarée. Une ruse pour ne pas attaquer directement un Romain. Mais Antoine est-il encore un Romain ?

C'est la guerre. La guerre contre cette fille noiraude que, dans ses colères, Antoine n'appelle plus « Reine ou Maîtresse » mais « Égypte ». La guerre, car un Romain ose se prétendre désormais Osiris et offense les dieux du

Capitole. La guerre, car l'Égyptienne a lancé à la face du monde que son fils est celui de César et d'Horus. Horus, dieu à tête d'oiseau... La guerre, car la honte frappe Rome. Antoine, vêtu en satrape, marche à pied avec les eunuques, excitant la fille des Lagides, cette insolente aux seins nus, au diadème en forme de bête rampante, ce vil cobra destiné à siffler ses venins, ramper sur le ventre et mordre la poussière. Tout est bestial en l'Égyptienne, y compris ses diadèmes et ses dieux. La guerre, car elle a affaibli de ses philtres Antoine dont la statue offense les dieux de Rome.

La guerre, car ses charmes femelles s'exercent aussi sur tout Romain qui l'approche. Le bouche à oreille traverse les mers d'Ionie, les terres roses et dorées de l'Italie : « Je rendrai un jour la Justice sur le Capitole. »

La guerre, pour que l'Occident ne soit pas obligé de se suicider plutôt que d'endurer une vergogne semblable.

La guerre, ce que veut Cléopâtre. La guerre pour régner sur le monde. Seule. Avec Césarion.

Stratégies

C'est la fièvre. Octave a tant échauffé l'Occident que son camp comporte les jeunes troupes d'Italie. Il a su effrayer les colons qu'autrefois Antoine avait installés à Bologne. Octave rappelle le conquérant César. Outre l'Italie, il compte à ses côtés la Gaule, l'Espagne et ses navires, l'Illyrie et ses guerriers, la Libye soumise, la Sardaigne et la Sicile. On répète avec éclat qu'Antoine a fait assassiner le fils de Pompée – Sextus (Neptune) – avec qui l'Égyptienne, autrefois, aurait copulé.

Il faut trois nuits à Cléopâtre pour compter ses troupes. Antoine dénombre sur un boulier ses hommes, tel un vieil enfant pour qui la bataille reste un jeu. Antoine et Cléopâtre ont pour les défendre les régions d'Asie soumises à Rome qui veulent l'indépendance : la Thrace, la Grèce, la Macédoine, l'Égypte, bien sûr, que

Rome compare à un marécage. Ils ont pour eux tout l'Orient, les habitants de Cyrène, les pays de Bogud, de Bocchus, les insulaires et les populations proches de ces régions. Ces rois et ces princes qui s'exaltent dans le grand rêve d'un Orient dominant l'Occident, brisant son joug. Un Orient gouvernant le Monde. À Rome, la fille des Lagides rendra la Justice. Leur Justice.

L'arrogance d'Antoine va le perdre. Il méprise trop l'adversaire comme l'a fait, jadis, Pompée avec César. Le passage du Rubicon, dix-huit années auparavant, achève son histoire dans les eaux d'Actium.

La guerre.

Cléopâtre examine les plans de Patras. La ville se trouve à l'entrée du golfe de Corinthe, à deux cents milles de la côte italienne. Elle décide d'expédier sa flotte et les forces fantassines au nord, vers le golfe d'Ambracie. Elle décide, vêtue de blanc, portant ses insignes bleu et or d'amiral, son pschent, son fouet et son sceptre. Elle sait, cette fille de la mer, à quel point les Romains détestent l'eau et s'y battent mal. Elle peine à se faire entendre de cet ultime état-major romain. Un sourd désir, mêlé de machisme et de rejet, les agite. Ahenobarbus, l'homme « à la barbe de bronze », pur Romain, issu de la branche éminente des Domitii, s'indigne d'être manœuvré par une femme. Il éclate auprès d'Antoine.

– Comment peux-tu nous rendre crédibles en nous soumettant tous, toi le premier, à une femme décidant de la stratégie militaire !

– Tu entends, Égypte ! tonne le soir même Antoine, pris de vin.

Mais elle le méprise et, d'un geste violent, s'écarte de lui.

– La guerre aura lieu sur la mer, dit-elle.

Une scène éclate, dans le palais à Patras. La violence se mêle au désir. Antoine renverse cette fille, la fille, au pied du miroir fêlé. La fille qui ouvre ses cuisses pour lui, jouit de lui, détruit son entendement et le traite d'imbécile au cœur même du plaisir. Dans le miroir fêlé, il y a l'image, fêlée aussi, de cet assaut d'homme qui manœuvre en tous sens ce corps si fragile. Dans l'aube rose, la chevelure d'or rouge laisse apparaître quelques fils d'argent. Les mots d'amour ont le ton rauque de la hargne.

Les forces antoniennes montent au nord, la flotte vers le golfe d'Ambracie et les avant-postes installés à Corcyre (Corfou).

Octave a un mince sourire. Ses légions descendent au sud de l'Italie. Il les dispose face à la Grèce, autour de Tarente et de Brindes. Les deux ennemis mortels se font face, de chaque côté de la mer ionienne.

Octobre 32. Les vignes se gonflent d'or noir. Octave est devenu officiellement le *Juratio Italae.* L'arbitre suprême de la Liberté contre la royauté.

– Madame ma mère, s'écrie Césarion, vous vous fiez trop à vos troupes ! Octave est à la tête de soixante-dix mille fantassins, et douze mille cavaliers. Sa flotte de quatre cents navires est gouvernée par le grand Agrippa.

– Mon fils, l'apaise Cléopâtre, parfumée de lotus, la même fleur dans ses cheveux, j'ai des troupes supérieures correspondant à mes richesses qui seront les tiennes. Soixante-quinze mille légionnaires, vingt-cinq mille auxiliaires, douze mille cavaliers et cinq cents navires de guerre dont trois cents cargos pour le ravitaillement. Les Romains, bons fantassins, luttent mal sur la mer. Leurs navires, trop lourds, sont équipés de hautes tours. Les Romains sont avant tout des terriens, des paysans. Ils n'ont pas nos subtilités. Nous connaissons et aimons la mer, les marécages, les eaux profondes et les détours imprévisibles. Nous avons la fluidité de l'air, de l'eau, du feu.

Césarion regarde la belle bouche dont les deux coins retombent légèrement en une ride amère, la peau blanchie, frottée de poudre de géranium, le corps légèrement empâté.

– Mon fils, je commande moi-même ma galère royale, l'*Antonia.* L'Invincible aux cinq cents rameurs, à la proue secrète et meurtrière. Ce crocodile d'or en lance aiguë. Les Romains pour mieux me tuer et se moquer de moi ont loti leurs coques du même crocodile. Ils ignorent les lames et les ajouts de grappins de mon navire. Nos voiles de pourpre complaisent à nos dieux. Mon escadre personnelle comporte soixante bateaux à la proue ornée de crocodiles à lames multiples. La poupe (le rostre), en forme de nymphe ou de serpent, est plus coupante que mille glaives, capable de fendre en deux qui l'approche. Leur crocodile n'est qu'un décor qu'Octave, croyant me bafouer, a fait placer sous les pieds de ses paysans qu'il nomme marins ! Leurs corvus, leurs grappins sont trop lourds. La planche pour nous obliger à nous battre comme s'ils étaient à terre bascule au moindre choc. Nous détenons la maîtrise de la mer. Qu'Octave attaque donc en premier !

Elle parle seule. Courroucée, serrant ses poings menus devant l'ennemi invisible. Elle a oublié Césarion, elle s'exalte ; la guerre, sa guerre. Elle régnera – seule. Elle ne voit pas les yeux embués, atterrés, de l'enfant aux boucles de bronze.

Échec ou victoire ? La voix se perd, s'estompe, la belle voix mélodieuse ; la mère, l'amante, la Belle… Reverra-t-il sa Belle qui le laissait jouer tout enfant avec ses seins si tendres au lait de miel ? Césarion cache ses larmes, se serre très fort contre sa mère au parfum de lotus et d'ambre.

– Tu dois rejoindre, dit-elle, sous bonne escorte, avec tes frères, ta sœur et Antyllus, Alexandrie où tu tiendras le rôle de jeune régent.

Trahisons et préparatifs

Césarion a-t-il affaibli le moral de Cléopâtre ou sont-ce ses disputes amoureuses trop fréquentes avec Antoine ? Elle sent l'hostilité des hommes qui méprisent ses plans militaires. Dellius et Ahenobarbus, excédés d'être sous ses ordres, passent à l'ennemi. Dellius emporte les plans militaires et les remet à Octave.

Rite de souverain, Cléopâtre fait embarquer sur l'*Antonia* le trésor de guerre, celé dans un triple coffre d'or. Antoine a donné ordre de brûler les cargos et petits navires jugés encombrants. Cléopâtre refuse qu'on retire les voiles des navires. Tel est l'usage pour le combat.

« Elle veut déjà fuir ! » ricane Octave, tenu au courant par ses espions. La flotte de Cléopâtre est prête, son armée de terre confiée à Canidius. Octave se délecte de déchiffrer les précieux plans remis par Dellius. Il reconnaît l'intelligence de la reine : capturer la flotte d'Octave en l'entourant, comme des poissons dans une nasse. Le golfe d'Ambracie est le piège parfait, l'Épire au nord, le Péloponnèse au sud. La suite du plan de la reine : faire voile sur l'Italie avec trente mille légionnaires sur terre et prendre possession de Rome quasi déserte… Octave a demandé au Sénat de le rejoindre à Actium.

En Grèce, les troupes d'Octave seront réduites à la famine.

Une seule bataille navale et Rome m'appartient ! aurait dit l'Égyptienne.

L'échec viendra-t-il de ses querelles avec Antoine et du machisme furieux de son état-major ?

La reine insiste jusqu'à l'enrouement.

– La seule façon de vaincre Octave est de forcer le passage du chenal et de livrer une bataille navale. Les opérations terrestres seraient désastreuses à l'Égypte ! Gagner en mer m'autorise à faire valoir mes droits et ceux de Césarion !

Antoine s'agite. Césarion ! Toujours Césarion ! Jamais lui, toujours ce puceau qui n'a même pas endossé la toge virile ! La voix mélodieuse analyse trop bien la situation, elle irrite ses guerriers.

– Prenez conscience du paradoxe, explique la reine.

Octave reçoit ses approvisionnements d'Italie, par voie de mer. Il bloque la flotte de Cléopâtre dans le golfe d'Ambracie. Antoine reçoit les vivres de Grèce, par voie de terre. Il paralyse l'armée d'Octave sur la côte de l'Épire. Les amiraux de Cléopâtre proposent qu'Antoine se retire vers le sud pour attirer Octave à l'intérieur des terres.

– Non ! dit la voix mélodieuse, notre flotte doit forcer le passage du chenal et reconquérir la maîtrise de la mer. Actium ne doit pas être une bataille terrestre mais une bataille navale !

La querelle s'étend de jour en jour ; la reine éclate :

– Si la bataille d'Actium devient une bataille terrestre, comme mon armée ne comporte aucun contingent égyptien, ce serait une bataille exclusivement romaine. Nous refusons ! Octave a su refuser de se battre au glaive avec Antoine qui l'avait provoqué, croyant régler ainsi le conflit.

Elle s'échauffe, la petite reine, et Antoine s'irrite. Il sent qu'elle a raison, que ses balourds de Romains vont entraîner sa perte. Il est froissé de sa moue de mépris quand elle conclut :

– Nous refusons une bataille exclusivement romaine !

– Tu me méprises, Égypte ! hurle-t-il dans la chambre devant le miroir fêlé. À moi, mes Inimitables !

Devant elle, il se fait servir un lourd festin, convoque le groupe des amis qui veulent mourir ensemble. Une orgie se déchaîne. Il l'entraîne et, pour la première fois de sa vie, elle le repousse. Sa seule ivresse est une angoisse sans nom. Perdre Césarion, son pays. Le tremblement désolé, horrifié de n'être qu'une femme.

– Antoine va signer ma perte, crie-t-elle, livide, devant le général ivre, forniquant une Inimitable déguisée en nymphe.

– Tu as un grand nez, Égypte ! crie-t-il.

Elle décide une première vengeance. Elle se fait servir le vin d'Ambracie, tend sa coupe à Antoine. Veut-elle se réconcilier ? Sans rancune, il prend la coupe, où Cléopâtre a jeté une fleur de ses cheveux. Une fleur chargée d'un lourd venin. Elle lui arrache la coupe.

– C'est du poison, Romain.

Elle rit, hagarde de déception, d'orgueil blessé, d'avoir joué avec la mort.

– Je t'aurais déjà tué mille fois si j'avais pu me passer de tes services, Romain !

Le lendemain, dégrisé, il cherche sa grâce auprès d'elle, repris par son étrange faiblesse. Abattu, sans force. Elle l'insulte.

– Faux guerrier ! Faux chef ! hurle-t-elle. Accepte ma loi ou va-t'en. Tu m'entends ? Pars, femelle amollie, faux dieu ! Outre à vin !

Elle lui jette au visage l'anneau où est inscrit « *Méthé* ». Son anneau de noces.

Il sanglote et se soumet, à la consternation de l'état-major. Il est un jouet entre les mains de la reine. Il s'est engagé, une fois la guerre terminée, à établir en Italie les Institutions républicaines. Elle entend la voix d'Ahenobarbus avant son départ :

– Quelle honte, triumvir, de faire ton entrée à Rome aux côtés de Cléopâtre !

– Débarrasse-toi de cette étrangère ! avait suggéré Dellius avant de disparaître avec les plans, et tu retrouveras l'estime de ton armée.

– Qu'elle retourne en Égypte ! avaient insisté Ahenobarbus, Amyntas et Dellius.

… Fuite, disgrâce, honteuse pérégrination à travers l'Asie Mineure d'une femme humiliée : Cléopâtre la Septième. La colère l'a reprise.

– Viens te battre à Actium ou pars à Rome, chez ton misérable maître Octave dont tu seras le chien misérable !

La voix d'Arsinoé fait grelotter Cléopâtre. « Je te maudis, toi et toute ta descendance. »

Enrouée de colère, elle a la même voix que sa sœur égorgée. Un son rauque, fêlé comme le miroir. Seule, elle sanglote, hors d'elle. Jamais elle n'acceptera d'être traînée au triomphe d'Octave.

– Charmion ! crie-t-elle, dans le palais vide, Iras !

Premier aspic

Depuis des mois, elle accumule et étudie les poisons. La ciguë qui tua Socrate. D'autres herbes. Elle fait exécuter des condamnés de droit commun de diverses façons. Le glaive dans le ventre, la corde au cou, les veines ouvertes... Le feu, oui, même le feu. Cachée derrière un mur, elle fixe la bouche décolorée, les affreux spectacles, les yeux épouvantés de ces êtres liés à des bûchers d'infortune... Elle a vu décapiter, rouler les têtes sous le cimeterre, noyer les rebelles. Que c'était long et comme il fallait les tenir, les misérables, la tête immergée dans la cuve d'eau, d'où montait la houle d'un borborygme effrayant... Elle remontait, livide, du souterrain des supplices. Elle oscillait ; allait-elle accepter le glaive, la corde, le feu, l'eau, le poison pour se soustraire à l'ennemi quand tout serait perdu ?

Charmion lui a apporté un serpent du Nil, pas plus long qu'un doigt. Un aspic à la piqûre mortelle. Elle vit mourir en quelques minutes une femme infanticide condamnée à mort... Le bourreau avait placé l'aspic à la saignée des veines après avoir enchaîné la femme à des anneaux dans la muraille. Celle-ci hurlait de terreur, ses cris courroucèrent le reptile, lequel se dressa et mordit. La reine s'émerveilla tristement de la mort foudroyante. Le venin avait galopé jusqu'au cœur. Dans un soubresaut, la femme n'était plus qu'un cadavre aux lèvres bleues.

– Je serai cette morte aux lèvres bleues. Je ne serai pas enchaînée au triomphe d'Octave.

Après le départ d'Ahenobarbus et la trahison des généraux, Cléopâtre traverse l'effroi. Les présages et les pressentiments s'accumulent. Iras et Charmion lui ont dit qu'un singe s'est précipité dans le temple de Cérès en pleine cérémonie. Un hibou se serait envolé du temple de la Concorde à Rome, pour se poser sur les saints édifices.

– Un hibou d'une taille de géant, un hibou aux yeux de loup.

Ce hibou, chassé par les soldats tremblants, avait fini par se réfugier dans le temple du Genius Populi.

– Tard dans la nuit il s'envola en un long cri hululé et la ville a gémi : « C'est l'Égyptienne égorgeant Rome et sa République. » Il y eut aussi cette torche enflammée, venue de nulle part, sur la mer Adriatique. Des feux s'allumaient, inexplicables.

L'Etna grondait et crachait une lave si rouge que la terreur s'emparait des Italiens.

– Le pire, Reine, dit Iras, est ce serpent à deux têtes apparu à Octave, aux foules, foudroyé après avoir écrasé plusieurs villages.

Cléopâtre grelotte ; elle veille, réfugiée sur l'*Antonia*, au pied du mât aux voiles de pourpre. Elle a froid, froid au cœur.

– Parle encore, Iras, ou toi Charmion.

Elle, la reine, eut-elle dans sa vie des amies aussi dévouées qu'Iras et Charmion ? Une parfumeuse et une coiffeuse. Elle, la fille des Lagides. Elle, Isis-Aphrodite. Elle, la pharaonne insultée par ce Romain dont le pouvoir a été celui du soudard comblant la chair d'une fille…

– Les enfants de Rome, dit Charmion, se sont partagés en deux camps. Comme au temps du grand César contre Pompée. Hélas, Reine, ils ont prédit la chute d'Antoine. Les « Antoniens » et les « Octaviens » se sont battus les uns contre les autres. Ceux qui portent le nom d'Antoine ont été vaincus, certains sont morts. Une statue d'Antoine placée près de celle de Jupiter sur le mont Albain, quoique de pierre, a laissé couler un flot de sang.

L'aube ; ses rubans mauves n'apaisent pas la reine. Elle voit le sang couler de la béante plaie de pierre. L'Égypte, les vents, les embrouilles d'Antoine…

– Antoine ! Antoine !

Elle ignore si elle rêve éveillée. Mais il est là au pied du mât, livide. Il n'a pas dormi et, en dépit du vin avalé, des insultes vomies, il est là. À ses pieds. De grosses larmes creusent les rides de ses joues ombrées de barbe.

– Maîtresse… Reine…

Ils tremblent, la rage et l'humiliation les ont affaiblis plus que n'importe quelle légion. Défaits. Détruits, parce qu'ils s'aiment.

Que dire quand s'effondrèrent les statues d'Antoine et Cléopâtre à Athènes, et celle de Bacchus sous les traits d'Antoine lors d'une tempête inouïe !

Alors elle voulut demeurer à bord de son navire l'*Antonia*. Se prouver que l'action éloignerait les fantômes. Mais le présage fut pire encore.

– Antoine ! crie-t-elle d'une voix étouffée. Antoine !

Elle n'a plus le moindre orgueil dans ce cri mais une profonde terreur. Elle désigne le mât. Tout en haut, où il y a un nid d'hirondelles avec quatre petits, un vautour a foncé et a tout renversé. À coups de bec et de griffe, il a égorgé le père, éventré la mère affolée et tué les quatre oisillons. Le nid et ses pauvres restes ensanglantés sont tombés aux pieds de Cléopâtre la Septième, reine de Haute et Basse-Égypte. Le vautour s'est envolé en un cri sauvage, humain, triomphant.

Elle s'est ressaisie et a porté la main à sa gorge.

– La guerre, Antoine. À Actium.

Le 28 août 31, Antoine n'attend pas le lever du jour et la moite chaleur en nuages blancs pour embarquer ses troupes. Les vingt mille légionnaires, les archers et les vaisseaux aux dix rangs de rameurs lui rendent son optimisme. Mais les dieux contrarient cette première équipée, car s'élève alors la Boria, ce vent fou de l'Adriatique, la terreur des marins. Pendant quatre jours, quatre nuits, sur une mer déchaînée, il est impossible de franchir la passe.

Attendre, attendre au milieu de l'incertitude, des vertiges et des malaises – et des blessés. Beaucoup, à cause du vent, sont précipités contre ces bois trop rudes. Les équipages commencent à se disputer. Le ton monte, n'arrive pas à couvrir la Boria, sa grande voix venue du royaume de Neptune.

On dit que Sextus Pompée (Neptune) se venge, puisqu'une femme ose manœuvrer le dur et glorieux royaume de l'homme. La guerre, la mer répondent par la malédiction.

Antoine a honte de penser la même chose. Il assiste, humilié, aux manœuvres de ces énormes masses recouvertes d'eau, de sel, d'oiseaux fous et de craquements divers. La flotte d'Amyntas et de Dellius grossit celle d'Octave, l'Invisible au mince sourire…

Enfers, hydres, angoisse : Dellius possède les derniers plans de la reine. Les plans de la guerre. Tout est à refaire et il est déjà trop tard.

Il est déjà trop tard quand, le 1er septembre, radieux d'azur, de calme et de clarté, Octave, dûment mis au courant, embarque à son tour. Il dispose de dix légions et de ses cohortes prétoriennes.

Le 2 septembre, sur terre, c'est l'ovation des armées face à face sur les deux promontoires. Octave, soudain, va très vite. Il s'élance à plusieurs reprises contre les cargos. Il en coule plusieurs, non par habileté de marin, mais à la manière fantassine. Choc contre choc. Antoine préfère attendre, de l'autre côté du détroit.

Il envoie sa cavalerie autour du golfe pour déstabiliser Octave, glacial, bien conseillé par Agrippa. Il ne bouge pas et ordonne d'envoyer des troupes en Grèce et en Macédoine pour attirer Antoine loin de la mer et le vaincre.

Apparaissent sur l'eau les navires de guerre qui bougent la face du monde, la fin d'un monde, le début d'un autre monde.

Devant le port d'Actium, de chaque côté de l'*Antonia*, manœuvré par Cléopâtre elle-même, se déroule ce face-à-face. L'immobilité des flottes ennemies de neuf heures du matin au dur soleil de midi.

La galère d'Antoine est face à celle d'Octave et de Sosius. Agrippa, le grand amiral, protège Octave. Soudain, il fait voile vers l'île de Leucade, s'en empare, prend Patras après avoir durement vaincu l'amiral Nasidius.

Maître de Corinthe, il sait que l'emprise de la mer par Cléopâtre est compromise. Dans le même temps, sur terre, Titius et Statilius Taurus mettent en pièces la cavalerie d'Antoine et détournent à leur profit l'ancien allié de l'Égypte, Philadelphe. Cléopâtre blêmit mais ne livre aucun de ses sentiments. Coiffée du disque solaire et des plumes de faucon, elle voit Domitius changer de camp.

Lors de ces premières trahisons, la colère d'Antoine a été si grande qu'il a fait torturer et mettre à mort, pour l'exemple, Jamblique, roi d'une tribu d'Arabie, ralliée à Octave.

L'amiral Sosius est resté leur allié, secrètement épris de la reine. À dix heures, il attaque la galère de Turius mouillée face à lui. Il commet une erreur. Turius a l'habileté de lui tourner le dos. Agrippa réussit à poursuivre le navire de Sosius, défoncé, crachant ses hommes hurlants... Sosius périt, ainsi que l'amiral Jarcondimantus. Les eaux d'Actium sont rouges et il n'est pas encore midi.

Publicola, allié d'Antoine, est témoin de la querelle qui éclate alors entre les deux amants. Cléopâtre reproche violemment à Antoine ces pertes. Fou de colère, il rejoint sa galère.

– Débrouille-toi seule, Égypte !

À l'approche de midi, un vent léger se lève. Les trois ailes de la flotte quittent leur mouillage vers la haute mer pour forcer le barrage Octavien.

Agrippa feint une ruse qui sera fatale à l'Égypte. Il fait semblant de se replier, entraînant ainsi à sa poursuite Publicola. Cléopâtre a poussé un cri d'angoisse, le cri de l'hirondelle assassinée. Le front antonien est rompu. Dans les derniers instants de sa vie, elle verra encore défiler ces images : faisant brusquement volte-face, Agrippa, bâti tel un géant de bronze, attaque la flotte d'Antoine, avec une telle violence qu'il la disperse et fend en deux ses navires.

– Allons ! crie Cléopâtre. Allons !

Elle profite de la sanglante confusion pour se frayer un passage. Elle ordonne d'ouvrir les voiles pourpres et s'enfuit, ô Vent, ô Dieux, vers la pleine mer – Alexandrie.

La fuite de Cléopâtre

Elle contemple jusqu'au bout leur immense défaite. « Elle est épuisée, écrit Dion Cassius, parce qu'elle était femme et égyptienne… épuisée au point de se jeter soudain dans la fuite. » Veut-elle sauver le trésor de guerre, ce qu'elle a entassé à bord, y compris ses coffres de perles, les immenses richesses qu'elle ne veut à aucun prix laisser à l'ennemi ?

Cette fuite, est-elle la rupture, la vraie, l'authentique rupture de la fille des Lagides et d'Antoine le Romain, bâti de chair ennemie, d'esprit ennemi ? Il l'a menée, elle le sait depuis le début peut-être, depuis Tarse, ou le lamentable échec à Phraasta, à la ruine.

– Césarion ! dit-elle encore, mes enfants !

Elle revoit le nid dépecé, les bébés oiseaux en sang. Une sage voix lointaine monte en elle. César ? Alexandre ? Est-ce le souffle mugissant de la Boria ou les cris d'Arsinoé ?

– Quitte Antoine, dit la voix. Prie Isis qu'il s'engouffre dans cette mer avant qu'il ne t'y précipite, toi, tes enfants et ton royaume !

Elle fuit ; le vent, les dieux l'aiment à nouveau. La galère va vite, dans le bon sens. Les images la poursuivent. La mêlée, le sang, les cris – les flammes sur les eaux d'Actium.

« Les épaves, écrit Plutarque, voguaient sur la mer et les dépouilles recouvertes de pourpre et d'or des Arabes, des Sabéens et de mille peuples d'Asie, poussées par le vent, étaient sans cesse rejetées par la mer. »

Le vent, le versatile ami de la reine en fuite.

De la reine ?

Quelle est cette quinquérème, ce modeste navire d'appoint, cette barque où s'agite un énergumène qui hurle :

– Reine ! Maîtresse ! Égypte ! attends-moi !

C'est Antoine. Antoine, confirme Plutarque, « aveuglé par la passion, abandonne et trahit ceux qui se faisaient tuer pour lui... » pour suivre celle qui a déjà commencé de le renier. Antoine, lamentable, ensanglanté, épuisé, échoué à ses pieds tel un requin à l'agonie.

– Qu'on le laisse là ! hurle-t-elle, ulcérée, désolée.

Antoine, ce paquet malodorant, prostré, gémissant, repris par son mal particulier : l'effondrement.

Elle est seule en mer. À Actium, les navires ennemis achèvent de s'autodétruire, à coups de grappin et de hache. On se lance des pierres, on s'entre-tue dans les eaux rougies. Octave achève par le feu la destruction des navires d'Antoine et Cléopâtre.

Le feu sur la mer.

Des navires octaviens jaillissent les torches et les projectiles enflammés. Épouvantés, les hommes tentent d'éteindre un tel assaut par l'eau potable puis l'eau de mer. Brûlés vifs, les marins se jettent dans les eaux enflammées. Le feu devint l'arme la plus meurtrière de la défaite d'Actium. Les Romains combattants de terre et de feu. Vainqueurs. Même sur les eaux.

Le vent se leva à nouveau et le feu se propageait, attisé par le sel de la mer. Tout l'alimentait : la chair, les amarres, les bois, les glaives qui fondaient, les cordages en sinistres guirlandes.

Jusqu'aux grappins de fer aux javelines : tout brûlait.

Les hommes d'Antoine le fougueux et Cléopâtre, reine d'Égypte, mouraient dans des souffrances inouïes. Étouffés par la fumée, grillés dans la fournaise. Le destin le plus doux était le suicide. À bord des épaves en flammes, on voyait des hommes se jeter sur leurs glaives ou se trancher la gorge. Quand ils manquaient de force, ils s'entraidaient à se tuer. Les Octaviens, immobiles, laissaient faire le feu. La cupidité s'emparait de quelques âmes faibles. Des soldats se précipitaient et périssaient à leur tour d'avoir tenté de s'emparer des ors en fusion.

« Sans le savoir, Antoine et Cléopâtre cinglent vers la mort. »

XIII

La Mort inimitable

Meurs où tu as vécu et revis sous les baisers.

W. SHAKESPEARE

Les amants en mer

Octave tient le pouvoir ; le monde entier le sait. Il fait sacrifier le soir même de la bataille un taureau à Apollon d'Actium. Quand il deviendra le grand empereur Auguste, il baptisera Actium Nicopolis. À l'endroit de sa tente, il fera poser des pavés de pierres carrées, ornées des éperons dérobés à l'ennemi. Il y fera dresser un sanctuaire d'Apollon en plein air, à sa gloire.

Longtemps il fait poursuivre la galère de Cléopâtre, mais telle l'hirondelle sauvée du vautour, elle est déjà loin.

Il a un mince sourire. Il réduira la fille des Lagides, traînée à son triomphe en temps et en heure.

Avec le reste de sa flotte, il n'a aucun mal à capturer l'armée d'Antoine désespérée, amoindrie de l'abandon si vil de son chef pour une femme… étrangère.

La bataille d'Actium a en tout duré quatre heures.

Et le sort de tous en a été changé.

Partir, fuir, était la seule décision qui s'offrait à Cléopâtre. Fuir un amour fatal, fuir cet homme, Antoine, à qui elle a signifié son congé. Malgré les querelles, elle n'oublie pas comment, rassemblant ses dernières forces, il a réussi à dégager son navire, l'*Antonia*, pris dans l'essaim bourdonnant des flèches et des javelots. Il se demandait alors, avec désespoir, si elle était encore en vie. Elle l'avait anéanti en fuyant si vite. Il n'a pensé qu'à elle, n'a frémi que pour elle, et a tout quitté, même l'honneur pour elle.

Elle ne l'aime plus.

Elle le punit, le méprise. Il pleure, couvert de plaies, de sueur, d'embrun. Elle ne l'aime pas. Il ne peut vivre sans elle. Son déshonneur retombe dans la fournaise d'Actium. Va-t-il mourir, misérable, sur le sol de sa galère ? Au bord de la folie, il gît sur le pont, lamentable. « C'est vrai, écrit Plutarque, qu'Antoine montra à la face du monde qu'il n'était plus guidé par les pensées et les mobiles d'un chef, ni même en aucune façon par son propre jugement, et ce fut dit un jour en manière de plaisanterie, à savoir que l'âme d'un amant vit dans le corps de l'aimée… »

Ce vaincu, ce n'est plus son amour, mais un poids mort. Comment s'affranchir ? Jamais elle n'a connu à ce point l'horreur du joug d'avoir aimé et de l'être encore. Précipités ensemble dans le même gouffre.

Hébété, il reste trois jours entiers la tête dans les mains. Elle s'enferme dans sa cabine, l'âme enténébrée. Pourquoi n'a-t-elle pas la force de le faire jeter à la mer, ce funeste époux ? Osiris démembré, Isis, patiente à la quête du rassemblement nouveau.

Au cap Ténare, Antoine sort de sa torpeur.

Elle lui en veut à mort. À un moment de la bataille, elle manœuvrait seule à l'avant, au gouvernail sur lequel un marin était effondré, transpercé de flèches. Que lui importait qu'on l'entende hurler, que le vent dénude ses jambes et que sa chevelure, défaite, devienne un pavillon d'or rouge d'où glissaient les plumes et les perles ? De tous côtés les javelots sifflaient, essayant de la tuer. Elle avait manœuvré tel un homme, c'est donc à elle seule qu'elle devait l'habileté de sa fuite ! Avait-il vu cela, lui, dont la galère était si proche qu'elle entendait ses ordres et ses cris furieux ?

Ingrate, elle refuse d'admettre qu'il a protégé sa fuite.

– Reine ! Maîtresse ! Reine ! Maîtresse !

Il l'a traitée d'« Égypte », pire que cela. Elle a dit « Romain » d'un ton d'insulte.

Pendant trois jours, il se traîne à la porte de sa cabine, farouchement fermée. Il ignore qu'elle ourdit plan sur plan avec la force du désespoir, pour sauver son royaume. Reprise par son énergie naturelle, elle refuse d'aborder Alexandrie en vaincue. Pourtant, la situation est désastreuse. On la trahit. À Alexandrie, ses dignitaires manœuvrés par son prestigieux prisonnier, le roi d'Arménie Artavazdès, trop bien traité, ont décidé de se soumettre à lui. Mais elle abordera Alexandrie au son des trompettes et des hymnes triomphants. Ses navires rescapés qui la suivent seront, tel l'*Antonia*, ornés de guirlandes de roses au moment d'entrer dans le port. Elle sauvera la face, elle reprendra son pouvoir.

– Je veux régner seule !

– Reine ! Maîtresse !

Charmion a plaidé la cause de l'amant déchu qui sanglote à sa porte.

– Votre époux, Reine, parle de mourir. C'est pour l'amour de vous, Majesté, qu'il s'est couvert de honte à la face du monde !

Elle est allongée sur une peau de lion, les cheveux déployés, une longue robe blanche, une cape en peau de panthère, une couverture de soie sur les genoux. Elle a froid et ses lèvres sont blanches.

Le cap Ténare apparaît, escarpé de rose et de noir. Épuisée, elle fait grâce :

– Fais-le entrer, dit-elle. Je l'invite à souper. Prépare de quoi le baigner et l'oindre.

Elle le lave, le ponce, le masse d'huiles apaisantes. Il se laisse faire, nu, il gémit tel un tout jeune enfant. Il baise ses mains en pleurant : « Reine ! Maîtresse ! » Ils sombrent ensemble sur la peau de lion, dans le lent roulis du navire.

Ils s'aiment jusqu'au délire devant le miroir fêlé que le choc d'Actium a brisé en tant d'éclats qu'on dirait une toile d'araignée. Leurs corps, leurs visages, disloqués, se défont et se recomposent au rythme de leur passion.

Exil d'Antoine

L'amour et ses ténèbres les a saisis à nouveau mais elle sait qu'il faut se défaire de lui. Sauver son royaume. La défaite d'Actium est trop grave.

Ressaisie, elle a retrouvé sa colère et son mépris. Elle le fait débarquer en Libye, à Paretonium, une bourgade désolée où grelotte une lamentable petite légion romaine rescapée.

– Romain, lui dit-elle, voilà ton œuvre. Tous ont déserté ou sont morts par ta faute. Je ne tiens pas à entrer en mon royaume avec l'homme qui m'a ruinée. J'ai assez pitié de toi pour te laisser des vivres, t'autoriser à revenir plus tard à Alexandrie.

Elle se venge, emploie à son encontre les arguments qu'il avait brandis pour la dissuader de l'accompagner à Rome.

– Je ne veux pas, Romain, que tu m'accompagnes à Alexandrie. Il serait malséant que la reine d'Égypte soit flanquée d'un étranger vaincu !

Elle s'en va, de blanc vêtue, cachant son anxiété. Elle le laisse en compagnie du rhéteur grec Aristocratès et du soldat romain Lucilius, combattant à Philippes, allié de la garde personnelle de Brutus. Ce vaillant avait empêché, à son corps défendant, la capture de son maître, lui donnant le temps de se suicider. Pour cette bravoure, Antoine l'avait gracié et le considérait en ami. Quand il avait sauté dans cette barque, pour rejoindre la reine en fuite, Lucilius l'avait aidé. La reine, son amour, cette inflexible fille des Lagides lui inflige sa pire leçon : l'exil, la honte. Antoine est complètement coupé de l'Égypte et de Rome. Quel ennui fait d'insomnies et de remords ! Comment survivre dans ce sinistre fortin au milieu de quelques palmiers ? Il est seul sur cette côte désolée où avaient jadis été enterrés à la hâte les restes de Pompée.

Le 20 septembre, aborde un vaisseau de fuyards venant d'Athènes. Antoine court sur la grève à leur rencontre. Il apprend l'anéantissement de la flotte antonine, la capitulation de l'armée de terre, désormais sous la férule d'Octave.

Honte ! Honte !

Octave a déjà atteint Athènes et obtenu la soumission des cités grecques.

– On a bâti tant au Capitole qu'au Parthénon des statues à son effigie. Il n'y a pas une seule de tes anciennes localités, Antoine, qui ne lui ait décerné les honneurs suprêmes !

Les soldats, hirsutes, couverts de barbe, puant le poisson mort, lui parlent sans déférence. Il n'est rien, cet errant dont la cape de général Autocrator n'est qu'un chiffon en loques. Il pue autant qu'eux, couvert de barbe. On lui tourne le dos, occupé à se sustenter au fortin. Il est seul avec un simple soldat, et un obscur philosophe grec.

Par sa faiblesse et à cause de son amour, il a tout perdu. L'Italie, sa chère Grèce. Il se met à pousser des cris lamentables et se précipite sur son glaive. Il s'en faut de peu que l'arme ne traverse sa panse. Lucilius le retient de force et le supplie de reprendre courage :

– Ne montre pas à tes vainqueurs l'image déplorable d'un exilé suicidé sans éclat !

Le rhéteur Aristocratès lui expose longuement les arguments des stoïciens. Zénon de Kitias, les émules de l'Académie. Il lui expose la doctrine de Cratès :

« La nature est contrôlée par la raison qui s'identifie à Dieu et se manifeste sous la forme du destin… Le but de tout sage est d'accepter ce qui arrive… Tout ce qui arrive à l'homme doit nécessairement se produire. Le sage accepte son destin… »

– Accepte ton destin, Antoine. Agir autrement signifierait faire preuve non de vertu mais de faiblesse morale, seul vrai mal. Il est trop tôt pour tourner le fer contre toi.

Aristocratès parle longtemps, dans ce désert où s'envole le sable. La sagesse vient de la gorge fragile d'un petit homme rabougri : le sage Aristocratès.

Lucilius ajoute :

– Si tu meurs, ô Antoine, que ce soit en combattant près de ta reine-épouse.

– Retourne à Alexandrie, Antoine, chevrote le vieil homme. Mourir ici serait la honte véritable qui te serait reprochée dans l'autre monde.

Il dessine sur le sable des figures géométriques que le vent efface aussitôt.

Je régnerai seule

Nul ne sait, excepté Charmion et Iras, à quel point la reine, cinglant vers Alexandrie, a été malade. Elle pleure la brûlante défaite de son amour. Elle s'effraie de son retour, de sa beauté altérée. Elle a trente-huit ans et se sent vieille : sa bouche tremble, ses cheveux semblent brûlés par le soleil, la tempête, le chagrin. Une ride nouvelle marque son cou, cette chair sans un pli que l'amant mordait de plaisir.

– Charmion… Iras… Aidez-moi à sauver la face. Faites-moi belle, la plus belle…

Charmion oint son corps d'huiles apaisantes. Iras lave la chevelure d'un mélange d'eau de rose et d'essence de romarin. La chevelure, sous le vent de la mer, est devenue d'un blond terni. Chaque boucle est remontée, enroulée sur une baguette autour du front, des tempes. La reine est gracieusement coiffée et parfumée quand Alexandrie apparaît enfin. Croirait-on que cette femme ravissante revient d'une épouvantable défaite ?

Elle fait orner l'*Antonia* de guirlandes de roses tenues au frais depuis des jours. Des roses sur le mât où nichaient les hirondelles assassinées. On l'habille de blanc, de rouge et de noir. Elle est la pharaonne, la conquérante. Alexandrie, déroutée, doit croire qu'elle a vaincu Octave. Qu'on glisse entre ses seins les insignes amiraux, sur sa chevelure ravivée le diadème au cobra ! Debout, à la proue, Cléopâtre la Septième, reine d'Égypte et de tant de terres, fait son entrée triomphante au port d'Alexandrie.

La première galère qui amarre devant elle est chargée de répandre des nouvelles de gloire. Dans les eaux d'Actium ont péri plus de Romains que d'Égyptiens. La reine est saine et sauve, son habile manœuvre a désemparé Octave. Elle revient avec le puissant trésor de guerre. Elle revient pour son peuple et ses enfants.

Elle est leur mère, Vierge Éternelle, Isis-Aphrodite.

Que sonnent les trompettes et que les troupes sillonnent les avenues jusqu'au port où on la portera en triomphe dans son palais de la Lochias.

Son fils Césarion est venu à sa rencontre et l'espoir gagne son cœur.

Aussitôt elle s'occupe de son royaume et d'affirmer son pouvoir. Elle ne prend aucun repos. Olympos, son médecin, l'a soignée à la bière mêlée d'une décoction de graines de lin afin de calmer ses crampes nerveuses. Elle boit aussi un mélange de tête de pavot mêlé de miel et de fleur d'oranger pour ses insomnies. La fièvre est apaisée. Le feu qui dévorait son ventre et sa gorge s'est calmé. Elle se nourrit de gruau d'orge et d'avoine. Elle s'est secrètement effondrée après l'exil d'Antoine. Il a fallu trois jours et une décoction de quatre onces de feuilles de séné en douze petites écuelles d'or pour faire disparaître les rougeurs de sa peau et la sueur glacée de sa nuque.

Le peuple ne voit que sa reine, radieuse Vénus régnante. Seul Césarion est inquiet.

C'est le début du mois d'octobre. Elle bénit et salue la foule qui lui crie : « Gloire ! Gloire ! » Elle serre contre elle Césarion et les enfants dont Antyllus qui a pris la toge virile et ressemble à Antoine. Il lance à la reine un sombre regard interrogatif auquel elle répond aussitôt de sa voix mélodieuse :

– Enfant, ton père nous rejoindra bientôt. Il contrôle les dernières troupes en Syrie.

Elle sourit. Elle a tremblé, lutté, défait un amour, perdu des forces et des hommes. Elle a traversé l'angoisse avec pour tout secours un médecin et deux servantes.

Jamais sa force d'âme n'a été si puissante. Elle dissimule la vérité : Actium a englouti son grand rêve d'unir l'Orient et l'Occident. Elle le sait ; elle sourit. Comme César, son maître, son amour, père de son amour total, leur fils, le lui a enseigné. Le contrôle de soi. César trouvait en cette enfant qu'elle était alors, une petite reine géniale dont le corps délicat était enrichi d'une âme d'acier.

– Tu régneras seule, *Puella ludens* ! lui avait-il promis.

Elle avait été à la hauteur. Mais il y avait eu Antoine, son amant – sa défaite.

Elle va tout tenter pour conserver l'indépendance de l'Égypte et protéger le trône de son fils. Plus d'Occident. En dépit de quelques missives ambiguës d'Octave qui lui promet la liberté et la vie sauve, elle ne veut plus de Romains dans sa vie. À Césarion de porter le pschent et le sceptre et d'assister avec elle à ses premières représailles.

Elle dépêche aussitôt ses ambassadeurs pour confirmer au roi des Mèdes d'accepter le mariage d'Alexandre Hélios avec sa fille, Iotapa.

Devant sa cour, devant ses enfants, elle fait décapiter le roi d'Arménie, Artavazdès, qui l'a si grossièrement trahie. Il avait fait parvenir à Octave des messages promettant son dévouement. Elle ordonne à ses ambassadeurs de porter la tête figée, rapidement embaumée, pour lui montrer de quoi est capable la reine Cléopâtre en cas de trahison.

Agavé ! Agavé !

Artavazdès, avant de mourir, l'a maudite devant les siens. Son épouse s'arrache les cheveux, ses enfants gémissent. Le glaive s'est abattu d'un seul coup.

– Je vous fais grâce, leur lance Cléopâtre. Vous allez reprendre sous bonne escorte la route de votre pays. Vous n'avez su répondre à ma générosité et à ma demande d'alliance que par une grande trahison. Quittez mon pays. Je vous accorde le temps de brûler les restes de votre époux ou père et d'emporter ses cendres avec vous.

– Madame ma mère ! s'effare Césarion.

– Ainsi agissent les rois, mon fils !

Elle donne l'ordre, le même jour, d'entreprendre une démarche qui remplit d'admiration jusqu'à ses ennemis. Elle espère sauver ses derniers navires en les faisant porter à bras d'hommes de la Méditerranée à la mer Rouge.

– Cet acte vous montre, mon fils, à quel point je compte sur l'Orient. Si l'Égypte est envahie par Octave, c'est en Orient, mon fils, que je vous rejoindrai. Vous partirez le premier. Mes navires et les convois chargés d'une grande partie de ma fortune emprunteront le chemin de Péluse.

– Madame ma mère !

Césarion, seul avec elle, va donc la quitter, s'en aller vers l'est. Césarion est heureux de savoir Antoine exilé. Il ne savait que l'affaiblir, le mépriser, les abreuver de vin et d'insultes.

Césarion a su avant sa mère qu'Octave a déjà puni, par le fer et le feu, les partisans d'Antoine. Aquilii et Flori, tous deux égorgés après un tirage au sort. Octave a gracié Marcus Scaurus, à cause de sa mère Mucia. Agrippa et Mécène ont désormais un immense pouvoir. Octave continue sa marche implacable vers l'Égypte. Il a chassé les populations italiennes qui ont soutenu Antoine. Il a offert à ses soldats leurs villes et leurs maisons.

Cléopâtre fait mettre à mort les partisans d'Artavazdès. Le glaive du bourreau ne cesse de s'abattre sur les traîtres agenouillés, les poignets liés dans le dos.

– M'auriez-vous considérée telle une vile vaincue ? Au retour d'Actium, les roses ornaient la proue de mon navire et les trompettes sonnaient !

Elle a confisqué les trésors des hommes qu'elle a fait tuer. Les travaux de son mausolée sont presque achevés. Son cœur est amer.

On lui dit qu'Antoine va de mal en pis. Il a tenté de négocier une alliance avec Panarius Scarpus et son armée pour protéger l'Égypte. En vain. Panarius refuse de le recevoir et fait égorger les soldats qu'il a envoyés en négociation – dont l'indéfectible Lucilius à l'âme si noble. S'il n'y avait Aristocratès – « Accepte ton destin et songe à la vertu ! Retourne près de la reine ! » –, Antoine percerait son flanc de son glaive.

Il est sombre dans cette apathie qui fait de lui un arbre mort.

Cléopâtre est au mausolée. Elle pèse les derniers préparatifs pour sauver l'Égypte, ses navires et son fils. Soudain la grande voix de Dionysos-Antoine crie à la sombre entrée :

– Reine ! Maîtresse ! Reine ! Maîtresse !

Ce légionnaire, puant, dévoré de barbe, flanqué d'un vieil homme plus sale que lui, est Antoine, son époux, qui a cru, un moment, avec elle et pour elle, dominer le monde entier.

– Reine ! Maîtresse !

Il ne peut se passer d'elle. Il est revenu en barque, misérable, à la rame. On lui a dit les faits de la reine. Il frémit d'humiliation et d'impuissance.

Il se jette à ses pieds. Elle le hait d'être là, d'être laid, d'être sale, d'oser nommer « une rébellion de vassaux » son plan de souveraine. Même en loques, il qualifie de « vassaux » son peuple. Son sang romain est pourri d'orgueil. On lui a dit qu'elle sauvait à bras d'esclaves ses derniers navires.

– Insensée ! Ce sera un second Actium, au fond du sable des dunes !

– Quel plan proposes-tu, misérable !

Sa bouche dédaigneuse, sa colère l'embellit et ravive ses joues. Il se contenterait bien de la renverser tout de suite au pied de ce cercueil qu'il déteste. Ce sont bien là des idées de femme !

Il est heureux de sentir remonter la force du désir. Oui, son destin est là. La renverser, pétrir ses reins, prendre sa chair. Elle ne faisait pas tant la fière les nuits après Actium et toutes celles d'avant, roulant sous son ventre, galère ivre, enflammée, fendue par lui !

Il étincelle, pris de ses colères subites qui faisaient trembler chacun. Il brise tout sur son passage, hurle des blasphèmes et fonce en aveugle sur cette fille-là.

Égypte ! Égypte ! sa vassale, sa moricaude, sa frénésie qu'aucune étreinte jamais ne peut satisfaire ! Sa rage est d'autant plus éclatante qu'il a tort. Il va renverser les plans de Cléopâtre, soudain accablée, découragée. Il est là, son destin. Un dieu de chair qui a subjugué sa chair et de cette faiblesse elle a perdu.

– Indigne fille des Lagides ! hurle-t-il, la secouant quitte à la broyer, faire rouler sur le sol le pschent et les insignes sacrés. Ton projet est insensé. Quel Orient est donc capable de contenir les forces de l'Occident ? Même moi, ton époux à sueur de mendiant, je suis plus fort que toi et ta cour d'eunuques ! Songes-tu, Égypte, à me réduire de tes fines mains habiles ?

Elle le laisse crier et reprendre sa superbe. Les murs du tombeau étouffent le plan d'Antoine. Il ose soumettre un plan : il a *oublié* Actium.

– Rassemblons toutes *mes* légions romaines, celles de Cyrénaïque, d'Égypte, de Syrie et de ces infectes bourgades méditerranéennes où tu as voulu, Égypte, me laisser crever. Précipitons-les sur Octave dès qu'il débarquera en Afrique !

Il a dit « mes légions », « mes armées romaines » et elle a ployé, telle une gerbe sous sa fougue car il l'a traînée par les poignets, du souterrain à la chambre au miroir brisé.

– Reine ! Maîtresse ! Égypte ! Ma femme !

S'en veut-elle de céder et d'en jouir ? Le destin galope ; fera-t-il d'elle cette morte transfigurée ?

Antoine a récupéré son énergie, sa superbe et le vin.

Alors ont lieu, comme il l'a exigé, les préparatifs de la guerre immédiate. Pour calmer les Alexandrins, terrifiés par la colère de leur reine et le retour d'Antoine, Antoine et Cléopâtre enrôlent parmi les éphèbes Césarion vêtu de la toge virile et Antyllus.

À eux de savoir se battre si le malheur s'acharne sur leurs parents.

Le vautour et les hirondelles

Le malheur avait pris la forme de ce vautour pillant à mort le nid des hirondelles. Le vautour Octave. Ils n'ont ni à commencer ni à finir cette guerre. Ils ont beau équiper leur flotte, leur infanterie, offrir l'argent aux rois amis et aux populations voisines, le malheur est devenu un moteur incontrôlable. La flotte de Cléopâtre, convoyée à dos d'hommes, est brûlée par des groupes bédouins nabatéens. Les trésors sont volés.

Le vautour Octave s'est déjà emparé de la Syrie. Les dernières légions d'Antoine se sont vite soumises au nouveau maître afin de sauver leur vie. Octave avance à grands pas sur Alexandrie, flanqué des légions syriennes et de Cyrénaïque. Cornelius Gallus est son général. Il avance, le vautour, il avance au son du buccin et des pas implacables de milliers d'hommes. Il a traversé Gaza, il atteint la lisière du Delta…

Cléopâtre ne dort ni le jour ni la nuit. Octave est aux portes d'Alexandrie. Cette reine si fière, ô Honte ! lui a fait parvenir un sceptre d'or, une couronne d'or et le trône royal pour qu'il la prenne en pitié. Elle veut sauver Césarion et ses enfants. Elle sent à nouveau la fièvre, de sombres pressentiments. Antoine hurle de folie et de vin. On ne sait quels démons il invective quand la reine reçoit le terrible message du vautour, que transcrit Dion Cassius. « Si elle renonçait aux armes et à la royauté, il déciderait ce qu'il faudrait faire à son sujet. » Un message, plus secret, lui dicte que « si elle tuait Antoine, il lui accorderait l'impunité et lui laisserait son royaume intact ».

Elle s'effondre, gémit et se traîne vers la chambre. Elle s'assoit devant le miroir brisé.

– Portez ce miroir au mausolée, ordonne-t-elle.

Non ! Elle ne tuera pas Antoine ! Jamais ! L'Amour signe la mort de toute souveraine.

Pendant ces heures brûlantes, les Arabes de Syrie détruisent ses galères. Les princes orientaux refusent d'un seul bloc tout secours à Cléopâtre la Septième, tombée dans leur esprit, dans la disgrâce des dieux, à cause de son démon romain et occidental : Marc Antoine.

Synapothanuménon
ou les compagnons de la mort

C'est le début de l'année 30. Octave a désormais pris l'Égypte dans un étau. La gorge de la reine est aussi dans un étau. Blanche, malgré le maquillage rose et rouge. L'épouvante intérieure raidit ses boucles qu'Iras a du mal à coiffer. Elle refuse de son médecin les tisanes d'ortie et de pavot. Elle ne veut pas dormir mais penser ; agir ; négocier ; lutter encore. La réponse si cruelle du vautour est arrivée, cachetée du sceau orgueilleux qu'Octave, le futur Auguste, et tous les empereurs à sa suite utiliseront : un sphinx, en relief et à son effigie.

Octave a fait transporter ses navires à travers le Péloponnèse. Il approche... il approche avec le début de l'été.

– Madame ma mère !

Rêve-t-elle éveillée, elle qui ne dort plus depuis des jours ? Le 3 juillet, dans l'épaisse canicule, Octave est aux portes de sa ville. Elle prend l'unique décision qui la déchire, l'obsède, au point de lui faire oublier ses autres enfants : protéger Césarion. Toute négociation est impossible avec Octave. Il la hait tellement !

Elle fait proclamer hâtivement la royauté de l'enfant vêtu de la toge virile afin de l'envoyer à Captos avec son tuteur, le grec Rhodon. De Captos, ils atteindront la mer Rouge.

– De là, mon fils, tu iras vers l'Indus, où tu seras bien accueilli. J'ai loti ton convoi d'une telle fortune que tu seras respecté. Un souverain en exil doit être riche.

– Madame ma mère !

Il se jette dans ses bras, pleure, ne veut pas la quitter. Elle cache ses larmes et parle en grand souverain :

– Va, mon fils ! De toi viendra mon secours. Noue des liens d'amitié avec les rois philhellènes d'Orie et de Bactriane. Reviens, toi, le futur pharaon, délivrer l'Égypte et les tiens des fers qui nous menacent.

Lentement, si lentement, la caravane s'éloigne vers le sud. L'enfant ne se retourne pas. Il tremble d'amour et de faiblesse pour sa mère. Sa reine. Il a embrassé ses frères et la petite Cléopâtre dont les traits délicieux reprennent ceux de la Septième du nom. Il les confie au jeune et viril Antyllus, doué comme son père pour les armes.

À peine Césarion disparu dans un nuage bleu, rose, rouge, Alexandrie est verrouillée par l'armée ennemie.

Antoine et Cléopâtre sont enfermés dans leur ville et leur palais.

– Ayez la sagesse d'accepter le destin ! répète Aristocratès.

Les savants du Museum baissent la tête, atterrés. La barbarie se prépare. Ouseros, le grand prêtre, si âgé, a sacrifié à Horus. Les entrailles dessinent des circonvolutions lugubres. La barbarie tuera en premier les savants et les livres.

Le coffre aux poisons

Cléopâtre s'est réfugiée dans son mausolée. Comment défaire son joug, sa défaite mêlée de volupté : Antoine. Elle a donné des ordres étranges. Entasser dans le mausolée des coffres magnifiquement travaillés, remplis de pierres pour mieux berner Octave qui ne manquera pas de tout piller.

Sous la terre, dans la chambre secrète, se trouvent ses vrais trésors. Une grande partie a été donnée à Césarion. Dans un coffret de bois de rose, clouté de pierres de sardoine, les lettres de César. Elle a, roulées en plusieurs papyrus, des compositions de poisons divers dont elle connaît les effets. Seules Iras et Charmion en savent les mystères, les effets et les manœuvres. Dès ce 30 juillet fatal, enfermée au mausolée, assise sur son trône d'ébène, face à son cercueil ouvert, de la même ébène, glissé dans un coffrage d'albâtre, travaillé d'orfèvrerie, elle demande à Charmion de récapituler les usages des venins.

La reine a classé en langue grecque la composition des poisons étudiés par le groupe des Inimitables qui se familiarisaient avec la mort. Les plus beaux, les éphèbes, sont déjà décédés depuis la défaite d'Actium. Ils ont droit à reposer dans le tombeau des serviteurs des Ptolémées. Charmion se met à lire à haute voix.

– Les poisons narcotiques ou stupéfiants.

– Les poisons narcotico-âcres.

– Les poisons aseptiques ou putréfiants.

La composition des acides concentrés dits « Flamme des Ténèbres » est faite ainsi : de l'huile de vitriol, du soufre, de l'indigo pur, de l'acide marin et nitreux, de l'urine d'animaux rampants et volants, de l'acide d'oseille et du miel, du tartre pilé, de l'esprit de Vénus, du vinaigre tanné, de l'acide de citron.

L'un des Inimitables, le beau Zaurios, est mort de façon pénible en plusieurs heures après cette absorption. Charmion récapitule les faits.

– Aussitôt après avoir avalé cette fiole où domine l'acide, il avait décrit ses sensations. Des brûlures de gorge insupportables, âcres et déchirant les entrailles. Souviens-toi. Il ne pouvait contenir ses viscères. Une odeur fétide s'échappait avec ses gémissements. Les vomissements mêlés de sang accentuèrent sa sensation d'amertume. Il se mit à pousser des cris en se tordant le ventre. La douleur était de plus en plus aiguë, sa sueur froide et son angoisse extrême. Il lui était impossible d'uriner, de respirer. Le mouvement convulsif de ses lèvres était accompagné d'un teint de plus en plus pâle. Quand enfin il mourut, ses lèvres si belles, Reine, souviens-toi, étaient entièrement brûlées, comme ses entrailles dont il répandit un flux noir accompagné d'une toux inextinguible. Sa peau de moire que tu aimais partager avec ton époux était devenue ce parchemin jaune à odeur de soufre.

Il avait pris la mixture au milieu du jour. Il avait expiré sept heures plus tard.

La reine, vêtue de blanc et d'une grande cape noire, s'agite.

– Récapitulons encore. En effet, la mort de ce gentil fut atroce. Celle de Soriatos, le ravissant, m'a semblé moins longue. Nous avions utilisé les alcalis concentrés.

– Souviens-toi, Reine ! dit Iras, le doux Soriatos, qui jouait si bien de la flûte, chantait et buvait, et nous baisait, si exquisément, est mort plus rapidement, mais la vapeur des alcalis avait enflammé ses poumons de telle manière qu'il suppliait qu'on l'achevât !

La reine, les poignets ornés de perles noires, saisit le flacon des alcalis. On a mélangé, en quantités égales, de la potasse caustique, de l'alcali végétal caustique, de la pierre cautère, de la liqueur de caillou, du sel de tartre et de l'huile de tartre, du lait de choux et de brique.

– Il brûlait ! Reine ! Il brûlait, on sentait l'odeur de sa chair cramée.

La reine désigne la troisième fiole à base de mercure. Elles se regardent en silence. Ce poison avait été avalé par Jata, la si jolie danseuse nubienne. Elle accepta, pour sa reine, le sacrifice de sa vie.

– Reine si jolie, dit-elle, qu'est-ce que la mort ? Si celle-là te semble douce, quel honneur pour moi que tu la choisisses ! Reine si belle, laisse-moi être enterrée dans ton tombeau ! Baise ma bouche une dernière fois !

Jata au corps de déesse, aux caresses délicates, vouée à Lesbos, vouée à sa reine ! Jata but le poison et dansa jusqu'à périr dans des convulsions horribles, des crampes cruelles et le froid glacial des extrémités. Elle avait avalé du muriate mêlé à l'oxyde rouge du mercure, ou précipité rouge. Il y avait aussi dans cet épais et trouble liquide du vermillon, de l'onguent gris et de l'onguent de Naples, du nitre mercuriel et de l'étiops minéral.

« J'ai soif », gémissait la si belle qui mourait avec grâce ; qui dansait en mourant, dont la mort était encore la danse…

– Non ! cria Cléopâtre, cela est trop long, trop dur.

Le pire, lui semblait-il, était les préparations cuivreuses. Le groupe des compagnons de la mort ; les femmes avaient péri dans de grandes souffrances, brûlées. Elles avaient avalé le tartre stibié mêlé d'émétique, de muriate, d'antimoine, de mercure de mort, de matière perlée de Kerkringuis, et de céruse d'antimoine, de safran des métaux. Le tout dilué dans du vin antimoine.

La fleur qu'elle avait jetée dans la coupe d'Antoine, ce grand jour de colère, n'était-elle pas tout entière trempée de safran des métaux ? La mort est l'étouffement. La gorge se ferme et les crampes des entrailles sont des griffes de fauves et de fer.

– Il nous reste l'étain, le bismuth, l'or et le zinc ! et le blanc de fard…

– Ils ne font que faire vomir et rendre fou, Reine. Ils tuent moins sûrement que la préparation d'argent.

Cléopâtre contemple ce délicat flacon qui semble, scellé d'une tête de femme en cristal, enfermer un parfum rare. Il ôte l'eau de l'organisme et l'on meurt dans d'incessants vomissements, le corps rabougri en momie. Cette préparation est faite de la pierre infernale des cristaux de lune, de l'argent fulminant.

– Le plus rapide, quoique très douloureux, car outre l'impression de feu, il fait délirer, et paralyse les membres, reste ce mélange de nitre, de sel de nitre, de salpêtre et de soufre.

Cléopâtre, dressée devant son cercueil, le visage si pâle, les cheveux rouges et les plumes du faucon, semble la déesse des Ténèbres.

– J'utiliserai le venin des reptiles, dit-elle.

Iras et Charmion baissent la tête.

– Oui, Reine, nous utiliserons le venin des reptiles.

Elles avaient vu mourir un condamné de plusieurs piqûres de scorpion. C'était lent, le terrible insecte ne se décidant pas. Quand enfin, à coups de baguette, le bourreau l'avait mis en colère, il se décida à mordre. On vit apparaître à la place de la piqûre un point noir qui s'agrandit jusqu'à provoquer en plusieurs lieux du corps des pustules, puis une enflure. Des frissons parcouraient le condamné, des vomissements, un hoquet sans fin, une tétanie de tout le corps et un engourdissement conscient.

– Il n'y a que le cobra qui puisse me donner la mortelle et douce langueur. Je refuse la vergogne de me faire mordre par un chien enragé. Il me faudra quatre serpents à lunettes, cette espèce de cobra, dite encore aspic.

– Le paysan prêt à te les fournir, Reine, se nomme Touzeros. Il est de la montagne et les apportera avec une grande habileté. Il est moqueur, il a un visage buriné mi-chat, mi-oiseau. Il boite, a une épaule plus haute que l'autre. La première fois qu'il a apporté au palais ses bêtes, c'était dans un panier de figues. Il avait ricané « Dis à la reine qu'elle s'amuse bien ! Je suis à son service autant qu'à celui de mes petits amis si sûrs ». Il est le seul, en ce pays, que nul serpent ne pique. Il s'est immunisé en se faisant piquer depuis son enfance. Touzeros, l'homme aux figues.

– Je ne sais ce qu'on éprouve, dit Cléopâtre d'un ton neutre ; mais j'ai vu mourir cette infanticide en quelques minutes. Ses traits étaient à peine altérés. Ses lèvres, bleues.

À ce moment, on frappe à la porte du mausolée, au grand mécontentement de la reine. On entend une voix ricaner : « À ton service, Reine d'Égypte ! Amuse-toi bien avec les petits amis de ton ami Touzeros, le bossu des marais gâs… L'homme aux figues. »

– Partons, dit Cléopâtre.

Un grand effroi blanchit ses mains.

Mort d'Antoine

Elle a écouté longuement ses compagnes, refermé le coffret des poisons. Elle a regagné son palais. Une porte tourne dans le mur ; et c'est à nouveau les salles inondées de lumière.

Elle entend Antoine écumer sa colère. Il a encore bu et erre dans la salle du trône. Il insulte les ministres et déverse sa haine. Il est vêtu en romain, lui que l'on nomme « le vaincu d'Actium ». Au plus profond de son cœur, la désolation est une bête qui le dévore. Cléopâtre s'est approchée de lui qui va, vient, d'un grand pas aveugle. Il a bu ; sans être ivre. Pourquoi est-elle vêtue en grand oiseau de nuit ? Quel deuil porte-t-elle ? Le sien ? Elle secoue la tête.

– Nous ne capitulerons pas ignominieusement devant Octave.

Antoine dans sa fièvre ne voit qu'elle. Entend-il les ministres ? Le palais semble désert. Où se cache Antyllus, son fils ? Où est Césarion ? Où sont ses enfants ?

La voix lugubre du grand oiseau femelle lui assène la vérité : Césarion est parti. Antyllus est avec l'armée, les enfants dorment.

– Il ne nous reste pour combattre Octave que des forces misérables. La garde macédonienne du palais et mes quatre dernières légions romaines. Tes Romains qui ont porté avec dévotion le bouclier à mon chiffre « C » ne se rendront pas à mes ordres, les ordres d'une étrangère.

Elle va, elle vient, blanche, noire. Elle s'essouffle, sa voix s'enroue.

– Tu as vieilli, Égypte ! lui lance-t-il brutalement.

Oui, elle a vieilli. En pleine lumière, les boucles ont perdu leur tendre mollesse. Des cheveux blancs se mêlent à la chevelure. Ses hanches ont épaissi, ses joues ont perdu la rondeur veloutée de la jeunesse. Elle a trente-neuf ans.

Elle est belle ; tragique tel un soir imminent.

– À toi, Romain, d'assumer le commandement de tes Romains !

L'entend-il, dévoré de passion, d'impuissance telle la bête prise au piège ?

– Quatre légions, ricane-t-il, contre la formidable garnison d'Octave !

Caresse-t-elle encore le projet de séduire Octave, qui sait, pour sauver Césarion ? Antoine lui a fait perdre tant de guerres et maintenant sa ville elle-même est captive !

– Mieux vaut affronter Octave dans une bataille rangée que de subir les rigueurs d'un siège interminable ! s'écrie-t-elle.

Quel est ce grand oiseau à bec recourbé, à nez recourbé, quel grand nez dans cette soudaine pâleur... C'est la reine Cléopâtre. La Fatale.

– Tu as raison, Antoine. Mieux vaut quitter l'existence dans des conditions honorables.

Elle devient volubile, lui aussi. Ils se défient, personne n'écoute l'autre.

– J'ai encore des atouts ! s'écrie-t-elle, de quoi écraser ce vermisseau qui me hait ! Alexandrie est la ville la plus fortifiée du monde. Une partie de ma flotte qui n'a pas péri à Actium est dans le port. Ce sont de puissants bâtiments de guerre. Mes soldats sont bien nourris ; ceux de ce petit Romain n'ont pas encore touché leur solde depuis leur départ d'Italie... Beaucoup sont morts...

Elle dit « Ma flotte », « Ma ville », « Mes hommes », « Mon ennemi ! »

« Je régnerai seule ! »

– Va ! Va ! crie-t-elle, hors d'elle ; va ! ne te laisse pas reprendre par la folle mollesse. Va, pêcheur de royaumes !

Elle le pousse, de ses poings minuscules, de ses pieds adorables. Elle le frappe, les joues inondées de larmes.

– Va ! Va ! Va !

... Et dans le marais des roseaux, le vieil homme au panier de figues récolte telles des fleurs précieuses les minuscules aspics et ricane devant la ville en berne.

– Amuse-toi bien, Reine, avec mes petits bijoux !

Va ! Il est parti à l'aube après une nuit d'orage. Elle a ceint son glaive et sa cuirasse sculptés de raisin, d'entrelacs au nom de Cléopâtre. Va ! Elle a baisé sa bouche épaisse. Ils ne savent pas qu'ils ont fait l'amour pour la dernière fois. Antoine s'est précipité à cheval aux portes de la ville et hurle son défi:

– Octave, viens te mesurer avec moi si tu n'es pas l'abject vermisseau pourri que je crois !

Octave lui fait passer un méprisant message :

– En cherchant bien, Antoine, tu trouveras plusieurs autres moyens d'en finir avec la vie !

Fou de rage, Antoine fixe l'attaque générale le 1er août.

Août (Mesoré), le Nil approche de son maximum et l'on songe aux vendanges. Antoine croit tirer parti du vaste pays transformé en marécage.

– Je te mordrai, vermisseau !

Les vendanges ; le grand mois de Dionysos.

– Servez-moi un banquet de tétines de truies farcies et tous les vins ! Je suis votre nouveau maître, Bacchus, le maître d'Octave et de l'Occident, soumis à l'Égypte.

Les convives sont des Égyptiens, offensés de cette arrogance, des Grecs subtils et sceptiques. Aristocratès hoche la tête.

– Ne penses-tu pas, Antoine, que quand on croit à la victoire définitive sur un ennemi, il faut savoir aussi creuser sa propre tombe ?

– Va-t'en, Grec raisonneur ! Laisse-moi avec Éros, mon esclave bien-aimé et mes derniers Inimitables, ceux qui savent jouir et mourir !

Aristocratès s'approche de la grande baie ouverte.

– Écoute ! Antoine ! écoute !

Plutarque explique la rumeur fatale : « Lorsque la ville apaisée se fut assoupie sous les étoiles, on entendit soudain des sons lointains de flûtes, de cymbales et de voix scandant un air allègre. Comme ils se rapprochaient rapidement, on ne tarda pas à discerner les battements et le martèlement rythmé de pieds dansants, puis par intervalles, les clameurs et les cris d'une multitude mêlée à la musique déchaînée d'une chanson bachique. Le bruyant cortège sembla traverser la ville en ligne droite par son milieu dans la direction de la porte de Canope. »

– Antoine, ton armée vient de t'abandonner, une partie a rejoint Octave !

– Va-t'en, Grec, et tes cauchemars de mauvais buveur !

Où est la reine ? Où est le grand oiseau de nuit au bec recourbé ?

– Elle règne seule ! Puisque je suis seul ! Partez tous ! Ennemis ! Chiens !

Un regain de raison a repris Antoine. Il fait sortir ses troupes dans la touffeur du matin. Le combat se fera loin, sur terre et sur mer. Cléopâtre a donné l'ordre de briser les navires qu'Octave a disposés devant le port.

La lumière du Phare éclaire le désastre et l'hippodrome. Antoine voit ses cavaliers l'abandonner d'un seul coup et rejoindre l'ennemi. La lumière du Phare, œil de lynx aux faisceaux bleus, éclaire le malheur.

Il reste à Antoine une simple escorte. Les navires de Cléopâtre, en un lent battement rythmé de rames, saluent les navires octaviens. Ils se rangent à leurs côtés, les rames relevées, les voiles défaites, en signe de soumission.

– Tu m'as trahi, Égypte ! hurle le colosse, tremblant sur ses jarrets.

La lumière bleue éclaire sa honte. Le visage d'Antoine. Seul, bleu. La ville et tout le pays savent que l'Égypte est désormais sous le pied d'Octave.

Des vols d'oiseaux blancs déchirent les nuages, un doute abominable fait rugir Antoine : sa cohorte a disparu.

– Égypte m'a trahi ! C'est elle ! Elle s'est livrée aux ennemis et va me livrer à leur triomphe !

La maudire, la haïr, ne suffisent plus. Il veut la tuer.

Il va la tuer.

Le palais est lugubre, déserté. L'effroi a chassé tout le monde. La maudite s'en est allée, avec sa maison, rejoindre Octave, sur cette côte libyenne où il avait tenté de se percer d'un glaive.

Il hurle, il tempête. S'aperçoit-il seulement que la reine est devant lui ? « Qu'a-t-elle, mais qu'a-t-elle à se vêtir en oiseau de nuit ? Ces plumes, ce serpent dans ses cheveux, la trahison dans ses yeux aux paupières maquillées telles les écailles d'une vipère. »

– Vipère !

Il hurle « Vipère ». Il fonce vers elle. Il n'entend rien, ni protestation ni supplication.

– J'ai été trahie, Antoine, m'entends-tu ?

Il refuse de l'écouter et se précipite pour la transpercer de son glaive.

Iras et Charmion entraînent leur reine par la porte secrète du souterrain jusqu'au mausolée. Pour la première fois, Cléopâtre défaille devant ce cercueil ouvert.

Un des officiers d'Antoine l'a suivie jusqu'au mausolée. Elle se tord les mains, claque des dents, balbutie des mots hagards, tombe en syncope. Iras et Charmion la croient morte.

L'officier ne comprend pas les mots de la souveraine, effaré de sa chute sur les coussins ouvragés.

Iras se tourne vers lui, outrée contre Antoine.

– Dis à ton maître que notre très chère reine s'est suicidée.

L'officier, bouleversé, trouve Antoine, déambulant tel un fauve, l'écume aux lèvres. Il jette des insultes abominables contre Cléopâtre.

– Ton épouse, la reine Cléopâtre la Septième, s'est suicidée. Elle est morte.

D'un seul coup, la colère du géant retombe telles les vagues houleuses d'Actium engloutissant les navires. Il s'écroule, navire fracassé, incapable de supporter une telle nouvelle.

Il s'abat sur le sol en marbre. Il est devenu aussi pâle que la reine évanouie. Il perd conscience, les membres raidis. Éros, son esclave, fou de son maître, délace la cuirasse, approche le vin de ses lèvres blêmes. Aristocratès parle de vertu et de sagesse. L'eau du Nil a encore monté. On entend les buccins de l'armée d'Octave.

Elle est morte, elle a refusé de le faire tuer ! Elle l'aime.

– Éros, je te supplie de trancher mes jours misérables. Mon courage ne vaut pas celui d'une femme, cette femme-là.

Il tend le glaive à Éros.

– Cléopâtre ! Reine ! Maîtresse ! Je veux te rejoindre !

L'esclave a tiré son épée mais d'un cri l'enfonce dans sa propre poitrine et meurt dans un flot de sang.

– Ô mon cher maître ! Je t'aime trop pour te frapper !

Antoine lui murmure des mots d'amour et tire ce glaive encore chaud de sa poitrine.

– Éros, tu me dictes ma conduite.

Stimulé par tant de vaillance et d'amitié, Antoine enfonce le glaive dans son ventre et s'écroule sur sa couche.

– La Vertu… dit Aristocratès. La Vertu !

Il n'est pas mort. Il a le temps d'entendre Diomède, le secrétaire de Cléopâtre, dénouer le quiproquo :

– La reine est vivante, Antoine ! On est venu l'avertir de ton suicide. Elle t'appelle à grands cris et grands pleurs.

– Le destin, dit Aristocratès.

– Auras-tu la force, ô Antoine, d'aller jusqu'au mausolée ? Elle veut te voir. Elle dit que rien ne séparera Antoine et Cléopâtre.

À ces mots, il rit, le pauvre Bacchus-Antoine ; il rit d'un bonheur déchirant et un voile rouge se mêle à ce sang qui, ô effroi, est le sien.

– La voir, balbutie-t-il, la voir…

On a porté Antoine, mourant, au pied du mausolée dont la porte est barrée. Il aperçoit aux fenêtres du haut la reine en pleurs et en cris. Aidée de ses servantes, elle réussit l'impossible. Hisser le moribond au sommet de ces six mètres de tombe.

Leur tombe.

« Par un certain mécanisme, écrit Dion Cassius, les portes du tombeau, une fois fermées, ne pouvaient plus être ouvertes, mais les parties supérieures proches du toit n'avaient pas encore été construites complètement. » Plutarque renchérit : « De la fenêtre, les femmes (Cléopâtre, Iras, Charmion) lancent des cordages et des sangles auxquels on attache Antoine à demi évanoui. Cléopâtre, elle-même, aide à tirer le grand corps d'athlète. »

... Elle est échevelée, en sueur, les bras nus, livide, la tunique collée au corps, elle pleure. « Je t'aime, je t'aime. » Elle perd sa réserve royale et toute frayeur. De grosses larmes coulent sur ses joues, défont le maquillage trop rose ; ses forces sont décuplées, ses bras menus, délicieux, ont la force de l'ânier courbé...

« Jamais, disent les témoins oculaires, on ne vit spectacle plus déchirant. Inondé de sang, se tordant dans d'affreuses douleurs, Antoine, suspendu à la corde qui oscille, tend ses bras vers Cléopâtre. »

– Reine ! Maîtresse !

« Combien dure pour une femme était cette besogne ! Le visage contracté, à bout de forces, c'est à grand-peine qu'elle parvient à hisser le corps, pendant qu'en bas montent les cris d'angoisse et d'encouragement. »

À pleins bras, elle saisit son amant et ensemble ils basculent sur le sol, elle sur lui, au pied du cercueil. Ils ne sont que gémissements, douleurs, un seul cri d'amour : Toi ! Toi !

Olympos, le médecin, tente de s'approcher, aidé de Charmion et d'Iras. On étend Antoine sur une couche. Épuisé, il demande un peu de vin, et dit que son cœur vide de sang recommence à battre faiblement, il cherche à réconforter Cléopâtre.

– Qu'as-tu, ma Reine, ma Belle, à être baignée de sang ? T'ai-je blessée ? Ô mon amour, t'ai-je blessée ?

C'est son sang, son sang à lui qui trempe la blanche tunique, le visage, les mains, la chevelure défaite. Antoine comprend. La mort ne l'effraie pas.

Il recommande à cette femme tant aimée de remettre son sort entre les mains de Proculeus, qu'il considère comme le plus digne de confiance des amis d'Octave. Antoine expire entre les bras de son amante.

« Chez Cléopâtre, la grandeur de cet instant fait brusquement éclater le vernis de la civilisation hellénique et la réserve inculquée par l'éducation royale. Elle exhale son désespoir de femme, sa passion d'Orientale en des plaintes d'une violence inouïe. De ses ongles aigus, elle laboure furieusement son visage et ses seins, déchire ses vêtements, plonge son visage dans le sang du mort, et pendant qu'elle lui murmure les mots les plus tendres, passé et avenir, tout est aboli… »

Sa robe mêlée de sang, de sanies, des entrailles de l'aimé… Il ne saura jamais qu'Octave fera détruire ses statues, bannir son nom, dénigrer sa gloire.

Qui a vaincu l'autre ? Elle berce la dépouille en le nommant des plus doux noms et éclate à nouveau en sanglots. Elle aperçoit à son cou l'anneau « *Méthé* » (Ivresse) que dans la colère elle lui avait jeté au visage et qu'il avait ramassé dans un cri superstitieux. Elle remet l'anneau à son doigt. Le miroir aux oreilles de vache est une bouillie rouge. Toute la nuit, elle entend Arsinoé ricaner : « Mon sang retombera sur toi et toute ta descendance. »

On entend la rude voix des légions d'Octave. Elles sont entrées dans la ville et ont envahi le palais de la Lochias.

Octave et son mince sourire… Vaincue, cette orgueilleuse qui lui jetait le regard dédaigneux des jolies femmes, autrefois, quand il lui rendait visite à la villa de César.

Vaincue, cette insolente qui a détourné deux grands Romains. Vaincue, l'Imposture, qui osait prétendre rendre la justice au Capitole !

Vaincue, la femelle qui a copulé avec les Inimitables, enfanté dans le plus grand désordre ses bâtards. Vaincue, la mère qui tremble pour eux. Octave a aussitôt envoyé en captivité, à Rome, Cléopâtre Séléné, la si jolie et son frère Alexandre Hélios, flanqués du petit Ptolémée qu'Antoine nommait « mon bébé ». Les enfants enchaînés, malades des seize jours de mer, sanglotent : « Maman ! » « Césarion ! » « Mon père ! » Octavie, pleine de pitié, les recueille dans sa maison. Ce fut leur chance (provisoire). Octavie, la bafouée, le modèle de douceur et de vertu, outre les deux filles que lui avait données Antoine de son précédent mariage, reçoit avec la plus grande tendresse les enfants de celui qui l'a répudiée.

La mort d'Antoine l'a bouleversée. Elle a pleuré longtemps l'homme qu'elle n'a cessé d'aimer. Elle est allée au port en litière et a ôté elle-même les liens des enfants, caressant leurs joues amaigries. « Je vous aime déjà », leur dit-elle.

Cléopâtre est dans son enfer, murée vive dans son mausolée, gardée par les soldats d'Octave. Elle va, vient, défaite, détruite, les yeux fous. Elle a longuement parlé à ce mort aimé dont le sang a séché en traces noires sur sa robe en loques.

« Je t'aime. Mon cœur est ravagé de ces jours où nous ne nous comprenions plus. J'ai le souvenir si vif, cruel, de ta bouche sur la mienne, de ton corps auquel je dois tant de délices. Tes mots orduriers ou délicats. Je t'aime, compagnon de mes heures bouleversées. Je t'aime, toi ma déchirure, mon soleil disparu. Ma mort sera suave puisque sans toi le goût de l'air est cette amertume de tous les poisons rassemblés. »

Octave occupe son palais, dort sur sa couche, son mince sourire aux lèvres : il n'a qu'à attendre. Son humiliation sera totale. Il la traînera à son triomphe.

Octave sait admirablement attendre. On dit qu'il a versé une larme en apprenant la mort d'Antoine. Cette larme, non du cœur, mais inscrite en faveur de sa propagande. Il ignore qu'outre ses trésors (ce sera facile de se servir !), Cléopâtre dispose d'une caisse de puissants combustibles. Le chevalier romain Proculeus se charge de transmettre le message du vainqueur à la reine, à travers la porte du mausolée.

La captive supplie de lui laisser les moyens de s'occuper des funérailles d'Antoine.

Octave, pour marquer son dédain, sera long à se déplacer jusqu'au mausolée. Il lui accorde sa demande. Non pour elle, mais en hommage au Romain de la gens Antonia : Marc Antoine.

On laisse pénétrer par le temple d'Isis et la porte secrète les embaumeurs et ce qui est nécessaire à la cérémonie. La reine (l'amante) s'occupe elle-même d'embaumer son amant.

Le petit cortège funèbre comprend le prêtre embaumeur, trois aides, la tête rasée, en simple tunique blanche à manches courtes. Ils portent les nombreux récipients. Le prêtre embaumeur, Orsigène, a revêtu le masque d'Anubis, le dieu chien gardien des morts.

Tout est prévu dans le mausolée où Cléopâtre a songé à son propre embaumement. Dans des corbeilles tressées de roseaux du Nil, sont enroulés des mètres de lin cousus d'amulettes. Les onguents reposent dans des vases ainsi que des herbes parfumées. Cléopâtre, aidée d'Iras et de Charmion, a aligné les quatre canopes qui vont recueillir les viscères. Cléopâtre, sans verser une seule larme, ne quitte pas sa robe souillée du sang de l'aimé.

Elle connaît le rituel. Plus le rituel sera respecté, plus l'âme – le Bâ – du défunt a des chances de retrouver son propre corps et de ne pas s'égarer dans l'Éternité.

On a allongé la dépouille sur le lit funéraire. Le premier embaumeur retire le cerveau par les narines à l'aide d'un crochet en fer. Une grande partie est recueillie ainsi, le reste conservé en injectant du natron par les narines. Elle ne tremble pas, l'amante. Elle baise chaque canope.

Elle ne tremble pas quand le prêtre au masque d'Anubis agrandit la blessure du ventre d'une lame tranchante en pierre d'Éthiopie. En un dégoulinement malodorant les entrailles sont reçues dans les vastes canopes. Les aides nettoient l'abdomen et le purifient d'un mélange de vin de palme et d'aromates broyés. La reine a disposé dans les quatre canopes les intestins, les poumons, l'estomac et le foie.

La reine a tenu à prélever elle-même le cœur.

Ce cœur, si petit, pas plus gros qu'un poing de femme, ce cœur qu'elle entendait battre contre le sien, plus violent que la houle de la mer… Elle l'embrasse, en larmes. Elle le dépose dans le précieux vase. Elle met à sa place, dans la poitrine du défunt, un scarabée sacré, de jade et d'or. Est-ce Antoine, ce corps nu, blême, ouvert, vidé, passé en entier au noir bitume, couleur d'Osiris ? Le voici progressivement momifié. « Munia », en langue persane, signifie le bitume et la momie. Elle pleure mais ne faiblit pas quand le prêtre au masque d'Anubis referme la plaie du ventre et celle du thorax avec des résines. Il colmate les narines avec du poivre noir.

On n'aura pas le temps de le laisser sécher soixante-dix jours car Octave, son bourreau, ne leur accorde que la nuit.

Elle a donc fait ouvrir le tombeau du sol, sur lequel coulisse la lourde pierre. Les embaumeurs ont forcé les doses de bitume puisqu'ils ne laveront pas la momie aux eaux du Nil. Ils ont bourré l'intérieur du corps de toile de lin imbibée plus fortement qu'il n'est coutume de résine, de saure et d'oignons. Les derniers bandages sont trempés de baumes desséchants. Elle ne tremble pas quand elle aide à entourer de ces bandes chaque partie du corps. Dans un dernier baiser, elle bande la tête d'Antoine, à jamais dérobée à son regard.

Le tout est ensuite entouré d'un grand linceul maintenu par de fines bandelettes.

Elle ne tremble pas quand on place la momie d'Antoine dans le sarcophage d'ébène, magnifiquement travaillé de pierres précieuses.

Elle ne tremble pas quand le sarcophage est glissé dans l'hypogée et que les quatre hommes poussent la pierre tombale. Dans le caveau, elle a placé sa collerette de perles, son glaive, ses derniers vêtements, les figurines de jade et le miroir brisé.

La nuit infinie.

Par ces funérailles, Octave a marqué la seconde mort d'Antoine : le Romain a voulu être inhumé à Alexandrie près de Cléopâtre. Il est devenu pour toujours Antoine l'Égyptien.

« Il ne saurait y avoir deux Césars ! »

Proculeus dit à son maître qu'Antoine est inhumé. C'est le petit jour et les prêtres embaumeurs sont partis. Octave a un mince sourire et grelotte dans la laine en dépit de la chaleur. Le Nil monte encore.

Il jette un ordre bref. Cléopâtre ne doit pas lui échapper. Seule, près d'Antoine, elle risque de se suicider.

– Proculeus, enlève-la du mausolée.

Que lui importe la mort de cette vaincue ! Il veut vider le mausolée de ses trésors, et la traîner vivante à son triomphe.

Octave a un sourire satisfait. Tandis qu'elle embaumait Antoine, il s'était déjà débarrassé des derniers alliés de la reine : Canidius, le fidèle lieutenant d'Antoine,

Turullius et Cassius de Parme, les derniers conjurés des ides de mars. Le fils d'Antoine, Antyllus, caché dans la ville, dans un creux de terre, au fond d'une ruelle misérable, est retrouvé. Les soudards d'Octave jouent aux dés à qui l'égorgera.

– Madame ma mère ! Madame ma mère !

Il n'en reste pas là, Octave. Il s'attaque à la plus importante des exécutions : Césarion, soi-disant fils de César.

Le cœur déchiré, Césarion, le regard tourné vers Alexandrie, faisait lentement route vers les Indes, son convoi lourd des ors de sa mère. Rhodon, son précepteur, lui chuchote des mots de miel et de venin :

– Reviens à Alexandrie, Césarion. Reviens veiller sur ta mère et la défendre. As-tu vu un fils abandonner la mère captive ? As-tu vu un roi (tu es roi) délaisser sa ville en danger ?

Rhodon le Grec est une créature envoyée par Octave, un conseiller très proche qui lui avait susurré : « Il ne saurait y avoir deux Césars ! »

Le fils, bouleversé, tourne bride vers Alexandrie. Le précepteur grec a un fin sourire et lui parle à son tour de la sagesse du destin.

À peine Césarion est-il à la porte sud de la ville que les gardes s'en saisissent et le jettent dans un cachot, si étroit qu'on dirait un terrier. Il pousse un cri désespéré :

– Madame ma mère ! Ô ma Mère !

Le cachot est noir. Un trou dans le sol, comme pour une bête, lui l'enfant de la reine des rois. Le Fils de César. Horus-Amon-Râ.

Il entend ricaner les soldats romains.

– L'Égyptienne ira au triomphe d'Octave ! Antoine est mort, ses rejetons aussi !

Il entend les abominations. Cléopâtre a été égorgée, Antyllus traîné par des chevaux. On ne lui jette ni eau ni galette et, quand la lourde trappe s'ouvre, la lumière l'aveugle.

– Tète le sein de ta mère et la mort, maudit bâtard !

Quel est ce géant en cagoule, presque nu, aux bracelets en cuir clouté ? L'enfant délire. Antoine ! Antoine ! L'époux de sa mère ! Ma mère !

Quelles sont ces mains qui serrent son cou, déchirent sa gorge, son souffle ? La mort est cette sombre horreur où il croit voir s'envoler un grand oiseau de nuit, aux plumes de faucon. Sa mère, sa mère, lui déchire le cœur.

Octave a fait étrangler Césarion au fond de ce cachot-cloaque. Il a ravi les trésors de la caravane de l'enfant royal dont les restes sont jetés au marais gâs.

La captive

Comment enlever la reine du mausolée ? Son désespoir tout à coup est effrayant. Elle s'allonge sur la pierre tombale et crie les mots les plus fous à Antoine. Octave, au courant, s'irrite et donne ses ordres.

– Enlève-la de son mausolée. J'ai à lui parler. Si elle ne cesse de se déchirer le visage et refuse de s'alimenter, je ferai mettre ses enfants à mort sans l'écouter. Dis-le-lui.

Il éclate de rire ! Ses enfants ! Que reste-t-il de ses enfants ? En temps et en heure, il le lui fera savoir.

Derrière la porte du mausolée, Proculeus répète les mots d'Octave. La voix de la reine est rauque ; elle crie sa honte et sa douleur. Elle refuse de voir sa ville envahie par les ennemis. Elle veut rester là jusqu'à la fin. Sa fin. Traînée au triomphe d'Octave, elle subira le sort d'Arsinoé. Pire encore. Les huées, les crachats de la foule, les pieds en sang, le fouet sur le dos déchiré… Octave la fera ensuite décapiter devant lui. Elle verra ses enfants souillés et tués. Non !

Proculeus réfléchit. Il n'y a que les deux ouvertures du haut, par où a été hissé Antoine, pour capturer la reine. Il fait signe à deux des légionnaires. Tous trois grimpent à la haute échelle et sautent dans le mausolée.

Quelle est cette vieille femme-oiseau, au profil de faucon, sous une cape noire ? Cette folle qui va et vient, se labourant le visage à coups d'ongles ? Les cheveux ont blanchi, son visage est griffé comme si un chat du Siam s'y était jeté. Ses ongles sont rouges de son propre sang.

Elle a un poignard à la ceinture. À la vue des soldats, elle le dégaine et le porte contre son cœur. Proculeus la désarme. Elle pousse des cris terribles tandis qu'on la fouille sans ménagement pour s'assurer qu'elle ne porte ni arme ni poison. Ils rudoient ce corps amaigri, qui fut celui de Vénus.

Proculeus se souvient de la rencontre à Tarse : Aphrodite dénudée dans les pétales de roses pour conquérir l'un d'eux. Il a frôlé ses seins, ses cuisses, son ventre. Il se dégage d'elle, de l'émouvante odeur de sa fièvre, de son parfum de safran et de sang séché. Il se souvient à quel point elle les avait émus, touchés et troublés à Rome, alors qu'il était si jeune et elle si belle. Il revoit la statue d'or que César avait voulue. Vénus d'or, de feu, de rires, de chair comblée... Navré, il ordonne aux soldats de cesser leur fouille.

– Reine, Octave, mon maître, m'ordonne de vous mettre à l'abri, dans votre palais. Vous serez traitée avec les égards dus à votre rang.

Elle secoue la tête. Non ! jamais ! Le chevalier use alors du seul argument – du mensonge – capable de la décider.

– Vous allez voir votre fils Césarion. Il a préféré revenir près de sa mère. Il est au palais.

... Il s'enfonce aux sables mouvants des marais gâs, lui si beau. Il est ce cadavre bleui, boursouflé que rongent les insectes immondes. Proculeus a parlé sans la regarder.

Elle tremble si fort qu'elle a du mal à manœuvrer le secret de la porte. La lumière l'aveugle.

Honte ! Honte ! Sa belle ville souillée de légions ennemies ; la rude voix des soldats, ses filles désolées qui la suivent en pleurs. Le peuple disparu, silencieux.

La reine est aussitôt mise au secret dans son ancienne chambre avec Iras et Charmion. La chambre est gardée jour et nuit. Pendant trois jours, nul ne vient. Un soldat dépose les galettes de céréales, des fruits et de la bière. Va-t-on les égorger ici, toutes les trois ?

Octave s'est précipité au mausolée et le fait vider de ses trésors. Il a un rire strident en découvrant les coffres de cailloux et ceux de combustibles.

Quand on apprend à Rome que le maître Octave, outre la reine et ses enfants, s'est emparé du trésor des Ptolémées, le taux de l'usure retombe à quatre pour cent. Octave laisse au mausolée les coffres remplis de pierres.

La reine ne touche à aucune nourriture, sans forces, sur son lit de noces. Le lit de la mort. Proculeus ordonne à Olympos, son médecin, de la convaincre de s'alimenter et de soigner ses plaies. Elle répète : « Où est Césarion ? »

Proculeus durcit la voix.

– M'entendez-vous, Reine ? Mon maître n'hésitera pas à faire tuer Césarion si vous ne lui complaisez pas. Mon maître vous donne encore trois jours pour devenir présentable et négocier l'avenir. Nous le savons porté désormais par l'esprit de clémence !

Elle éclate d'un rire hagard, serre contre elle la cassette des lettres de César que Proculeus a consenti à lui laisser.

– Iras, Charmion, Olympos !

Une dernière flamme éclaire ses cils de soie.

– Soignez-moi ! Parez-moi !

Son énergie est revenue : celle du désespoir.

« Césarion, mon amour, pour toi je vais essayer de séduire ce vil Octave. »

Pendant trois jours, on la baigne, on panse les plaies de son visage. On masse d'huile de romarin cicatrisante la peau offensée. On lave au lait et à la terre rouge ses cheveux, presque gris. Elle s'alimente et boit du vin sucré au miel.

Le matin du 8 août, quand les eaux du Nil culminent, Octave se présente à elle.

Il a deviné qu'elle veut le séduire et va en jouer. Il la regarde attentivement. Elle a trente-neuf ans, lui trente-trois ans. Une vieille femme ? Elle l'a tant méprisé autrefois ! Elle lui a préféré César, Antoine et les Inimitables. Ne s'est-elle pas gaussée de lui à Rome ? Les filles les plus belles riaient, à la villa de César, de ses traits d'esprit qu'elle ne lui épargnait pas : la musaraigne, le rat couvert de pustules, l'araignée du Tibre... Elle l'offensait et riait, fière d'être la plus jolie femme du monde, riche, et aimée de César. Peut-être lui a-t-elle fait du mal.

La voilà à ses pieds ; les paupières rougies malgré le khôl, le sein palpitant d'angoisse, les mains suppliant. Elle a encore sa voix dorée et sa bouche sensuelle. Elle supplie, à genoux. Il se tait. Peut-être, en un éclair noir et rouge, le désir le traversa. Il se ressaisit. Livie, son épouse, les furtives étreintes de l'aube... Trop stratège pour céder, il ne veut pas faillir au moment de posséder le monde. Il n'a pas la sottise sensuelle d'Antoine ! Qu'est désormais Antoine ? Une charogne inidentifiable sous une dalle.

Elle tente encore sa chance. « Cléopâtre, écrit Plutarque, s'élance vers lui dans l'unique vêtement qu'elle porte à même la peau et se jette, échevelée, le visage farouche, la voix tremblante, les yeux sombres enfoncés dans leurs orbites. La trace des coups qu'elle s'est portés est visible autour des seins. Toute sa personne ne semble pas moins affligée que son corps. Et pourtant ni son charme fameux, ni l'insolence de sa beauté ne l'ont totalement délaissée. En dépit de sa condition présente, ils irradient d'elle et apparaissent dans toutes les expressions de son visage. »

Octave se réjouit de son humiliation. Elle tente le tout pour le tout. Le suprême moyen pour l'émouvoir. La suprême erreur. Elle lui tend les lettres qu'autrefois César lui avait écrites.

– Tu sais, Octave, ce que j'ai été pour ton père. Tu n'ignores point que c'est lui qui plaça sur ma tête la couronne d'Égypte. Si tu veux te rendre compte de nos relations personnelles, lis ces lettres ! Elles ont été écrites de sa propre main.

Elle insiste, en larmes. Glacial, il dédaigne ces feuillets.

– Cela ne m'intéresse pas, Cléopâtre. Retourne dans ton mausolée et prépare-toi à me suivre à Rome.

Il s'est retiré. Sous bonne garde, on la ramène au mausolée avec Iras et Charmion.

Tout est perdu et elle le sait. Elle va faire très vite. Il faut endormir la méfiance d'Octave. Il la veut vivante à son triomphe. Elle feint de changer de projet, accepte de plein gré de le suivre à Rome. Elle lui lance ces dernières paroles :

– Je vais faire préparer les plus belles pierres précieuses en cadeau pour ton épouse Livie, mais promets-moi la vie sauve !

Elle ne mourra pas ; non, elle a trop peur, elle aime trop la vie !

Octave hésite ; il voudrait la faire surveiller étroitement mais elle a l'air d'une femme si faible, avec pour tout appui deux servantes, qu'il accepte de la laisser seule.

Épaphroditos, le chevalier Proculeus ne la surveillent plus et demeurent hors du mausolée.

Le tombeau de Cléopâtre

Les lueurs du mausolée sont d'un mauve où se greffent les cercles d'or.

Il l'a insultée une dernière fois avant de lui tourner le dos.

– Cléopâtre, prie tes dieux à tête de bête.

Tout est perdu. Il n'aime que Rome et le pouvoir.

Son cœur est froid et avare. Sa semence ne peut donner vie. Dans un mince sourire, il a jeté à ses pieds les lettres de César, lui montrant le mépris et le peu d'intérêt que suscite en lui cette histoire.

… Le peu d'intérêt pour cette beauté défaillante. Tandis qu'elle suppliait, il la regardait en détail, chaque détail, avec arrogance. Ses seins trop lourds, sa chevelure trop dorée dont la teinture ne dissimule pas les fils blancs. Les griffures ont marqué son visage, à moins que ce ne fussent les rides. Son nez semble plus long, sa joue creuse, sa lèvre trop pâle.

N'est-ce pas le signe de la fin ?

Octave est donc « le plus froid des monstres froids ». Elle sait qu'il la traînera à son triomphe. Nu-pieds dans les chaînes, elle entendra la populace la traiter de catin, lui cracher dessus. Arsinoé ! Arsinoé ! La populace osait des gestes obscènes.

Arsinoé ! Arsinoé !

Qui l'a maudite. Elle, Antoine et toute leur descendance.

Allongée sur la tombe d'Antoine, elle le supplie de la dérober à la honte. « Emporte-moi avec toi ! La pire des infortunes fut le moment qui m'a séparée de toi ! »

– Charmion, Iras, allez quérir l'homme au panier de figues.

Elles ont compris, elles ne pleurent pas. Elles sont en totale osmose avec leur reine. Leur Amour, leur Déesse. Isis. Isis dans les chaînes…

Elles sont seules dans le mausolée dûment gardé par les soldats d'Octave. Elles sont seules, et seules, elles savent comment passer le message au mendiant qui chante devant la porte.

Charmion l'avait furtivement récompensé s'il se chargeait de faire le relais avec le monde extérieur. Il chante et les soldats s'en moquent.

« Nil, Nil Déesse d'Eau, d'opalescence ! Donneras-tu cette année de l'or dans nos vignes ? Nil ! Nil ! »

– L'homme aux figues, chuchote Charmion.

Charmion chante à son tour : « Nil. Or Noir, Déesse Noire, Cléopâtre la reine en deuil. »

Le mendiant disparaît.

Les gardes jouent aux dés en riant. Cléopâtre entend tout de la fenêtre du haut. Elle entend les rudes voix ricaner l'affreuse affirmation.

– Césarion, le bâtard, est mort, étranglé ! L'*imperator* régnera seul !

Elle pousse un feulement de louve égorgée, éclate en sanglots, s'effondre. Charmion et Iras, pétrifiées, la voient s'allonger sur le tombeau d'Antoine. Mon Amour, dit-elle, Mes Amours. Mes Amours.

En bas monte le bruit d'une querelle.

– Que veux-tu, paysan ? On ne passe pas, on n'entre pas.

– C'est un panier de figues pour la reine.

– La reine, ricanent les voix. La fille d'Égypte, la catin du Nil, veux-tu dire !

– Vois ces figues, garde. Elles sont fraîches et je ne suis qu'un misérable paysan. Peux-tu lui remettre ce pauvre présent ?

Il y a un silence, la méfiance ; le garde jette un œil de mépris sur le panier aux figues abondantes et bleutées.

– Donne-les-lui toi-même ! Que ton peuple sache à quoi est réduite l'insolente qui a cru rendre la Justice au Capitole.

La porte s'entrouvre, deux mains brunes tendent à Charmion le panier de figues. L'ombre est trop dense, le vieil homme n'aperçoit que l'éclair blanc d'une robe. Une voix dorée murmure :

– Cléopâtre la Septième te remercie.

C'est elle, la reine dans l'ombre de la tombe. La tombe d'Antoine, les canopes et les coffres cloutés d'or noir.

– Amuse-toi bien, Cléopâtre la Septième, dit le vieil homme.

Tout s'est refermé, le jour a disparu.

Cléopâtre ordonne à ses servantes de la vêtir de ses plus beaux atours. Elle a examiné le contenu du panier. Six cobras minuscules, sous les figues.

Elle ne pleure plus, elle sourit.

Iras enfile à la reine sa robe transparente ; du lin le plus fin, attaché à la ceinture travaillée de lapis-lazuli. Elle attache à son cou la collerette aux perles roses, à ses poignets et avant-bras les bracelets de serpent à l'œil d'émeraude. Charmion coiffe et parfume la chevelure tressée, relevée pour supporter le pschent et le disque solaire. Cléopâtre récite un extrait de *Gorgias* de Platon, qu'aimait particulièrement Sosigène, le savant. Ô Museum, ô bibliothèque, ô grandeur du monde, des mots, des Arts et du si Bel Avenir ! Ô Sagesse, sagesse.

« Personne n'a peur de la mort, si on la prend pour ce qu'elle est, ou alors il faut être incapable de faire le moindre raisonnement et ne pas être vraiment un homme. Non, ce qui fait peur, c'est l'idée qu'on n'a pas été juste. »

– Tu as été la Justice même, belle reine, dit Charmion. Tu as été juste avec tes amours, ton peuple, tes serviteurs qui ne peuvent te survivre. Tes enfants si chers.

Au mot « enfant », le regard de la reine chavire.

– Tu es Isis-Aphrodite, Isis qui a su ensevelir son époux, Osiris, qui a su respecter le rite de Khoiak, cet enduit noir dont il fallait recouvrir son sarcophage. Tu es l'Immortelle.

Va-t-elle craindre à son tour le chemin de la mort qui ouvrira sept portes ; où l'on rencontre les gardiens mangeurs de vers, d'excréments, avant d'atteindre le trône d'Osiris ?

Va-t-elle craindre (Antoine en est-il là) la redoutable épreuve de la pesée du cœur ? Il y a aussi un au-delà féroce à celui qui n'a pas été juste. Ses mânes sont alors dévorées par des dieux-hyènes…

– Antoine n'a jamais été injuste ; sa faiblesse venait de son amour pour toi. Cela sera pesé, supputé et absous.

« Césarion est devenu ce faucon ; cet oisillon, jeune Horus fils d'Isis, ô dieux qui êtes dans le ciel, ô œil rouge, éclatant, œil éclatant du Soleil et de l'Intégrité de la Terre d'Égypte. Mort, puissante médiatrice entre les dieux et les hommes. Khnoum, dieu de la cataracte, gardien des sources du Nil ; Khnoum si sage, sois notre guide.

« Il existe, ô dieux, au-delà du cœur qui bientôt me sera pesé, un lieu plus secret encore, le héka où se trouve l'énergie vitale ; plus forte encore que le savoir et l'intelligence. Héka, protège-moi des mensonges et de la violence de Seth, le tentateur… »

Cléopâtre la Septième assiste à son tour à la toilette de ses servantes. Du blanc, du rose, du bleu et les scarabées d'or qu'elle leur a offerts. Elles embaument le lotus et le jasmin. Elles sont belles, elles sont prêtes.

Le panier de figues est posé sur le tombeau d'Antoine. Le cercueil d'albâtre de la reine est ouvert, loti des tissus les plus précieux.

Elle a demandé à ses servantes, quand l'aspic aura fait son œuvre, de remettre à Épaphroditos un billet scellé pour Octave. Elle lui demande la grâce d'être inhumée près d'Antoine.

– Servez-moi un magnifique repas que nous allons partager.

Charmion a frappé sur un gong. La porte du fond (autorisée par Octave) s'ouvre. Deux esclaves nubiens apportent les mets sur des plateaux en vermeil. La murène farcie de dattes, les faisans grillés sur des fèves, les fruits des vergers, le vin de Sicile, la blonde bière que la reine a toujours aimée.

– Donnez-moi le panier de figues, demande la reine. Aidez-moi à m'allonger sur ma dernière couche. Charmion… Iras…

Elle les embrasse. Un baiser très tendre sur les belles bouches rosées. Elles pleurent mais ne tremblent pas.

– Reine, dans quelques instants nous passerons les sept portes à ta suite et à jamais.

Parée, royale, auprès d'Antoine dont le visage n'est plus qu'une lourde pierre, elle s'allonge dans le cercueil, sur les coussins nacrés.

Elle a saisi deux aspics qu'elle a posés à la saignée de son bras gauche. La veine, la veine qui monte au cœur.

Le cœur qui sera pesé après la septième porte.

Le cœur. Juste.

L'aspic ne se presse pas, le second semble dormir, heureux sur cette peau délicate, charmé par cette voix délicieuse, par le parfum de ce souffle.

Elle est obligée de le frapper violemment pour l'encolérer. Le cobra minuscule se dresse, courroucé, et mord la veine ; le second hésite. Elle frappe encore, il mord la tendre peau safranée. Comme à regret.

« La terreur fut son premier mouvement car elle ressentit une douleur aiguë, une brûlure insupportable qui se répandit aussitôt dans ses membres. Un feu se propage à l'intérieur du corps. Si on l'éclairait, il serait incandescent. Je ne peux bouger, je ne peux saliver. Le vin, les mets avalés sont ce feu mêlé au feu. Je ne puis vomir. Ô la vilaine enflure sur le bras. Mes mains, mes si jolies mains sont cette enflure, mes bagues, mes bracelets sont un supplice de plus. Mes chairs se fendent. Le bras entier est rougeâtre, livide. »

– Amuse-toi bien, reine d'Égypte ! Amuse-toi !

« Les aspics mordent encore. Que font ces gourdes de servantes pour les ôter de là ? Mon estomac est cette torsion au fer rougi, une sueur froide, abondante, me glace. Ô mort, que tu es lente. Amante, aux suaves attentes, tu me tortures. Ma vue se trouble. Césarion ! Césarion ! Mon enfant, Césarion ! La lumière est noire. Que fais-je dans cette boîte de pierre ? Pourquoi mon sang est-il devenu ce bloc de glace ? »

Arsinoé, traînée à Rome, m'a mordu le cœur. J'ai froid. Mon bras, le bras d'Arsinoé, d'Antoine, de Césarion. Le bras de mer à Actium aux eaux si noires. Noires. Ma langue écrasée contre les pierres. La peau d'Antoine, cette pierre.

– Amuse-toi, Reine, avec mes figues, mes aspics-figues.

Le billet a été remis à Épaphroditos, selon la volonté de la reine défunte. Iras et Charmion se dépêchent. Vite, elles ont peu de temps. Octave va comprendre dès la réception du billet. Elles ont assisté à la mort de la reine qui a duré sept minutes. La voir ainsi, les lèvres bleues, ses beaux yeux vides, les désespère. Iras saisit la première l'aspic du panier de figues. Il mord et elle s'effondre au pied du cercueil ouvert.

Sans la reine, leur vie n'a plus de sens. Charmion, plus robuste, chancelle. Il lui faut deux aspics. Elle est en train de fixer les insignes royaux à la chevelure de la reine bien-aimée, quand surgissent Octave et ses généraux.

Cléopâtre vient d'expirer. Iras est morte et Charmion a la force d'arranger le diadème orné du cobra pharaonique. Elle lance au Romain :

– Une belle fin, digne de la descendante de tant de rois.

Elle meurt à son tour. La rage saisit Octave.

Elle a été la plus rusée ! Il fait appeler les psylles ; ces hommes qui savent sucer le venin et ranimer ceux qui sont victimes de telles piqûres.

Les psylles, dès l'enfance, habitués, piqûre par piqûre, sont immunisés. Les psylles éduquent leurs enfants en les élevant au milieu des serpents les plus redoutables. Ainsi était le vieil homme au panier de figues.

Octave est partagé entre plusieurs impressions. Dion Cassius précise que « n'ayant pu par aucun moyen rappeler Cléopâtre à la vie, il éprouva pour elle à la fois de l'admiration et de la pitié et fut lui-même fortement affligé comme s'il avait été privé de toute la gloire de sa victoire ».

C'est le 29 août 30.

La canicule est extrême et le raisin, cette année, donnera un vin de miel et d'ivresse.

ÉPILOGUE

Octave Auguste,
Fils du Soleil,
Roi de la Haute et Basse-Égypte

La politique est ce qui commence après que cesse la vengeance.

ARISTOTE

La Lune sans le Soleil

Ce soir-là, comme tous les autres, Octave dîne seul, les pieds nus, le corps dans la laine et, après souper, reste silencieux, un long moment, la main sur les yeux. Il réfléchit. Il réfléchit au sort de l'Égypte, aux enfants de Cléopâtre. Il réfléchit à l'organisation de son triomphe que la rusée a compromis. Il réfléchit à l'établissement de sa future légende : il sera Auguste, le Juste, le Clément. Lui, le féroce à l'âme et au corps glacés.

Il fait embaumer Cléopâtre de la même manière que l'a été Antoine et ordonne que son cercueil dûment scellé soit glissé aux côtés de son époux romain. À leurs pieds les servantes. Les prêtres embaumeurs reprennent le chemin du mausolée. Il y a les canopes gravés d'or pur et de sardoine. Il y a la munificence car Octave veut que le peuple d'Égypte – désormais asservi à sa loi – n'ait rien à lui reprocher.

Antoine, disait-il volontiers, s'est fait remarquer par son courage, compromis par ses actes de folie et ses soudaines lâchetés. Magnanime par orgueil, servile par la folie des sens, asservi au pouvoir d'une femme. Une femme ! Il la revoit, vivante, orgueilleuse, belle comme le soleil et la lune réunis. Il avait dix-huit ans et peut-être eût-il tout donné pour caresser ce corps-là. Elle se moquait, alors, et le méprisait. Elle se moquait de Cicéron qui la haïssait. Peut-être avait-il souffert en secret de ses boutons, des inflammations de ses paupières, de l'eczéma de ses mains, de sa maigreur et de ses dents jaunes.

Elle riait ; cascade de cristal, il savait qu'elle détaillait ses misères. Il la revoit, éplorée, vieillie, enlaidie, la bouche tordue d'une terreur incontrôlable quand le nom de Césarion, son abjecte progéniture, venait à ses lèvres blêmes.

Il revoit sa peau et sa robe déchirées, souillées du sang d'Antoine. Il la revoit, morte, la lèvre bleue, parée telle une déesse. Déesse peut-être, et par la grâce du noir passage, à nouveau belle ; la chevelure d'or rouge, mêlée à l'or des étoiles…

Ses enfants ! Il ne regrette pas d'avoir fait égorger Antyllus, fiancé à la fille de Livie. Quel soulagement, la mort de Césarion, le bâtard !

Il le revoit.

Il a voulu lui-même s'assurer de sa mort. L'enfant semblait endormi et pourtant son cou portait d'affreuses marques noires et ses yeux étaient exorbités. Endormi ; et dans la mort, il avait pris les traits de sa mère. Il a fait jeter son corps aux marais glauques. Que rien ne rappelle l'histoire de l'enfant imposteur !

Il se retient pour ne pas faire abattre le temple, à Dendérah, qui porte dans la pierre l'image de Cléopâtre et de Césarion.

Rien. Un mort englouti par la vase.

Sa sœur, Octavie, s'est attachée à Cléopâtre Séléné et à son jumeau Alexandre Hélios. Le petit Ptolémée est sa passion. Il marie rapidement Cléopâtre Séléné à Juba II, fils de Juba Ier, roi de Numidie. Juba, son aîné de quinze ans. Instruit, délicat, au corps et au visage d'ébène. Juba épouvantait la petite. Il aura la patience de l'apprivoiser, de l'attendre. Attendre les années nécessaires à sa croissance. Juba l'aimera passionnément. Il l'installera dans un magnifique palais. Chaque jour, il passera de longues heures avec elle. Il lui offrira des bijoux, des fleurs, des fruits. Il lui récitera des poèmes. Il parlera fort bien le grec et se passionnera de philosophie et d'astrologie. Il lui fera installer une volière en or remplie d'oiseaux multicolores. Au jour de ses quatorze ans, Cléopâtre Séléné, dont le cœur gonflé de chagrin aura mis des années à s'apaiser, dormira près de son époux qu'elle aura fini par aimer comme un ami, un père, un amant. Elle mettra au monde un fils, Ptolémée, roi de Maurétanie et une fille, Marsilla, future épouse d'Antoine Félix, procurateur de Judée. Les cheveux d'or rouge de Cléopâtre Séléné feront l'admiration de son peuple noir. Elle aimera Juba, mais la perte du frère jumeau la poignardera à jamais. Son pire chagrin, outre la mort de ses parents, l'exil et le triomphe ignominieux, aura été, un matin de novembre, d'entendre les cris déchirants d'Octavie : sur les ordres d'Octave, on arrachera des bras de la petite Alexandre Hélios. Les gardes l'emporteront et il sera égorgé. Dans un sac sera ravi en même temps Ptolémée, égorgé à son tour.

Petits corps brûlés, cendres dispersées. Jamais le futur Auguste n'eût laissé vivre la mâle descendance d'Antoine et Cléopâtre. La petite Cléopâtre Séléné passera des nuits et des nuits de terreur. Calpurnia la toute vieille avait tout prédit.

Les clémences d'Octave

Octave prendra les mesures pour travailler sa popularité. Il ne restera pas longtemps à Alexandrie, où chacun tremble d'être assassiné. Il pardonnera à certains alliés d'Antoine – dont Aristocratès, le philosophe. Il fera grâce aux nombreux princes et enfants de rois orientaux, prisonniers d'Antoine et Cléopâtre à mesure de leurs victoires d'autrefois. Il rendra la fiancée d'Alexandre, Iotapa, au roi de Médie, réfugié près de lui après la défaite. Il fera décapiter pour l'exemple les frères du roi

Artaxès, parce que le nouveau roi d'Arménie avait fait périr des Romains. Il épargnera les Égyptiens et les Alexandrins, qui déjà se prosterneront devant lui comme un dieu.

Il ne voudra pas soulever la haine en un peuple si utile, capable de cultiver, engranger les céréales, nourrir Rome. L'Égypte redeviendra une province romaine, et ses habitants les sujets – les esclaves – de Rome.

Il fera savoir que sa clémence lui vient du dieu Sérapis ; en l'honneur d'Alexandre le Grand.

Il prononcera en grec le discours de sa grâce et tous se prosterneront. Les ministres alexandrins le supplieront d'aller rendre visite aux tombeaux des Ptolémées, mais Octave refusera.

– J'ai désiré voir une reine, non des morts.

Quant à aller voir la statue du dieu Apis, il refusera avec dédain.

– J'ai l'habitude de me prosterner devant les dieux, non devant les bœufs.

Avant de quitter Alexandrie, il confiera le gouvernement à Cornelius Gallus et ne permettra à aucun Égyptien d'acquérir le titre de sénateur romain. Les cités de l'Égypte seront administrées sans sénateur. L'Égypte aura perdu son dernier pharaon : Cléopâtre la Septième.

Jamais l'Égypte ne retrouvera un pharaon. Octave aura tout asservi, tout détruit. Rome l'omnipotente sera à nouveau le glaive et la loi.

Il y aura, au moment du triomphe d'Octave, des signes funestes qui feront pleurer l'Égypte à jamais privée de ses hautes dynasties. Il y aura, dira-t-on, une pluie de sang ; un serpent gigantesque qui sifflera hors du Nil ; un aspic géant : celui qui a tué la reine.

« Les statues s'assombrirent, dit Dion Cassius et Apis mugit sur un ton plaintif et se mit à pleurer. »

L'or de Cléopâtre, de son palais, celui ravi à Césarion, servira à Octave pour payer son armée. La Lochias deviendra un antre vide, dépouillé de ses moindres richesses. On y verra même des ânes s'abreuver aux fontaines des jardins dévastés.

Le triomphe à Rome

Rome sera en fête, couverte d'arceaux de fleurs. On glorifiera le succès d'Actium ; un arc majestueux sera orné de trophées à Brindes, un autre, sur le Forum.

Ce sera la victoire d'Octave sur Cléopâtre ! La statue de Jules César sera ornée des éperons ravis aux navires ennemis. On supprimera tous les signes honorifiques pour condamner Antoine. Le jour de sa naissance sera estimé néfaste.

D'Éphèse à Athènes, il y aura des sanctuaires dédiés à Rome. Octave fera proclamer haut et fort sa filiation avec la gens Julia. Il sera devenu le fils de *Divus Julius*.

Il donnera à la ville l'or de Cléopâtre et ce sera le délire et l'ovation. Un triomphe plus éclatant que celui, autrefois, de César. Le premier jour, Octave, dit Dion Cassius, « célébra sa victoire contre les Pannoniens et les Dalmates sur les Iapyges et leurs voisins ».

Mais le jour le plus fastueux fut celui de la victoire d'Actium et de la soumission de l'Égypte. Pendant des années, les Romains se souviendront du cortège majestueux de ce peuple vaincu. On traîna sur un char la statue gigantesque de Cléopâtre la Septième allongée sur un lit, l'aspic au bras dans l'attitude de sa mort. Liés par des chaînes derrière ce char, les enfants, nu-pieds, trébuchaient, recevaient les huées et les crachats, et le cœur d'Octavie saignait pour eux. Les enfants. Songe d'un rêve de brume d'or et de sang…

Cléopâtre Séléné raconta à sa descendance l'histoire de sa mère. Son sacrifice au nom de l'Amour et de l'Honneur.

Le sacrifice d'Isis-Aphrodite, Cléopâtre la Septième dont l'histoire rejoignit la légende.

Et les siècles et les siècles se firent sable et mer.

Le Tombeau d'Antoine et Cléopâtre, leur palais, tout disparut, peu à peu.

Car il y eut le sable et le sable et le sable.

Et la mer et le sable et la mer et le sable.

Même le Phare avait disparu.

Bibliographie

– ALLARD, J. et LESCALE, J., *Auteurs latins,* Hachette, 1959.

– ARISTOTE, *De l'âme,* traduction J. Tricot, Paris, Librairie philosophique J. Vrin, 1947.

– ARISTOTE, *Parva Naturalia,* traduction J. Tricot, Paris, Librairie philosophique J. Vrin, 1951.

– BENOIST-MÉCHIN, *Cléopâtre ou le Rêve évanoui,* Paris, Librairie académique Perrin, 1977.

– BOUCHES, François, *Histoire du costume, en Occident de l'Antiquité à nos jours,* Paris, Flammarion, 1969.

– BRISSON, Jean-Paul, *Virgile, son temps et le nôtre,* éditions François Maspero, 1966.

– CATULLE, *Poésies,* Société d'éditions « Les Belles Lettres », 1974.

– CAZENAVE, Michel, *La Putain des dieux,* éditions du Rocher, 1994.

– CHAMPOLLION, Jean-François, *Principes généraux de l'écriture sacrée égyptienne* (imprimé au mois de mars 1841), Institut d'Orient, 1984.

– COLLI, Giorgio, *La Sagesse grecque,* traduit de l'italien par Marie-José Tramuta, éditions de l'Éclat, 1990.

– CONTINI, M., *La Mode à travers les âges, 5 000 ans d'élégance de l'Antiquité égyptienne à nos jours,* préface Jacques Heim, Paris, Hachette, 1965.

– DAVIS, Dr Geo, *Recettes utiles et notions de médecine usuelle, la médecine par les plantes,* éd. 1907-1908.

– *Découverte et mystère de l'Égypte ancienne, Historia,* numéro spécial, n° 9612, 1997.
– *Dictionnaire de l'Antiquité,* sous la direction de M. C. HOWATSON, Paris, Robert Laffont, coll. « Bouquins »-Université d'Oxford, Paris, 1993.
– *Dictionnaire de la mythologie grecque et romaine* (Joël SMITH), Paris, Larousse, « Références », 1994.
– *Dictionnaire des Mythes littéraires,* sous la direction du professeur Pierre BRUNEL, éditions du Rocher, 1994.
– *Dictionnaire des Symboles* (Jean CHEVALIER, Alain GHEERBRANT), Paris, Robert Laffont, coll. « Bouquins »/Jupiter, 1986.
– DION Cassius, *Histoire romaine,* société d'éditions « Les Belles Lettres », 1991.
– *Encyclopédie générale, visuelle et thématique,* Larousse, 1990.
– *Encyclopédie Mémo,* Larousse, 1990.
– ERMAN, A., RANKE, H., *La Civilisation égyptienne,* Paris, Payot, 1982.
– ESCHYLE, *Tragédies,* Gallimard, coll. « Folio », 1982.
– FLAMMARION, Édith, *Cléopâtre, vie et mort d'un pharaon,* Paris, Gallimard, coll. « Découvertes », 1993.
– FRAZER, James George, *Le Rameau d'or,* Paris, Robert Laffont, coll. « Bouquins », 1993.
– GIBBON, Édouard, *Décadence et chute de l'Empire romain,* Fernand Nathan.
– GRIMAL, Pierre, *Cicéron,* Paris, Fayard, 1993.
– HÉRODOTE, *Histoires,* traduit par Ph. E. Legrand, société d'éditions « Les Belles Lettres », 1957.
– HOMÈRE, *L'Odyssée,* traduction de Philippe Jaccottet, Paris, « La Découverte », 1992.
– HOMO, Léon, *Nouvelle Histoire romaine,* Paris, Fayard, 1946.

– Horst, Eberhard, *César,* traduit de l'allemand par Denise Meunier, Paris, Fayard, 1995.

– Jacq, Christian, *Les Égyptiennes,* Éditions Perrin, 1996.

– Lewis, Naphtali, *La Mémoire des sables* (*La vie en Égypte sous la domination romaine*), Préface et traduction de Pierre Chuvin, Armand Collin, 1988.

– Lucain, *La Pharsale,* société d'éditions « Les Belles Lettres », t. I et II, 1967.

– Lucrèce, *De la Nature,* Livre I-IV, société d'éditions « Les Belles Lettres », 1962.

– Martial, *Épigrammes,* société d'éditions « Les Belles Lettres », 1959, t. I.

– Martin, Paul M., *Antoine et Cléopâtre, la fin d'un rêve,* éditions Complexe, 1995.

– Meeks, Dimitri, Favard-Meeks, Christine, *Les Dieux égyptiens,* Hachette, coll. « La Vie quotidienne, civilisation et sociétés », 1995.

– Orfila, M.-P., *Secours à donner aux personnes empoisonnées ou asphyxiées,* Paris, Imprimerie Pengueray, 1818.

– Platon, *Œuvres complètes,* I et II. Traduction nouvelle et notes de Léon Rollin, avec la collaboration de A.-J. Moreau, Paris, Gallimard, Pléiade, 1950.

– Pline l'Ancien, *Histoires naturelles,* société d'éditions « Les Belles Lettres », t. II-III.

– Plutarque, *Les Vies parallèles, Les Moralia.*

– Plutarque, *Vie des Hommes illustres* (*De Viris illustribus*), société d'éditions « Les Belles Letrres ».

– Properce, *Épîtres,* société d'éditions « Les Belles Lettres », t. IX et XIII.

– « Rome, Ier siècle avant J.-C., Ainsi périt la République des Vertus... », *Autrement,* collection « Mémoires », dirigée par Jacques Gaillard, 1996.

– SHAKESPEARE, William, *Antoine et Cléopâtre,* GF Flammarion, 1995.
– SHAKESPEARE, William, *Jules César, Julius Caesar,* Aubier, collection bilingue, 1973.
– SUÉTONE, *Vie des douze Césars,* présentée par Marcel Jouhandeau, Le Livre de Poche, 1965.
– XÉNAKIS, Françoise, *Mouche-toi, Cléopâtre,* Jean-Claude Lattès, 1987.

PREMIÈRE PARTIE

« Je veux régner seule »

DEUXIÈME PARTIE

Caius Julius Caesar Fils de Vénus

TROISIÈME PARTIE

Une reine dans un tapis

QUATRIÈME PARTIE

Marc Antoine

CINQUIÈME PARTIE

Octave

ÉPILOGUE

5225

R.I.D. Composition – 91400 Gometz-la-Ville
Achevé d'imprimer en Europe (France)
par Maury-Eurolivres – 45300 Manchecourt
le 18 mai 1999.
Dépôt légal mai 1999. ISBN 2-290-05225-6

Éditions J'ai lu
84, rue de Grenelle, 75007 Paris
Diffusion France et étranger : Flammarion